CAROLINE GRAHAM

Eine kleine Nachtmusik

Buch

Eine Truppe von Laiendarstellern, die Causton Amateur Dramatic Society, probt Peter Shaffers *Amadeus.* Auch Joyce Barnaby, die Frau von Detective Chief Inspector Barnaby, ist als Kostümbildnerin und Darstellerin einer kleinen Nebenrolle mit von der Partie. Da läßt es sich ihr Mann natürlich nicht nehmen, zur Premiere zu erscheinen, wo er prompt Zeuge eines Mordes wird: Jemand hat Esslyn Carmichael, dem selbsternannten Star der Gruppe und Darsteller des Salieri, statt einer harmlosen Attrappe ein echtes Messer für seine Selbstmordszene untergeschmuggelt. So übernimmt es Carmichael auch noch selbst, sich die Kehle durchzuschneiden. Und Barnaby muß bald feststellen, daß fast alle Darsteller als Täter in Frage kommen: Kitty Carmichael, die fremdgehende Gattin des Opfers; zwei Brüder, die unablässig Mißstimmung in der Truppe säen; Carmichaels Ex-Frau oder der größenwahnsinnige Regisseur – und das sind noch nicht alle. Es dauert eine ganze Weile, bis der Inspector das Dickicht aus Sympathien und Antipathien einigermaßen durchschaut und dem Mörder auf die Spur kommt.

Autorin

Caroline Graham wurde in den dreißiger Jahren in Warwickshire geboren. Nach ihrer Ausbildung war sie einige Zeit bei der englischen Marine, leitete später eine Heiratsvermittlung und arbeitete während der sechziger Jahre an einem Theater. 1970 begann sie mit dem Schreiben, arbeitete zunächst als Journalistin bei der BBC und bei Radio London, später wandelte sie sich zur Hörspiel- und Drehbuchautorin. Caroline Grahams erster Roman erschien 1982, seither hat sie neben zahlreichen Kriminalromanen auch zwei Kinderbücher verfaßt.

Außerdem bei Goldmann erschienen

Die Rätsel von Badger's Drift. Roman (5951)

CAROLINE
GRAHAM

Eine kleine Nachtmusik

Roman

Aus dem Englischen von
Uschi Gnade

GOLDMANN

Die Originalausgabe erschien 1989 unter dem Titel
»The Death of a Hollow Man«
bei Mysterious Press (UK) in Association with
Century Hutchinson Ltd, London

*Die Autorin bedankt sich für
die Erlaubnis des* London Management,
aus Amadeus von Peter Shaffer zitieren zu dürfen.

Umwelthinweis:
Alle bedruckten Materialien dieses Taschenbuches
sind chlorfrei und umweltschonend.
Das Papier enthält Recycling-Anteile.

Der Goldmann Verlag
ist ein Unternehmen der Verlagsgruppe Bertelsmann

Deutsche Erstveröffentlichung 2/98

Umschlaggestaltung: Design Team München
Umschlagfoto: AKG/Lessing
Satz: Uhl + Massopust, Aalen
Druck: Elsnerdruck, Berlin
Krimi 5976
AB · Herstellung: Heidrun Nawrot
Made in Germany
ISBN: 3-442-05976-3

1 3 5 7 9 10 8 6 4 2

IN LIEBE
FÜR BERYL ARNOLD

Amadeus

von Peter Shaffer

Die Venticellis	Clive Everard
	Donald Everard
Salieris Kammerdiener	David Smy
Salieris Koch	Joyce Barnaby
Antonio Salieri	Esslyn Carmichael
Teresa Salieri	Rosa Crawley
Johann Kilian von Strack	Victor Lacey
Graf Orsini-Rosenberg	James Baker
Baron van Swieten	Bill Last
Constanze Weber	Kitty Carmichael
Wolfgang Amadeus Mozart	Nicholas Bradley
Majordomus	Anthony Challis
Kaiser Joseph II. von Österreich	Boris Kent
Katharina Cavalieri	Sarah Pitt-Keighley
Wiener Bürger	Kenny Badel
	Kevin Latimer
	Noel Armstrong
	Alan Hughes
	Lucy Mitchell
	Guy Catchpole
	Phoebe Glover
Bühnenbild	Avery Phillips
Lichttechnik	Tim Young
Kostüme	Joyce Barnaby
Bühnenmeister	Colin Smy
Regieassistentin	Dierdre Tibbs

Regie: Harold Winstanley

Der Vorhang öffnet sich

»Du kannst nun mal keine Kehle durchschneiden, ohne daß Blut fließt.«

»Natürlich nicht, denn genau das erwarten die Leute doch.«

»O Schofield«, murmelte Esslyn geringschätzig, »wie manieriert.«

Die Laienschauspielgruppe Causton Amateur Dramatic Society (CADS) unterbrach die Proben zu *Amadeus* für eine kleine Pause. Die Produktion stand schon fast. Die Venticellis hatten endlich begriffen, wann ihr Einsatz kam, die Kaminwand für Schloß Schönbrunn würde am Wochenende fertig werden, und sogar Constanze schien kurz davor, eine oder zwei ihrer Zeilen auswendig zu können, obwohl sie immer noch nicht so ganz begriffen hatte, in welcher Reihenfolge sie sie aufsagen mußte. Nun war nur noch die blutige Frage zu klären, auf welche Art und Weise sich Salieri am wirkungsvollsten die Kehle durchschneiden könnte. Tim Young, das einzige Mitglied der Truppe, das sich immer noch auf die altmodische Art rasierte, hatte versprochen, an jenem Morgen sein Rasiermesser mitzubringen. Aber bis jetzt war er nicht erschienen.

»Du... ähm... kannst du nicht so ein Ding besorgen, das Blut macht? Ich erinnere mich, beim RSC...«

»Aber sicher kann man so ein Ding besorgen, Dierdre«, entgegnete Harold Winstanley eingeschnappt. (Er reagierte stets ein wenig schroff, wenn jemand in seiner Gegenwart die

RSC erwähnte.) »Ich bezweifle, daß hier viele Leute anwesend sind, denen die Tatsache nicht bewußt ist, daß man so ein Ding bekommen kann. Es ist nur so, daß ich mich bemühe, ein klein wenig erfinderisch zu sein … und versuche, von der eingefahrenen Routine abzuweichen. *Comprenez?*« Er ließ seinen Blick über die versammelte Truppe gleiten, um Bewunderung dafür zu erheischen, daß sein Gesicht trotz dieser sichtlich geistlosen Frage den Ausdruck übermenschlicher Geduld beibehalten hatte. »Und da wir gerade von Routine sprechen, wird es nicht langsam Zeit für den Kaffee?«

»Oh, ja, gewiß, Entschuldigung.« Dierdre Tibbs, die auf der Bühne saß und in einer fast mädchenhaften Weise ihre kordbekleideten Knie umschlungen hielt, stand auf.

»Na, mach schon, los.«

»Wenn du glaubst, Schofield wäre manieriert«, bemerkte Donald Everard und nahm damit Esslyns verächtliche Äußerung auf, »wie steht es dann mit Simon Callow?«

»Mit Simon Callow?« echote sein Zwillingsbruder.

Dierdre ließ sie erleichtert allein ihre schmutzige Wäsche weiterwaschen und lief durch den Gang zum Vereinsraum. Dierdre war offiziell Regieassistentin. In einigen Dutzenden früherer Produktionen war sie das Mädchen für alles gewesen, bis sie sich vor ein paar Wochen mit süßem Martini Mut angetrunken hatte, um dann voller Schüchternheit das Komitee der CADS um eine Beförderung zu bitten. Zu ihrer Freude hatten sie zu ihren Gunsten entschieden, wenn auch nicht ohne Gegenstimmen. Aber die Freude währte nur kurz, denn es sah so aus, als sei ihre Rolle, zumindest was den derzeitigen Stand des Stückes am Latimer anging, um nichts besser als bei vorangegangenen Produktionen, denn Harold ließ über Fragen der Regie keine Diskussion aufkommen (jedenfalls waren das seine Worte), und ihre wenigen vorsichtigen

Anmerkungen wurden ignoriert oder einfach in den Boden gestampft.

Im Clubraum nahm sie die Kaffeebecher von den Haken und stellte sie sehr sorgsam auf das Tablett, damit sie nicht gegeneinanderschlugen, drehte den Wasserhahn auf und füllte den Kessel. Harold, der sich selbst ohne Umschweife als wahres Ideenbündel bezeichnete, haßte es, wenn auch nur das kleinste Geräusch seinen kreativen Gedankenfluß störte.

Als Regisseur, mußte Dierdre traurig gestehen, konnte er sich dieses Gehabe auch durchaus leisten. Vor zwanzig Jahren hatte er in Filey gespielt, eine Sommerspielzeit in Minehead produziert und war in einer erstklassigen Tournee (mit der originalen Westendbesetzung) von *Das Spinnennetz* aufgetreten. Gegen diese Erfahrung konnte man nicht ohne weiteres ankommen. Ein oder zwei von ihnen hatten es natürlich versucht. Besonders Neuzugänge, die noch einen eigenen Kopf hatten und bemüht waren, sich in der Hackordnung zu behaupten. Nicht, daß es viele davon gegeben hätte. Die CADS war extrem kleinlich, was die Auswahl ihrer Mitglieder anging. Nicholas, der den Mozart spielte und finster auf das Ergebnis seines Vorsprechens an der Central School of Speech and Drama wartete, beschwerte sich manchmal. Esslyn nie. Er hörte aufmerksam jedem Wort von Harold zu, um dann ganz unspektakulär doch seinen eigenen Weg zu gehen. Harold tröstete sich für eine derartige Impertinenz, indem er jeden anderen fast zu Tode kommandierte.

Dierdre löffelte billigen Pulverkaffee und Milchpulver in die Becher und goß das kochende Wasser auf. Ein oder zwei kleine weiße Klümpchen schnellten an die Oberfläche, und sie drückte sie nervös mit dem Ende eines Löffels wieder nach unten, wobei sie sich gleichzeitig daran zu erinnern versuchte, wer noch gleich seinen Kaffee mit Zucker trank und wer ihn auch ohne solchen schon süß genug fand. Am besten, ich nehme die Packung mit und frage nach. Vorsichtig lief sie durch den Korridor, dabei das schwere Tablett balancierend. Esslyn ging gerade auf Ian McKellen los.

»Also, gegen jedes bessere Wissen habe ich mir erlaubt, mich allein durch diese Plackerei zu schleppen. Von Anfang bis Ende nichts als Angeberei.«

»Aber«, erwiderte Nicholas mit unschuldig geweiteten grauen Augen, »ich dachte, das ist es gerade, worum es beim Schauspielen geht.«

Die Everards versprühten ihren giftigen Speichel gegen den zweiten Hauptdarsteller der Truppe und schrien: »Aber ich weiß genau, was Esslyn meint!«

»Ich auch. McKellen hat mich immer eiskalt gelassen.«

Dierdre warf ihre Frage nach dem Zucker ein.

»Himmel, das solltest du aber inzwischen wirklich wissen, Püppchen«, sagte Rosa Crawley. »Nur ein *morceau* für mich.« Sie brachte die Worte mit einer heiseren Stimme hervor. Rosa spielte Frau Salieri und hatte vorher noch nie eine derart bescheidene Rolle gehabt, aber in *Amadeus* war es die einzige Rolle für eine reifere Frau. Wäre sie doch augenscheinlich nie auf die Idee gekommen, eine Bedienstete oder eine ältere Bürgerin zu spielen. »Du hast uns doch bei so vielen Proben versorgt«, fuhr sie fort, »ich weiß gar nicht, wie du das immer geschafft hast.« Von allen Seiten brach halbherziges Lob über Dierdre herein, und Rosa unterdrückte einen kleinen Seufzer. Sie wußte, daß Großzügigkeit gegenüber weniger bekannten Schauspielern und dem Bühnenpersonal jeden großen Star auszeichnete. Sie wünschte bloß, Dierdre wäre empfänglicher dafür gewesen. Mit einem strahlenden Lächeln nahm Rosa ihren angeschlagenen Kaffeebecher entgegen. »Vielen Dank, mein Schatz.«

Dierdre öffnete als Reaktion darauf ein wenig die Lippen. Im stillen dachte sie sich: Also wirklich, bei einer Taille wie ein Wal ist selbst ein *morceau* zuviel. Als wollte Rosa Dierdre noch mehr verärgern, trug sie zu allem Überfluß den langen Pelzmantel, den Dierdre bei Oxfam für *Der Kirschgarten* gekauft hatte. Nach der Party zur letzten Aufführung hatte er das Fest verlassen und die Garderobe ihn nie wieder in die Finger bekommen.

»O mein Gott!« Harold starrte in seinen Becher, einen blauglasierten, auf dem mit rotem Nagellack H. W. (DIR) geschrieben stand. »Nicht schon wieder diese ekelhaften Frettchenköttel. Kann denn keiner mal echte Milch mitbringen? *Bitte?* Oder ist das vielleicht zuviel verlangt?«

Dierdre verteilte die restlichen Becher, reichte den Zucker herum und vermied es dabei, Harold in die Augen zu sehen. Wenn echte Milch gefragt war, dann sollte sie doch jemand besorgen, der ein Auto hatte. Sie hatte schon mehr als genug Zeug zu schleppen.

»Mir ist bei dem Gedanken an ein Rasiermesser überhaupt nicht wohl«, gestand Mozarts Constanze und kam damit auf den Ausgangspunkt zurück. »Ich möchte ohne Vater kein Kind kriegen.« Sie lächelte dämlich in ihren Kaffeebecher und verzog das Gesicht, ehe sie sich an die Knie ihres Ehemannes lehnte. Esslyn lächelte und sah sich in der Runde um, als wollte er sich für die Dummheit seiner Frau entschuldigen. Dann fuhr er ihr mit dem Nagel seines Zeigefingers über den Hals und murmelte: »Eine biologische Unmöglichkeit, nicht wahr?«

»Bei dem vielen Blut dürfte es noch ein Problem geben«, warf Joyce Barnaby ein, die Kostümbildnerin und Fundusbewahrerin, Hüterin der kaiserlichen Kuchen und Hintergrundsängerin, »nämlich Esslyns Hemd bis zum nächsten Abend zu waschen und zu bügeln. Ich hoffe, wir werden mehrere Hemden haben.«

»*Molto costoso*, mein Liebling«, rief Harold. »Ihr scheint

alle zu glauben, ich sei aus Geld gemacht. Die Leihgebühren für die Kostüme der Hauptdarsteller kosten ohnehin schon ein Vermögen. Schön und gut, Peter Shaffer kann es sich leisten, zehn Dienstboten in Kostümen des achtzehnten Jahrhunderts zu fordern...«

Joyce saß vollkommen ruhig auf ihrem Stuhl, nahm Katharina Cavalieris mit Tressen besetztes Kleid zur Hand und fuhr damit fort, den Saum umzunähen. Schließlich drehte Harold bei jeder Produktion wenigstens einmal während der Proben durch, weil er glaubte, sie würden zuviel ausgeben, aber dann, wenn irgend etwas wirklich dringend gebraucht wurde, war das Geld doch da. Joyce hatte sich schon mehr als einmal gefragt, ob das Geld aus seiner eigenen Tasche stammte. Er schien kein reicher Mann zu sein (er besaß nur ein bescheidenes Import-Export-Unternehmen), aber er gab sich vollends dem Theater hin, hatte sich ihm von ganzem Herzen und mit Körper, Geist und Seele verschrieben, so daß keiner von ihnen sonderlich überrascht gewesen wäre, wenn er den ganzen Gewinn aus seinem Geschäft in das Theaterprojekt investiert hätte.

»Ich beneide Sarah nicht um das schwere Kleid«, meinte Rosa mit ihrer heiseren Stimme zu Joyce. »Ich erinnere mich noch daran, wie ich als Ranjewskaja...«

»Ist meine Polsterung bald fertig, Joyce?« unterbrach sie die zweite Frau Carmichael und erhielt viele dankbare Blicke für diesen Einwurf. Jedesmal, wenn Rosa mit Ranjewskaja anfing, hätten sich alle am liebsten versteckt. Oder mit ihrer Frau Alving. Oder, wenn gar nichts mehr half, mit ihrer Fee Carabosse.

»Und die Musik«, fragte Nicholas. »Wann bekommen wir eigentlich die Musik?«

»Sobald ich einen Achtundvierzigstundentag habe«, kam es schneller als ein Peitschenschlag von Harold zurück. »Es sei denn«, fuhr er fort und zwinkerte bei der Absurdität dieses Gedankens mit den Augen, »du willst sie selbst komponieren.«

»In Ordnung.«

»Was?«

»Ich könnte das übernehmen, ich kenne alle seine Stücke. Es ist doch nur eine Frage von ...«

»Es ist nicht nur eine Frage von irgend etwas, Nicholas. Der künstlerische Wert eines Regisseurs muß in jedem kleinen Detail seiner Produktion atmen. Wenn du erst einmal damit anfängst, dieses und jenes irgendeinem Tom, Dick oder Harry zu überlassen, die es dann so machen, wie sie es haben wollen, kannst du bald abdanken.« Es war Harolds Bemühen um Ansehen innerhalb der Truppe zu verdanken, daß dieses Verb niemandem in der Truppe unangemessen erschien. »Und dann mache ich mir auch mehr Sorgen um deinen Text als um deine Polsterung, Kitty. Ich möchte, daß du ihn am Dienstag auswendig kannst. Frei und ohne zu stocken. Hast du kapiert?«

»Ich werde es versuchen, Harold.« Kittys Stimme zeichnete sich durch ein leichtes Lispeln aus. Und ihre Ds waren beinahe Ts. Diese niedliche Färbung sowie die zerzausten blonden Locken, die zarte Pfirsichhaut und der übertriebene Schwung ihrer Oberlippe schufen eine Art kindlichen Charme, der so anziehend wirkte, daß die Leute kaum bemerkten, in welchem Gegensatz all das zu dem harten Glanz in ihren azurblauen Augen stand. Wenn sie sprach, hob und senkte sich ihr köstlicher Busen eine Spur schneller, ganz so, als signalisierte sie damit, daß sie mehr denn je gefallen wolle.

Harold sah sie streng an. Es war ihm schon immer ein komplettes Rätsel gewesen, wie jemand, der zur CADS gehörte, sich nicht in jedem wachen Moment seines Lebens um das kümmerte, was in der laufenden Produktion vor sich ging. Indem man rund um die Uhr im Theater anwesend war und auch während der Zeiten seiner Abwesenheit an nichts anderes als an das Stück dachte. Avery hatte einmal völlig zutreffend festgestellt, daß ihnen Harold, wenn es in seiner Macht stünde, sogar befehlen würde, vom Latimer zu träumen. Und ausgerechnet Kitty, sagte sich Harold jetzt, hatte die meiste Zeit von allen. Er fragte sich, womit sie sich wohl den ganzen Tag lang beschäftigte, und bemerkte dann, daß er sich diese Frage wohl laut gestellt hatte. Kitty senkte jedenfalls beschämt die Augen, so als enthielte die Bemerkung etwas Anzügliches.

Dierdre begann, die Becher einzusammeln. In einigen befand sich zwar noch etwas Kaffee, aber niemand bestand hier auf eine volle Ration. Als sie Kittys Becher an sich nahm, sah sie woandershin, denn Esslyn hatte inzwischen aufgehört, den Hals seiner Frau zu liebkosen, statt dessen seine Finger in den Ausschnitt ihrer Bluse geschoben und fummelte beinahe geistesabwesend an ihr herum. Rosa Crawley entging diese gefühllose Geste ihres Ex-Ehemannes nicht, und sie wurde rot, ein häßliches Puterrot. Harold, der wie immer die Dramen, die sich hinter der Bühne abspielten, nicht wahrnahm, rief seinem Lichttechniker zu: »Wo zum Teufel ist Tim?«

»Ich weiß es nicht.«

»Das solltest du aber wissen. Du lebst schließlich mit ihm zusammen.«

»Das Zusammenleben mit jemandem«, entgegnete Avery, »verleiht einem keine parapsychischen Kräfte. Als ich weggegangen bin, hat er sich gerade um die Bestellung von Faber gekümmert und gesagt, er bräuchte bloß noch eine halbe Stunde. Daher bin ich genauso schlau wie du.« Obwohl Averys Stimme fest klang, nagten panische Ängste an ihm. Es war ihm eine schier unerträgliche Vorstellung, nicht zu wissen, wo Tim war, was er tat und mit wem er es tat. Jede Sekunde, die er mit einem Mangel an diesen lebensnotwendigen Informationen verbringen mußte, kam ihm wie ein Jahr vor. »Und erwarte bloß nicht von mir, daß ich länger bleibe«, fügte er hinzu. »Ich habe eine *Daube* im Ofen.«

»*Daubes* müssen lange köcheln«, erwähnte die Garderobiere. Glücklicherweise war Tom Barnaby nicht anwesend, denn sonst hätte er sich sehr über die Art gewundert, in der sich seine Frau, deren kulinarische Katastrophen von Mal zu Mal schlimmer wurden, mit einem Mann auf eine Stufe stellte, dessen Kochkünste legendär waren. Sämtliche Mitglieder der CADS hatten sich schon auf jede erdenkliche Weise darum bemüht, von Avery eine Einladung zum Essen zu ergattern. Jene, die erfolgreich gewesen waren, hatten in den nächsten Wochen an ihren bescheidenen Tischen gesessen und ihren Triumph immer wieder erneuert, indem sie in kleinen Mengen, immer nur krümelweise, damit sie lange davon zehren konnten, gastronomische Erinnerungen preisgaben.

Jetzt erwiderte Avery spitz: »Auch nach langem Köcheln muß ein Gericht genau zum richtigen Zeitpunkt abgestellt werden, Joyce, mein Liebling. Der Grad zwischen einem wunderbaren, in sich harmonischen Eintopf, bei dem jede einzelne Zutat zwar immer noch für sich steht, aber auch in einer perfekten Beziehung zu dem Ganzen, und einem einzigen Reinfall, ist tatsächlich sehr schmal.«

»Ein bißchen wie bei einer Theaterproduktion«, sinnierte Nicholas und bedachte seinen Regisseur mit einem gewinnenden Lächeln, das jede Autorität untergrub. Das Lächeln entging Harold nicht, aber da er den subversiven Gehalt darin übersah, nickte er gespreizt.

»Gut...« Colin Smy stand auf und nahm eine gewichtige Haltung ein, so als wollte er damit sowohl seine Bedeutung als auch den Unterschied zwischen ihm und den übrigen

Darstellern herausstreichen. »Einige von uns haben zu arbeiten.« Er rückte seine Banderilla zurecht und ließ der Truppe Zeit, seine Worte in vollem Umfang zu verdauen. Er stand stämmig auf seinen leicht gebogenen Beinen, die in Jeans steckten, trug ein kariertes Hemd und hatte krauses, drahtiges Haar, das sehr kurz geschnitten war. Hier und da stand es in Büscheln ab, die, in Verbindung mit einer großen Portion geballter Energie, den Eindruck hinterließen, man hätte es, wie jemand mal gesagt hatte, mit einem scharfen Foxterrier zu tun. Jetzt verschwand er in der Kulisse und rief pointiert über seine Schulter zurück: »Wenn ihr mich sucht, könnt ihr mich in der Werkstatt finden. Da ist einiges los, falls es jemanden interessiert.«

Es schien jedoch niemanden zu interessieren, und das Hämmern, das kurz darauf nicht zu überhören war, blieb betrüblicherweise unbeachtet. Über ihren Köpfen drehte Dierdre das heiße Wasser auf, schrubbte die Kaffeetassen und knallte sie dabei verärgert gegeneinander, so daß noch ein paar Bröckchen mehr von ihnen absplitterten. Keiner von den anderen hatte sich jemals blicken lassen, um ihr zu helfen, außer David Smy, der des öfteren im Vereinsraum wartete, um seinen Vater abzuholen und ihn nach Hause zu fahren. Dierdre wußte, daß dieses Los ihre eigene Schuld war, weil sie nicht schon längst energisch durchgegriffen hatte, was sie nur noch wütender machte.

»Also gut, ich denke, wir sollten Tim noch weitere fünf Minuten geben«, schlug Kaiser Joseph vor, der im Parkett thronte, »und dann weitermachen.«

»Das sieht dir ganz ähnlich«, antwortete Esslyn, »aber ich habe keine Lust weiterzumachen, solange die praktischen Probleme nicht gelöst sind. Natürlich könnte ich auch sagen, diese Dinge hätten alle bis zur letzten Sekunde Zeit ...«

»Wohl kaum bis zur letzten Sekunde«, warf Rosa ein.

»... aber ich bin es nun einmal, die dort draußen vor den vollen Rängen steht.« (Jeder scheint hier zu glauben, wir würden im Barbicane-Theater auftreten, dachte Nicholas bei sich.) »Eine Rolle von diesem Umfang ist weiß Gott schon schrecklich genug.« (Weshalb hast du sie dann angenommen?) »Aber Salieris Selbstmord ist nun mal der Höhepunkt des Stücks. Wir müssen es nicht nur richtig hinkriegen, sondern eine geradezu brillante Darbietung liefern.«

Nicholas, der stets Mozarts Tod für den Höhepunkt des Stücks gehalten hatte, meinte: »Warum nimmst du nicht einen elektrischen Rasierer?«

»Um Himmels willen! Wenn das die Art ist...«

»Schon gut, Esslyn, reg dich ab«, beruhigte Harold seinen verärgerten Star. »Also, ehrlich, Nicholas...«

»Entschuldige.« Nicholas grinste. »Entschuldige, Esslyn, das sollte bloß ein Witz sein.«

»Totgeboren, Nico«, entgegnete Esslyn hochmütig. »Wie alle deine Witze. Um gar nicht erst davon zu reden...« Er vergrub seine Lippen in den goldenen Locken, die sich sanft um Kittys Hals rankten, und der Rest des Satzes ging verloren. Trotzdem ahnte jeder, was er vielleicht gesagt haben könnte...

Nicholas wurde weiß. Einige Momente lang erwiderte er nichts, doch dann begann er, wobei er mit einer übertrieben ruhigen Stimme sprach und dabei jedes seiner Worte mit Sorgfalt wählte: »Es sieht vielleicht nicht ganz so aus, aber auch mir bereitet dieses Problem Sorgen. Denn schließlich kann es gut sein, daß die ganze Geschichte am Ende unheimlich stümperhaft wirkt, wenn Esslyn nicht genug Zeit hat, um zu lernen, wie er mit der entscheidenden Requisite umzugehen hat.« Darauf folgte ein Crescendo von beifälligem Murmeln und angehaltenem Atem. Harold stand auf und fixierte seinen Mozart mit Kaninchenaugen.

»Dieses Wort wirst du nie wieder in meiner Gegenwart benutzen, Nicholas... ist das klar? In meinen Produktionen wird es niemals etwas Stümperhaftes geben.«

In dieser kühnen Zurückweisung des Adjektivs sprang Harold ein wenig gar zu ökonomisch mit der Wahrheit um. Die gesamte Truppe war stolz auf das, was als ihr professioneller Standard angesehen wurde, aber sowie auch nur ein Hauch ablehnender Kritik zu hören war, waren sie nur noch Amateure, von denen die meisten Vollzeitarbeitsplätze hatten, weshalb es wirklich ein Wunder war, daß jeder noch die Zeit fand, überhaupt seinen Text zu lernen, bloß um ein Stück auf die Beine zu stellen. Wieder war aus Nicholas' Gesicht alle Farbe gewichen, und er schien sich seiner Grobheit zu schämen. Aber ehe er auch nur den Mund öffnen konnte, um den Fauxpas bei seinem Publikum wiedergutzumachen, ging die Tür auf, und Tim Young erschien. Er kam in einem dunklen Crombie-Überzieher und einem Borsalino rasch auf sie zu, ein großer Mann, der ein kleines Päckchen in der Hand trug.

»Entschuldigung, ich bin spät dran.«

»Wo bist du denn gewesen?«

»Der Papierkram schien ewig zu dauern... und dann hat auch noch das Telefon geklingelt. Du weißt ja, wie das ist.«

Tim verteilte seine Antwort mehr über die ganze Gruppe, als daß er sie direkt an Avery gerichtet hätte, der daraufhin fragte: »Wer hat angerufen?«

Tim schlüpfte aus seinem Überzieher und begann, das Päckchen zu öffnen. Jeder sah zu. Es war sehr sorgfältig verpackt. Zwei Lagen dünnes braunes Papier, dann zwei aus weichem Tuch. Schließlich wurde das Rasiermesser sichtbar. Tim klappte die Klinge auf und legte das Messer quer über seine Handfläche.

Es war ein wunderschönes Messer. Der Griff war ein eleganter Bogen aus Elfenbein, in den mit goldenen Lettern eingraviert war: E.V. Bayars, Master Cutler. (C.A.P.S.) Um diese Inschrift herum wand sich ein Kranz aus Akanthusblättern mit winzigen Blüten, die in Perlmutt eingelegt waren. Die andere Seite war bis auf drei kleine Nieten glatt. Die Klinge, deren Schneide tödlich scharf gewetzt war, blinkte und glänzte.

Esslyn, dem jetzt aufging, warum Tim das Messer mitgebracht hatte, sagte: »Sieht aber ganz schön scharf aus.«

»Das muß es auch«, rief Harold. »Die dramaturgische Wahrhaftigkeit ist von allergrößter Bedeutung.«

»Absolut«, sekundierte Rosa, etwas gar zu schnell, wie einige dachten.

»Ich gebe einen Koboldfurz auf eure dramaturgische Wahrhaftigkeit«, entfuhr es Esslyn, dann streckte er die Hand aus und nahm die Klinge mit spitzen Fingern. »Wenn ihr glaubt, ich lasse diese Klinge näher als zehn Zentimeter an meinen Hals heran, dann liegt ihr aber falsch.«

»Hast du eigentlich jemals etwas vom Herz eines Mimen gehört?« fragte Harold.

»Ja, ich habe vom Herz eines Mimen gehört«, antwortete Esslyn, »aber auch von Herzen der Marke Jack the Ripper, von Sweeney Todd und vom Tod durch einen schrecklichen Unfall.«

»Ich werde mir bis zur nächsten Probe etwas einfallen lassen«, kündigte Harold zuversichtlich an. »Hab keine Angst. Pack es jetzt erst mal wieder ein, Tim. Ich möchte gern mit Akt zwei weitermachen. Dierdre?« Pause. »Wo steckt die denn nun schon wieder?«

»Ich glaube, sie spült«, sagte Rosa.

»Himmelherrgott noch mal. Ich könnte den Abwasch eines Viergängemenüs in einem Zwanzigstel der Zeit erledigen, die sie für ein halbes Dutzend Tassen braucht. Also gut… an die Arbeit. Phoebe, du gehst besser wieder an das Skript.«

Alle verteilten sich daraufhin über die Kulisse und die Garderoben, außer Esslyn, der immer noch gedankenverloren die Klinge musterte. Harold trat an seine Seite. »*Pas de problème*«, meinte er. »Du mußt dich nur daran gewöhnen, das ist alles. Sieh mal, ich zeige es dir.«

Er nahm das wunderschöne Objekt und schob die Klinge zurück in den Schaft. Plötzlich klappte das Rasiermesser mit einem scharfen Klick zusammen. Harold gab einen kurzen warnenden Zischlaut von sich und Esslyn einen längeren besorgten Laut.

»Sieht nicht so aus, als könnte ich das wesentlich besser als du«, rief Harold und bedachte Esslyn mit einem verkrampften Lächeln. Dann legte er das Messer hin und nahm väterlich den Arm des anderen Mannes.

»Was ist, hast du jemals erlebt, daß ich nicht in der Lage gewesen wäre, ein verzwicktes Produktionsproblem zu lösen? Hm? In all unseren gemeinsamen Jahren?«

Esslyn antwortete mit einem besorgten Blick, der voller Zweifel war. »Glaub mir«, sagte Harold und dehnte jedes seiner Worte, die er alle in gleicher Weise betonte, um die ganze Kraft seiner Überzeugung hineinzulegen. »Du bist in sicheren Händen. Es gibt nichts, wovor du dich fürchten müßtest.«

Er brachte das mit uneingeschränkter Aufrichtigkeit hervor, aber sein Vertrauen war tragischerweise unangebracht. Die Rädchen griffen nämlich bereits ineinander. Und Pläne waren schon geschmiedet, von denen er zu diesem Zeitpunkt absolut keine Ahnung hatte.

Dramatis Personae

Nicholas lag auf dem Boden seines Zimmers über der Blackbird-Buchhandlung und praktizierte seine Cicely-Berry-Stimmübungen. Das tat er ausnahmslos jeden Morgen und jeden Abend, ganz gleich, wie spät er aufgestanden oder ins Bett gegangen war. Jetzt war er bei den Lippen- und Zungenübungen angelangt, und Ratatat-Töne füllten den Raum. Glücklicherweise hatten seine Nachbarn (Brown, der Begräbnisredner, auf der einen Seite und auf der anderen ein Metzger) es längst aufgegeben, sich über den Lärm zu beklagen.

Nicholas war neunzehn Jahre alt und in einem Dorf zwischen Causton und Slough aufgewachsen. In der Schule hatte man ihn als knapp über dem Durchschnitt eingestuft. Ganz gut im Sport, mäßig im Unterricht und, da er mit einem freundlichen Wesen gesegnet war, auch einigermaßen talentiert darin, sich Freunde zu machen. Als er in der Abschlußklasse anfing, sich vage Gedanken über seine Zukunft in einer Bank oder im Industriemanagement zu machen, geschah etwas, was sein Leben für immer veränderte.

Einer der Texte, die er für seine Abiturprüfung in Englisch lesen mußte, war der *Sommernachtstraum.* Eine Vorstellung des Stücks, gespielt von der Royal Shakespeare Company, sollte auf dem Gelände der Gesamtschule, die Nicholas besuchte, gegeben werden. Innerhalb von zwei Tagen nach der Bekanntgabe des Termins war die Vorstellung ausverkauft. Einige aus der Abschlußklasse gingen hin, Nicholas allerdings eher aus Neugier als wegen irgend etwas sonst. Er war vorher noch nie im Theater gewesen, und über die Schauspielerei wußte er genausoviel wie über Landwirtschaft, Kohleabbau oder Tiefseefischerei. Es war ihm auch nie bewußt gewesen, daß das ein Handwerk war, das man lernen, kultivieren und ausüben konnte.

Als er am Aufführungsort ankam, schienen sich die Leute zu Hunderten durch die Schule zu schieben, und die Turnhalle war wie verwandelt. Da standen Podeste und Treppen, es gab Tapeziertische, grünen Kunstrasen und sogar einen Metallbaum mit goldenen Äpfeln. Über den Boden verteilt lagen riesige Kissen, die aus Teppichstücken zusammengesetzt worden waren. Fünf Musiker saßen auf einem Sprungpferd. Über ihnen befand sich ein kompliziertes Metallgitter mit Dutzenden von Strahlern. Dann bemerkte Nicholas am anderen Ende der Halle auf einem Podium einen stämmigen Mann in Abendgarderobe mit einem breiten roten Band quer über der Brust, das ein juwelenbesetzter Stern und Orden schmückten. Er unterhielt sich mit einer Dame in einem dunkelgrünen Turnürenkleid, die Diamantohrringe und eine kleine Krone trug. Plötzlich streckte der Mann seinen Arm aus, sie legte ihre behandschuhte Hand auf seinen Unterarm, und gemeinsam schritten beide die Plattform hinab. Die Lichter strahlten weiß und hart, und das Stück begann.

Im selben Moment war Nicholas gebannt. Der Schwung, der Einsatz und die intensive Nähe der Darsteller raubten ihm den Atem. Die leuchtenden Farben der Kostüme, die durch die Schnelligkeit der Bewegungen und den Tanz der Schauspieler flirrten, verwirrten ihn. Er sah sich einem Ansturm mächtiger Gefühle ausgesetzt, die sich jeder Analyse entzogen und rasant wechselten. Noch nie hatte er eine so starke Sympathie für Helena empfunden wie in dem Moment, als er über ihre unverhältnismäßige Wut lachen mußte, und die Szene zwischen Titania und Zettel war so sinnlich, daß er fühlte, wie sein Gesicht glühte.

Er mußte des öfteren den Platz wechseln. Darsteller in roten Roben versammelten sich an einer Stelle, und er stand direkt hinter ihnen, als sei er ein Teil des Hofstaats von Theseus. Dann wurde er zu dem Podest geschoben und beobachtete, wie Zettel von einer jubelnden, kreischenden Menge auf den Schultern zu seiner Hochzeit getragen wurde. Der Eselskopf drehte sich, und als der Mann anfing zu wiehern und einen muskulösen Arm zu einem eindeutig sexuellen Gruß hob, blickten seine gelben Augen ihn an. Aber inmitten dieses scheinbar nicht zu bremsenden herrlichen Taumels aus Tanz und Bewegung, Energie und Rhythmus gab es auch bemerkenswerte Momente der Stille. Oberon und Titania beispielsweise, die sich in ihren flatternden Seidengewändern an Kletterseilen über die Bühne schwangen, kamen einander näher und näher, warfen sich Blicke tiefsten Hasses zu, hielten dann völlig unvorhersehbar inne und tauschten einen ironisch keuschen Kuß aus. Oder Priamos' Trauer über Thisbes Tod wurde einfach, aber mit solch einer herzzerreißenden Intensität ausgedrückt, daß der gesamte Hofstaat und das Publikum plötzlich in ein allumfassendes Schweigen versanken.

Und dann die Hochzeitsfeier. Nach einem großen Fanfarenchor warfen der Hofstaat und die Diener Plastikgläser in das Publikum und rannten dann mit Karaffen umher, um die Gläser zu füllen. Alle tranken auf Theseus und Hippolyta. Ballons und Luftschlangen kamen vom Schnürboden geflogen. Elfen und Menschen tanzten miteinander, und die Halle wurde zu einer wirbelnden Masse aus Farbe, Licht und melodiösen Klängen.

Nicholas kletterte auf eine Treppe und blieb stehen, um alles zu beobachten. Seine Kehle war trocken vor Erregung und wie zugeschnürt, und dann, als hätte es Mitternacht geschlagen, hörte plötzlich jede Bewegung auf, und Nicholas bemerkte, daß Puck neben ihm stand. So dicht bei ihm, daß ihre Arme einander berührten. Der Schauspieler sagte: »Wenn wir Schatten euch beleidigt haben…«

Dann wurde Nicholas auf einmal klar, daß es zu einem Ende kommen würde. Daß diese glanzvolle goldene Vision kurz davor war, zu verschwinden und zu sterben… »Wollt ihr diesen Kindertand, der wie leere Träume schwand.« Und er befürchtete, das Herz würde ihm brechen. Puck sprach weiter. Nicholas studierte sein Profil. Er konnte die dynamische Spannung dieses Mannes förmlich spüren. Er bemerkte sie in der kampflustigen Härte des Kiefers, und der zuckende Mund versprühte einen kleinen silbernen Speichelregen, als er die abschließenden Zeilen deklamierte. Und dann, bei dem »Das Spiel zu enden, begrüßt uns mit gewog'nen Händen«, streckte er den linken Arm in einer unglaublich gütigen Geste dem Publikum entgegen, während er die Rechte Nicholas reichte und seine Hand ergriff. Für die Zeit, in der es keine weitere Zeile mehr zu rezitieren gab, standen sie zusammen da, der Schauspieler und der Junge, dessen Leben nie wieder so sein sollte wie zuvor. Dann war es vorbei.

Nicholas setzte sich, während der Applaus nicht enden wollte. Als die Truppe schließlich abtrat und das Publikum sich zerstreute, kam er wieder zu sich und bemerkte, wie er sein Glas in der Benommenheit leidenschaftlicher Gefühle umklammert hielt. Dann räumte einer der Bühnenarbeiter die Treppe fort. Nicholas trank den letzten Rest Johannisbeersaft aus seinem Glas, und sein Blick fiel auf eine rote Luftschlange und eine rosafarbene Papierrose auf dem Boden. Er hob sie auf und steckte sie vorsichtig in die Tasche. Der Schnürboden wurde abgesenkt, und er hatte das Gefühl, im Weg zu stehen. Daher zwang er sich, obwohl er um alles in der Welt dableiben wollte, den Schauplatz zu verlassen.

Draußen auf der Straße standen zwei große Möbelwagen. Jemand lud den Metallbaum mit den goldenen Äpfeln ein. Einige der Schauspieler erschienen. Sie gingen die Straße hinunter, und Nicholas folgte ihnen, weil er wußte, daß es nicht in Frage kam, jetzt schon brav nach Hause zu gehen. Die Gruppe ging in eine Bar. Er zögerte eine Weile vor der Tür, schlüpfte dann hinein und blieb als in sich versunkener Beobachter der Szene hinter dem Zigarettenautomaten stehen.

Die Schauspieler hatten ein paar Meter von ihm entfernt einen Kreis gebildet. Sie waren alles andere als elegant gekleidet, trugen Jeans, schäbige Jacken und Pullover. Sie tranken Bier, sprachen oder lachten nicht zu laut, gaben nicht an, und trotzdem ging etwas von ihnen aus... Sie waren ganz einfach anders. Sie zeichneten sich durch etwas Subtiles aus, was Nicholas nicht definieren konnte. Er sah Droll, einen Mann mittleren Alters in einer alten schwarzen Lederjacke und einer Denimschirmmütze, wie er rauchte und lächelnd den Qualm fortwedelte.

Nicholas beobachtete sie mit einer Sehnsucht, die so stark war, daß er Kopfschmerzen davon bekam. Er wünschte sich verzweifelt, ihrer Unterhaltung folgen zu können, und er war kurz davor, sich näher an sie heranzuschleichen, als sich die Tür hinter ihm öffnete und zwei Lehrer eintraten. Sofort schlüpfte er hinter ihrem Rücken auf die Straße hinaus.

Abgesehen von dem Gefühl, daß er es nicht hätte ertragen können, so schnell wieder in die Banalität alltäglicher Konversation zurückgestoßen zu werden, meinte Nicholas, daß auch er durch diese gerade gemachte begeisternde Erfahrung in irgendeiner Weise körperlich gezeichnet sein müßte. Und er befürchtete, daß das, was er fühlte, unbeholfen und unsensibel hinterfragt werden könnte.

Als er nach Hause kam, waren glücklicherweise schon alle zu Bett gegangen. Er betrachtete sich in dem Spiegel, der in der Küche hing, und über die Unsichtbarkeit seiner Veränderung war er gleichermaßen überrascht und enttäuscht. Sein Gesicht war blaß, und seine Augen schimmerten, aber abgesehen davon sah er genauso aus wie immer.

Dennoch: Er war nicht mehr derselbe. Er setzte sich an den Tisch und kramte das Glas, die Blume, die Luftschlange und die Gratisbesetzungsliste hervor. Er glättete das Papier und ging von oben bis unten die Liste der Darsteller durch. Droll wurde von Roy Smith gespielt. Nicholas malte behutsam einen Kreis um den Namen, dann spülte er sein Glas und trocknete es ab, stellte die Rose hinein, legte das Papier und die Luftschlange dazu und ging in sein Zimmer. Er lag auf seinem Bett und erlebte jeden Moment des Abends immer wieder von neuem, bis der Morgen graute. Am nächsten Tag ging er in die Bücherei und erkundigte sich, ob es im Ort eine Schauspielgruppe gab. So kam er an die Adresse vom Latimer. Er ging noch am selben Abend in das Theater und erklärte dort, er wolle Schauspieler werden, und er wurde sofort engagiert, um den Requisiteuren bei *Französisch ohne Tränen* zu helfen.

Nicholas entdeckte schnell, daß es solche Theater und solche Theater gab, und er betrachtete es philosophisch. Er mußte sehr viel (wenn nicht alles) lernen, und er mußte irgendwo damit anfangen. Es tat ihm leid, daß außer Dierdre keiner von der CADS den *Traum* gesehen hatte. Nicholas spürte allerdings auch sehr schnell, daß der Versuch, die Wirkung zu beschreiben, die das Stück auf ihn gehabt hatte, mißverstanden wurde. So bastelte er Requisiten zusammen oder lieh sie aus, war überall dabei und machte sich so nützlich, daß er immer wieder engagiert wurde. Für das nächste Stück, *Einmal im Leben,* stand er schon auf der Besetzungsliste. Den ersten Versuch zu soufflieren verpfuschte er zwar und zog sich damit Esslyns Zorn und Harolds müde Verachtung zu, aber er nahm das Stück mit nach Hause und las es wieder und wieder, nahm den schnellen Rhythmus auf, erarbeitete sich den Sinn der Pausen, machte sich mit Abgängen und Auftritten vertraut und wurde wesentlich besser. Bei *Das kleine Teehaus* half er, das Bühnenbild zu bauen, und Tim brachte ihm die Grundbegriffe des Lichtsetzens bei, teilte mit ihm die Kabine und klopfte ihm ab und an wie geistesabwesend auf den Po. Er sorgte für die Toneffekte und die Musik zu *Die Schneekönigin,* und in *Hexenjagd* hatte er endlich seine erste Sprechrolle.

Nicholas lernte seine wenigen Zeilen rasch, war stets als erster Schauspieler bei den Proben und ging als letzter. Er kaufte sich einen billigen Kassettenrecorder und feilte an einem amerikanischen Akzent, wobei er die belustigten Blicke, die einige der anderen Schauspieler miteinander austauschten, ignorierte. Er erstellte eine ganze Geschichte für seine Rolle, hörte zu und reagierte mit gespannter Konzentration auf alles, was um ihn herum auf der Bühne vor sich ging. Lange vor der Premiere konnte er schon an nichts anderes mehr denken. Als es dann soweit war und er in der überfüllten Garderobe mit zittrigen Händen zuviel Make-up auflegte, wurde ihm auf einmal bewußt, daß er seine Zeilen vergessen hatte. Verzweifelt suchte er das Buch, kritzelte seine Sätze auf ein Blatt Papier und steckte es in den Bund seiner handgesponnenen Hose. Während er in den Kulissen wartete, überkam ihn auf einmal ein Anfall von Übelkeit, und er übergab sich neben dem Feuerlöscher.

Als er schließlich auf die Bühne trat, traf ihn das Entsetzen mit der Kraft eines Orkans – Reihen von Gesichtern verschwammen in seinem Blickfeld. Er blickte noch einmal hin und dann wieder fort. Er sprach seine erste Zeile. Die Strahler brannten, aber ihm war durch das Hochgefühl und die Aufregung zugleich eher kühl, und als eine Zeile nach der anderen bis zur letzten, so, wie er sie brauchte, in sein Gedächtnis zurücksprangen, machte er zum ersten Mal die Erfahrung dieses seltsamen doppelten Bodens, der einen Schauspieler immer in der Realität hält. Ein Teil von ihm glaubte sich in Proctors Küche in Salem, mit den eisernen Töpfen und Pfannen, den armseligen Möbeln und den verängstigten Menschen, ein anderer Teil von ihm war sich aber auch dessen bewußt, daß ein Hocker an den falschen Platz gerückt worden war und John Proctor immer noch so vor seiner Frau stand, daß niemand sie sehen konnte, und daß Mary Warren ihre Kappe vergessen hatte. Hinterher im Vereinsraum machte er die Erfahrung warmherziger, enger Kameradschaft (»Das Spiel zu enden, begrüßt uns mit gewog'nen Händen«), die vorübergehend jedes derzeitige Mögen oder Nichtmögen innerhalb der Gruppe zu überwinden schien.

In der Pantomime spielte er die hinteren Beine eines Pferdes, und dann wurde ihm die Rolle des Danny in *Die Nacht muß kommen* angeboten. Die Proben begannen sechs Wochen vor seinem Abitur, und er wußte, daß er durch die Prüfung fallen würde. Das ewige Gemurre, das seit Monaten bei ihm zu Hause herrschte, weil er soviel Zeit im Latimer verbrachte, entlud sich in einem heftigen Streit, und er ging fort. Fast gleichzeitig bot Avery ihm das kleine Zimmer über der Blackbird-Buchhandlung an. Es kostete ihn keine Miete; statt dessen wischte er jeden Morgen im Laden Staub und putzte einmal pro Woche Averys Haus.

Nun wohnte er schon seit fast einem Jahr hier und lebte (manchmal vorzüglich) von Averys Resten, meistens von gebackenen Bohnen aus der Dose, die er vom Supermarkt, in dem er arbeitete, mitbrachte. Fast sein gesamter Lohn ging für Stimmbildungs- und Bewegungslehrgänge drauf – er hatte einen hervorragenden Lehrer in Slough entdeckt – und für Theaterkarten. Einmal pro Monat fuhr er per Anhalter nach London, um sich ein Stück anzusehen, weil er hoffte, seinen Akku durch gelegentliche Injektionen von dem, was er für das Wahre hielt, aufzuladen. (Nach einer außerordentlichen Vorstellung von *Die lustigen Weiber von Windsor* im Barbican, entschloß er sich, epikuräische Rede für seinen Vorsprechtermin zu lernen.)

Er wußte immer noch nicht, ob er gut war. Brenda Leggat, die erste Cousine der Smys, schrieb in einer lokalen Zeitung über die Produktionen der CADS, und ihre Erkenntnisse waren genauso originell wie ihre Prosa. Jede Komödie war spritzig, jede Tragödie herzergreifend. Und Vorstellungen, die wirklich mal nicht in dieses Raster paßten, waren dann zumindest eine Mischung aus allem, was wir von einem Schauspieler/einer Schauspielerin/einer Soubrette/der Naiven/der gesamten Getränkebar erwarten dürfen. Auch die Gruppe durchschaute Nicholas bald gut genug, um zu wissen, daß jede direkte Frage zu seinen Auftritten entweder mit einlullenden Bemerkungen oder übersprudelnden Bestätigungen beantwortet wurde. Im Vereinsraum wurde viel über abwesende Freunde gesprochen, aber es war fast unmöglich für einen Darsteller, eine ehrliche Meinung ins Gesicht gesagt zu bekommen. Jeder außer Esslyn und den Everards (und natürlich Harold) erklärte Nicholas, er sei wunderbar. Harold lobte ohnehin sehr selten (er bemühte sich, sie alle an der kurzen Leine zu halten), und wenn, dann nur zu den Premierenabenden, an denen er sich wie ein Broadway-Impresario aufführte, sich hysterisch gab, jeden küßte, Blumen verteilte und sich sogar eine theatralische Träne abrang.

Nicholas beendete seine Übungen, dehnte und streckte sich, atmete einige Male tief durch, zog sich aus, putzte die Zähne, stieg ins Bett und versank sofort in einen tiefen Schlaf.

Er träumte von der Premiere von *Amadeus*, und er stand, ganz in Schwarz gekleidet, mit gekräuselten Trikothosen und einem Totenschädel unter dem Arm, in den Kulissen, weil er die Rolle des Hamlet gelernt hatte.

Rosa Crawleys Ehemann war aufgeblieben. Er hatte den Abend mit einigen befreundeten Rotariern und ihren knitterfreien Ehegattinnen im Caps and Bells verbracht. Er versuchte stets, vor seiner Frau nach Hause zu kommen, nicht nur, weil sie es haßte, das Haus leer vorzufinden, sondern vor allem, weil er sich darauf freute, die Fortsetzung der Saga vom Theatervolk zu hören, mit der sie fast in derselben Minute begann, in der sie zur Tür hereinkam. Sie begleitete ihn natürlich nie in einen Pub, und Ernest sonnte sich ein bißchen in ihrer Abwesenheit, weil er wußte, daß seine Kameraden erkannt hatten, wieviel exquisite Interessen seine Frau zu bieten hatte.

Heute abend war er nur wenige Minuten vor ihr nach Haus gekommen und hatte sich gerade seinen Kakao gemacht, als sie kam. Ernest schüttelte die Sofakissen auf, goß einen doppelten Scotch mit Eis ein, damit sich seine Frau entspannen konnte, und lehnte sich mit seinem eigenen Getränk in der Hand zurück, wobei sein Gesicht vor Erwartung leuchtete.

Rosa nippte an ihrem Whisky und beobachtete Ernest ein wenig neidisch dabei, wie er die gekräuselte Haut auf seinem dampfenden Kakao zur Seite schob. Manchmal, besonders an Abenden wie diesem, hätte sie eine Tasse Kakao vorgezogen, aber sie hatte das Gefühl, das wäre bestimmt (abgesehen von Slippery Elm Food) das gewöhnlichste Getränk auf der ganzen Welt. Wenn sie eines Abends damit anfangen würde, Kakao zu schlürfen, wäre das wohl der erste Schritt auf dem schleichenden Weg in eine behäbige Gemütlichkeit und käme im Grunde einer offiziellen Beitrittserklärung zum Verein der Leute in den mittleren Jahren gleich. Als nächstes würde sie dann wahrscheinlich in einem warmen Bademantel und im Unterrock herumlaufen. Rosa zog ihre hochhackigen Schuhe aus und massierte sich die Füße. Die Schuhe lagen da, das Oberleder nach unten, und die spitzen, zehn Zentimeter hohen Absätze ragten in die Luft.

Sie war eine kleine Frau, kaum größer als einen Meter fünfzig, von zigeunerhaftem Typ, den sie in ganz extremer Weise betonte. Ihr schwarzes Haar war von einer gleichmäßigen Intensität, ihre schönen dunklen Augen von Kajal umrahmt und mit einer doppelten Reihe falscher Wimpern dekoriert, während ihre kupferne Gesichtsfarbe vom Wind über der Heide und einem vorbeiziehenden Stern erzählte. Ihre Nase war zwar länger, als ihr lieb war, aber sie schlug auch daraus Kapital, indem sie durchblicken ließ, daß die Ursache dafür in der besonders tragischen Geschichte eines jüdischen Emigranten zu suchen sei. Eine Vorstellung, die vor allem ihre Großeltern, sture angelsächsische Bauern aus Lincolnshire, entsetzt hätte. Sie nährte diese undurchsichtige semitisch-zigeunerhafte Herkunft, indem sie dunkle Kleidung mit derart funkelnden Accessoires trug, daß diese eher wie ein Feuerwerk und weniger wie modische Zutaten wirkten.

Sie sah Ernest dabei zu, wie er geduldig an seiner Tasse nippte, und einmal mehr wunderte sie sich darüber, daß sie mit ihm verheiratet war. Es war für sie niemals in Frage gekommen, nach ihrer Scheidung von Esslyn solo zu bleiben. Das ging gegen ihren Stolz, und abgesehen davon, konnte sie es nicht aushalten, länger als fünf Minuten allein zu sein. Sie hatte geglaubt, in Anbetracht ihres Aussehens und ihrer Ausstrahlung kämen die Männer nur so in Scharen angelaufen, wenn erst einmal bekannt würde, daß sie zu haben war. Aber Ernest Crawley, hiesiger Bauunternehmer und gemütlicher Witwer, war der einzige ernsthafte Freier.

Er war ein entzückender Mann, der seinen Platz kannte, und schon als er ihr das erste Mal einen Heiratsantrag machte, nahm sie ihn an. Er war der CADS gegenüber schüchtern, ein bißchen reserviert und blieb den Aufführungen daher, abgesehen von Rosas Premieren und den jeweils letzten Vorstellungen, fern, vermutlich weil er glaubte, er würde ihr damit einen Gefallen tun. Gelegentlich lud Rosa die wichtigsten Personen des Ensembles zum Essen ein, und dann spielte Ernest den Gastgeber, verbarrikadierte sich hinter einem Tapeziertisch und schenkte den Frascati aus. Dann kam es ihm so vor, als würden sie alle wie Wale trinken, und er war froh, wenn es vorbei war und die Treibhausatmosphäre sich wieder auf Normaltemperatur abgekühlt hatte. Jetzt fragte er sie, wie es gelaufen war.

»Ach«, seufzte Rosa erschöpft und preßte einen Handrücken gegen ihre Stirn. »Es war schrecklich. Joyce hat immer noch nichts an meinem Kostüm getan, David Smy trampelt wie ein Elefant auf der Bühne herum, und die Venticellis sind ein hoffnungsloser Fall.«

Ernest trank seinen Kakao aus, schnappte sich eine Pfeife und stopfte sie in zufriedener Vorfreude. Er hatte natürlich seine eigenen Dramen in seinem eigenen Arbeitsbereich. Beschwerden des Vorarbeiters, Krach in den Hütten, gelegentlich auch ein schwerer Unfall. Aber die Aktivitäten am Theater bewegten sich in einer völlig anderen Sphäre. Und Rosa erzählte davon immer mit einem derartigen Elan, daß sie sich weit über die gewöhnlichen Unwägbarkeiten seines Arbeitsalltags erhoben.

»Harold sagte, er würde sie erwürgen.« (Rosa eröffnete ihre Monologe stets mit einer etwas blumigen Hyperbel.) »Einen nach dem anderen und sehr langsam, wenn sie nicht endlich ihre Stichworte lernen.«

»Tatsächlich?« Ernest hielt seine Kommentare bewußt unverbindlich. Rosas Einstellung zu ihrem Regisseur schwankte. Manchmal kannten ihr Abscheu und ihr Hohn für seine

Affektiertheit keine Grenzen; und dann wieder – gewöhnlich dann, wenn sich Harold mit einer der führenden Schauspielerinnen gestritten hatte – genoß er ihre ganze Sympathie. Dann waren sie Gleichgesinnte, mit glänzendem Talent, die an ein und demselben Strang zogen und in einem See der Mittelmäßigkeit unterzugehen drohten. Heute würde es mit Sicherheit einer der letzteren Abende werden.

»Die Venticellis eröffnen das Stück, stimmt's? Nur die beiden ... in einem Rutsch ... keinen Stopp. Wie Ros und Gil ... weißt du?« Ernest nickte weise. »Ich meine, sie werden diese Produktion umbringen ... absolut vernichten, bevor ich meinen Auftritt habe.«

Ernest nickte erneut und stopfte noch ein wenig seine Pfeife. Er hatte keine Ahnung, wer oder was die Venticellis waren, aber die armen Kerle sollten sich besser warm anziehen, wenn sie das Rennen überleben wollten. Rosa war nun zu Boris gekommen, der, wie sie sagte, sein Gesicht bis zur Unkenntlichkeit anmalte und den Kaiser Joseph wie eine wildgewordene bayerische Hausfrau spielte.

Wenn es Ernest in den Sinn kam, darüber nachzudenken, wurde ihm bewußt, daß Rosas Zunge in den letzten zwei Jahren, in denen sie zwölf Stücke gegeben hatten, zwar regelmäßig Vorstellung für Vorstellung total verriß, dabei aber niemals den Namen ihres ersten Mannes über die Lippen brachte. Allerdings behielt er diese Beobachtung klugerweise lieber für sich.

»Ruiniert, ruiniert!« Avery rannte durch die mit Teppich ausgelegte Diele, riß sich den Kaschmirschal vom Hals und pfefferte ihn gen Boden. Die Handschuhe flogen auf den Aubusson-Teppich, sein Mantel auf das himbeerfarbene Satinsofa. Tim stolperte im Kielwasser dieser Turbulenzen hinterher, hob Averys Sachen auf und murmelte nur: »Für manche ein echtes Unglück«, als er bei den Handschuhen ankam. Er stopfte sie rechts und links in Averys Manteltaschen und hing das Kleidungsstück in der engen Diele neben seinem eigenen Mantel auf, wobei ihn die Diskrepanz zwischen dem Tattersallkaro mit der Girlande aus türkisem Kaschmir und den kleinen Walnußfingern, die sich flehentlich in die Luft streckten, und seinem eigenen düsteren, dunkelgrauen Fischgrätmantel und Marineschal amüsierte.

Avery, der mittlerweile sein *Tablier* und die Froschküchenhandschuhe trug, zog den Bräter aus dem Ofen. Er stellte ihn auf ein Holzbrett und hob den Deckel einen Millimeter hoch. Während sie nach Hause geeilt waren, hatte er die ganze Zeit mit dem Schicksal gehadert. Er würde Tim nicht einmal nach dem Grund und dem Inhalt der zuvor erwähnten Telefonate fragen, wenn er ein Auge auf die *Daube* geworfen hatte. Avery, der wußte, daß nahezu übermenschliche Zurückhaltung notwendig war, um sich an seinen Part der Vereinbarung zu halten, glaubte auf eine beinahe magische Weise daran, daß sich auch die andere Partei an ihren Teil der Absprache halten würde. Aber während er den Gartenweg hinauflief und sich sicher war, daß er einen Hauch Kohle in der kalten Nachtluft witterte, löste sich diese Gewißheit auf. Und als er gequält von bösen Vorahnungen durch das Wohnzimmer lief, war er sich ziemlich sicher, daß die Bastarde ihn mal wieder hatten hängen lassen. Und das bestätigte sich nun.

»Er hat eine Kruste!«

»Das ist schon in Ordnung.« Tim kam in die Küche geschlendert und griff nach dem Flaschenöffner. »Warum brichst du sie nicht einfach auf und rührst sie unter?«

»Das ist ein Cassoulet, mein Gott ...«

»Um Himmels willen, jetzt hör endlich auf, die Hände zu ringen. Es ist doch bloß ein Eintopf.«

»Ein Eintopf! Ein Eintopf!«

»Wenigstens können wir nun nicht mehr behaupten, daß niemand in diesem Hause eine Kruste hätte.«

»Mehr als ein Witz fällt dir nicht dazu ein?«

»Es war nicht so gemeint. Ich bin nur einfach hungrig. Und wenn du dir wirklich solche Sorgen darum gemacht hast, hättest du doch früher nach Hause fahren können.«

»Und du hättest gefälligst ins Theater kommen können.«

»Ich war mit der Bestellung von Faber beschäftigt.« Tim lächelte und spielte damit den Ärger in seiner Stimme herunter. Wenn Avery in dieser Verfassung war, würde es sicher Mitternacht werden, ehe er einen Happen in den Mund bekam.

»Und die Anrufe waren von Camelot-Antiquitäten. Es ging um unsere Fußbank, und Derek Barfoot hat durchgeklingelt, um uns für Sonntag zum Essen einzuladen.«

»Oh.« Avery sah verlegen, erleichtert, dankbar und ermutigt zugleich aus. »Danke schön.«

»Sieh mal. Warum nehmen wir nicht einfach diesen Löffel mit den Löchern und ...«

»Nein! Du wirst es wohl nie kapieren!« Avery stand vor seiner Kasserolle wie eine Mutter, die ihre Kinder vor einer rasenden Bestie beschützt. »Ich habe eine bessere Idee.« Er holte eine Schachtel mit Papiertüchern hervor und legte mit langsamer und ausgesuchter Vorsicht ein halbes Dutzend davon auf die gekräuselte oberste Schicht. »Das wird die ganzen Stücke aufsaugen, und dann kann ich alles zusammen mit einem Fischmesser abheben.«

»Ich dachte, das Beste säße unten«, brummte Tim, ging zur Speisekammer und holte den Wein.

Die Speisekammer war in Wirklichkeit Averys Domäne, aber sie hatte eine Nische aus Steinfliesen mit einem Gitterfenster an der Außenwand, durch das sie wunderbar kühl blieb und damit genau die richtige Temperatur für ein Weinregal hatte. Der winzige Raum war hell erleuchtet und vollgestopft mit Vorräten. Walnüsse und Haselnüsse und Sesamöl. Oliven, Kräuter und Pralinen aus der Provence. Anchovis und Provolone, Trüffel in kleinen Gläsern. Dosen mit Muscheln und Szechuanpfefferkörnern. Kartoffelmehl und viele Senfsorten. Prosciutto und Wasserkastanien. Ein Schinken mit faltiger, ledriger Haut in der Farbe von Süßholz hing neben der duftenden Salami von der Decke herab. Kleine Amaretti und Schnecken. Tomatenmark und Maronenpüree, geräucherter Fisch und Seehase, Möweneier und Regenpfeifereier und eine Chilisauce, die so scharf war, daß sie Steine aus einem Hufeisen hätte schlagen können. Tim schob einen Topf mit Pfirsichen in Brandy zur Seite, nahm eine Flasche aus dem Regal und ging in die Küche zurück.

»Welche willst du aufmachen?«

»Den Château d'Issan.«

Avery kaute auf seinen weichen, dicken Lippen (der kleine beruhigende Tropfen, den die Telefonate verursacht hatten, war nun verschwunden und hatte sich in einen großen See allgemeinerer Befürchtungen verwandelt) und beobachtete, wie Tim den Korkenzieher drehte, die Chromflügel nach unten drückte und mit einem sanften Plopp den Korken aus der Flasche zog. Avery fand, das sei der zweitschönste Klang auf Erden (und folgte dicht hinter dem Geräusch eines Reißverschlusses, der aufgezogen wird), während ihm der schreckliche Verdacht kam, es sei Tims Lieblingsgeräusch. Nun, da er die glatten, dunklen, seidigen Haare auf dem Handrücken seines Geliebten sah, auf die das Küchenlicht einen Flimmer zauberte, und während er beobachtete, wie seine eleganten Hände die Flasche kippten und den duftenden Wein einschenkten, stieg in Averys Bauch dieses vertraute Gefühl auf, eine Mischung aus Schrecken und Entzücken. Tim zog sein

Jackett aus und legte eine olivgrüne Rehlederweste und ein schneeweißes Hemd frei, dessen Ärmel von altmodischen elastischen Bändern gehalten wurden. Dann senkte er seine schmale, ästhetische Nase über das Glas und schnupperte daran.

Avery würde nie verstehen, wieso jemand, der so leidenschaftlich auf das achtete, was er trank, nicht genauso wählerisch mit dem war, was er aß. Tim würde alles verspeisen, was er für »lecker« hielt, und das waren die unterschiedlichsten Dinge. Einmal, als sie eine Stunde im Rugbystadion festsaßen, hatte er mit allen erdenklichen Anzeichen von Genuß einen Cheeseburger und Pommes frites verdrückt, dazu einige Stücke weißes, gummiartiges Brot, ein schauriges Stück Backware mit drei Kringeln aus Marmelade in den drei Farben der Verkehrsampel, zwei Kit-Kats verschlungen und eine Tasse beißenden, rostfarbenen Tee geschlürft. Und dabei konnte Tim für sich nicht einmal die Entschuldigung geltend machen, aus der Arbeiterklasse zu stammen, wie Avery damals dachte, der sich seinerseits mit einer Orange und einem Glas lauwarmer Liebfrauenmilch abmühte. (Tim hatte ihm erklärt, daß Liebfrauenmilch nicht nur ein Produkt mehrerer Länder sei, sondern auch noch mit Frostschutzmittel gestreckt war.)

Also warum, fragte sich Avery zuweilen, wenn er in seiner riesigen Sammlung von Kochbüchern blätterte, arbeitete er eigentlich so lange und innig in der Küche? Die Antwort schoß ihm sofort durch den Kopf, und sie blieb immer die gleiche. Avery bereitete seine *Ringeltaube à la paysanne, Truites à la crème* und *Fraises Romanoff* nur aus einem einzigen Grund zu: Er servierte sie Tim im Geiste erregender Demut, weil das seine höchsten Leistungen waren, das Beste, was sein liebendes Herz zu bieten hatte. In derselben Weise bügelte er Tims Hemden, suchte frische Blumen für sein

Zimmer aus und plante kleine Vergnügungen. Wenn er einkaufen ging, suchten seine Augen nahezu unbewußt ständig nach etwas, womit er ihm eine Überraschung bereiten, ihm ein Geschenk machen konnte.

Er hörte nie auf, sich über die Tatsache zu wundern, daß er und Tim seit sieben Jahren zusammen waren, insbesondere, als er die Wahrheit über dessen Freunde im Hintergrund entdeckte. Avery war schon immer schwul gewesen und hatte voller Naivität einfach vorausgesetzt, daß das bei Tim genauso gewesen wäre. Dann hatte er allerdings entdeckt, daß Tim seine sexuellen Vorlieben schmerzvoll und Stück für Stück entdeckt hatte. Daß er sich zuerst für einen ganz normalen heterosexuellen Teenager gehalten hatte, ehe darauf einige bisexuelle Jahre gefolgt waren. (Er war sogar in seinen frühen Zwanzigern mal achtzehn Monate verheiratet gewesen.)

Dieses Wissen hatte Avery in einen Sog der Angst gerissen. Tims Versicherungen und sein Hinweis, daß das alles vor zwölf Jahren passiert war, hatten Avery, der von Natur aus sehr impulsiv war, nur wenig beruhigen können. Selbst jetzt noch suchte Avery, ohne es sich freilich anmerken zu lassen, bei Tim ängstlich nach Anzeichen dafür, daß sich diese früheren Neigungen wieder erneuert haben könnten, so wie eine angeberisch gefärbte Pflanze sich gelegentlich ja auch in ihre weniger auffälligen Vorfahren zurückverwandelt.

Avery dachte darüber nach, weil er nie, niemals, auch nicht in Trillionen oder Zillionen von Jahren verstehen würde, was Tim in ihm sah. Zuerst einmal gab es da den physischen Gegensatz. Tim war groß und hager, mit hohlen Wangen und einem Mund, in dem selbst in entspanntem Zustand soviel Strenge lag, daß einen seine Süße, wenn er plötzlich lächelte, fast schockierte. Avery kam es so vor, als sei er eine Figur aus einem Bild von Caravaggio. Oder vielleicht (im Moment sah sein Profil alarmierend unbeugsam aus) ein Mönch aus dem Mittelalter. Nicholas hatte mal gesagt, er glaubte, daß Tim, obwohl emotional mager, spirituell sehr opulent sei. Das war es natürlich nicht, was Avery hatte hören wollen. Er gab nicht das Geringste auf spirituelle Opulenz. Servier ihm Tag für Tag ein schönes *Filet Mignon* und eine zärtliche Liebkosung, hatte er nur geantwortet.

Avery wußte, daß er im Vergleich zu Tim eine schreckliche Figur hatte. Er war rundlich, und sein Aussehen war, genau wie sein Wesen, schlampig und zerfahren. Seine Lippen waren zusammengepreßt und viel zu voll, seine Augen verwaschen blau und leicht hervorstehend, und seine Wimpern farblos. Seine Nase war, bloß um anders zu sein, winzig und schmal und schien sich in der rosafarbenen Breite seines Gesichts zu verlieren. Sein Kopf war sehr rund und von einem Ring aus buttergelben Locken ohne Spannkraft umgeben, die wie Daunen von Entenküken aussahen. Wegen seiner Glatze war er schon immer unsicher bis zur Selbstquälerei gewesen und als er Tim kennenlernte, trug er eine Perücke. Am Morgen ihrer ersten gemeinsamen Nacht hatte er sie im Mülleimer wiedergefunden. Danach war zwischen den beiden nie wieder die Rede davon gewesen, und Avery hatte mutig ohne Perücke weitergelebt, bestrahlte sich und seinen Skalp statt dessen allerdings einmal pro Woche mit einer Höhensonne.

Dann war da nicht zuletzt noch der Unterschied in ihren Neigungen und Veranlagungen. Tim war fast immer ruhig, während Avery aufgeregt zwischen himmelhoch jauchzend und zu Tode betrübt pendelte, wobei er sämtliche psychischen Wegstationen durchschritt. Seine Reaktionen waren jedenfalls immer höchst dramatisch. Was Tim zwar stets amüsiert zu haben schien, aber in jüngster Zeit hatte Avery ein- oder zweimal ein leises Anzeichen von Ungeduld bemerkt. Nein, nicht mehr als ein Zucken zusammengepreßter Lippen genaugenommen. Aber eben zweifellos ein Zucken. Nun, da er seinen Bordeaux trank, formulierte Avery im Geist ein weiteres von vielen Gelöbnissen. Er würde lernen, die Dinge weniger schwer zu nehmen. Er würde erst denken und dann sprechen. Erst mal tief durchatmen. Vielleicht sogar bis zehn zählen. Er wandte seine Aufmerksamkeit wieder dem Schmortopf zu, und die Tücher waren, ohne eine Spur zu hinterlassen, versunken. Avery entfuhr ein Schrei, der bestimmt auf der halben Straße zu hören war.

»Zum Teufel.« Tim stellte sein Glas auf der Arbeitsfläche ab. »Was ist denn nun schon wieder los?«

»Die Kleenex sind auf den Boden gesunken.«

»Ist das alles? Ich dachte schon, jemand hätte versucht, dich zu kastrieren.«

»Ich wollte doch nicht, daß sie alles aufsaugen«, schluchzte Avery.

»Nun haben wir entdeckt, daß sie es doch tun. Erkenntnis ist nie umsonst. Wir geben es einfach Nicholas.«

»Das kannst du nicht machen – es ist doch voller Papiertücher.«

»Dann eben Riley.«

»Riley! Da ist eine halbe Flasche Beaune drin.«

»Dann wird er eben glauben, es sei Weihnachten.«

»Wie auch immer, Riley ist ein Fisch- und kein Fleischesser. Was hast du vor?«

»Ich mache mir einen Toast.« Tim schnitt Brot auf dem marmornen Kuchentablett. Jetzt griff er an Avery vorbei und stellte den Grill an. Dann füllte er ihre beiden Gläser wieder nach.

»Trink aus, Schatz. Und hör auf, über das Mobiliar zu fließen.«

»Entschuldige...«, schniefte und schnaubte Avery und leerte sein Glas.

»Du bist nicht... du bist nicht böse auf mich, Tim?«

»Nein, Avery, ich bin dir nicht böse. Ich stehe nur kurz vor dem Hungertod.«

»Ja. Also ...«

»Bitte, hör auf, dich zu entschuldigen. Erheb dich von deinem Hinterteil und hilf mir. Da müßte doch noch etwas von der Entenleberpastete übrig sein. Und wir könnten auch die Mangoeiscreme aufessen.«

»Also gut.« Immer noch murrend und maulend ging Avery zum Kühlschrank. »Ich weiß nicht, warum du dich überhaupt mit mir abgibst.«

»Hör auf, mir zu schmeicheln, das steht dir nicht.«

»Entsch...«

»Und wenn nicht ich, wer sonst?«

Diese so selbstverständliche Frage schien für Avery nicht mehr als die reine Wahrheit zu sein. In seinem Kummer ließ er den Kopf hängen und dachte nach, wobei er auf seinen runden Bauch und seine knubbeligen kleinen Füße heruntersah. Dann blickte er auf und wurde augenblicklich mit Tims strahlendem Lächeln konfrontiert. Oh, was für ein wunderbarer Tag! dachte Avery und strahlte nun seinerseits voller Glück. Und dann, um die Sache absolut perfekt zu machen und weil er und Tim gleichermaßen achtlos waren, verbrannte der Toast.

»Wir können wohl annehmen, daß das jetzt Kohlebiskuits sind«, stellte Avery fest und trank den Wein aus. Dann erklärte er, weil er die Ermahnung, nichts Schmeichlerisches zu sagen, schon wieder vergessen hatte: »Ich wünschte, ich wäre mehr wie du. Ruhiger.«

»Gütiger Himmel, das wäre ja das letzte. Ich würde es hassen, mit jemandem zu leben, der genauso ist wie ich. Das würde mich innerhalb einer Woche zu Tode langweilen.«

»Wirklich, Tim?« Averys schmerzvoller Herzschlag beschleunigte sich auf wunderbare Art und Weise. »Ist das wirklich wahr?«

»Ein Drama pro Tag hält den Trübsinn fernab.«

»Hm.« Avery schenkte sich noch mehr Wein nach.

»Ich vermute, das ist wahr.«

»Aber für heute haben wir unsere Ration gehabt. Jetzt können wir weitermachen.«

»Ja, Tim.« Avery beeilte sich in seinem Überschwang, ungesalzene Butter, Sellerie, die Pastete und eine weiße Porzellanschale voller Tomaten hervorzuzaubern. Tim hatte natürlich recht. Es war allgemein bekannt, daß Gegensätze sich anziehen. Das war wahrscheinlich der Grund, warum es insgesamt gesehen mit ihnen beiden so gut klappte. Weshalb sie so glücklich miteinander waren. Es war einfach nur dumm von ihm, gerade mit jenen Charaktereigenschaften zu hadern, die sein Partner so anziehend an ihm fand.

Avery nahm die handbetriebene Kaffeemühle und füllte ein paar Kaffeebohnen in den kleinen Holzkasten. Er weigerte sich, das elektrische Gegenstück zu verwenden, weil er glaubte, daß die unkontrollierbare Hochgeschwindigkeit die Bohnen, die er sich eigens von einer afrikanischen Kaffeefirma schicken ließ, überhitzen und ihr Aroma zerstören würde. Der Duft der Kaffeebohnen vermischte sich mit dem fruchtigen Bukett des Weins und dem sehr gewöhnlichen, aber für Avery immer wieder zutiefst befriedigenden Geruch nach frischem Toast. Er setzte sich voller Erwartungen an den geschrubbten Kiefernholztisch. Das war die Zeit, die er am meisten liebte. (Nun ja, fast.) Wenn es Essen und Wein gab, und Gerüchte und Späße.

Selbst an solchen Tagen, an denen sie nichts außer Bücherverkaufen und Papierkram zu erledigen hatten, gab es doch immer wenigstens einen Kunden, der sich für ein übertriebenes Nachäffen oder eine groteske Unterstellung eignete, mit der sie dann ihre Späße treiben konnten. Aber natürlich waren die glanzvollsten Abende, die die höchste Unterhaltung lieferten, die Abende, die sie im Latimer verbracht hatten.

Dann konnten sie die Vorstellungen durch den Fleischwolf drehen und Beziehungen zerstückeln, Vermutungen anstellen und Meinungen über Harolds Geisteszustand (immer offen für Fragen und jedermanns Vermutungen) erörtern.

Aber gelegentlich, wenn es ein »Drama« zu Hause gegeben hatte, war Tim ein wenig mitgenommen, und dann litt Avery unter seinem Mangel an Interesse für die Vorkommnisse im Theater. Das war eine qualvolle Zeit für Avery, für den das Gerüchteverbreiten genauso leicht war wie das Luftholen, und die er daher auch mit der gleichen Notwendigkeit produzierte, mit der er atmen mußte. Als er jetzt Butter auf seinen Toast schmierte, sah er Tim an und strich dabei fein säuberlich, ein klein wenig unsicher, weiter. Aber es war alles in Ordnung. Tim sah Avery an, und seine grauen Augen, die so kalt wirken konnten, waren infolge eines leichten Anflugs von Schalkhaftigkeit erwärmt.

»Aber abgesehen davon, Frau Lincoln«, sagte er und griff nach dem Sellerie, »wie hat Ihnen denn eigentlich das Stück gefallen?«

Als Joyce Barnaby das Wohnzimmer betrat, saß ihr Ehemann vor dem Kamin und döste. Er hatte einen Fliederzweig gezeichnet, und der Stift lag noch in seiner Hand, obwohl der Skizzenblock auf den Boden gepurzelt war. Als seine Frau hinter dem Stuhl stand, die Arme um seine Brust legte und ihn an sich drückte, wurde er wach. Dann hob sie den Block auf.

»Du bist nicht fertig geworden.«

»Ich bin eingeschlafen.«

»Hast du deine Lasagne gegessen?«

Tom Barnaby gab ein abweisendes Grunzen von sich. Als Joyce von dem Vorsprechabend zu *Amadeus* nach Hause gekommen war und ihm erzählt hatte, daß sie die Rolle der Hüterin des Kuchens bekommen hatte, war es lediglich das rasende Sodbrennen in seiner Brust, das ihn davon abgehalten hatte, laut zu lachen. Kam er doch nie über die Tatsache hinweg, daß sie das, was sie selbst gekocht hatte, zwar ohne große Freude, aber immerhin auch nicht mit allzu großem Widerwillen aß. Manchmal fragte er sich, ob sein ernsthafter Ausdruck des Mißfallens zu den Essenszeiten über die Jahre hinweg ein derart rituell-versteinertes Aussehen angenommen hatte, daß Joyce einfach beschlossen hatte, es als eine besondere Art von Familienwitz zu betrachten. Er beobachtete, wie sie sich über den Zweig der weißen und mauvefarbenen Blumen beugte und deren Duft einsog.

»Wie ist es dir ergangen, Liebling?«

»Wie bei einem Abend mit den Marx Brothers. Ich wußte gar nicht, daß so viele Dinge schiefgehen können. Zum Glück erschien Tim nach der Pause mit seinem Rasiermesser; das hat Harold sichtlich aufgemuntert. Bis dahin war er den ganzen Abend unausstehlich. *Molto distrato*, mein Liebling!«

»Für was soll denn die Klinge gut sein?«

»Wart's ab, du wirst es sehen. Wenn ich es dir jetzt schon sage, versaue ich dir damit die Premiere.«

»Nichts, worin du auftrittst, kann mir versaut werden ...« Er nahm ihre Hand. »Wozu brauchst du denn so eine große Tasche?«

»Für die Garderobe. Der Hosensaum muß ausgelassen werden. Kaputter Reißverschluß. Und ein paar Bordüren, die aufgenäht werden müssen.«

»Du arbeitest zuviel.«

»O Tom.« Sie beförderte seine Füße von der Fußbank und

setzte sich selbst darauf, wobei sie ihre kalten Hände dicht ans Feuer hielt. »Sag das nicht. Du weißt doch, wie gern ich es tue.«

Das wußte er. Er hatte sich vorhin ein Tonband angehört, das sie mit Arien von Katharina Cavalieri aufgenommen hatte. Joyce hatte eine wunderbare Stimme, einen vollen Sopran. Nicht ganz rein in den höheren Lagen, aber immer noch mit dem gleichen tiefen Schmelz. »Martern aller Arten« hatte ihn zu Tränen gerührt.

Als sie sich kennengelernt und ineinander verliebt hatten, war sie Studentin an der Guildhall School of Music gewesen. Er hörte sie zum ersten Mal während einer Vorstellung in ihrem letzten Studienjahr singen, und er hatte dagesessen, fassungslos und ängstlich dem wunderbaren Klang gelauscht. Eine ganze Weile danach konnte er immer noch nicht glauben, daß sie einen so gewöhnlichen Mann, wie er es war, lieben konnte. Oder daß er sich ihrer jemals sicher sein könnte.

Aber sie hatten geheiratet, und sie hatte noch vier Jahre lang gesungen, zuerst nur kleine, kaum bemerkte Rezitationen; dann trat sie dem Chor des National Opera House bei. Als Cully geboren wurde, war alles zu Ende. Barnaby und sie stimmten aber darin überein, daß es nur für eine Weile vorbei sein sollte. Vorübergehend. Das Geld war knapp, und als Cully zwei Jahre alt war, bekam Joyce ein Engagement als zweite Besetzung für *Godspell.* Aber eine Karriere bei der Polizei ist mühsam, Tom hatte öfter Nachtdienst, und eine oder zwei unangenehme Erfahrungen mit Babysittern ließen Joyce voller Schuldgefühle und Angst ins Theater gehen, so daß sie sich nicht mehr konzentrieren konnte. Also ging sie zur Causton Light Operatic Society, um ihre Stimme geschmeidig zu halten, als die CADS gegründet wurde. Es war natürlich nicht das, wovon sie geträumt hatte, aber selbstverständlich immer noch besser als nichts. Sie und Tom kamen überein, daß es nur so lange so gehen sollte, bis Cully alt genug war und man sie allein lassen konnte.

Als diese Zeit gekommen war, mußte Joyce jedoch feststellen, daß sich die Musikwelt weitergedreht hatte und nun voller talentierter, harter, karrierewilliger junger Sänger war. Und die Jahre von mehr oder weniger durchgehender Häuslichkeit hatten ihre Ambitionen stumpf werden lassen. Sie wurde sich darüber klar, daß sie keine Lust mehr hatte, nach London zu fahren, in einem schlecht beleuchteten Theater zu stehen und für ein gesichtsloses Trio irgendwo da draußen zu singen.

Besonders, wenn Scharen von Zwanzigjährigen schon in den Kulissen standen, scharf wie Rasierklingen, voller Entschlossenheit und Auftrieb, Energie und Hoffnung. Und daher ließ Joyce ihre Pläne für eine Musikkarriere fallen, allmählich und ganz ohne ein äußeres Anzeichen von Enttäuschung.

Aber ihr Ehemann sah sie ihre Theaterrollen, von denen es viele gab, mit einer derart einfühlsamen Wahrhaftigkeit spielen oder hörte, wie ihre liebliche Stimme in der Weihnachtsgeschichte die anderen anführte, und es gelang ihm nie, diesen Darbietungen ohne den peinigenden Stich aus Kummer und Reue beizuwohnen. Dieser Stich wurde zwar über die Jahre durch ihre glückliche Ehe gemildert, aber nun, da er «Martern aller Arten« noch in den Ohren hatte und aus den Augenwinkeln heraus die vielen Veränderungen erkannte, fuhr plötzlich ein Pfeil aus Trauer, ein Leiden über diese Verschwendung, wie ein Messer durch ihn hindurch.

»Tom...« Joyce nahm seine andere Hand und blickte ihm ins Gesicht. »Schon gut. Es macht doch nichts. All das. *Es macht nichts.* Da sind wir beide. Und da ist auch Cully. Liebling...?« Sie begegnete seinem Blick mit Kraft und Liebe. »Alles in Ordnung?«

Barnaby nickte und ließ zu, daß sein Gesicht sich aufhellte. Was hätte er sonst auch tun sollen? Die Dinge waren nun einmal nicht mehr zu verändern. Und es war eine Tatsache, daß es Cully gab.

Ihre Tochter hatte, seit sie mit vier Jahren zum ersten Mal bei einer Pantomime mitgemacht hatte, eine Theaterleidenschaft gepackt. Sie war wie der Wind auf die Bühne gesaust, als die Alte die Kinder aufforderte, auf den bösen Wolf aufzupassen, und sie trat um sich und schrie, als die Szene vorüber war, so daß sie gewaltsam von der Bühne gezerrt werden mußte. In der Grundschule hatte sie wie selbstverständlich große Vorstellungen gegeben (Eichenblatt, kleiner Hase). Jetzt, in ihrem letzten Englischjahr in New Hall, waren ihre Vorstellungen im ADC schon hervorragend.

»Ich dachte, du wüßtest das«, fuhr Joyce fort. »Du dummer alter Bär.«

Barnaby lächelte. »Es ist schon lange her, daß mich das letzte Mal jemand so genannt hat.«

»Erinnerst du dich noch daran, wie Cully dich immer so genannt hat? Da gab es diese Fernsehsendung, die sie so sehr geliebt hat...« Joyce sang: »Ich heiße Barnaby, der Bär... den Rest habe ich vergessen.«

»Ah, ja. Mit sieben war sie wirklich eine richtige Verrückte.«

Die Unterhaltung stockte einen Moment lang. Dann sagte Joyce: »Eine Nachricht von Colin.« Barnaby grunzte. »Könntest du bitte den Kamin anstreichen?«

»Joyce, ich hab' doch Ferien.« Er murrte zwar immer, wenn sie ihn bat, bei den Bühnenbildern zu helfen, half dann aber doch jedesmal aus, soweit es seine Arbeit zuließ.

»Ich würde dich gar nicht bitten, wenn du keine Ferien hättest«, log Joyce dreist. »Wir können alle Farbe auf die Kulissen kleckern, aber dieser Kamin, den Colin da entworfen hat … er ist so schön. Tom – ein Kunstwerk. Wir können da keinen dusseligen Kerl dranlassen. Und du bist doch so toll in solchen Sachen.«

»Du streichst mir ganz schön Honig um den Bart.«

»Es ist doch wahr. Du bist ein Künstler. Erinnerst du dich noch an die großartige Figur, die du gemacht hast? Für *Hin und her im Garten*?«

»Nur zu gut. Und an die Briefe in der lokalen Presse.«

»Das kannst du am Samstag nachmittag tun. Nimm eine Thermoskanne und ein paar Brote mit.« Sie hielt inne. »Ich würde dich nicht darum bitten, wenn wir Gartenwetter hätten.«

»Und ich würde es nicht tun, wenn wir Gartenwetter hätten.«

»Oh, danke, Tom.« Sie drückte ihre Wange an seine Hand. »Du bist süß.«

Detective Chief Inspector Barnaby seufzte und sah, wie die letzten paar kostbaren Tage seines jährlichen Urlaubs nun doch mit regen Aktivitäten ausgefüllt werden würden.

»Versuch das mal denen im Präsidium zu erklären«, erwiderte er.

Harold steuerte seinen Morgan in der Wellington Road 17 zwischen den Torpfosten mit den Styroporlöwen durch und raste auf den Stellplatz zu. Er ermutigte die Maschine, ein letztes großes, tiefkehliges Brüllen von sich zu geben, drehte dann den Zündschlüssel um und machte sich selbst Mut für das Bevorstehende. Das Ein- und Aussteigen aus einem Morgan war nämlich nicht eben leicht, doch ihn zu fahren und zu beherrschen ein Erlebnis. Es befriedigte vorübergehend Harolds unstillbaren Durst nach Bewunderung, wenn die Fußgänger ihre Köpfe nach der scharlachroten Kühlerhaube, die an ihnen vorbeiblitzte, umdrehten. Die Tatsache, daß seine Frau den Wagen nicht leiden konnte, erfüllte ihn zusätzlich mit Freude. Er zog den Schlüssel ab und klopfte anerkennend auf das Armaturenbrett. Man wußte eben instinktiv, wenn etwas richtig war, sinnierte Harold, der sich vor langer Zeit diese Lüge eines schlauen Reklamefachmanns zu Herzen genommen hatte.

Auf dem lederbezogenen Sitz neben ihm lag ein Stapel Poster, die Frau Wistanley unter befreundeten Mitgliedern der Townswomen's Guild, ihrer Blumenarrangierklasse und in den hiesigen Geschäften verteilen konnte. Abgesehen davon, daß er seine Ideen geschickt verkaufen konnte und Interviews gab, wann immer er sich die Gelegenheit dazu verschaffen konnte, legte Harold wenig Wert auf Öffentlichkeitsarbeit. Denn schließlich, das würde er jedem Dummkopf erklären, würde Trevor Nunn ja auch nie selbst die Nachrichtenagenturen mit Filmmaterial zu seiner letzten Extravaganz beliefern. An dem kurzen Gedanken an diesen berühmten Namen hatte Harold nun schwer zu schlucken. Er war sich schon seit langem bewußt darüber, daß er, wenn er nicht so sorglos in die frühe Heirat eingewilligt hätte und wenn die Geburt seiner drei unheimlich beschränkten Kinder nicht gewesen wäre – die nun Gott sei Dank sich und ihre Kumpane kilometerweit entfernt zu Tode langweilten –, einer der Topregisseure dieses Landes hätte werden können. Wenn nicht sogar (Harold gehörte nicht zu jenen, die sich vor der Wahrheit drückten) der ganzen Welt.

Alles, was man brauchte, waren Glück, Talent und die richtige Frau. Harold glaubte, wenn man sein Glück gemacht hatte, wäre Talent kein Problem mehr. Er hatte es, Gott weiß, es quoll ja aus jeder seiner Poren. Aber die richtige Frau ... ah, da lag der Hund begraben. Doris war bürgerlich und ein schlichtes Gemüt. Eine Philisterin. Als sie gerade erst frisch verheiratet waren (sie war damals ein dünnes, scheues, hübsches Mädchen), hatten die Kinder sie vollauf beansprucht, und sie hatte keine Zeit gehabt, sich für das Latimer zu interessieren. Später, als die Kinder größer wurden und ihre eigenen Wege gingen, waren ihre Bemerkungen zu den Produktionen derart unangebracht, daß Harold ihr kurzweg verbot, sich, außer zu den Premieren, überhaupt noch im Theater blicken zu lassen.

Er hatte erst kürzlich, als Rosa wieder zu haben war, daran gedacht, sich von ihr scheiden zu lassen, weil er Rosa für eine wesentlich angemessenere Regisseursgattin hielt. (Manchmal fragte er sich, ob Doris überhaupt dankbar dafür oder sich des Status' bewußt war, den ihm seine Position als einziger Theaterimpresario der Stadt verlieh.) Wie auch immer, nachdem er seine flüchtige Schwäche für Rosa im kalten Licht der Vernunft analysiert hatte, mußte Harold zugeben, daß sie nicht ernstlich standhalten konnte. Rosa war nicht nur an die Rolle als Hauptdarstellerin gewöhnt, nein, sie genoß sie, und er konnte kein Anzeichen dafür erkennen, daß sie zu seinen Gunsten freiwillig ihre Ambitionen zurückstecken würde. Doris dagegen hatte – neben ihren besonderen Aufgaben –, Eier einzulegen, Blumen zu trocknen und unschuldig gestrickte Kreaturen mit mehrfarbigen Schaumteilen auszustopfen – die hohe Gabe, sich unsichtbar zu machen. Tatsächlich war sich Harold mit einigem Vergnügen darüber bewußt, daß sie, immer wenn er einen Raum betrat, wie die *Melanchra persicaria*, förmlich in ihren Holzarbeiten verschwand. Und was am wichtigsten schien, sie war nicht geldgierig. Er hatte seiner Frau und den Kindern Bescheidenheit auferlegt, und zwar in einem viel höheren Maße, als das eigentlich notwendig gewesen wäre. Über die Hälfte seines Gewinns aus der Firma (da hatte Joyce ganz recht) verschwand in seinen Inszenierungen, so daß jeder Schwätzer, der meinte, diese in irgendeiner Weise kritisieren zu müssen, wenigstens nie behaupten konnte, die Stücke wären nicht gut ausgestattet.

Ein bernsteinfarbenes Rechteck aus Licht fiel durch die Windschutzscheibe.

»Harold?«

Harold seufzte, polierte kurz den Kilometerzähler mit seinem Taschentuch und rief: »Einen Moment noch!«

Er kletterte aus dem Cockpit. Das war der Wendepunkt für ihn. Der Moment, in dem er sich aus dem heißblütigen, wilden, turbulenten Rund seiner Arena in die schattige, graue, halbverschwommene und immer noch unreale Welt des Ernährens begab.

»Dein Abendessen wird kalt.«

»Dinner, Doris.« Die Gereiztheit hatte ihn schon wieder voll in den Klauen, als er sie in die Küche schob. »Wie oft soll ich dir das denn noch sagen?«

»Wie geht es ihm, Mrs. Higgins?« Dierdre betrat die Küche leise durch die Hintertür, und die ältere Frau, die am Herd saß, zuckte zusammen. »Entschuldigen Sie, ich wollte Sie nicht erschrecken.«

»Er war ja so brav«, antwortete Mrs. Higgins. »Wenn man's bedenkt.«

Dierdre fand, das »Wenn man's bedenkt« sei völlig unangebracht. Sie beide wußten schließlich, daß es Mr. Tibbs nicht immer so gut ging, und ihnen war auch bekannt, weshalb. Dierdre blickte zum Kaminsims. Mrs. Higgins' Umschlag war fort, und als die Frau sich auf die Füße hievte, bemerkte Dierdre, daß er aus der Tasche ihrer schmuddeligen Schürze hervorlugte.

»Hoppla.«

»Schläft er noch?«

»Nein. Er spricht mit sich selbst. Ich habe ihm einen schönen Teller Suppe gemacht.«

Dierdre blickte in den Topf im Spülbecken und bedankte

sich: »Sie sind so nett.« Dann half sie Mrs. Higgins in den Mantel. Die Dankbarkeit und Anerkennung in ihrer Stimme waren nicht gespielt. Wenn Mrs. Higgins nicht gewesen wäre, hätte Dierdre gar kein Leben gehabt. Kein Leben außerhalb ihres Zuhauses und der Gasversorgungsgesellschaft, denn sie hätte sonst wohl kaum jemanden gefunden, der sich für ein paar Pfund mit einem verwirrten alten Mann beschäftigen würde. Nicht, daß sie die Sache mit dem Geld völlig unter den Teppich kehrte. In der Anfangszeit hatte Dierdre es Mrs. Higgins ein paarmal angeboten, aber eigentlich nur, um zu hören: »Machen Sie sich darüber mal keine Sorgen, meine Liebe, ich sitze doch bloß nebenan und glotze in die Flimmerkiste.« Die Münzen, die Dierdre unter den Teetopf gelegt hatte, verschwanden dann allerdings doch, und nun war es auch mit dem Briefumschlag nicht anders.

Als Mrs. Higgins gegangen war, schloß Dierdre die Tür und verriegelte sie, setzte etwas Milch für ihre Horlicks auf die niedrigste Flamme und stieg die Treppe hoch. Ihr Vater saß kerzengerade in einem frischen Schlafanzug unter einem großen, düsteren Druck von *Das Licht der Welt.* Sein grauer Schnurrbart, in dem noch immer blaßrote Haare schimmerten, war von Tränen der Freude durchtränkt, und seine Augen leuchteten.

»Er kommt!« rief er, als Dierdre ins Zimmer kam. »Der Herr kommt!«

»Ja, Daddy.« Sie setzte sich auf sein Bett und nahm seine Hand. Es fühlte sich an, als würde sie ein paar dürre Knochen in einem Beutel aus Haut halten.

»Möchtest du noch etwas trinken?«

Sie wußte, daß es nicht gut wäre, ihn hinzulegen. Er schlief immer im Sitzen, den Rücken ganz senkrecht an eine Säule aus Kissen gelehnt. Sie tätschelte seinen Arm und drückte ihm einen Kuß auf die feuchten Wangen. Er befand sich jetzt schon seit einigen Monaten in diesem verwirrten Zustand. Die ersten Anzeichen, daß mit ihm nicht alles in Ordnung war, zeigten sich, als sie eines Abends nach dem Kulissenbau aus dem Theater kam und ihn auf der Straße traf, wo er von Haus zu Haus ging, an die Türen klopfte und den staunenden Bewohnern eine Schaufel glühende Kohlen anbot.

Gleichzeitig erschreckt und belustigt nahm sie ihn mit nach Hause, schüttete die Kohlen in den Küchenherd und fragte ihn sanft aus, um eine rationale Erklärung für sein Verhalten zu finden. Seitdem war er häufig benebelt oder verwirrt. (Dierdre verwendete immer diese neutralen Begriffe, um die schrecklichen offiziellen Definitionen zu vermeiden. Als eine der Sozialarbeiterinnen aus der Tagesstätte, in der Mr. Tibbs tagsüber versorgt wurde, ihr mit diesem Vokabular gekommen war, hatte Dierdre sie aus Angst und Ärger heraus lauthals beschimpft.)

Es gab bei ihm zwischendurch immer noch längere Phasen wunderbarer Klarheit. Nur leider ließ sich keine Regelmäßigkeit in ihrem Aufkommen oder Abklingen herausfinden. Der vergangene Sonntag war ein wunderbarer Tag gewesen. Nachmittags hatten sie einen Spaziergang unternommen, und sie konnte ihm alles über *Amadeus* erzählen, wobei sie die Rolle, die sie innerhalb der Produktion spielte, wie immer etwas übertrieben darstellte, damit er stolz auf sie sein konnte. Abends hatten sie dann ein Glas Portwein getrunken und ein paar klumpige hausgemachte Kuchen verspeist, und er hatte Evergreens gesungen, die er noch aus seiner Kindheit kannte. Als Dierdre geboren wurde, zählte er schon über vierzig Jahre, und daher waren die Lieder sehr alt. »Red Sails in the Sunset«, »Valencia« und »Oh, oh, Antonio«. Er hatte dazu seine Melone aufgesetzt, wirbelte den Spazierstock und war dabei nur noch ein trauriger Schatten von dem Mann, der vor Jahren Dierdre und ihre Mutter so sehr entzückt hatte. Sein Haar war damals noch rotblond gewesen, und sein Schnurrbart hatte geglänzt wie eine neue Roßkastanie. Beide hatten einige Tränen vergossen, bevor sie am vergangenen Sonntag zu Bett gegangen waren.

Dierdre schritt zum Fenster, um die Vorhänge zuzuziehen, und einen Moment lang stand sie da und schaute zum Himmel. Da standen ein leuchtender Mond und eine Kavalkade aus feinen Wolken. Gabriel, ihr Schutzengel, lebte dort oben. Aber er wandelte auch strahlend und schimmernd auf Erden, nur einen unsterblichen Atemzug entfernt, und warf dabei ein liebendes Auge auf die weltlichen Sorgen der Tibbs'. Als sie noch ein kleines Mädchen war, wirbelte Dierdre zuweilen ganz schnell herum, weil sie hoffte, sie könnte so seine fast vier Meter hohen Schwingen sehen, ehe er sich mit seinem Umhang wieder unsichtbar machen konnte. Einmal war sie sogar ganz fest davon überzeugt gewesen, den Umriß seines goldenen Fußabdrucks gesehen und dann direkt über ihrem Kopf ein Geräusch gehört zu haben, ein schnelles, schlagendes Rauschen, als wären tausend Schwäne an ihr vorbeigeflogen.

Genauso wie jeder einen Schutzengel hatte, der über ihn wachte, hatte auch jeder einen eigenen Stern. Als sie ihren Vater mal gefragt hatte, welcher denn nun der ihrige sei, hatte er geantwortet: »Das ist immer der Stern, der am hellsten leuchtet.« Heute nacht sahen sie alle gleich und irgendwie auch sehr kalt aus, fand Dierdre und ließ den Vorhang wieder los. Sie erinnerte sich an die Milch und rannte hinunter in die Küche, kam aber zu spät, um das Überkochen noch verhindern zu können.

Sie füllte den Topf erneut und stellte ihn auf den Herd zurück, und dann nahm sie ihr Skript von der nächsten Produktion *(Onkel Wanja)* von der Anrichte. Es war auseinandergefallen und wieder zusammengesetzt worden, und zwischen den Seiten gab es leere Blätter, wie bei allen Kopien der

Stücke, in denen sie die Assistentin des Bühnenmeisters gewesen war. Dierdre fing immer schon lange vor der ersten Probe an, sehr sorgfältig und genau am jeweils nächsten Stück zu arbeiten. Sie würde es lesen und noch mal lesen, um die Charaktere genausogut kennenzulernen, als lebte sie mit ihnen. Sie bemühte sich, den Sinn zu verstehen und das Tempo zu erfassen. Ihr Kopf war voller Ideen für die Bühnengestaltung, und sie verwendete lange Papierrollen an dünnen Karteikarten, um ihre Sets zu entwerfen. Sie war von *Onkel Wanja* genauso begeistert wie von *Der Kirschgarten*, denn sie war von Tschechows einzigartiger Fähigkeit gefesselt, eine scheinbar natürliche Welt zu produzieren, die voller realer Menschen zu sein schien, und dann diese Welt mit den dramatischen Mitteln und den Grenzen des Theaters zu vereinen.

Nun, da ihr bewußt wurde, wie hungrig sie war, schlug sie *Onkel Wanja* zu und legte das Buch beiseite. Sie schaffte es nie, vor den Theaterabenden etwas zu essen, jedenfalls nicht, wenn sie pünktlich da sein wollte. Im Kühlschrank fand sie noch einen Rest von der Salatcreme mit einer kleinen Scheibe Rindfleisch und zwei roten Rüben. Während sie die Margarine auf das weiche Weißbrot strich, das einzige, das der Gaumen ihres Vaters noch zerdrücken konnte, flüchtete sie sich in die häufigen und beliebten Tagträumereien, in denen sie die Tiefpunkte der letzten Probe umgestaltete und das Drehbuch neu schrieb:

DIERDRE: Ich glaube, die Venticellis stehen in der Eröffnungsszene viel zu dicht bei Salieri. Sie würden sich nie im Leben auf eine so intime Art an ihn drängen und ihn mit Sicherheit auch nicht berühren.

ESSLYN: Sie hat völlig recht, Harold. Sie werden wirklich immer dreister. Ich hatte mir schon vorgenommen, daß wenn nicht bald einer etwas dazu sagen würde, es selbst anzusprechen.

HAROLD: Gut. Hört auf, den Star zu bedrängen, ihr zwei. Und vielen Dank, Dierdre. Ich wünschte, ich hätte dich schon vor Jahren dabeigehabt.

ODER

HAROLD: Dierdre, ich glaube, wir alle möchten Kaffee haben.

DIERDRE: Entschuldige, aber Regieassistenten kochen keinen Kaffee.

(LAUTES GELÄCHTER)

HAROLD: Tut mir leid. Wir sind so daran gewöhnt, daß du uns versorgst.

ROSA: Für uns war das immer selbstverständlich, Herzchen.

ESSLYN: Und in der ganzen Zeit hast du deine tollen Ideen immer still für dich behalten.

HAROLD: Vorsicht – ich werde noch neidisch.

(NOCH MEHR GELÄCHTER. KITTY GEHT RAUF UND MACHT DEN KAFFEE)

ODER

HAROLD: *(RÄKELT SICH IN EINEM SESSEL IM VEREINSRAUM)* Jetzt, wo alle anderen gegangen sind, kann ich es dir ja sagen, Dierdre. Ich wüßte nicht, was ich in dieser Produktion ohne dich anfangen sollte. Alles, was du sagst, ist so frisch und originell. *(GROSSER SEUFZER)* Ich bin so ausgelaugt.

DIERDRE: O Harold, du darfst nicht glauben …

Harold: Hör mir bitte zu. Ich erarbeite gerade unsere Sommerproduktion. Für *Onkel Wanja* liegt viel Arbeit vor uns…

Dierdre: Ich wäre froh, wenn ich helfen könnte.

Harold: Nein, Dierdre. Ich werde dir helfen. Was ich möchte, was wir alle möchten, ist, daß du bei diesem Stück Regie führst.

Selbst Dierdres fiebrig hoffende Seele fand diesen Schlußdialog doch ein wenig zu unglaubwürdig. Als sie den letzten Rest von der dicken, gelbschimmernden Salatsauce auskratzte und auf dem Weißbrot verteilte, entwarf sie ein realistischeres Szenario. Harold würde einen Autounfall haben. Oder einen Herzinfarkt. Das Letztere war wahrscheinlicher, fand sie, wenn man sich den dicken Bauch unter der vorstehenden Brokatweste ins Gedächtnis rief. Sie betrachtete ihr fertiges Sandwich. Die Rübe fiel heraus. Sie fing sie auf, stopfte sie zurück und biß hinein. Es schmeckte nicht sehr gut. Die Milch kochte ein zweites Mal über.

»Meinst du, es wird klappen, Constanze?«

Kitty saß am Frisiertisch. Sie hatte die Strumpfhose ausgezogen und streckte ihre milchweißen Beine auf einem mit Stickereien verzierten Fußbänkchen aus. Obwohl sie ihre Schwangerschaft erst vor drei Monaten bestätigt bekommen hatte, war sie bereits dazu übergegangen, ihren kleinen Bauch festzuhalten und ein gequältes, mutiges Lächeln aufzusetzen. Manchmal wimmerte sie sogar auf eine Art, die nur den Schluß zuließ, sie würde damit auf winzige Tritte reagieren. Nun verteilte sie vorsichtig die Reinigungsmilch auf ihrem Gesicht, ehe sie die erwartete Antwort gab.

»Also, Liebster, ich denke, du wirst wunderbar sein. Es sieht doch schon hervorragend aus.«

»Beinah geschafft, oder?«

»Oh, natürlich. Und gegen solche Widerstände.«

»Absolut. Gott weiß, was Nicholas sich einbildet. Ich wundere mich, daß Harold ihm das durchgehen läßt.«

»Ich weiß. Donald und Clive sind die einzigen, die mal etwas sagen. Und das auch nur, weil sie wissen, wie du dich fühlst.«

»Hm. Sie sind in mancher Hinsicht ganz nützliche Gestalten.«

Esslyn hatte sich die Zähne geputzt und zog seinen Schlafanzug mit der halblangen Hose und der Jacke an, die aussah wie ein Judogi, setzte sich ins Bett und spannte seine Gesichtsmuskeln an. Mund öffnen, Kopf in den Nacken, Mund schließen und dabei versuchen, mit der Unterlippe an die Nasenspitze zu kommen. Er hatte die Kinnlinie eines Mannes von fünfundzwanzig. Für einen Mann von fünfundvierzig wirklich nicht schlecht. Er blies die Wangen auf und ließ sie langsam wieder einsinken (Nase zur Mundlinie). Dann betrachtete er eingehend seine hübsche Frau, die gerade mit dem Abschminken fertig wurde.

Er hatte sich stets in die bestaussehenden weiblichen Mitglieder der Truppe verliebt (das erwarteten sie auch), und in *Krähenhorst* hatte er sich tatsächlich mit einer munteren jungen Frau, die inzwischen Mrs. Carmichael war, in den Requisitenraum verzogen. Damals spielte sie die Poppy Dickie.

Unglücklicherweise war er unverheiratet, als die Schwangerschaft entdeckt wurde, und daher empfand er es als seine Pflicht, Kitty einen Heiratsantrag zu machen. Er tat es ziemlich kläglich. Eigentlich hatte er sich auf einige Jahre des süßen Lebens gefreut, bevor er sich jemanden gesucht hätte, der ihn im Alter versorgen könnte. Aber sie war ein fügsames kleines Ding, und er konnte nicht leugnen, daß seine späte Vaterschaft seiner Potenz einen hohen Status bei der Belegschaft seines Büros verschafft hatte. Und natürlich war es ein unglaublicher Stachel in Rosas Seele.

Er hatte das Gefühl, das sei die gerechte Entschädigung für ihr Verhalten, als er die Scheidung verlangt hatte. Sie hatte geschrien, getobt und geweint. Und geschimpft, er hätte ihr die besten Jahre ihres Lebens geraubt. Esslyn, der sich sehr vernünftig vorgekommen war, hatte ihr daraufhin erklärt, wenn er sie ihr nicht geraubt hätte, dann hätte es eben jemand anderes getan. Sie hätte sie ohnehin nur behalten können, wenn sie, statt zu leben, unberührt in einem Elfenbeinturm gesessen hätte. Und dann hatte sie noch geschluchzt, sie hätte immer Kinder haben wollen, und jetzt sei es zu spät, und all das wäre nur sein Fehler gewesen. Esslyn fand ihr Verhalten schlichtweg unmöglich.

Sie hatten zwar zuweilen darüber geredet, eine Familie zu gründen, gewöhnlich dann, wenn sie auf der Bühne eine Elternrolle spielen mußten, aber Esslyn hatte es dann immer für richtig gehalten hervorzuheben, daß ihre Bühnenkinder nach der letzten Vorstellung verschwinden würden, während echte Kinder sehr viel länger bei ihnen wären. Und daß, auch wenn sein Leben dadurch nicht weiter verändert werden würde, Rosa nicht mehr dieselbe sein könnte, denn er würde bestimmt kein Geld für ein Kindermädchen ausgeben. Er dachte, sie wüßte seine Logik zu schätzen, aber sie warf alles durcheinander, und als es um die Frage ging, wer nun White Wings zu verlassen hätte, weigerte sie sich entschieden, sich auch nur von der Stelle zu rühren, bis sie eine Entschädigung für ihre »verlorenen Babys« bekommen würde. Das hatte ihn eine ganz schöne Stange Geld gekostet. Und er war der Meinung, sich das auf irgendeine Weise zurückholen zu müssen. Als Kitty dann schwanger wurde, hatte er diesen Umstand und ihre bevorstehende Hochzeit am Ende einer Probe zu *Der kleine Eckladen* bekanntgegeben. Er hielt Kittys Hand ganz sanft, aber seine Augen waren auf Rosas Gesicht geheftet, und Esslyn hatte in diesem Moment einen Gegenwert für das investierte Geld bekommen.

Natürlich hatte sie dann im Gegenzug einen kleinen langweiligen Bauunternehmer geheiratet. Aber um fair zu sein, gestand sich Esslyn ein, während er seine Wangenübungen beendete und mit dem Kopfrollen zur Nackenentspannung anfing, daß es ja auch genug Leute gab, die glaubten, Buchführung wäre ein genauso öder Beruf wie das Häuserbauen. Vielleicht sogar noch öder. Esslyn allerdings sah das ganz anders. Für ihn waren das Sortieren und Trennen von Rechnungen und Quittungen, das Ordnen von Haufen wilder Spesenabrechnungen zu Säulen nüchterner, korrekter Bilanzen und das Suchen nach obskuren Kniffen und Gesetzeslücken, die es ihm ermöglichten, die Steuerbelastung seines Klienten zu senken, eine tägliche Herausforderung, die er sich nicht scheute, als einen kreativen Prozeß zu bezeichnen.

Esslyn bevorzugte es, die Abrechnungen einzelner Personen zu bearbeiten. Sein Partner, ein Spezialist in Firmenrecht, bearbeitete vornehmlich größere Konzerne, mit einer einzigen Ausnahme, nämlich der Wohltätigkeitsstiftung, die das Latimer förderte. Als Insider mit genauen Kenntnissen des Ensembles hatte Esslyn diese Aufgabe automatisch übernommen, wie er auch die Abrechnungen für Harolds Import-Export-Firma machte, die zwar bescheiden, aber nicht uninteressant war. Er berechnete Harold nie soviel, wie er von einem Fremden verlangt hätte, und er fragte sich manchmal, ob Harold das überhaupt zu schätzen wußte.

Als er am Ende dieser Erinnerungsprozesse und des Kopfrollens angelangt war, wandte er seine Aufmerksamkeit wieder Kitty zu. Als sie das bemerkte, fuhr sie sich mit einer koketten Geste durch die hochgesteckten Locken, eine Geste, die einem weniger selbstgefälligen Ehemann etwas zu kalkuliert erschienen wäre. Dann bewunderte sie ihren Hals im Spiegel. Auch Esslyn tat das. Nicht eine Unreinheit, kein Pickelchen und keine Falte waren dort zu sehen. Sie hatte ein hübsches, kleines Gesicht. Nicht klar genug geformt, um es als herzförmig zu bezeichnen, hatte es eher etwas von einem Fuchs. Doch durch die eng zusammenstehenden funkelnden Augen bekam es etwas sehr Ansprechendes. Nun stand sie auf, strich über ihrem Bauch, der immer noch nicht runder war als zu der Zeit ihres gemeinsamen Gerangels im Requisitenraum, den rosafarbenen Stoff des Nachthemdes glatt und lächelte in den Spiegel.

Esslyn antwortete nicht mit einem Lächeln, sondern mit einem selbstzufriedenen Nicken. Er ging sehr sparsam mit seinem Lächeln um, das er nur zu ganz speziellen Anlässen hervorholte. Er war sich schon seit längerem bewußt, daß das Aufleuchten und die Veränderung seines Gesichts die Linien von der Nase zum Mund vertiefen würden. Jetzt rief er in einer Weise: »Liebling«, die mehr wie eine Anweisung denn wie ein Kosewort klang.

Gehorsam kam Kitty zum Himmelbett und blieb an seiner Seite stehen. Esslyn machte eine Geste nach oben mit der flachen Hand, und seine Frau zog sich das Nachthemd über den Kopf und ließ es zu dem kalten, himbeerfarbenen Gekräusel aus Satin rings um ihre Füße sinken. Esslyns Blick glitt über ihre mageren, fast knabenhaften Oberschenkel, die Hüften und kleinen Apfelbrüste, und seine Lippen signalisierten Befriedigung. (Rosa hatte es sich in den letzten Jahren ihrer Ehe erlaubt, auf eine groteske Art fett zu werden.) Esslyn fummelte mit einer Hand an der Kordel seiner Schlafanzughose herum, und mit der anderen klopfte er auf das Kissen seiner Frau.

»Komm, Kitty.«

Sie faßte sich angenehm an. Fest, jung und stark. Sie roch

nach Geißblatt und dem dubiosen Weißwein, den sie im Vereinsraum verkauften. Sie war eher süß unterwürfig als frech aktiv, was, so fand jedenfalls Esslyn, auch genau das Richtige war. Und, um ihre Persönlichkeit perfekt abzurunden, sie konnte nicht für einen Groschen Theater spielen.

Sein letzter Gedanke rief die Probe zu *Amadeus* in seinem Kopf wach, und als Esslyn begann, sich heftiger in seiner Frau zu bewegen, dachte er über seine jüngste Rolle im Latimer nach. Es war schon eine Herausforderung (Salieri war immer auf der Bühne), aber ihn beschlich zunehmend das Gefühl, daß das Spielen allein nicht mehr genug war. Es war schon mal die Rede davon, daß er doch auch versuchen sollte, Regie zu führen, und in der Tat reizte Esslyn diese Idee. Er hatte vor langer Zeit einmal eine Biographie von Henry Irving gelesen und sich selbst in einem langen schwarzen Mantel mit Astrachankragen und einem hohen Hut gesehen. Er könnte sich sogar einen Backenbart wachsen lassen...

»Wie war es für dich, Liebling?«

»Wie war was? Oh...« Er blickte in Kittys Gesicht hinunter. Ihre Lippen waren geöffnet und ihre Augen zu einer weichen Ellipse halb geschlossen. »Entschuldigung. Wie immer, Meilen entfernt. Gut... sehr gut.«

Er gab ihr einen postkoitalen Kuß in der Art, wie einer die letzte Verzierung auf einer Eisbombe anbringt, und dann rollte er sich auf seine Bettseite. »Versuch, deine Zeilen bis Dienstag zu lernen, Kitty. Besonders für die Szene, in der wir zusammen auf der Bühne stehen. Du weißt doch, daß ich es nicht ausstehen kann, wenn ich aufgehalten werde.« Unbewußt sprach er genau wie Harold. »Ich weiß nicht, was du eigentlich den ganzen Tag lang tust.«

»Wieso?« Kitty stützte sich auf einen Ellbogen und schickte einen leuchtenden himmelblauen Blick in seine Richtung. »Ich denke natürlich an meinen Pettipoo.«

»Und ich denke auch an dich, Miezekatze«, säuselte Esslyn, und in dem Moment glaubte er sogar selbst daran. Dann erinnerte er sie noch mal: »Vergiß es nicht – bis Dienstag«, sank auf sein Kissen zurück und war zwei Minuten später fest eingeschlafen.

Die Everards, die Hofschranzen des Hauptdarstellers, lebten in einer unsagbaren Unordnung in einem schmalen Reihenhaus unten bei der Bahnlinie.

Für die anderen Bewohner der Straße waren sie kuriose Gestalten, mit denen man nichts anfangen konnte. Sie schienen keinen Berufen nachzugehen (die Vorhänge waren manchmal bis mittags zugezogen), und oft genug kamen sie erst nach dem Nachmittagstee mit ihren kleinen Einkaufsnetzen aus dem Haus.

Es schien offensichtlich zu sein, daß sie nur wenig Geld hatten. Sie gaben nie etwas an der Tür, und gelegentlich waren sie schon gegen fünf Uhr an Markttagen beobachtet worden, wie sie hinter den Ständen umherstrichen und mit sorgsamer Pedanterie die übriggebliebenen Früchte und Gemüsereste einsammelten. Verschiedene subtile und weniger subtile Versuche einiger Nachbarn, in das Haus zu kommen, waren bisher fehlgeschlagen. Es war ihnen noch nicht einmal gelungen, einen Fuß auf das schmierige Linoleum im Flur zu setzen. Und die Fenster waren derart verdreckt, daß das Innere des Hauses selbst bei zurückgezogenen Vorhängen ein Mysterium blieb.

Das verwilderte Stückchen Land, das der Garten sein sollte, war mit Nesseln, Disteln und hohem Gras zugewachsen, das gelegentlich schwankte und raschelte, wenn diverse Nagetiere in ihm herumstöberten. Auf dem Asphalt unter dem vorderen Erkerfenster stand ihr Wagen. Es war ein fünfzehn Jahre alter Volkswagen, der durch Punktschweißen und

Willenskraft zusammengehalten wurde und dort ein Guinness-Schild hatte, wo eigentlich die Steuermarke hätte sein müssen. Mrs. Griggs, die Zeitungshändlerin an der Ecke, hatte der Polizei davon berichtet, und der Aufkleber verschwand für eine Weile, aber nun klebte er wieder da. Die Everards, beliebte Mrs. Griggs zu sagen, gaben ihr den Rest. Sie konnte Clives Schneidezähne, die sehr scharf aussahen und etwas vorstanden, nicht ausstehen, genausowenig wie Davids Angewohnheit, zu blinzeln und zu schielen. In ihrer Abwesenheit nannte sie die beiden die Ratte und den Maulwurf.

Einzeln zeigten sie sich nur sehr selten, und wenn das überhaupt mal der Fall war, dann umgab diesen vereinzelten Everard immer ein leiser Anflug von Unsichtbarkeit. Es war, als könnten sie nur durch ihre physische Nähe zueinander den Funken entzünden, der es ihnen ermöglichte, in ihrer ganzen bösen Vollständigkeit zu erscheinen. Sie schienen sich voneinander zu nähren, in boshafter Voraussicht und im gegenseitigen Austausch Fett anzusetzen. Nichts machte die Brüder glücklicher als die starke Verunsicherung ihrer Nachbarn, obwohl sie nie ehrlich genug gewesen wären, das auch zuzugeben. Tatsächlich war die Scheinheiligkeit ihr Lebenselixier. Niemand wäre überraschter gewesen als sie selbst, wenn jemand eine ihrer Bemerkungen falsch verstanden hätte. Oder wenn eine ihrer Intrigen oder einer ihrer Pläne den Zusammenbruch einer heiklen Beziehung verursacht hätte und dadurch Kummer entstanden wäre. Wer hätte das gedacht? Dann hätten sie geweint und sich in ihre scheußliche Küche zurückgezogen, um weitere Verschwörungen und Pläne zu schmieden.

Passanten, die an der Axon Street dreizehn vorbeikamen, starrten zu den grauen Fenstern hinüber, murmelten etwas vor sich hin und zogen die Augenbrauen hoch. Oder sie faßten sich an die Stirn. Die Frage: »Was sind denn das für welche?« wurde nicht selten gestellt. Die Antworten rangierten in einem erfreulich weiten Spektrum von subversiven Aktivitäten; es reichte von der Raubdruckproduktion von Untergrundliteratur bis hin zum Herstellen von Bomben für die IRA. Sie alle waren natürlich weit vom wahren Kern entfernt. Der Strahl der Bosheit der Everards war, obwohl mächtig, doch sehr dünn, und wenn sie nur ein bißchen Chaos innerhalb des unmittelbaren Bekanntenkreises auslösen konnten, dann waren sie schon zufrieden.

Die Proben

Das Theater lag optimal im direkten Zentrum von Causton an einer Kreuzung der Hauptdurchfahrtsstraße. Es handelte sich um ein Eckgebäude, das ursprünglich den letzten Laden (eine Bäckerei) in der High Street und das erste Geschäft (für Kurzwaren und Nähmaschinenreparaturen) in der Carradine Road beherbergt hatte. Der Komplex bestand aus langgestreckten Räumlichkeiten im Erdgeschoß (das Brot wurde im Haus selbst gebacken) und mehreren kleineren Zimmern im ersten Stock. Mit der wertvollen Unterstützung des damaligen Bürgermeisters und Stadtrats Latimer hatte die Causton Amateur Dramatic Society die beiden Häuser gemietet, und mittels eines Zuschusses des Stadtrats, dem Erlös aus verschiedenen Sammelaktionen und einem erheblichen Anteil an professioneller Hilfe waren die Gebäude komplett ausgeräumt und die Fassade erneuert worden.

Sie hatten eine Bühne mit schlichtem Bühnenrahmen gebaut, hundert dunkelgraue Plastiksitze auf dem angeschrägten Boden aufgestellt, einen einfachen Schnürboden installiert und die Beleuchtung verändert. Es gab einen Bühneneingang und zwei große Glastüren vor dem kleinen Foyer, das mit Schreibtisch, Stuhl, Telefon und einem alten Aktenschrank sowie einem Münztelefon eingerichtet war und auch als Büro diente. Darüber hinaus gab es ein Brett, an dem Farbfotografien der laufenden Produktion hingen. Der große Keller, der unter den beiden Läden lag, wurde zur Bühnenwerkstatt und zu Garderoben umgebaut. Letztere reichten von ihrer Kapazität her im allgemeinen völlig aus, sah man mal von den Weihnachtsaufführungen und Inszenierungen mit einer so großen Besetzung wie der für *Amadeus* ab. Die Toiletten der Darsteller befanden sich auf dem Gang, der die Kulissen mit dem Foyer verband.

Der Vereinsraum nahm Dreiviertel der oberen Etage ein und war während der Pausen auch für das Publikum geöffnet, so daß hier Kaffee und Wein verkauft werden konnte. Man hatte den Raum mit Plastiktischen und Plastikstühlen bestückt sowie einigen Sofas, die, mäßig verkleidet, schon genausooft wie manch einer der Schauspieler auf der Bühne gestanden hatten, zuweilen auch – es muß einfach gesagt werden – mit größerer Überzeugungskraft. Der Rest der oberen Etage wurde von zwei Besucherlogen ausgefüllt sowie von Tims Beleuchterkabine, auf deren Tür zu lesen stand: PRIVAT. KEIN ZUTRITT. Das Latimer war mit einem anthrazitfarbenen Filzteppichboden ausgelegt, und die Wände waren mit weißem Rauhputz versehen.

Viele der CADS blickten wehmütig auf jene früheren Tage vor fünfzehn Jahren zurück, als sie, umgeben von Schutt und Bauholz, von Kabelrollen und Steinstaubschwaden, aus dem Chaos ihr eigenes Theater aufgebaut hatten. Damals war vieles noch ganz anders gewesen. Harold zum Beispiel: Bartlos und schlank in alten Kordsamthosen packte er mit an, machte sich schmutzig, ermunterte die anderen, wenn sie müde wurden, und hielt ihnen den Traum vor Augen, wenn ihr Mut und ihre Begeisterung mal nachließen.

In jenen herrlichen Tagen schien es, als wären sie alle gleichgestellt. Jeder hatte seine Rolle zu spielen, und keine war weniger wichtig als die anderen. Aber nachdem das Theater offiziell eröffnet worden war und Bürgermeister Latimer seine lange, verschachtelte Rede gehalten hatte, um dann schwer betrunken an der Theke abzutauchen, begannen sich die Dinge zu ändern, und es wurde bald nur zu offensichtlich, daß manche gleicher waren als andere. Harold machte seinen Weg an die Spitze, trat jeden nach unten, der zu scheu, zu schwach oder einfach zu faul war, um sich zu wehren, bis er schließlich (niemand konnte genau sagen, wann der Punkt erreicht war, an dem es kein Zurück mehr gab) als absoluter Herrscher über alle regierte. Und nun stießen gelegentlich Leute zu der Truppe, die nichts von der großen Pionierzeit wußten, als jedes Mitglied noch etwas zu sagen hatte und mit Respekt behandelt wurde. Aufsässige Neulinge eben, die sich herzlich wenig um die Vergangenheit kümmerten.

Wie Nicholas zum Beispiel, der sich nun dem Bühneneingang des Latimer näherte. Nach allem, was Nicholas wußte, war die Causton Amateur Dramatic Society während einer Probe zu *Französisch ohne Tränen* ins Leben gerufen worden und würde mit *Amadeus* wieder sterben, wenn sein Vorsprechen beim Central erfolgreich verlaufen sollte (was einfach der Fall sein mußte). Er suchte in seiner Tasche nach dem Schlüssel. Er hatte einen eigenen bekommen, als Colin gemerkt hatte, daß er bereit war, sehr früh zu erscheinen, erst spät zu gehen, hin- und herzulaufen, sie von vorn und hinten zu bedienen und sich insgesamt äußerst nützlich zu machen. Selbst jetzt, in seiner gehobenen Position, die Esslyn widerwillig als zweite Hauptrolle anerkannte, erschien Nicholas immer noch gut eine halbe Stunde vor dem Bühnenmeister.

Tatsächlich war es noch nicht einmal sechs Uhr, als er das Gebäude betrat, so daß es ihn nicht überraschte, sofort von der Stille geschluckt zu werden. Er blieb einen Moment stehen und sog gierig die Luft ein, obwohl sie auch nicht exotischer roch als eine Orangenschale, die jemand in einen Blechmülleimer geworfen hat. Aber in seinen Lehrlingsnüstern erschien ihm dieser Duft wie eine Köstlichkeit, wie

Ambrosia. Nicholas stieg leise und glücklich die Steinstufen zur Garderobe hinab.

Er zog seinen Anorak aus, schlüpfte in die Brokatjacke des Mozart und nahm sein Schwert. Nicholas war ein kleiner Mann, kaum mehr als einen Meter fünfundsechzig groß, ein Umstand, der ihm erhebliche Qualen verursachte – ungeachtet der Körpergröße eines Ian Holm, eines Anthony Sher und eines Bob Hoskins.

Selbst an einem guten Tag, wenn der Wind aus südlicher Richtung kam, hatte er Probleme mit dem Schwert, besonders dann, wenn er sich ans Klavier setzen oder aufstehen mußte. Er hatte eigentlich vorgehabt, das Schwert mit nach Hause zu nehmen und dort in Ruhe zu üben, wie er damit umgehen sollte, aber er war so dumm gewesen, Harold um Erlaubnis zu fragen, die dieser ihm prompt verweigert hatte. »Du wirst es bloß verlieren, und was machen wir dann?«

Nun legte Nicholas das Schwert um und begab sich zur Bühne, wobei er den Text seines ersten Auftritts vor sich hin murmelte und an die Premiere dachte, bei der er unter Umständen genau in diesem Moment über sein Schwert stolpern und bäuchlings auf die Bühne stürzen würde. Mit einem Kraftakt schüttelte er diese Sorge ab. Im nächsten Augenblick war er schon auf der Bühne angekommen; Turnschuhe dämpften das Geräusch seiner Schritte. Einen Moment lang verharrte er da und wurde sich aufgeregt des Schauers bewußt – halb Grauen, halb Entzücken –, der ihn immer beim Betreten der Bühne überlief, selbst dann, wenn das Theater leer war.

Aber augenblicklich war das gar nicht der Fall. Er vernahm nämlich ein Geräusch, blieb wie angewurzelt stehen und blickte sich verblüfft um. Die Sitze waren leer. Er sah in die Richtung, aus der er gekommen war, aber auch in den Kulissen war niemand auszumachen. Dann duckte er sich und blickte über den abgeschrägten Boden, weil er erwartete, dort Riley vorzufinden, der sich gegen einen widerlichen Eindringling zur Wehr setzte. Aber da war kein Kater. Dann kam das Geräusch wieder. Schrill. Mit einem unangenehmen Unterton. So, wie es klingt, wenn man mit einem Fingernagel über eine Fensterscheibe fährt. Was konnte das bloß sein? Und woher kam es? Nachdem er die Bühne, die Kulissen und den Zuschauerraum durchsucht hatte, war Nicholas einigermaßen verwirrt. Bis er den Kopf hob.

Der Anblick, der sich ihm bot, war so überraschend, daß er einige Sekunden brauchte, um genau zu erfassen, was er da eigentlich anstarrte. Jemand war in Tims Beleuchterkabine. Ein Mädchen. Nicholas schluckte schwer. Ein nacktes Mädchen. Jedenfalls so weit nackt, wie er sie sehen konnte, nämlich bis zu ihren Hüften. Darunter ging die Glaswand in solides Holz über. Das Mädchen hatte einen wirren blonden Haarschopf und schmale Schultern, und ihr Rücken war gegen das Glas gepreßt. Wenn sie ihn bog, wie sie es nun tat, hinterließen ihre Schultern unregelmäßige feuchte Kreise auf dem Glas, die wie Blüten mit Tautropfen wirkten. Ihre Arme waren ausgestreckt, und ihre Finger, die sich auf dem Glas zusammenpreßten und wieder lösten, verursachten dieses eigentümliche Geräusch. Er wußte, wer sie war. Schon ehe sie sich plötzlich seitlich verrenkte und er eine kleine Brust sah und das fast ohnmächtig wirkende Profil. Ihre Augen waren geschlossen (Gott sei Dank). Wie in den Boden zementiert stand er da, starrte und starrte, unfähig, den Blick abzuwenden, und Kitty lächelte, ein sehr intimes Lächeln voller tiefer Befriedigung.

Wer auch immer es sein mochte, der sich sonst noch in der Beleuchterkabine aufhielt, er mußte vor ihr knien oder kauern. Eine lebhafte Vorstellung dessen, was der Glückspilz da wohl tat, drängte sich Nicholas auf, und er wurde von einer derart mächtigen Woge der Lust überspült, daß sein Hals trocken wurde und er nach Luft schnappen mußte. Als sich die Woge etwas abgeschwächt hatte, holte er einige Male tief Atem und sann über die extreme Peinlichkeit seiner Lage nach. Dann begann das Geräusch wieder, und er beobachtete, wie Kitty langsam an dem Glas herunterrutschte, wobei ihre Schulterblätter zwei feuchte parallele Spuren hinterließen. Als sie verschwand, drehte sie den Kopf wieder fort und lachte ein rauhes, kehliges Lachen, das sich so ganz anders anhörte als ihr normales Glockengesäusel.

Erleichtert und doch sehr vorsichtig atmete Nicholas aus, obwohl ihm sein Verstand sagte, daß dieses Geräusch kaum wahrnehmbar war (er wunderte sich ohnehin, daß sie das laute Pochen seines Herzens nicht gehört hatte), und dann schlich er auf Zehenspitzen von der Bühne und trug seine pralle Leistengegend zum Klo. Dort hielt er sich länger auf, als es unbedingt nötig gewesen wäre, dachte darüber nach, wie er jetzt wohl am besten vorzugehen hatte, und betete nur, daß Kittys Spielgefährte nicht plötzlich auch pinkeln mußte. Er hatte gerade beschlossen, sich aus dem Haus zu schleichen und noch einmal auf die Straße zu gehen, um dann mit lauten Geräuschen wieder hereinzukommen, als er hörte, wie hinter ihm eine Tür zugeschlagen wurde. Er wartete noch weitere fünf Minuten und ging dann ins Kellergeschoß hinunter.

Als er an der Damengarderobe vorbeikam, hörte er ein Scheppern, als würde jemand mit einer Flasche oder einem Topf hantieren. Nicholas öffnete die Tür. Kitty, von einer apricotfarbenen, hochgeschlossenen Bluse und einem robusten, nein, keuschen, langen Strickrock verhüllt, schnalzte vor Schreck mit der Zunge und beschwerte sich dann: »Du hast mich ganz schön erschreckt.«

»Entschuldige … Hallo.«

»Selber hallo.« Kitty sah ihn an. »Was ist los?«

»Hm?«

»Du wirst doch wohl nicht etwa Halsschmerzen bekommen?«

»Nein, das glaube ich nicht.«

»Aber du krächzt.«

»Ach so. Das ist nur der sprichwörtliche Frosch.« Er räusperte sich einmal, zweimal. Dann ließ er spaßeshalber ein Gurgeln hören. Aber sie blieb weiterhin ernst. »Jetzt ist es besser«, meinte er.

»Es hört sich aber noch nicht besser an. Du siehst ein wenig kränklich aus, Nico… irgendwie ausgelaugt.« Sie musterte ihn mit zusammengekniffenen Augen. »Also, was ist los?«

»Nichts.« Nicholas fälschte sein abruptes Lachen in ein Hüsteln ab. »Dann seid ihr also heute als erste hier? Du und Esslyn?«

Er hatte die Namen automatisch zusammengefügt, weil er fand, es sei angebracht, Unwissenheit zu heucheln und Kitty zu täuschen. Er gratulierte sich selbst zu diesem schlauen Einfall. Aber kaum hatte er das getan, da tauchte ein anderer Gedanke auf. Was war, wenn Kitty tatsächlich mit Esslyn in dem Zimmer gewesen war? Es waren schon seltsamere Dinge vorgekommen. Ehepaare brauchten zuweilen extravagante Orte oder bizarre Spiele, um auf Touren zu kommen. Man mußte ja nur das Stück von Pinter nehmen. *Er* kommt nachmittags »unerwartet« nach Hause; *sie* hat ihre Schuhe mit den hohen Absätzen an. Aber das alles war doch bestimmt erst nach Jahrzehnten ehelicher Langeweile nötig. Die Carmichaels waren dagegen vergleichsweise noch keine fünf Minuten zusammen. Kitty sagte gerade etwas zu ihm.

»Oh, Esslyn arbeitet bis halb sechs. Also bin ich in meinem kleinen Suzuki schon etwas früher gekommen. Ich brauche ja immer soviel Zeit, um mich fertig zu machen.« Sie lächelte, und ihre lieblichen Lippen öffneten sich wie Rosenblätter. »Ich dachte mir, daß ich dich bestimmt schon hier antreffe, wenn ich komme.«

»... äh ... nein...«, stammelte Nicholas. »Ich habe versucht, früher zu gehen, aber heute war einer dieser Tage, an denen der Chef besonders aufmerksam ist.«

Nicholas sog die Wirkung des Lächelns ein (ein sanfter, federleichter Schlag in den Solarplexus), und seine Knie wurden weich. Er packte grimmig den Türgriff. Zum ersten Mal in seinem Leben verfluchte er den Enthusiasmus, der ihn lange Zeit vor dem Erscheinen anderer ins Latimer geführt hatte. Dann fragte er sich, wie zum Teufel er sich auf der Bühne konzentrieren sollte, wenn er sich so elend fühlte. Mit aller Kraft rief er sich ins Gedächtnis zurück, daß es schließlich bloß Kitty war. Die hübsche, dumme, gewöhnliche Kitty. Ihre enorme Dummheit und die Tatsache, daß sie eine sehr gleichgültige und desinteressierte Schauspielerin war, hätten normalerweise ausgereicht, um ganz sicher zu sein, daß er keinerlei Interesse an ihr hatte. Und wenn sein Gehirn das verstehen konnte, dachte Nicholas, warum sollte er dann nicht auch seine Eingeweide, die sich immer noch rhapsodisch drehten, unter eine ähnlich straffe Kontrolle bringen können?

Während er fortfuhr, gegen seinen Anflug von Fleischeslust zu argumentieren, nahm Kitty ihre Drahtbürste und begann, sich zu frisieren. Sie bürstete sich das Haar hoch und aus dem Gesicht zurück, das ohne die Aureole aus goldenen Locken wirklich auf eine pikante Weise herzförmig war.

Nicholas sagte sich, es sei doch eher spitz als herzförmig. Irgendwie scharf. Ein bißchen wie ein Frettchen. Dann öffnete sie den Mund, füllte die feuchte, rosarote Höhle mit Klammern und fing an, ihr Haar hochzustecken. Durch diese

Bewegung trat ihr Busen stärker hervor, drückte sich gegen ihre Bluse. Dann, noch während Nicholas zusah, sprengten die Knöpfe ihre Fesseln. Der Stoff sprang auseinander, und ihre kleinen, wunderschönen Brüste waren entblößt und doppelt verwirrend, da sie der Spiegel noch einmal zeigte. Sie stand auf und ließ mit einer leicht aufreizenden, lasziven Geste den Rest ihrer Kleidung bis auf die seidenen Strapse und die oberschenkelhohen Stiefel fallen. Dann drehte sie sich um, stellte einen Fuß auf die Sitzfläche ihres Stuhls und versuchte, ihn anzulocken.

»Nico…? Was auf Erden ist denn heute abend bloß los mit dir?«

»Oohh… die Nerven vermutlich.«

»Richtig. So geht es mir auch. Oh, verdammt…« Kittys Haare fielen herab. »Heute ist einer dieser Tage, an denen man am besten im Bett geblieben wäre.«

Nicholas, dessen Problem sich von dem seiner Mitspielerin kaum noch mehr hätte unterscheiden können, wurde plötzlich durch etwas abgelenkt, was in der Werkstatt herumgeschoben wurde. »Ah«, murmelte er, »es scheint, wir sind nicht die einzigen, die so früh hier sind.«

»Ich würde es ja so gern abschneiden lassen.« Kitty steckte die Klammern energisch wieder zurück. »Aber Esslyn würde durchdrehen. Er denkt, eine Frau ist nur dann wirklich weiblich, wenn sie langes Haar hat.«

»Ich frage mich, wer das sein kann.«

»Wer was sein kann?«

»In der Werkstatt.«

»Colin, nehme ich an. Er hat sich doch gerade erst kürzlich darüber beschwert, wieviel er zu tun hat.«

»Wie üblich.«

»Hm, Nico…« Kitty ließ ihre Brüste sinken und wandte ihm das Gesicht zu. »Du wirst doch nicht… ich meine… bei der Premiere zusammenbrechen, Liebling? Ich würde absolut wahnsinnig werden.«

»Natürlich werde ich nicht zusammenbrechen!« schrie Nicholas beleidigt. Diese Gemeinheit schaffte es besser als jeder der vorangegangenen Versuche, seine Leidenschaft mit einem Schlag wegzuwischen und ihn wieder zur Vernunft zu bringen. Diese dumme Kuh. »Du solltest mich besser kennen.«

»Aber du hast soviel Text.«

»Auch nicht mehr als in *Die Nacht muß kommen*.«

»... und Esslyn sagt ... bei deiner Unerfahrenheit ... wirst du vermutlich einfach steckenbleiben und mich im Stich lassen ...«

»Esslyn soll sein Maul halten.«

»Ohhh!« Eine gewisse Boshaftigkeit funkelte in ihrem Gesicht. Dann neigte sie den Kopf verschwörerisch ein wenig zur Seite.

»Keine Angst. Ich werde es schon nicht weitererzählen.«

»Von mir aus kannst du es jedem erzählen.«

Nicholas ging raus und warf die Tür zu. Dieser herablassende Mistkerl. »Ich werde bestimmt nicht derjenige sein, der bei der Premiere zusammenbricht, Kumpel«, zischte er. In der Herrengarderobe warf er sich in seinen Mantel und band das Schwert um, sah auf seine Uhr und stellte fest, daß kaum zwanzig Minuten vergangen waren, seit er das Theater betreten hatte. Er beschloß nachzusehen, was in der Werkstatt los war.

Da handwerkte ein Mann, der einem kleinen vergoldeten Stuhl den letzten Schliff gab. Als Nicholas hereinkam, trat er einen Schritt zurück und betrachtete eines der hinteren Stuhlbeine, während glitzernde goldene Tränen von seinem Pinsel auf den bereits mit bunten Flecken übersäten Boden tropften. Es war nicht der Mann, den Nicholas hier zu sehen erwartet hatte, aber er spürte eine sofort aufkommende Herzlichkeit und Wärme in sich aufsteigen, fast schon ein Gefühl von Freundschaft, das ihn mit dieser Gestalt verband, die ihre handwerkliche Arbeit so ernsthaft betrachtete. Jeder, der aus Carmichael einen Hahnrei machen konnte, war ein Mann nach seinem Geschmack.

»Hallo«, sagte er, »ist der Chef noch nicht da?«

David Smy drehte sich um, und auf seinem freundlichen, etwas einfältigen Gesicht erschien ein leises Lächeln. »Nein, bloß ich. Und du natürlich. Oh...« Er beschrieb einen weiten Bogen mit dem Pinsel, und Nicholas, der nicht mit Farbe bekleckert werden wollte, sprang zur Seite. »Und natürlich die Möbel.«

»Richtig.« Nicholas nickte. »Ich habe kapiert.« Dann vollführte er diese klassische spitzbübische Geste, wie man sie oft in schlechten Kostümdramen sieht, aber kaum jemals im wirklichen Leben. Er legte einen Finger an den Nasenflügel, tippte dagegen und zwinkerte mit einem Auge. »Nur du und ich und die Möbel also, Dave«, antwortete er und ging auf die Bühne, um noch ein wenig zu proben.

Nach fünfzehn Minuten, die er damit verbracht hatte, sich an das Klavier zu setzen und wieder aufzustehen, um sich an das Schwert zu gewöhnen, schaute Nicholas im Vereinsraum nach, wer sonst noch gekommen war. Tim und Avery saßen an einem Tisch und tuschelten miteinander.

Als Nicholas den Raum betrat, fuhren ihre Köpfe auseinander, und sie hörten auf zu reden. Tim lächelte. »Keine Bange, wir reden nicht über dich«, beteuerte er.

»Ich hatte nicht erwartet, daß ihr schon hier seid.«

»Wirklich nicht?« fragte Avery, der stets dachte, alle redeten über ihn, sobald er ihnen den Rücken zuwandte und zwar nicht gerade freundlich. »Ich hätte das schon erwartet.«

»Uh, nicht schon wieder diese infantilen Unsicherheiten, Avery«, stöhnte Tim. »Nicht auf leeren Magen.«

»Und wessen Schuld ist das? Wenn du nicht so lange im Postamt gebraucht hättest...«

»Nico...« Tim zauberte eine schlanke Flasche unter dem Tisch hervor. »Ein Schluck De Bartoli?«

»Später. Danke.«

»Es wird kein Später geben, mein Junge.«

»Worüber habt ihr eigentlich geflüstert?«

»Wir haben uns gestritten«, erklärte Avery.

»Im Flüsterton?«

»Man hat eben so seinen Stolz.«

»Es war mehr eine Diskussion«, korrigierte Tim. »Entschuldige, aber ich kann dir nicht sagen, worum es ging.«

»Wir brechen alle Brücken hinter uns ab.«

»Avery!«

»Wenn wir es Nico nicht sagen können, wem denn dann?«

»Niemandem.«

»Aber er ist unser bester Freund.«

Nicholas verbarg taktvoll sein Erstaunen über diese Eröffnung, und das Schweigen zog sich in die Länge. Avery knabberte an seiner Unterlippe, wie er es immer tat, wenn er aufgeregt war. Er warf Tim immer noch flehende Blicke zu und öffnete und schloß die Faust wie unter Höllenqualen. Er sah aus wie ein Kind, dem man am Weihnachtstag verboten hatte, seine Geschenke zu öffnen. Selbst sein Lockenkranz zitterte vor lauter Anspannung.

Nicholas beugte sich zu Averys Ohr hinab. »Ich habe auch ein Geheimnis. Wir können tauschen.«

»Ohhh... das läßt sich doch bestimmt machen, nicht wahr, Tim?«

»Also, ehrlich. Du benimmst dich wie ein Zweijähriger.« Tim sah Nicholas kühl an. »Was für ein Geheimnis ist das?«

»Ein *verblüffendes* Geheimnis.«

»Hm. Und niemand kennt es?«

»Nur zwei andere Leute.«

»Na ja, dann ist es doch kein Geheimnis mehr.«

»Es sind die beiden, um die sich das Geheimnis dreht.«

»Ach so.«

»Gib dir einen Ruck, Tim«, drängte Nicholas. »„Fairer Tausch ist kein Raub.«

»Woher hast du nur diese gräßliche kleine Sentenz?«

»Bitte...«

Tim zögerte. »Du mußt aber versprechen, vor der Premiere kein Wort darüber zu verlieren.«

»Versprochen.«

»Er sagt das etwas zu schnell. Wenn du dein Wort brichst«, fuhr Avery fort, »dann kommst du nie ans Central.«

»O Gott.«

»Jetzt ist er ganz blaß geworden.«

»Das war aber auch dumm von dir. Seit wann hast du eine Kristallkugel?«

»Warum nur bis zur Premiere?« fragte Nicholas, der sein Gleichgewicht wiedergefunden hatte.

»Weil es danach ohnehin jeder wissen wird. Versprichst du es?«

»Ja. Ich würde eher tot umfallen, als etwas weiterzusagen.«

»Aber erst dein Geheimnis.«

Nicholas erzählte ihnen von seiner Entdeckung und sah dabei von einem Gesicht zum anderen. Averys Mund öffnete sich wie ein Seestern zu einem Rund aus Erstaunen und Freude. Tim lief erst purpurrot an, wurde dann weiß und schließlich wieder rot. Er war der erste, der etwas dazu sagte.

»In meiner Kabine.«

Nicholas nickte mitfühlend.

»Das ist doch wohl eine Unverschämtheit.«

»Immer ein *mot juste*«, kicherte Avery, der vor lauter Zufriedenheit auf seinem Stuhl zu federn schien. Nicholas fand, daß er wie eines dieser dicken Stehaufmännchen aussah, die sofort wieder aufspringen, ganz egal, wie fest man sie umstößt.

»Aber... wenn du den Mann nicht gesehen hast, woher willst du dann wissen, daß es David war?«

»Weil außer ihm niemand hier war. Außer mir, Kitty, die etwa zehn Minuten später in der Garderobe saß, und David in der Werkstatt. Und ich weiß, daß er und sein Vater oft früher kommen. Aber sie waren noch nie so früh hier wie heute.«

»Ich dachte, du schließt deine Kammer immer ab«, wunderte sich Avery.

»Das tue ich auch. Aber es gibt noch einen Zweitschlüssel am Brett im Soufflierkasten«, erläuterte Tim und fügte hinzu. »Und den werde ich in Zukunft wohl auch nach Hause mitnehmen. Ich muß schon sagen«, fuhr er fort, »er ist ein wenig zu... klobig..., David. Für Kitty, meine ich.«

»Constanze mag es vielleicht grob«, kicherte Avery. »Das muß für dich ganz schön spannend gewesen sein, Nico. Magst du solche Sachen?«

»Oh«, druckste Nicholas kleinlaut, »... nicht wirklich.«

»Nun ja, er ist ein netter Kerl«, meinte Tim. »Und ich denke, fast jeder dürfte nach Esslyn eine Erlösung sein. Das muß doch so sein, als würde man mit dem Albert Memorial ins Bett gehen.« Er krempelte die Ärmel hoch. »Beinahe Viertel vor. Ich gehe jetzt besser und kontrolliere die Lampen.«

Er nahm seine Flasche und huschte, dicht gefolgt von Avery, zur Tür. Nicholas rief ihnen voller brennender Neugierde hinterher: »Aber was ist mit eurem Geheimnis?«

»Das muß warten.«

»Ich habe Zeit. Ich bin erst in zwanzig Minuten dran.«

»Und ich bin gar nicht dran«, echote Avery, »ich kann es ihm sagen.«

»Wir werden es ihm zusammen sagen.« Tim prüfte zunächst, ob die Tür zu seinem Lichtraum offen war, zog dann aber seinen Schlüssel aus der Tasche. »Wenigstens hat David hinterher wieder abgeschlossen.«

Er schloß die Tür auf, und für genau einen Augenblick standen die drei gemeinsam im Türrahmen, und Avery ächzte wie ein gejagtes Tier. Seine Stupsnase wurde spitz (soweit das möglich war), und er schnupperte, als wollte er die Fährte des zurückgebliebenen Geruchs der Verruchtheit in der stickigen Luft aufnehmen.

»Um Himmels willen, Avery.«

»Entschuldige.«

Das Bild von Kitty überkam Nicholas so lebhaft, daß es ihm unmöglich erschien, dieser winzige Raum könnte keine Spuren ihrer Gegenwart mehr enthalten. Dann sah er auf die Glaswand und entdeckte tatsächlich die kaum sichtbaren Spuren, die ihre Schulterblätter hinterlassen hatten, als sie am Glas hinabgesunken war.

Avery rätselte: »Ich frage mich, warum sie sich ausgerechnet diesen Ort ausgesucht haben.«

»Reine Perversion, würde ich meinen. Nun... wir sehen uns dann später, Nicholas.«

Nicholas drehte sich enttäuscht um, als ihm plötzlich ein Gedanke durch den Kopf schoß. »O Avery... du wirst doch niemandem etwas davon erzählen?«

»Ich?« Avery gab sich entrüstet. »Ich finde es toll, daß du *mich* das fragst. Was ist denn mit ihm?«

Nicholas grinste: »Danke.«

Unten traf er Harold, der wie immer erschien, als wäre er Napoleon persönlich. Schon als er das Foyer betrat, fing er an zu schimpfen und hörte nicht eher damit auf, bis er hastige Bewegungen, wie unnötig sie auch immer waren, in jeder Ecke des Zuschauerraumes ausgemacht hatte. Er nannte das: sie in Trab halten. »Also, wer führt das Spiel an?« rief er fragend, setzte sich in Reihe C, zündete eine Davidoff an und nahm seine Kopfbedeckung ab. Harold besaß ziemlich viele Pelzmützen. Diese war schwarz, beige und gelbgrau und mit Sicherheit das Produkt aus mehr als nur einem Tierfell. Sie hatte einen kurzen Schwanz, der wie eine Ringelschwanzlemure auf seinem Kopf kauerte und den die gesamte Truppe als Harolds Dämon bezeichnete.

»Komm schon, Dierdre«, brüllte er, »nun mach schon, hopp, hopp!«

Das Spiel begann. Die Venticellis sprangen nach vorn auf die Bühne und standen da, geheimnisvoll ineinander verschlungen, wie ein Paar schwatzhafter Gespensterheuschrecken. Sie waren ein unschönes Paar mit talgiger, großporiger Haut und eigenartigen seidenweichen Haaren, die beim kleinsten Windhauch von ihren Köpfen abstanden und auch noch eine ganz seltsame Farbe hatten – schmutzigblond mit einem leichten Anflug von Rosa, von Friseuren »Champagner« genannt. Ihre Augenlider bewegten sich eidechsenartig, als wären sie schon uralt, obwohl sie nicht einmal ganze dreißig Lenze zählten. Sie schienen stets kurz davor zu stehen, eine geschmacklose Enthüllung kundtun zu wollen, und sie sprachen in einer Art hektischem Flüsterton. Harold mußte sie immer dazu ermahnen, lauter zu reden. Da sie sich unter Esslyns Schutz ziemlich sicher fühlten, kritisierten sie giftig jeden und alles, und ihr Atem roch feucht und modrig, wie ein gerade geöffnetes Grab. Nun, da sie ihren Eröffnungsdialog beendet hatten, tänzelten sie davon.

Esslyn betrat die Bühne, und Nicholas stand in den Kulissen und beobachtete die großgewachsene Gestalt mit einem gewissen Maß an Neid, denn es ließ sich nicht leugnen, daß sein Rivale eine blendende Figur auf der Bühne abgab. Da war zunächst einmal sein Gesicht. Hohe Wangenknochen, eher dicke aber wunderbar geformte Lippen und wahrhaft schwarze Augen, wie man sie nur äußerst selten antrifft. Seine Pupillen glitzerten hart und strahlend wie Teersplitter. Den Unterkiefer umrahmte ein leicht blauschwarzer Schimmer, wie ihn auch die Halunken in diesen Gangstercartoons immer haben.

Nicholas' eigenes Gesicht war dagegen eher durchschnittlich und nicht gerade markant. Bräunliches (aber eben nicht ganz braunes) Haar, bläulichgraue (aber eben nicht echte blaugraue) Augen, eine annähernd (aber eben doch nicht wirklich) gerade Nase. Nur die Tatsache, daß seine für sich genommen ebenmäßigen Gesichtszüge so ungleichmäßig angeordnet waren, gab ihm etwas Besonderes. Da war beispielsweise der etwas zu große Abstand zwischen Nasenspitze und Oberlippe, weswegen er befürchtete, ein bißchen wie ein Affe auszusehen, obwohl Hazel vom Supermarkt das angeblich »sehr sexy« fand. Auch seine Augen standen weit auseinander, und besonders groß war die Distanz zwischen Augenbrauen und Haaransatz. Also, abgesehen davon, daß er sehr klein und linkisch war und undefinierbare Merkmale hatte, dachte Nicholas verdrossen, würde er vermutlich auch noch vor seinem einundzwanzigsten Lebensjahr kahlköpfig werden. Neidisch starrte er auf Esslyns dichtes pechschwarzes Haar. Nicht einmal ein Ansatz von Geheimratsecken.

»Kopf hoch«, flüsterte David Smy, der gerade noch rechtzeitig zu seinem ersten Auftritt erschien. »Vielleicht kommt es gar nicht dazu.«

Nicholas blieb kaum noch Zeit, mit einem Lächeln zu antworten, ehe sein Kamerad auf die Bühne trat. Armer, alter

David, dachte Nicholas und beobachtete, wie Salieris Kammerdiener in dieser verkrampft kriecherischen Art über die Bretter schlich, die Menschen an sich haben, die es eigentlich hassen, Theater zu spielen, und die dazu überredet werden mußten, auf die Bühne zu gehen. Glücklicherweise war der Kammerdiener keine Sprechrolle. Als man David einmal eine Sprechrolle gegeben hatte, mußte er ganze sieben Worte aufsagen, und er schaffte es, sie jeden Abend in einer anderen Reihenfolge zu kombinieren, ohne sich jemals zu wiederholen.

»David ...«, hörte Nicholas aus dem Parkett rufen. »Versuch, nicht so zu laufen, als hättest du dir eine Ente in die Unterhose gestopft. Geh ab und komm noch mal wieder.«

Der Junge wurde rot und fügte sich der Anordnung. Beim zweiten Auftritt schritt er männlich zu seiner Position, nur um zu hören, wie die Venticellis hinter seinem Rücken über ihn hetzten.

»Mein Gott – der Lakai ist ein Froschmann.«

»Nein, ist er nicht. Er ist Dandini.«

»Ihr liegt beide falsch«, maulte Esslyn, »es ist der Kobold Quasimodo.«

»Um Himmels willen, hört auf damit!« schrie Harold. »Ich versuche hier, ein Stück zu inszenieren, und nicht, einen Biergarten zu führen.« Er setzte sich wieder auf seinen Sessel, und die Proben gingen weiter. *Amadeus* war kein leichtes Stück, aber Harold war keiner, der eine Herausforderung an seine Regisseursqualitäten abgelehnt hätte, und die Tatsache, daß das Schauspiel eine große Besetzung und einunddreißig Szenen hatte, schreckte ihn nicht ab. Sechs aufgeweckte Abschlußkläßler aus der hiesigen Gesamtschule waren angestellt worden, um von Szene zu Szene beim Umbau der Bühne zu helfen, und Harold beobachtete sie nun, wie sie etwas gelangweilt und mit mürrischen Mienen auf die Bühne liefen oder sie wieder verließen. Es war ganz und gar im Sinne des Autors anzunehmen, daß ihr permanentes Kommen und Gehen ein hübsches Paradoxon des Theaters darstellen sollte, das den Umbau der Bühne vor den Augen des Publikums unsichtbar werden ließ. Er konnte sich allerdings nicht damit abfinden, eine Herde schlafwandelnder Zombies zu hüten, die eine Bühne nicht von einer Bushaltestelle unterscheiden konnten. Und Esslyn, der die ganze Zeit auf der Bühne war, hätte eine große Hilfe sein können, aber war leider in solchen Sachen mehr als unbrauchbar. Vor Jahren hatte Harold den Fehler begangen zu erklären, wenn er im Geschäft wäre, würde sich kein Darsteller, egal welchen Ranges, soweit erniedrigen müssen, während der Vorstellung irgendwelche Teile hin- und herzuschleppen. Seitdem hatte sich der Hauptdarsteller konsequent geweigert, sich um etwas anderes zu kümmern als um seine persönlichen Requisiten.

»Dierdre«, schrie Harold. »Mach denen mal Beine. Der Umbau braucht ja doppelt soviel Zeit wie das ganze Stück.«

»Wenn er Shaffers Anmerkungen richtig gelesen hätte«, flüsterte Nicholas Dierdre zu, die einen Haufen gerade erst zusammengesetzter Möbel auf ihre Haltbarkeit hin getestet hatte und nun wieder in der Soufflierecke stand, »dann wüßte er, daß während der Umbauten weitergespielt werden soll.«

»Oh, du wirst nie erleben, daß Harold sich um solch langweiligen Kram wie Anmerkungen von Autoren kümmert«, entgegnete Dierdre so spitz, wie Nicholas sie noch nie zuvor erlebt hatte. »Er hat seine eigenen Ideen. Ich hasse diese Szene, du nicht?«

Nicholas, der auf seinen Auftritt wartete, nickte kurz. Der Grund, weshalb sie beide *Die Entführung aus dem Serail* haßten, war die Beleuchtung. Als Harold um purpurrote Folien gebeten hatte, versuchte Tim vergeblich, auf einem seiner seltenen Gegenargumente zu bestehen. Als Antwort hatte Harold seine Begründung ganz langsam, als würde er mit einem Idioten sprechen, abgegeben: »Es geht doch um ein Serail. Nicht wahr?«

»Ja, schon.«

»Was ein anderes Wort für Bordell ist. Richtig?«

Tim hatte »falsch« gemurmelt, hütete sich aber davor, es laut zu sagen.

»Was wiederum ein anderes Wort für Puff ist. Ergo... sicher brauche ich jetzt nicht noch weiter ins Detail zu gehen. Ich weiß, es ist ziemlich theatralisch, Tim, aber ich bin nun mal der Regisseur, der ich bin. Harte Effekte sind eben meine Stärke. Wenn du auf Wischi-Waschi-Naturalismus stehst, solltest du lieber zu Hause bleiben und dich vor den Fernseher setzen.«

Nicholas war jedesmal froh, wenn die Szene endlich vorbei war. Er fühlte sich, als würde er in Blut schwimmen, verließ die Bühne, unzufrieden mit seiner Vorstellung und ärgerlich über sich selbst. Averys Geheimnis kreiste immer noch in seinem Kopf herum. Er fragte sich, was um alles in der Welt es sein könnte. Wahrscheinlich bloß irgendein kleines, unbedeutendes Gerücht. Sicher nicht annähernd so skandalös wie die Geschichte, die Nicholas zum besten gegeben hatte. Er wünschte, sie hätten es ihm entweder gleich erzählt oder überhaupt nicht davon angefangen. Aber vielleicht würde er sie ja in der Pause überreden können, es ihm zu verraten.

Auf dem Weg in die Garderobe blieb Nicholas nur kurz stehen, um David Smy bedeutungsvoll zuzuzwinkern und ihm einen Knuff in die Rippen zu geben. Als Colin das nächste Mal aus dem Malzimmer kam, fragte David seinen Vater, ob er glaube, daß Nicholas schwul wäre.

Drei Proben später waren die Probleme mit dem Rasiermesser immer noch nicht gelöst. Als der Augenblick kam, es zu verwenden, und David respektvoll mit der Waschschüssel, einer hölzernen Schale mit Rasierschaum und einem Handtuch dastand, kam die Aktion abrupt zum Stillstand. Esslyn trat nach vorn an die Rampe und starrte herausfordernd in die Reihe C. Die Everards flatterten mit ihren Eidechsenlidern und vollführten hinter ihm ihre Kapriolen. Tim und Avery, die eine mögliche Auseinandersetzung witterten, verließen das Beleuchterkabinett, und der ganze Bühnenstab versammelte sich. Harold stand auf und bestieg die Bühne, wobei er ein ehrfurchtgebietendes Potential ausstrahlte.

»Nun, meine Lieben«, schrie er, als er die Stufen hinaufstieg, »wir stehen hier vor einem ungelösten Problem, und ich bin ganz Ohr, ehe ich mit einem meiner eigenen Vorschläge aufwarte, und ich brauche euch wohl kaum zu sagen, daß ich davon Myriaden parat habe.« Stille. »Sagt nicht, ich wäre nicht offen für neue Ideen, aus welcher Richtung sie auch immer kommen mögen.« Die Stille füllte sich mit ungläubigem Staunen und einer gewissen Verblüffung, als hätte jemand mit einem Baseballschläger darauf eingeschlagen. »Nicholas? Dir scheint gerade ein Gedanke zu kommen.«

»Der kommt doch immer auf dumme Gedanken«, warf Avery ein.

»Nun ja …«, zögerte Nicholas. »Ich frage mich, ob es nicht sehr aufregend wirken könnte, wenn Salieri mit dem Rücken zum Publikum stünde. Eine ausladende Geste.« Er sprang auf die Füße, um sie vorzuführen. »So etwa …«

»Das glaube ich nicht«, entgegnete Esslyn. »Es gibt wohl nichts, was du nicht tätest, um meine Vorstellung zu sabotieren. Glaubst du wirklich, du könntest mich dazu überreden, den aufregendsten Moment meiner ganzen Karriere mit dem Rücken zum Publikum zu spielen?«

»Welcher Karriere?«

»Natürlich weiß hier jeder, daß du neidisch bist …«

»Ich? Neidisch? Auf dich?« Der Funke Wahrheit in dieser Aussage brachte Nicholas wie Fett in der Pfanne zum Zischen.

»Ha!«

»Ich an deiner Stelle würde schnell zurück in meinen Sumpf kriechen, Nicholas«, höhnte einer der Venticellis. »Bevor du noch so eine brillante Idee hast.«

»Genau«, stimmte der Zwilling zu. »Zurück in den Morast mit dir.«

»Das wäre aber ein seltsamer Tag«, fauchte Nicholas, »an dem ich auf zwei so dämliche Buchstützen hören würde.«

»Aber, aber«, funkte Harold dazwischen. Er liebte Temperamentsausbrüche bei seinen Darstellern, weil er fest daran glaubte, sie seien ein Zeichen für angeborenes Talent. »Esslyn, es wäre doch tatsächlich wirkungsvoller ...«

»Vergiß es, Harold.«

Alle saßen kerzengerade da. Von einem offenen Streit zwischen dem CADS-Regisseur und seinem Hauptdarsteller hatte man noch nie gehört. Harold gab Esslyn Regieanweisungen. Esslyn tat daraufhin, was er wollte, ganz so, als hätte Harold nie etwas gesagt. Harold ignorierte das. So war es bisher immer gewesen. Nun waren alle Augen auf Harold geheftet, weil jeder ganz genau sehen wollte, was er nun tun würde. Verschiedene Emotionen huschten über seine geröteten Gesichtszüge. Erstaunen, Ärger, Wut und schließlich (nach einem schweren Kampf) Zustimmung.

»Es ist doch wohl klar«, erwiderte er endlich, und überspielte das Unglaubliche, »daß ich nie einen Darsteller dazu treiben würde, etwas zu tun, was seiner Art zu arbeiten völlig zuwider ist. Es würde bei der Aufführung einfach nur hölzern und künstlich wirken und damit jeglicher Überzeugungskraft entbehren.« Und dann ließ er schnell die Frage folgen: »Hat jemand noch eine andere Idee?«

»Was ist denn mit diesen Beuteldingern?« fragte Rosa. »Die, über die wir früher schon einmal gesprochen haben?«

»Sie funktionieren nicht. Oder besser gesagt«, fuhr Harold fort, um sich zu revanchieren, »Esslyn kann nicht damit umgehen.«

»Du ziehst einen Trick wie diesen nicht gleich beim ersten Mal gekonnt ab«, entgegnete Esslyn. »Du mußt so was üben, was ich ja schlecht kann, weil du mir jedesmal, wenn ich dich um etwas bitte, *molto costoso* ins Gesicht brüllst.«

»Dann mußt du eben durch deine Schauspielkunst das Publikum davon überzeugen, daß du blutüberströmt bist«, sagte Rosa und lächelte süßlich. »Ich bin ganz sicher, wenn das überhaupt jemand kann, dann bist du das.«

»Autsch!« stöhnte Kitty und tauschte wie im voraus vereinbart einen klagenden Blick mit ihrem Ehemann aus. Es war ein komplizierter Blick, der es nicht nur fertigbrachte zu unterstellen, daß Rosa auf das gegenwärtige Glück ihres Ex-Mannes eifersüchtig war, sondern auch, daß sie nicht ganz richtig im Kopf sein konnte. Die Regieassistentin räusperte sich.

»Hoppla«, flüsterte Clive Everard. »Hört das Orakel.«

»Das Problem ist so gut wie gelöst.«

»Vielleicht«, begann Dierdre zögernd, »können wir die Klinge einfach mit Tesafilm umwickeln. Ich bin sicher, das kann man vom Zuschauerraum aus nicht sehen.«

Es trat eine Pause ein, und dann folgte ein tiefer Seufzer von Harold. »Endlich.« Er nickte, ein ironisches, vorwurfsvolles Nicken. »Ich habe mich gefragt, wer wohl der erste sein würde, der auf diese Idee kommt. Hast du etwas Klebeband hier, Dierdre?«

»Oh, ja...« Sie nahm die Klinge von Davids Tablett, hielt sie vorsichtig am Griff fest und trug sie zu ihrem Tisch. Dort stellte sie ihre Tragetasche daneben. Das Tesafilm rollte hinaus, knapp gefolgt von einer Flasche widerwillig getragener Milch. Sie rettete die Milch gerade noch rechtzeitig, setzte sich, nahm das Klebeband und begann daran zu kratzen, um das Ende zu finden. Dann schnitt sie einen Streifen davon ab und legte ihn der Länge nach über die Klinge. Er war zu kurz (sie hätte erst ausmessen sollen), genauso, wie er auch zu schmal war, um den ganzen Stahl zu bedecken. Sie zögerte, um sich zu fragen, ob es wohl nötig wäre, das erste Stück wieder abzuziehen, und dann beschloß sie, sie würde sich nicht trauen, der Klinge zu nahe zu kommen. Schon allein bei dem Gedanken daran fingen ihre Hände an zu schwitzen. Sie fühlte die Hitze in sich hochsteigen und hatte das Gefühl, daß alle sie beobachteten, blickte auf und entdeckte, daß sie sich damit nicht getäuscht hatte.

»Es dauert nur eine Sekunde«, sagte sie betont munter. Das Ende des Tesafilms war verschwunden und sie mußte wieder kratzen. »Eile mit Weile.«

»Ich finde ja«, entgegnete Rosa, »es hilft ungemein, wenn man das Ende des Bandes umknickt.«

»Oh, was für eine gute Idee«, gab Dierdre zurück. »Das muß ich mir merken.« Sie hielt das Rasiermesser hoch, befestigte das Ende des Bandes daran und wand die Rolle mehrmals von oben nach unten um die Klinge, bis diese gut und vollständig bedeckt war. Dann schnitt sie das Band ab. Das Ergebnis war unerfreulich. Uneben und voller Höcker, an einer Stelle türmte sich das Tesafilm sechsmal so dick wie an anderen Stellen, was man in diesem kleinen Theater ganz klar von den Zuschauerrängen aus sehen würde. O Gott, dachte Dierdre, was zum Teufel soll ich jetzt bloß machen? Der Gedanke daran, das Klebeband wieder entfernen zu müssen, erschreckte sie. Außerdem konnte sie das Ende des Klebebandstreifens ohnehin nicht mehr finden.

»Wo liegt das Problem, Dierdre?« David Smy stellte sein

Dienstbotentablett ab und richtete einen der kleinen goldenen Stühle auf.

»Es klappt nicht.« Dierdre blinzelte hinter ihren dicken Brillengläsern hervor. »Es war schrecklich, das Zeug drumzuwickeln. Jetzt habe ich Angst, es wieder abzuwickeln, weil ich mich dabei schneiden könnte.«

»Laß mich mal sehen.«

»Sei bloß vorsichtig.«Dierdre gab ihm das Rasiermesser.

»Hast du eine Schere? Nein... eine kleinere.« Als Dierdre den Kopf schüttelte, zauberte David ein Victorinox hervor, ein Schweizer Taschenmesser, und zog ein kleines Paar Klingen heraus. Dierdre beobachtete seine braunen Finger mit den kurzen sauberen Nägeln, die erstaunlich weiße Halbmonde hatten. Er ging derart gekonnt mit allem um, beinahe graziös und ohne eine unsichere oder unnötige Bewegung. Schnipp, schnapp und das Band war ab. Dierdre rollte noch mehr ab. David hielt die Klinge daneben, und schnitt zwei Streifen in Klingenlänge ab, und während Dierdre den Griff hielt, faltete er sie vorsichtig der Länge nach über die Klinge, erst um die eine Seite, dann um die andere. Anschließend rammte er die Klinge heftig in die Soufflierkopie. Sie fiel auseinander. »Das wird reichen.«

»David. So was darfst du nicht sagen. Nicht einmal im Spaß. Wir müssen noch mehr draufkleben.«

»Wenn du darauf bestehst.« Sein kleines Lächeln war beruhigend. »Ich wollte dich bloß auf den Arm nehmen.«

»Das will ich doch hoffen.« Nach ein paar Augenblicken lächelte sie ihn nervös an. David überklebte die Klinge, und diesmal blieb nicht mehr als ein feiner Abdruck zurück, als er sie in das Textbuch preßte.

»Komm schon, Dierdre – hopp, hopp. Wir hätten uns bis jetzt alle schon zehnmal die Kehle durchschneiden können.«

»Entschuldige, Harold.«

»Du gehst erst hin, wenn du soweit bist«, sagte David. »Du willst dich doch von dem nicht unterkriegen lassen. So ein Wichser.« Dann fügte er eilig hinzu: »Entschuldige mein Französisch.«

»Oh, wenn das Französisch war«, flüsterte Dierdre schüchtern, »dann habe ich es nicht verstanden, fürchte ich. Nun, gut... wir wollen mal sehen, ob es klappt.« Sie reichte Esslyn das Rasiermesser, der es ängstlich in die Hand nahm. »Du kannst es ja erst mal an deinem Daumen ausprobieren.«

»Ich werde es sicher erst an dem Daumen von jemand anderem ausprobieren«, antwortete Esslyn kurz und bündig und gab es ihr zurück. Daraufhin demonstrierte ihm Dierdre entgegenkommend, daß das Messer jetzt völlig ungefährlich war. Esslyn entgegnete nur: »Hm«, und fuhr mit der Klinge erst vorsichtig, dann etwas fester über seine Hand. »Scheint in Ordnung zu sein. Richtig... Harold?«

Esslyn wartete, bis sich die allgemeine Aufmerksamkeit auf ihn gerichtet hatte. Dann stellte er sich in der Pose eines Märtyrers mitten auf die Bühne: die Hände vor der Brust gekreuzt, die Augen auf einen großartigen Horizont gerichtet, so als sähe er die ganze Welt. Er deklamierte laut und mit düsterer Stimme: »...Und in der Tiefe deiner Niedergeschlagenheit kannst du zu mir beten... Und ich werde dir vergeben. *Vi Saluto?*« Dann warf er den Kopf zurück, hielt das Rasiermesser in der rechten Hand und zog es rasch über seine Kehle. Eine ausholende, dramatische Bewegung von einem Ohr zum anderen. Erst herrschte schreckliches Schweigen, dann murmelte jemand: »O Gott.«

»Es funktioniert, nicht wahr?«

»Du kannst das Blut ja förmlich sehen«, quietschte Don Everard.

»Die Leute werden aufschreien.«

Esslyn grinste. Ihm gefiel die Vorstellung, daß Menschen

aufschreien würden. Harold wirbelte herum und überraschte sie alle mit einem befriedigten Lächeln. »Ich wußte gleich, daß es klappen würde«, erklärte er, »schon vom ersten Moment an, als mir dieser Gedanke gekommen ist.«

»Ich glaube wirklich, das ist das Geheimnis unseres Erfolgs«, steuerte Nicholas bei, »ein Mann voller Ideen an der Spitze.«

»Nun ja, das kann ich natürlich nicht selber sagen«, meinte Harold, der genau das zwischen den Zeilen von sich behauptete.

»War es nicht Dierdre«, gab David Smy laut zu bedenken, »die daran gedacht hat?«

»David«, flüsterte Dierdre über den Tisch, »laß gut sein. Es ist doch egal.«

»Es war Dierdre«, entgegnete Harold, »die es ausgesprochen hat. Ich habe aber schon vor Wochen daran gedacht, als die Produktion noch in der Planung war. Sie hat ganz einfach meine Idee über den Äther oder ein ähnliches Medium aufgeschnappt und sie ausgesprochen. Und nun, würden die Inspizienten bitte aufhören, sich aufzuspielen, weil wir nämlich endlich weitermachen müssen…«

Aber die Proben wurden ein weiteres Mal unterbrochen, weil Kitty, die jetzt mit weißem Gesicht an ihrem Ehemann hing, die Arme um seine Hüften geklammert und den Kopf an seine Schulter gelehnt hatte, kreischte: »…Es sah so echt aus… es war so beängstigend…«

»Aber, aber, Kätzchen.« Esslyn tätschelte sie, als wollte er ein verängstigtes Tierchen beruhigen. »Da ist nichts, wovor man sich fürchten müßte. Wie du selbst sehen kannst, ist es vollkommen ungefährlich.« Er ließ einen um Entschuldigung bittenden Blick über ihren Kopf hinweg los.

Also, ich wäre der glücklichste Mann auf Erden, dachte Nicholas, wenn sie mal so spielen würde, wenn sie mit mir auf der Bühne steht. Er blickte zu Kittys Liebhaber hinüber, um zu sehen, wie er auf diese kleine Vorstellung reagierte, aber David setzte seine Unterhaltung mit Dierdre fort und bemerkte nichts davon. Nicholas blickte den Rest der Truppe an. Die meisten wirkten unentschlossen, ein oder zwei waren peinlich berührt, Boris schaute ironisch, Harold ungeduldig. Zu Nicholas' Erstaunen schienen die Venticellis neidisch zu sein. Er war davon überzeugt, daß es sich hierbei nicht um eine amouröse Verstimmtheit handelte. Trotz ihrer Affektiertheit, ihrer Großspurigkeit und ihrer absolut scheußlichen Unterwürfigkeit konnte sich Nicholas nicht vorstellen, daß sie sexuell an Esslyn interessiert waren. Tatsächlich kamen ihm die beiden eher asexuell vor. Spröde, unberührt und vermutlich mehr daran interessiert, Dummheiten anzustellen, als Liebe zu machen. Nein, Nicholas nahm an, daß die beiden einfach bloß verärgert waren, weil das Objekt ihres Kriechertums so grob und undankbar war, öffentlich Zuneigung für jemand anderen zu zeigen.

Dann, als seine Augen weiterwanderten, bekam Nicholas einen Schock. Etwas abseits saß Rosa, die sich offensichtlich unbeobachtet glaubte; sie starrte Esslyn und dessen Frau an. Auf ihrem Gesicht drückte sich blanker Haß aus. Nicht ein Muskel bewegte sich, und ihr Gemütszustand war derart konzentriert, derart extrem, als würde sie eine Maske tragen. Dann aber bemerkte sie Nicholas' Blick, senkte die verbitterten Augen und wurde sofort wieder sie selbst. So war ihm diese Episode jedenfalls zuerst vorgekommen, doch als Rosa eine halbe Stunde später ihren üblichen hektischen Abgang nahm (der Schal schwebte um ihren Hals, und sie ließ das Skript fallen, warf sich ihren Madame-Ranjewskaja-Mantel um und rief: »Nacht, Nacht, meine Engel«), war er beinahe davon überzeugt, daß er sich das alles bloß eingebildet hatte.

Das Buch kam etwa eine Woche vor der Kostümprobe an. Dierdre fand im Foyer auf dem Boden ein kleines, ordentlich in braunes Papier eingeschlagenes Päckchen. Es lag direkt unter dem Briefkasten an der hölzernen Fassung der Glastür. Sie drehte das Päckchen um und hielt inne. Auf der Vorderseite standen in handgeschriebenen Großbuchstaben die Worte HAROLD WINSTANLEY. Sie legte es oben auf ihren Korb und machte sich auf den Weg in den Vereinsraum, um ihre beiden Milchflaschen, den Tee und die Zuckervorräte auszupacken. Als sie hereinkam, huschte Riley auf sie zu, um sie zu begrüßen. Sie stellte die Milchflaschen in einen Topf mit kaltem Wasser, dann beugte sie sich vor und kraulte seine Ohren. Er erlaubte ihr das so lange, bis ihm klar wurde, daß sie keine Geschenke mitgebracht hatte; dann streckte er den Schwanz in die Luft und spazierte davon. Dierdre beobachtete traurig, wie er ging, und sie wünschte sich, er wäre nicht so geizig mit seiner Zuneigung gewesen. Nur Avery bekam die ganze Zuwendung – umstreichen, an den Beinen schubbern, kleine »mmrrrrs« der Zufriedenheit –, denn er brachte ihm das Essen mit. Er schleppte immer Fischreste oder »Backen« für den Kater an, die Riley dann von seinem Teller stibitzte, um sie in aller Ruhe zu verspeisen. Dierdre stolperte permanent über die bläulichweiß schimmernden Grätengerüste, die übrigblieben.

Er war ein hübscher Kater. Weiße Brust und Söckchen, zweifarbiger Schnurrbart und eine weiße Schwanzspitze. Der Rest seines Fells war schwarz und hatte früher wie gerade erst geförderte Kohle geglänzt, war aber inzwischen etwas stumpfer und grauer geworden, was ihn ein wenig heruntergekommen wirken ließ. Er war ein Vollblutkater mit einer haarlosen Stelle über dem einen Auge, die jedesmal, wenn sie gerade wieder zugewachsen war, ein weiteres hartes Abenteuer in ihren wunden Zustand zurückversetzte. Er hatte leuchtend smaragdgrüne Augen, und wenn das Theater dunkel war, konnte man diese zwischen den Sitzreihen umherwandern sehen.

Keiner wußte, wie alt er war. Riley war vor zwei Jahren aufgetaucht, als er plötzlich während eines Durchlaufs von *Französisch ohne Tränen* über die Bühne streunte. Die enorme, fast magische Dramatik seines Erscheinens hatte sofort jeden ergriffen. Er bekam kräftigen Applaus, ein Stück Schellfisch (Dierdre wurde zu Adelaide's geschickt) und war augenblicklich adoptiert worden. Obwohl er keine Möglichkeit hatte, es in vielen Worten auszudrücken, war es aber nicht das, was er eigentlich gesucht hatte. Denn eigentlich sehnte sich Riley nach einem orthodoxeren Wohnsitz. Er war äußerst enttäuscht, als das Wohnzimmer von *Französisch ohne Tränen*, kurz nachdem er sich dort eingerichtet hatte, wieder verschwand, nur um einige Wochen später in einer völlig anderen Anordnung wieder zu erscheinen. Das war wirklich nicht sein Ding. Er träumte von einem gewöhnlichen, sogar langweiligen Zuhause, in dem die Möbel blieben, wo sie waren, mit nur einem Menschen, der ihm mehr oder weniger unablässig seine Verehrung bezeugte. Er hatte mehrmals versucht, Avery zu folgen, wenn dieser das Theater verließ, wurde aber immer wieder kurz darauf zurückgebracht. Dierdre, die liebend gerne ein Haustier gehabt hätte, hätte ihn ja mit zu sich nach Hause genommen, aber ihr Vater reagierte sowohl auf Fell als auch auf Federn allergisch.

Nachdem sie jetzt den Tee und den Zucker ausgepackt und die Tassen rausgestellt hatte, machte sich Dierdre auf den Weg in den Zuschauersaal, um die Bühne für den ersten Akt vorzubereiten. Da Nicholas schon da war und seinen »Opernmonolog« durchging, schlüpfte sie leise in die hinterste Reihe und hörte ihm zu. Es war ein kompliziertes Stück, und Nicholas verpatzte es. Er begann mit Verärgerung, brach in der Mitte in ein Kichern von beinahe verrückter Überdrehtheit aus und endete mit einer Bemerkung, die so freudig erregt war, daß sie fast manisch wirkte.

Er hatte es in der vergangenen Woche jeden Abend zu Hause geübt und war sich auf qualvolle Weise bewußt, daß es nicht klappte. Nun pumpte er Begeisterung in seine Stimme: »Erstaunlicher Kunstgriff. Ein Vokalquartett!« Gefolgt von einer getriebenen Erregung: »Immer weiter, weiter und weiter – alle Klänge vervielfachen sich und erheben sich gemeinsam...« Er rasselte es weiter durch und endete mit einem leeren rhetorischen Ausruf: »Und verwandelt das Publikum in Gott!«

Verzweiflung erfüllte ihn. Nichts als Schwulst. Aber was sollte er machen? Wenn das Gefühl nicht da war, konnte er es nicht einfach anstellen wie ein Tonband. Ein schrecklicher Gedanke, der stets in seinem Hinterkopf lauerte, kroch in sein Bewußtsein. Was war, wenn es sich bei der Premiere auch so trocken und steif anhörte? Ohne Technik würde er sich nur verzweifelt durch den Text hangeln, wie ein Bergsteiger mit schlechtem Gleichgewichtssinn über einen Felsabgrund. Er beneidete Esslyn um die vielen Jahre an Erfahrung, um sein Wissen über die Mechanik der Schauspielerei. Es war typisch für Avery, die Vorstellungen ihres Hauptdarstellers folgendermaßen zu beschreiben: »Ganz wie ein Osterei, Liebling. Nur Bänder und Bögen und kleine Zuckerhäppchen mit einem ziemlich großen Schuß Eitelkeit in der Mitte.« Nicholas war bei dem Gedanken daran, daß er, wenn ihn seine Gefühle verließen, weder Bänder noch Bögen, geschweige denn kleine Zuckerverzierungen aufzuweisen hätte, nicht besonders wohl zumute. Dierdre kam den Gang hinunter.

»Hallo«, begrüßte Nicholas sie verdrießlich. »Hast du alles gehört?«

»Hm«, entgegnete Dierdre, stellte ihren Korb auf die Bühnenkante und kletterte hinauf.

»Ich kriege das anscheinend niemals hin.«

»Ach was. Aber vielleicht fehlt dir einfach das richtige Gefühl. Und du hast noch nicht genug Erfahrung, um es zur Not auch ohne rüberzubringen.«

Nicholas, der eigentlich eine ausweichende Ermunterung erwartet hatte, starrte Dierdre an, als sie am Souffliérkasten vorbeiging, ihre Sachen auszupacken begann und sagte: »Wenn ich eine Anmerkung machen darf...«

»Natürlich.« Er folgte ihr, als sie über den Bühnenboden kroch, um die Zeichen für die Ein- und Ausgänge zu erneuern, die während der letzten Proben ausgeblichen waren.

»Nun gut... zuerst darfst du die anderen nicht so sehr einbeziehen, wenn du sprichst. Salieri... van Swieten... sie spielten in Mozarts Leben nur eine Rolle, soweit es sein Einkommen betraf. Als Menschen bedeuteten sie ihm gar nichts. Mozart war ein Genie – das sich seine eigenen Gesetze machte. Du scheinst ihn aber in deinen Monologen mit ihnen in Beziehung setzen zu wollen, was fatal ist. Sie sind da, um zuzuhören... aufzunehmen... Vielleicht auch, um ein wenig... Angst zu haben...«

»Ja... das sehe ich ein... ich denke, du hast recht. Und Gott – was glaubst du, wie er über Gott denkt?«

»Mozart? Er ›denkt‹ Gott nicht als etwas Eigenes, sieht ihn nicht als eine separate Einheit an, so wie es Salieri tut. Musik und Gott sind für ihn dasselbe. Und zu deinem Vortrag: Du erarbeitest ihn dir genau auf dem falschen Weg. Darum wird es sich auch immer so steif anhören.«

»Ich weiß!« Nicholas schlug sich gegen die Stirn. »Ich weiß.«

»Wenn du aufhören würdest, auf die Worte zu achten, sondern nur die Musik vernehmen würdest...«

»Da ist doch gar keine Musik.«

»...in deinem Kopf, du Dummerchen. Wenn du eine leidenschaftliche Rede über Musik hältst, mußt du sie auch hören. Bei den meisten Sequenzen ist Musik entweder unterlegt, oder sie kommt vorher. Das ist sehr... trocken. Also mußt du dir alle Aufnahmen anhören und sehen, welche von ihnen die Emotionen hervorrufen, die du brauchst, und die mußt du dann in deinem Geist mit den Zeilen verknüpfen. Ich meine natürlich nicht ›mußt‹...« Dierdre wurde plötzlich rot. »Nur wenn du willst.«

»Oh, aber das will ich! Ich bin sicher, das würde... es ist eine tolle Idee!«

»Du stehst mir im Weg.«

»Entschuldige.«

Nicholas blickte auf Dierdres gesenkten Kopf und ihre ausgeblichenen Jeans. Im Gegensatz zum Rest des Ensembles hatte er ihr Können nicht unterschätzt. Dennoch hatte er nie mit ihr über das Stück gesprochen und, obwohl er von ihren Ambitionen in dieser Hinsicht wußte, hatte er (genauso wie alle anderen) nie daran gedacht, daß sie vielleicht sogar besser Bescheid wußte als Harold. Nun blickte er sie an, wie Männer Frauen in Hollywoodfilmen ansehen, nachdem sie ihnen die Brille abgenommen und ihr Haar gelöst haben. Er sagte: »Es ist ein wunderbares Stück, meinst du nicht auch?«

»Sehr aufregend. Ich habe es in London gesehen. Aber ich werde froh sein, wenn es vorbei ist. Ich mag die Art, wie die Sache hier läuft, überhaupt nicht.«

»Was meinst du damit?«

»Oh, nichts Bestimmtes. Hier fehlt irgendwie das gute Gefühl. Und ich sehne mich danach, endlich *Wanja* machen zu können. Ich liebe Tschechow, du auch, Nicholas?« Sie sah ihn mit leuchtenden Augen an. »Selbst im *Kirschgarten* war nach allem, was Harold dem Stück angetan hatte... immer noch soviel von Tschechow zu spüren.«

»Dierdre...« Nicholas folgte ihr um die Kulissen herum, als sie mit dem Schreibbrett in der Hand die Requisiten für den ersten Akt durchging. »Warum zum Teufel... ich meine... du solltest bei einer anderen Truppe arbeiten. Wo du wirklich etwas machen kannst.«

»Es gibt aber keine. Die nächste ist in Slough.«

»Das ist doch nicht weit.«

»Du mußt aber irgendwie hinkommen. Ganz besonders abends. Und ich kann mir kein Auto leisten. Außerdem kann ich meinen Vater nicht allein lassen. Ich muß jemanden dafür bezahlen, daß er ihm Gesellschaft leistet, während ich im Theater bin.«

»Oh, ich verstehe.« Er sah plötzlich einen gähnenden Abgrund aus Einsamkeit, kreativer Vorstellungskraft, die nach Ausdruck hungerte und fast an den unrealisierten Träumen erstickte – was ihn zutiefst beschämt und verlegen machte. Er fühlte sich, als wäre er einem dieser schrecklichen Menschen begegnet, die unaufgefordert ihre Kleidung hochhoben, um einem ihre Operationsnarben zu zeigen. Da er sich jedoch der Ungerechtigkeit dieses Vergleiches bewußt war, sowie auch der Banalität seiner folgenden Bemerkung, nuschelte er nur: »Ein Jammer, Dierdre«, und ging wieder auf die Bühne zurück. Hier, mehr um einen unbehaglichen Moment zu überbrücken als aus irgendeinem anderen Grund, hob er das Päckchen auf.

»Hat jemand Harold eine Bombe geschickt?«

»Mühsam als Buch getarnt.«

Nicholas hob das braune Papier an, das nur leicht mit Tesafilm zusammengeklebt war, um einen Blick hineinzuwerfen.

»Tu das nicht!« rief Dierdre. »Er wird behaupten, daß

jemand versucht hat, es zu öffnen. Und er wird bestimmt mich dafür verantwortlich machen.«

Aber Harold schien an dem Päckchen gar nichts aufzufallen. Er kam später als gewöhnlich und zog gerade seine Regieschuhe mit Monogramm an, als Dierdre ihm das Buch gab. Es hatte eine Zeit gegeben, da zog Harold seine Fußbekleidung stets während der Proben aus, wobei er erklärte, daß er nur so den wahren Geist des Stückes erfassen könnte. Dann aber hatte er ein Fernsehinterview mit einem berühmten amerikanischen Regisseur gesehen, in dem der bekannte Mann geäußert hatte, daß Menschen, die ihre Schuhe ausziehen müßten, um Regie zu führen, wichtigtuerische Pseudointellektuelle wären. Harold konnte ihm darin zwar nicht zustimmen, aber für den Fall, daß auch andere Mitglieder der Truppe dieses Interview gesehen hatten, bedeckte er seitdem seine Füße.

Als er das Päckchen nahm, rief Rosa, »Oooohh, seht mal... Harold hat ein Geschenk bekommen.« Und alle umringten ihn.

Das Geschenk erwies sich indes ein wenig als Enttäuschung. Es war nichts Ungewöhnliches oder Aufregendes. Nichts, was mit Harolds einzig wahrer Leidenschaft zu tun gehabt hätte. Es war ein Kochbuch. *Floyd über Fisch.* Harold sah es verdutzt an. Jemand fragte, wer es geschickt hatte. Er blätterte die Seiten durch, drehte das Buch um und schüttelte es. Keine Karte.

»Ist denn nichts reingeschrieben?« erkundigte sich einer der Everards nuschelnd. Harold schlug die ersten Seiten auf und schüttelte den Kopf. »Wie ungewöhnlich.«

»Warum sollte dir jemand ein Rezeptbuch schicken?« fragte Rosa. »Du interessierst dich doch überhaupt nicht fürs Kochen, oder?«

Harold schüttelte wieder den Kopf.

»Aber wenn du damit mal anfangen solltest«, bemerkte Avery, »dann bloß nicht mit diesem Buch. Dieser Floyd ist für einen Feinschmecker völlig indiskutabel.«

»Mein Gott, bist du ein Snob«, sagte Nicholas.

»Richtig, junger Bradley. Das war das letzte Mal, daß du an meinem Tisch gegessen hast.«

»Oh! So habe ich das doch nicht gemeint, Avery. Ehrlich.« Halb außer sich, halb lachend, fuhr Nicholas fort: »Bitte. Entschuldige ...«

»Ich sollte wohl annehmen«, sagte Harold, »daß es das Geschenk eines heimlichen Bewunderers ist. Und nun müssen wir anfangen. Hopp, hopp.«

Er steckte das Päckchen in seine Mütze. Der Moment der Freude, den das Erscheinen des Buches ausgelöst hatte (es war immerhin schon Jahre her, seit ihm jemand ein Geschenk gemacht hatte), war verflogen. An seine Stelle trat eine leichte Besorgnis. Was für eine seltsame Angelegenheit. Da hatte irgendwer soviel Geld für ein Buch ausgegeben, bloß um es dann anonym an jemanden zu schicken, der sich überhaupt nicht dafür interessierte. Aber Schluß jetzt, dachte sich Harold, denn er hatte nun wohl kaum die Zeit, über das Geheimnis dieses Buches nachzusinnen. Das Geheimnis des Theaters – das war seine Welt. Das war es, was er zu entzünden hatte. Und Stücke produzierten sich nicht von selbst.

»Gut, meine Lieben«, rief er, »von vorne. Und bitte ... viel mehr Wahrhaftigkeit. Nicholas, erinnerst du dich ... Wo steckt Nicholas?«

Mozart trat hinter den Kulissen hervor. »Hier bin ich, Harold.«

»Vergiß nicht, was ich dir am Montag gesagt habe. *Resonances.* Klar? Das ist es, was ich will – viel Resonanz. Du wirkst verwirrt.«

»... entschuldige, Harold.«

»Du kennst die Bedeutung des Wortes Resonanz, nehme ich an.«

»…ähm …das war doch das Pferd von Don Quixote, oder?«

»O Gott, ich bin von Idioten umgeben!« schrie Harold.

Einige Tage vergingen. Bei den Proben ging alles schief, und die ersten Durchlaufproben waren absolut fürchterlich. Aber erst während der Kostümprobe (jedenfalls sagte das später jeder zu Barnaby) fing es wirklich an zu brodeln.

Als Esslyn mit seinem Tangotänzergang in seinem blausilbernen Mantel über die Bühne strich, wurde seine Vorstellung zu einer glänzenden Farce. Er dachte gar nicht mehr daran, mit seinen Kollegen zu spielen – tatsächlich sah er sie nicht einmal mehr –, und er spreizte sich und posierte, als wäre das ganze Stück sein Solo. Von seinen Kriechern bestärkt, setzte er die Seitenhiebe gegen David und Nicholas fort.

Nicholas kam damit gut zurecht. Sein vorheriges Gespräch mit Dierdre war das erste von dreien gewesen, und er tastete sich auf einem Weg voran, von dem er glaubte, er würde ihn zu einer wahrhaftigen, intelligenten und lebendigen Wiedergabe der Mozart-Rolle führen. Er war halbwegs durch die Eröffnungsszene und spielte gerade hinter Salieris Rücken, als Esslyn plötzlich seine Rede unterbrach und nach vorn zu den Strahlern an der Bühnenrampe ging.

»Harold?« Auf Harolds Gesicht stand Erstaunen, als er sich von seinem Sitz erhob und an die Rampe kam. »Gibt es eine besondere Betonung bei *che gioia*?«

»Was?«

»Entschuldige. Um ehrlich zu sein, mein Problem ist… ich bin mir nicht ganz sicher, was das heißen soll.« Schweigen. »Vielleicht kannst du mich da mal aufklären.« Lange Pause. »Ich wäre dir sehr dankbar.«

»Wer ist nun *cattivo*?« murmelte Clive.

»Weißt du das denn nicht?« hakte Harold nach.

»Ich fürchte, nein.«

»Willst du mir damit etwa sagen, daß du diese Zeilen, die du in den vergangenen sechs Wochen immer wieder aufgesagt hast, nicht verstehst?«

»So sieht es aus.«

»Und du nennst dich selbst Schauspieler?«

»Ich nenne mich mit derselben Berechtigung Schauspieler, mit der du dich Regisseur nennst.«

Eine noch längere Pause. Dann schien es für jeden spürbar in der Luft zu liegen, ein feiner Widerhall, wie der Schlag einer entfernten Trommel. Harold entgegnete mit auffallend ruhiger Stimme: »Versuchst du, mich in Rage zu bringen?«

»Glaube nicht, daß das nötig ist«, tuschelte Donald. »Der läuft doch nur mit heißer Luft.«

»Aber natürlich nicht, Harold. Ich dachte nur…«

»Ich werde es nicht für dich übersetzen. Mach deine Hausaufgaben.«

»Gut, das scheint mir aber ein wenig…«

»Also gut. Wir machen weiter, und das gilt für alle. Und keine weiteren Unterbrechungen. Wir haben schon genug Zeit verloren.«

Esslyn zuckte die Schultern und ging wieder zu seiner vorherigen Position zurück, und der Widerhall verklang in einer Stille, die vor Enttäuschung triefte. Die erste echte Konfrontation, konnte man jeden förmlich denken hören, und nun ist sie vorüber, ehe sie überhaupt richtig begonnen hat. Aber ihre Enttäuschung sollte nur von kurzer Dauer sein, denn ein paar Minuten später fragte Esslyn: »Glaubst du, es ist wahr, daß er nie wirklich Hand an Katharina gelegt hat?«

»Natürlich ist das wahr!« schrie Harold zurück. »Warum um Himmels willen sollte er sich denn selbst belügen?«

Dann kam es zu Meinungsverschiedenheiten über die Hofetikette, das Timing des Adagios und der Bibliothekszene und über die Aufstellung des Klaviers. Harold ging noch einmal nach vorn an die Bühne, diesmal allerdings mit einem wilden Tick an einem Augenlid.

»Wenn du all diese Mängel schon vorher bemerkt hast«, begann er in einem eisigen Tonfall, »dann darf ich vielleicht mal fragen, wieso du sie bis zu diesem späten Stadium für dich behalten hast, ohne etwas zu sagen?«

»Weil ich nicht dafür verantwortlich bin. Ich habe darauf gewartet, daß du etwas dagegen unternimmst. Da du aber offensichtlich nicht dazu in der Lage bist, dachte ich, ich müßte zum Wohle des Stücks und dem Wohle der Truppe endlich doch etwas sagen.«

»Der Tag, an dem *du* anfängst, dir Sorgen um den Rest der Truppe zu machen, Esslyn, wird der Tag sein, an dem die Schweine auf Skiern fahren.«

Als wären diese Unterbrechungen lediglich pikante kleine Appetitanreger gewesen, begannen danach die Dinge so gewaltig schiefzulaufen, daß es schon prachtvoll war. Kittys Polsterung wollte nicht halten. Je weiter sie nach unten rutschte, desto heftiger fingerte sie daran herum. Je heftiger sie daran herumfingerte, desto mehr mußte sie kichern, bis Harold aufstand und sie anschrie. Daraufhin brach sie unvermittelt in Tränen aus.

»Es ist nicht so leicht«, schluchzte sie, »noch dazu wenn du schwanger bist.«

»Verschone mich damit, um Gottes willen!« entgegnete Harold. »Garderobe!« Er stand da, pochte mit dem einen Fuß auf den Boden und sog an seinen Zähnen, bis Joyce Baby Mozart gesichert hatte. Dann lag das Manuskript nicht an seinem Platz auf dem Requisitentisch. Und auch nicht der Federhalter. Oder Kittys Schal. Dierdre entschuldigte sich und schwor, sie hätte die Sachen zu Beginn der Probe alle an ihren Platz gelegt. Salieris Rollstuhl brach zusammen, und die goldenen Zäune, die noch nicht ganz trocken waren, hinterließen ihren Abdruck auf Kaiser Josephs weißem Satingewand.

Aber das dramatischste, alarmierendste und letztendlich urkomischste Mißgeschick war, daß der Tapeziertisch, der bei der Premiere zur *Zauberflöte* noch den massenhaften Ansturm des Publikums ausgehalten hatte, zusammenbrach. Auf ihm standen die wurstkauenden, pfeiferauchenden Wiener Bürger. Sie rülpsten, scherzten und stießen sich gegenseitig in die Rippen, und das alles absolut übertrieben. Sie kamen zwar fast ohne Ausnahme aus Somerset, aber ein pflichtbewußter Bürger, der seine Hausarbeiten gemacht hatte, schrie in reinstem Deutsch: »Gott im Himmel.«

Dann, als das berühmte »Heil sei euch Geweihten« über ihren Köpfen aufstieg, knarrte der Tisch, ächzte und gab schließlich nach, wobei das inzwischen hysterische Volk in einem hohen Bogen mitten auf die Bühne purzelte. Alle bis auf Harold fanden das hinreißend komisch. Selbst Esslyn grinste mit kaltem Zartgefühl in seine Spitzenmanschetten hinein. Harold stand von seinem Sitz auf und funkelte die Truppe glühend an.

»Ich nehme an, ihr findet das witzig?«

»Das Witzigste seit der Pest«, antwortete Boris.

»Richtig«, sagte sein Regisseur. *»Colin.«* Eine hilfreiche Seele wiederholte den Namen, eine andere in den Kulissen und wieder eine in der Garderobe, und dann war endlich ein feines Echo unter den Brettern der Bühne zu hören.

»Grundgütiger«, grummelte Harold und stampfte kräftig mit dem Fuß auf. »Das ist ja, als würde man im Old Bailey auf den Hauptzeugen warten.«

Colin erschien und hatte einen Holzspan auf seiner Schulter, so als wollte er damit seinen Rang anzeigen. Er trug einen Hammer in der Hand und seinen üblichen Gesichtsausdruck, der dem eines Mannes entsprach, der durch das Geschrei spielender Kinder von seiner ernsthaften Arbeit abgehalten wird.

»Du weißt doch, wie viele Leute dieser Tisch aushalten muß. Ich dachte, du hättest gesagt, du würdest ihn stabilisieren.«

»Das habe ich auch getan. Ich habe einen Holzblock in jede Ecke, wo die Stelzen sind, genagelt. Ich zeige es dir.«

Colin bahnte sich seinen Weg durch die Darsteller, die auf dem Rücken lagen, hob den Tisch an und wunderte sich: »Na, so was. Irgendein Idiot hat sie wieder rausgenommen.«

»O Gott!« Harold starrte seine Besetzung an; ein oder zwei lachten immer noch leise vor sich hin. »Ihr habt kein Recht, in einem Theater zu stehen. Keiner von euch. Ihr seid noch nicht einmal gut genug, um die Bühne zu putzen. Colin, mach besser noch ein paar Blöcke. Und jetzt laßt uns bitte weitermachen.«

Er ging gerade wieder zu seinem Stuhl zurück, als Clive Everard, der sich nicht einmal darum bemühte, die Stimme zu senken, lästerte: »Dieser Mann könnte nicht einmal seine eigene Pisse anweisen, in einen Gully zu laufen.«

Harold hielt an, drehte sich um und antwortete mit aller Strenge in die schockierte Stille hinein: »Ich hoffe, du machst dir nicht vor, daß du in der nächsten Produktion noch dabei bist, Clive.«

»Aber ich habe mich doch schon als Teljeghin gesehen …«

»Also«, erwiderte Harold, »ich denke, du solltest dich schon mal an die Vorstellung gewöhnen, dich in einem ganz anderen Theater zu sehen, am besten auf einem anderen Planeten. Und nun will ich bis zum Ende des Stückes kommen, und zwar ohne … jede … weitere … Unterbrechung.«

Und sie hätten es auch fast geschafft. Doch leider lagen inzwischen allgemein die Nerven blank. War erst einmal Anstoß genommen worden, gab es den Ärger jetzt hundertfach zurück. Die Requisiten verirrten sich wie verlorene Schafe. Die Kulisse wurde von den Schauspielern angesteckt, und schließlich verließ eine Tür die Bühne genauso gekonnt wie der Schauspieler, der sie gerade hinter sich zugezogen hatte. Als die großen Schlußakkorde der Musik verklangen, versammelten sich die Darsteller in kleinen verzweifelten Gruppen. Harold gesellte sich zu ihnen, nachdem er eine große Geste der Hoffnungslosigkeit vollführt hatte, bei der er seine Hände wie ein königlicher Buchmacher über dem Kopf zusammenschlug.

»Ich kann jetzt keine Bemerkungen machen«, erklärte er resigniert, »ich wüßte auch gar nicht, wo ich anfangen sollte.« Dieses Eingeständnis, das erste, das jemals über seine Lippen gekommen war, schien Harold genauso zu erschüttern wie seine Schauspieler. »Ihr wart alle einer so schlecht wie der andere und eine Schande für die Zunft.« Dann ging er, und schritt in seinen bestickten Regisseurschuhen in den Winter hinaus.

Kaum war er gegangen, entspannte sich die Atmosphäre ein wenig. Und als sich die Spannung gelöst hatte, brach Gelächter aus, und es wurden einige kräftige Beschwerden in der Art laut, was sich Harold eigentlich einbildete, und es wäre doch lediglich ein bißchen Spaß gewesen, um Himmels willen. Schließlich würden sie hierfür nicht bezahlt.

»Ich persönlich«, erklärte Boris, »bin es leid, Heil Harold zu sagen.«

»Mir scheint, als könnte es ihm keiner recht machen«, ergänzte Rosa. »Da könnte man genausogut im Kreml leben.«

»Das würde mich ja alles nicht stören, wenn er wenigstens kompetent wäre«, flüsterte einer der Venticellis.

»Richtig«, stimmte der andere zu. Dann, leise zu Esslyn: »Das Volk revoltiert.«

Es gab noch etwas mehr bolschewistisches Rumoren, als Riley den Gang hinuntergestreunt kam und auf die Bühne sprang. Einigen der Abschlußkläßler, die seine kleinen Boshaftigkeiten noch nicht kannten, und Avery, der damit Erfahrung hatte, entfuhr ein: »Aahhh …«

Der Kater schlich in einer geduckten Haltung. Sein Hinterteil zitterte, und seine Schultern zogen sich zusammen und begannen dann zu vibrieren. Er machte einige laute Schluckgeräusche, gab dann ein würgendes Husten von sich und erbrach einen glitzernden Haufen Haut und Knochen, Fell und Blut auf die Bretter und ging ab. Es folgte ein langes Schweigen, das schließlich von Tim gebrochen wurde.

»Ein Kritiker«, meinte er. »Das ist genau das, was wir brauchen.«

»Also schön«, befand van Swieten. »Laßt uns doch mal die gute Seite an der ganzen Geschichte sehen. Jeder weiß, daß eine schlechte Kostümprobe eine großartige Premiere verheißt.«

Über seinem Kopf, über dem Schnürboden, dem Theaterdach, dem Nachthimmel und dem grenzenlosen tiefschwarzen Bogen der himmlischen Weiten spielte Thalia, die Muse der Komödie, Halma mit den Eumeniden. Als ihr nun ein fehlgeleiteter Windhauch diese Worte ins Ohr wehte, wurde sie von einem hysterischen Gelächter überwältigt, und man mußte sie von ihrer Wolke in die nächste Sanitätsstation tragen.

Zwischenspiel

(Samstag morgen, Causton High Street)

Causton war zwar ein netter Ort, aber recht klein. Menschen, die meinten, es ginge nicht ohne ihr Sainsbury oder Marks and Spencer's, mußten nach Slough oder Uxbridge fahren. Jene, die zu Hause blieben, wurden dafür gekonnt, wenn auch nicht gerade aufregend bedient. In der Hauptstraße gab es einen Supermarkt und einen Fischhändler, einen Milchladen, eine Bäckerei und einen Obst- und Gemüsehändler mit einer sehr bescheidenen Auswahl. Es gab zwei Metzger (darunter ein erstklassiger, der das Fleisch gut abhing und es auf französische Art vorbereiten konnte), McAndrews Apotheke, in der auch Parfum und Kosmetika im Angebot waren, zwei Banken und einen Friseur sowie hübsche Kreationen von Doreece. Und nicht zuletzt waren da noch zwei Beerdigungsinstitute, eine Buchhandlung, der Weinhändler, die Post und eine kleine Zweigstelle der Bibliothek.

Causton beherbergte auch drei Lokale. Adelaide, die jede nur bekannte Kombination von Gebratenem hinter ihrer Phalanx aus zischenden Teekesseln produzierte. Dann das Soft Shoe Café, in dem hausgebackener Kuchen serviert wurde, Tee mit Sahne, anmutige dreieckige Sandwiches, deren Kruste abgeschnitten war, und natürlich Frühstückskaffee. Schließlich gab es auch eine Kneipe, den Jolly Cavalier (ehemals Gay Cavalier), der Hirtenpastete und Goujons im Korb anbot. Und dann war da ja noch das Theater.

Samstag, der siebzehnte November, war ein strahlend schöner Tag. Durch den Frost funkelte der Bürgersteig wie Kristall, und die Menschen, die flotten Schrittes darüberliefen, wurden von dem weißen Dunst ihres Atems verfolgt. Ein Weihnachtschor schmetterte Lieder. Dierdre und ihr Vater standen Arm in Arm draußen vor der Fischhandlung. Sie machte sich Sorgen wegen der kalten Luft, die in seine Brust strömte, aber er schien sehr ruhig und gesammelt zu sein und hatte so dringend nach draußen gewollt, daß sie ihn in zwei Schals und eine Wollmütze gepackt hatte, und nun waren sie hicr. Mr. Tibbs hielt den leeren Einkaufskorb fest und sah seine Tochter an, in einer Mischung aus Stolz über das Erreichte, Angst davor, von ihr getrennt zu werden, und einfach nur Liebe, wie man sie auf dem Gesicht eines Labradors in einer ähnlichen Lage finden könnte. Sie studierten gemeinsam die Auslage.

Rote Meerbarben und ein großer Steinbutt, von zwei Krebsen flankiert, lagen auf einem Hügel aus blaßgrauem Eis. Bescheidenere Wesen lagen, Nase an Schwanz, auf weißen Tabletts und hatten Petersiliensträußchen aus Plastik in den Mäulern. Mr. Tibbs betrachtete dieses maritime Füllhorn mit tiefem Interesse. Er aß Fisch sehr gern. Dierdre öffnete ihren Geldbeutel und gestand sich schuldbewußt ein, daß er, wenn sie nicht mit dem Latimer verbunden gewesen wäre, für den Rest seines Lebens jeden Tag Fisch hätte essen können.

»Meinst du nicht… der Hering sieht gut aus, Daddy?«

»Ich mag Hering.«

»Ich könnte ihn mit Hafermehl panieren.« Dierdre lächelte dankbar und drückte seinen Arm. »Wäre dir das recht? Mit dunklem Brot und Butter?«

»Ich mag dunkles Brot und Butter.«

Sie reihte sich in der Warteschlange ein. Dierdre war inzwischen daran gewöhnt, daß die Leute ihren Vater ignorierten, obwohl sie zum Teil, wie Dierdre wußte, seine früheren Schüler waren. So war sie regelrecht überwältigt, als die Frau neben ihnen sich umdrehte und sagte, wie nett es sei, ihn mal wieder zu sehen und wie gut er aussähe.

Und er sah in der Tat gut aus, fand auch Dierdre und blickte ihn von der Seite an. Seine Augen waren klar und schimmerten, er nickte als Antwort auf den Gruß und gab ihr die Hand. Er wurde zwar etwas unruhig, als er sah, daß die fetten, schillernden Heringe in einer Seite des Daily Telegraph verschwanden, entspannte sich aber gleich wieder, als sie sicher in seinem Korb lagen. Dann gab er jedem in der Schlange die Hand, und er und seine Tochter gingen hinaus, um sich zum Gemüsehändler zu begeben.

Hier kaufte Dierdre Kartoffeln, einen Kohlkopf, Karotten und ein Pfund Mandarinen, die der Verkäufer lose in ihren Korb fallen ließ, wo sie wie glühende Kohlen oben auf den anderen Lebensmitteln leuchteten. Sie versuchte, den Korb an sich zu nehmen, weil sie glaubte, er sei zu schwer für ihren Vater, aber er bestand darauf, ihn weiterhin zu tragen, und sie spazierten Arm in Arm weiter zur Bibliothek. Auf dem Weg dorthin kamen sie am Blackbird vorbei, und sie winkte Avery zu, der zurückwinkte.

In der Bibliothek ließ Mr. Tibbs seine Tochter die Bücher aussuchen. Das tat sie jeden Samstag, ein Buch für sich und zwei für ihren Vater. Er fragte jede Woche, manchmal sogar sehr eindringlich, nach seinen neuen Büchern, und Dierdre, die spürte, daß der Wunsch, sich irgendeine zurückliegende Aktivität erhalten zu wollen, ein gutes Zeichen sein müßte, richtete sich danach. Wie dick sie auch sein mochten, ihr Vater gab sie immer am folgenden Samstag zurück, wobei er sich für ihre Freundlichkeit bedankte und betonte, wie sehr die Bücher ihm gefallen hätten. Und dann hatte sie ihn einmal mit einer Ausgabe von G. K. Chesterton beobachtet. Er las jede Seite genau durch, indem er bis zum Ende der ersten Zeile las, dann wieder zurück auf den Anfang der zweiten Zeile ging, und so weiter, bis zum Ende der Seite. Hatte er beide Seiten gelesen, hob er das Buch gegen das Licht, als wollte er jeden Tropfen an Information auswringen, ehe er auf die nächste Seite blätterte. Jetzt wählte Dierdre ein Reisebuch mit Fotografien von wunderschönen ruhigen Landschaften, etwas von Monica Dickens und David Mamets mit dem Titel *Schreiben in Restaurants*, das sie schon sechs Wochen vorher reserviert hatte.

Nachdem sie ein paar Minuten dem Weihnachtschor zugehört und etwas in die Spendendose getan hatten, gingen sie zum Bäcker, wo Dierdre einen großen Laib Weißbrot und einen vor purpurroter Marmelade und Buttercreme triefenden Biskuitkuchen kaufte, und machten sich dann auf den Weg nach Hause. Mr. Tibbs erklärte, er sei nach dem Spaziergang müde. Er ging ins Bett, und Dierdre kochte Tee.

Sie machte ihr eigenes Bett, während sie darauf wartete, daß das Wasser kochte, und als sie die Tagesdecke glättete, sah sie sich selbst im Schrankspiegel. Für gewöhnlich mied sie Spiegel, bis auf den kleinen, wenn sie sich morgens wusch. Warum sollte sie sich auch anschauen? Es gab ja niemand Besonderen, für den es sich gelohnt hätte, irgendeine Anstrengung betreffs ihres Aussehens zu unternehmen. Das war nicht immer so gewesen. Zehn Jahre zuvor, als sie achtzehn war und ein Junge im Büro an ihr interessiert gewesen zu sein schien, hatte sie eine Weile die einschlägigen Magazine studiert und versucht, irgend etwas aus ihrem dunklen gelockten Haar zu machen, das in alle Richtungen abstand, und etwas gegen ihre allzu rosige Hautfarbe zu unternehmen. Dann jedoch war ihre Mutter gestorben, und sie sah sich auf einmal derart mit den häuslichen Angelegenheiten konfrontiert, daß der Junge verständlicherweise im Hintergrund verschwand und heute glücklich verheiratet war und drei Kinder hatte.

Es war ja nicht etwa so, daß ich eine schlechte Figur hätte, dachte Dierdre und setzte ihre Brille ab, damit das Spiegelbild beruhigend verschwamm. Sie war recht groß und dünn. Gut, ihr Hinterteil hing etwas, aber sie hatte dafür schöne Augen. Wenn sie nur nicht diese dicken Brillengläser tragen müßte. Joyce hatte ihr schon einmal vorgeschlagen, Kontaktlinsen zu tragen, aber das schied allein aus Kostengründen aus, und Dierdre befürchtete außerdem, daß das mit ihrer Gläserstärke ohnehin nicht hingehauen hätte. Schon mit drei Jahren war ihr die erste Brille verpaßt worden. In der Schule hatte ihr eine katholische Freundin, die wußte, wie sehr sie diese elenden Dinger verabscheute, angeboten, Lucia, die Heilige der Kurzsichtigkeit, um Beistand zu bitten. Aber obwohl sie Dierdre ein paar Tage später versicherte, es auch tatsächlich getan zu haben, war das Resultat gleich Null. Entweder war die Heilige an diesem Tag einfach nicht in Geberlaune, oder, was viel wahrscheinlicher war, sie hatte einen ketzerischen Bittsteller aufgespürt und entschlossen den Segensfluß verweigert. Dierdre stieß einen kurzen Seufzer aus, setzte die Brille wieder auf und rannte die Treppe hinunter, als sie den Kessel pfeifen hörte.

Sie nahm den Tee und ein Stück Kuchen mit nach oben und wartete, um ganz sicherzugehen, daß ihr Vater den Tee trank. Plötzlich fragte er: »Wie geht es denn mit *Amadeus* voran, Liebes?«

»Oh...« Dierdre sah ihn überrascht und erfreut an. Es war so lange her, seit er Interesse an der Theatergruppe gezeigt hatte. Sie hatte zwar mit ihm über die laufende Produktion geredet, dabei ihre untergeordnete Rolle überspielt und lediglich über ihre Ideen zu dem Stück gesprochen, aber seit Monaten war er schon nicht mehr ansprechbar gewesen.

»Nun, wir hatten gestern eine ziemlich schlechte Kostümprobe. Tatsächlich war sie so übel, daß es schon wieder lustig war…« Sie erzählte ihm einige der Höhepunkte, und als sie zu dem zusammenbrechenden Tisch kam, lachte ihr Vater so sehr, daß er fast den Tee verschüttet hätte. Dann sagte er: »Weißt du, ich denke, ich könnte zur Premiere kommen. Das heißt«, fügte er einschränkend hinzu, »wenn es nicht wieder einer meiner abwesenden Tage ist.«

Dierdre nahm die Tasse und wandte sich ab. Sie spürte den brennenden Druck der Tränen und gleichzeitig einen Schimmer von Hoffnung. Es war das erste Mal, daß er direkt auf seine Krankheit zu sprechen kam. Und in was für einer mutigen und lockeren Form er das tat. »Einer meiner abwesenden Tage.« Welche ruhige, rationale, intelligente und gesunde Art, die Sache zu beschreiben. Wenn er über seinen anderen Zustand mit diesem inneren Abstand sprechen konnte, dann mußte es besser werden. Ins Theater zu gehen, mit anderen Leuten zusammenzutreffen und vor allem, diese einmalige Musik zu hören, würde ihm sicher nur guttun. Sie drehte sich zu ihm um und lächelte glücklich.

»Ja, Daddy«, erklärte sie, »ich finde, das ist eine wunderbare Idee.«

In der Blackbird-Buchhandlung war, kurz gesagt, kein einziger Kunde. Avery saß an seinem schönen *escritoire* neben der Tür. Der Laden umfaßte zwei Ebenen, die durch eine steinerne Wendeltreppe miteinander verbunden wurden, deren Stufen schon reichlich abgewetzt waren. Über der Treppe hing ein konvexer Spiegel, der die verborgenen Winkel zeigte, damit Avery einen umfassenden Überblick hatte. Dennoch schafften es, vor allem in dem Rummel vor Weihnachten, immer wieder Leute, Bücher aus den Regalen zu klauen. Avery stand auf und beschloß, einige der Ausgaben wegzustellen, die jene Kunden, die sich nur mal hatten umsehen wollen, unordentlich auf den beiden runden Tischen liegengelassen hatten. Der Warenbestand des Blackbird war nach allgemeinen Stichworten geordnet, und gelegentlich stellten die Kunden die Bücher selbst wieder zurück, oft mit treffenden Ergebnissen. Mit einem lauten »Na, na« zog er *Tod in Hollywood* aus dem Romantikregal und *Zimmer mit Aussicht* aus dem Regal für Innendekorationen.

»Sieh dir das mal an«, rief er einen Moment später Tim zu, der etwas auf dem Gasbrenner in dem Kabuff im hinteren Teil des Ladens umrührte. »*Ein abgetrennter Kopf* steht unter Kampfsport.«

»Ich bin nicht sicher, ob Kampfsport eine völlig unangemessene Bezeichnung für Murdoch ist«, entgegnete Tim und führte seinen Löffel an die Lippen.

»Ich weiß nicht, wieso du in dieser affektierten Weise rührst und probierst«, schrie Avery und kam in das Kabuff. »Wir wissen doch alle, auf welche geschickte Art Mr. Heinz mit Tomaten umgeht.«

»Du hast gesagt, ich könnte zu Mittag essen, was ich will.«

»Da muß ich wohl verrückt gewesen sein. Ein Lorbeerblatt würde zumindest einen Hauch von Geschmack hinzufügen.«

»Also gut, also gut.«

»Oder etwas Joghurt.«

»Mach doch kein Essen daraus.«

»Keine Gefahr, Entchen.« Beide mußten lachen. »Was ist auf dem Brötchen?«

»Brunnenkresse und Bresse bleu. Und da sind auch ein paar Walnüsse. Du kannst den Chablis aufmachen, wenn du willst.«

»Welchen?« Avery begann, Weinflaschen aus dem Weinregal unter der Spüle hervorzuholen.

»Den Grossot. Und ruf Nico.«

»Arbeitet der denn nicht?« Avery öffnete die Flasche und schob dann den dicken Chenillevorhang zur Seite und brüllte die Treppe hinauf.

»Er hat gesagt, er könnte sich so kurz vor der Premiere nicht konzentrieren.«

»All diese leeren Regale. Großbritanniens Hausfrauen sind sicher ganz aus dem Häuschen. Nico ...«

»Wem hast du vorhin eigentlich zugewunken?«

»Wem?« Avery stutzte. »Ach ja. Der armen alten Dierdre und ihrem Papa.«

»Gott, was für ein Leben. Versprichst du, mich zu erschießen, wenn ich mal so werde?«

Diese beiläufige Erwähnung, daß sie noch zusammen sein würden, wenn Tim alt und grau war, erfüllte Avery mit einer schwindelerregenden Freude, und er holte tief Atem und antwortete frisch: »Ich werde dich schon lange, bevor du so wirst, erschießen, wenn du noch mehr von diesem Dreck in meine Küche bringst.«

Auf einmal war das klappernde Geräusch von Tritten zu hören, und Nicholas erschien. »Was gibt es zu essen?«

»Käse und Wein«, antwortete Tim. »Du wärst besser oben geblieben, glaub mir.«

»Ich dachte, ich hätte etwas Leckeres gerochen.«

»Siehst du«, meinte Tim, »noch jemand mit einer Nase für Sonderangebote.«

»Eine so gute Nase wie Dostojewski für einen todsicheren Tip.«

»Was für ein kluges Köpfchen.«

»Das hat sich schon rumgesprochen.«

»Sei ruhig«, sagte Tim, »wir bringen Nicholas in Verlegenheit.«

»Nein, das tut ihr nicht«, antwortete Nicholas ehrlich, »aber ich stehe kurz vorm Verhungern.«

»O Gott…« Eine Frau, die einen zerdrückt aussehenden Hut trug, starrte neugierig durch das Fenster. »Nico, lauf und mach den Fensterladen zu, das ist eine Nervensäge. Und dreh das Schild um. Ich kenne sie schon lange. Wenn die erst mal hier drin ist, kriegen wir sie nicht wieder raus.«

Als Nicholas zurückkam, fügte Avery hinzu: »Sie ist sehr religiös.«

»Offensichtlich. Aus welchem Grund sonst sollte jemand einen solchen Hut tragen?«

»Weißt du«, sagte Avery anerkennend, »ich denke, aus dem Jungen können wir noch etwas machen. Möchtest du ein Glas Wein haben, Nico?«

»Wenn es nicht zu viele Umstände macht.«

»Oh, sei nicht so dumm«, entgegnete Avery und ließ den Chablis in drei Becher platschen. »Ich hasse Leute, die solche Floskeln gebrauchen. Das ist nämlich genau die Sorte, die sich überhaupt nicht darum schert, wie viele Umstände du ihretwegen hast.«

»Wer?«

»Na, die da draußen. Die kommt angerauscht und fragt mich, was ich über die spanischen Erbfolgekriege weiß. Ich sage, absolut gar nichts. Ich bin ja den ganzen Tag noch nicht aus dem Laden gekommen.« Avery sah seine Gefährten an. »Gelächter. Ich dachte, die hätten nie aufgehört.«

»Angefangen.«

»Mit was?«

»Der Witz geht so«, erklärte Nicholas geduldig. »Gelächter. Ich dachte, die hätten noch gar nicht angefangen.«

»Du nimmst mich auf den Arm.« Nicholas streckte die Hand nach einem zweiten Brötchen aus und bekam einen Klaps auf die Finger. »Und iß nicht wie ein Schwein.«

»Erwähne bitte keine Schweine in meiner Gegenwart. Oder irgendein anderes Fleisch.«

»Du meine Güte, er ist zum Vegetarier geworden.« Avery wurde bleich. »Ich wußte doch, daß ihm diese Bohnen irgendwann mal zu Kopf steigen würden.«

»Das würde sich anders äußern«, sagte Tim. »Was ist los, Nicholas?«

»Das Premierenlampenfieber, möchte ich wetten«, vermutete Avery. »Wenn du Angst wegen deines Texts hast, höre ich dich ab, sobald wir den Laden geschlossen haben.«

Nicholas schüttelte den Kopf. Er kannte seinen Text und hatte keine Angst mehr (wie noch in *Hexenjagd*), daß er aus seinem Gedächtnis verschwinden würde, sobald er auf die Bühne ging. Was ihn verstörte und aufwühlte, war vielmehr das, was er von der Premiere träumte. Oder seine Träume überhaupt. Er war inzwischen daran gewöhnt, daß er vor der Spielzeit eines Stücks Alpträume hatte, genauso übrigens wie die meisten seiner Schauspielerkollegen. Sie träumten, sie hätten die falsche Rolle gelernt oder ihr Kostüm sei verschwunden oder sie würden die Bühne eines komplett anderen Theaters betreten oder (sehr üblich) sie würden in einem Bus oder in einem Auto sitzen, das immer wieder an dem Theater vorbeifuhr und einfach nicht anhielt. Nicholas' Traum fiel in diese letzte Kategorie, bloß daß er mit eigener Kraft zum Latimer fuhr. Auf Rollschuhen. Er war spät dran und flog dahin, die Causton High Street hinab, und wußte, daß er es nur dann noch schaffen könnte, wenn er durch den Metzgerladen fuhr. Denn wie hart er auch immer dagegen ankämpfte, seine Füße würden ihn auf jeden Fall dorthin bringen.

In dem Laden hatte sich alles verändert. Er war nicht mehr klein und mit bunten Plakaten tapeziert, sondern riesig und höhlenartig; ein großes Warenhaus mit einer Reihe hängender Kadaver nach der anderen. Als Nicholas in aller Eile die Gänge auf und ab fuhr, um den Weg nach draußen zu finden, fuhr er an Hunderten von abgezogenen Hasen vorbei, deren Köpfe in besudelten Papiertaschen steckten, an Lämmern mit Halskrausen um ihre gerade enthaupteten Hälse und an riesigen Bergen von rotmarmoriertem Fleisch, in das Stahlhaken gerammt worden waren. In Angstschweiß gebadet wachte er auf und schien immer noch den Gestank von Blut und Sägemehl in der Nase zu haben. Seit einer Woche träumte er diesen Traum nun jede Nacht. Er betete zu Gott, daß er ihn nie wieder träumen müsse, wenn die Premiere vorbei war.

Er erzählte ihn den beiden zwar mit einem heiteren Unterton, aber Tim spürte sofort das darin enthaltene Unbehagen. »Gut«, sagte er, »es sind ja nur noch zwei Nächte. Und hab keine Angst vor Montag, Nico. Du wirst ganz hervorragend sein.« Nicholas sah nun schon nicht mehr ganz so blaß aus. »Avery war gestern abend in meiner Kabine, und er hat bei deiner Sterbeszene geweint.«

»Ohhh!« Nicholas' Gesicht war ekstatisch. »Ist das wahr, Avery?«

»Das kam hauptsächlich wegen der Musik«, entgegnete Avery, »also hast du keinen Grund, überheblich zu werden. Obwohl ich glaube, daß du eines Tages, wenn du sehr hart arbeitest, wirklich gut werden könntest. Natürlich würde sich gegen Esslyn jeder wie der neue Laurence Olivier ausnehmen. Oder auch der alte, je nachdem.«

»Er ist dermaßen überzogen«, klagte Tim. »Besonders in der Don-Giovanni-Szene.«

»Absolut«, rief Nicholas, und Tim beobachtete mit Freude, daß wieder etwas Farbe in sein Gesicht zurückkehrte. »Das ist meine Lieblingsstelle: ›Machet dieses e-zu einem e-Gott in e-meinem Ohr. Genau e-diese eine …‹« Seine Stimme triefte vor Spaghettiakzent. »›E-gebbe Er das e-mirr …‹«

»Oh! Darf ich Gott spielen?« bat Avery. »Bitte.«

»Warum nicht?« sagte Tim. »Warum sollte es heute anders sein?«

Avery kletterte auf einen Stuhl und deutet mit einem dicken Blakeschen Finger auf Nicholas. »Nein... dich brauche ich nicht, Salieri. Ich habe... Mozart!« Dämonisches Gelächter erklang, und er kletterte wieder vom Stuhl, wobei er sich vor Lachen die Seiten halten mußte. »Ich habe meinen Beruf verfehlt, daran besteht kein Zweifel.«

»Findet ihr nicht auch«, erkundigte sich Nicholas, »daß an dieser Kostümprobe etwas komisch war?«

»Man verleihe diesem Mann den Barbara-Cartland-Preis für Untertreibung.«

»Ich meine komisch im Sinne von seltsam. Ich kann nicht ganz glauben, daß all diese Mißgeschicke Unfälle waren.«

»Oh, ich weiß nicht so recht. Es gibt eben zuweilen solche glanzvollen Abende wie jenen«, widersprach Tim. »Erinnere dich mal an die Premiere von *Gaslicht*.«

»Und die Everards. Sie werden immer überheblicher«, fuhr Nicholas fort. »Diese Bemerkung über den Gulli. Ich weiß nicht, wie sie das wagen konnten.«

»Sie wagen es, weil sie unter Esslyns Schutz stehen. Obwohl ich sagen muß, daß es mir ein absolutes Rätsel ist, was er an ihnen findet.«

»Erzähl mir bloß nichts«, beklagte sich Nicholas mit einem schmollenden Unterton, »über Geheimnisse.«

»Du wirst doch jetzt nicht etwa wieder davon anfangen«, stöhnte Avery.

»Entschuldige, aber ich sehe nicht ein, warum ich nicht mehr davon anfangen soll. Ihr habt versprochen, mir von eurem Geheimnis zu erzählen, wenn ich euch meines sage.«

»Und das werde ich auch tun«, versprach Tim. »Noch vor der Premiere.«

»Aber vor der Premiere ist jetzt.«

»Wir sagen es dir, wenn es soweit ist«, erklärte Avery, »und das ist ein Versprechen. Aber du darfst es auf keinen Fall weitererzählen.«

»Das ist gemein. Ich habe euch doch auch vertraut, und ihr habt dichtgehalten … oder etwa nicht?«

»Natürlich«, versicherte ihm Tim sofort, aber Avery schwieg. Nicholas sah ihn mit fragend hochgezogenen Augenbrauen an. Averys wäßrig blaue Augen wanderten unruhig herum, blieben an den restlichen Käsekrümeln hängen, den Walnüssen, an allem anderen, nur nicht an Nicholas, der ihn mit einem direkten Blick musterte.

»Avery?«

»Na ja …« Avery lächelte ein wenig verschämt. »Ich habe es nicht wirklich jemandem erzählt. Sozusagen.«

»O Gott, was meinst du mit ›sozusagen‹?«

»Ich habe so eine Art Bemerkung gemacht … aber nur gegenüber Boris. Er ist ja die Diskretion selbst, wie ihr wißt.«

»Boris? Da hättest du auch gleich Flugblätter drucken und sie auf der High Street verteilen lassen können!«

»Das ist aber noch lange kein Grund, in diesem Ton mit mir zu reden«, schrie Avery genauso laut. »Wenn die Leute nicht wollen, daß man es herausfindet, dann sollten sie eben nicht so unvorsichtig sein. Und abgesehen davon, du mußt gerade reden. Wenn du es nicht gleich bei der ersten Gelegenheit ausgeplaudert hättest, wüßte niemand etwas davon.«

Das war so offensichtlich wahr, daß Nicholas nichts einfiel, was er dagegen hätte einwenden können. Wütend schob er seinen Stuhl zurück und klapperte die Treppe hinauf, ohne sich auch nur mit einem Wort für das Essen zu bedanken.

»Manche Leute«, setzte Avery an und blickte nervös über den Tisch. Aber Tim war bereits dabei, die Gläser und die Teller abzuräumen und sie in die Spüle zu stellen. Und in der

Art, wie er seine Schultern hielt, aber auch in seiner steifen, abweisenden Wirbelsäule, lag etwas Verächtliches, das vor weiteren Annäherungsversuchen warnte.

Der arme Avery, der seine unvorsichtige Zunge verfluchte, räumte auf und lief geschäftig hin und her, wobei er jedoch für den Rest des Nachmittags lieber auf Abstand blieb.

Colin Smy befestigte neue Holzblöcke an dem Tapeziertisch, und Tom Barnaby malte den Kamin an. Es war wirklich ein herrliches Gebilde, das Colin aus einem zerbrechlichen Holzrahmen gezimmert und mit dickem Papier bedeckt hatte. Der Kamin war mit Wirbeln und Schleifen, mit Arabesken und Bändern dekoriert. Und er sah schon jetzt, selbst ohne die Wirkung des Lichts, beeindruckend aus. Tom hatte lange und geduldig Farben gemischt, bis er genau das richtige feine Ziegelrot gefunden hatte, das zusammen mit den Spiralen aus Beige und blassem Grau einen wunderbaren Marmoreffekt erzeugte. (In der Penguin-Ausgabe von *Amadeus* wird der Kamin als golden beschrieben, aber Harold hatte ihm vorher erklärt, daß er hoffte, Tom hätte ein bißchen mehr drauf, als nur die Ideen anderer Leute sklavisch genau zu kopieren, vielen Dank.)

Obwohl Barnaby gewohnheitsmäßig murrte, hatte es in den vergangenen fünfzehn Jahren nur sehr wenige Produktionen gegeben, denen er nicht schließlich doch ein oder zwei Stunden widmete, und zuweilen hatte er sich dafür sogar von seinem geliebten Garten losgerissen. Als er sich jetzt in der Werkstatt umsah, erinnerte er sich mit besonderer Freude an eine geschnittene Gartenhecke, ganz in Silber und Grün, die den Wald im *Sommernachtstraum* dargestellt hatte, und auch daran, wie sie im künstlichen Mondlicht geschimmert hatte.

Barnaby war durch seine beiden Freizeitbeschäftigungen sehr ausgefüllt. Selbstanalyse lag ihm nicht, denn er glaubte, daß das Resultat aufgrund der im Menschen eingebauten Fähigkeit zum Selbstbetrug notwendigerweise falsch oder zumindest ungenau sein müßte. Dennoch konnte auch er nicht anders, als die Diskrepanz zwischen seiner fruchtbaren Freizeit und der meist trockenen Arbeitszeit zu beobachten und daraus seine Schlüsse zu ziehen. Das sollte nicht etwa heißen, daß in seinem Beruf Vorstellungskraft nicht gefragt gewesen wäre: Die besten Polizisten hatten stets Phantasie besessen (aber nicht zuviel) und wußten auch, sie einzusetzen. Die Ergebnisse jedoch, zu denen es kam, wenn diese Phantasie dann angewandt wurde, waren nur schwer mit denen zu vergleichen, die er bei seiner gegenwärtigen Beschäftigung erzielte.

Wenn er in seinem Beruf versagte, würde der Fall als eine Menge von Daten betrachtet, die auf einen glücklichen Querverweis von einem künftigen, weitsichtigeren Konstabler warteten, der auf eine Beförderung aus war. Wenn er dagegen erfolgreich war, endete der Verbrecher eingekerkert in der einen oder anderen Institution, während Barnaby eine flüchtige Befriedigung erlebte, ehe er zum zigtausendsten Mal einem weiteren Verbrechen gegenüberstand, dem Schlimmsten also, was die Menschen zu bieten hatten. Wenn man da noch einen schlechten Tag erwischt hatte, dann konnte man sich wirklich ganz erbärmlich fühlen.

Daher brauchte sich keiner darüber zu wundern, dachte er nun, daß er in der wenigen Zeit, die ihm für sich blieb, Bühnenbilder malte oder in seinem Garten arbeitete. Dort wuchsen die Dinge wenigstens in Schönheit heran, blühten, verwelkten und starben alle zu ihrer vorgesehenen Zeit. Und selbst wenn die unberechenbaren Launen der Natur sie alle vor ihrer Zeit dahinrafften, dann tat sie es wenigstens ohne böse Hintergedanken.

»Das hast du wirklich toll gemacht, Tom.«

»Meinst du?«

»Unser Führer wird entzückt sein.«

Barnaby lachte. »Ich habe es nicht für ihn getan.«

»Wer von uns tut das schon?«

Sie arbeiteten in einträchtigem Schweigen, umgeben von Fragmenten einer fremden Welt. Da war die Bosky-Welt (getüpfelte Giftpilze aus *Die Kleinen in den Wäldern*), die Chintzwelt *(Mord im Pfarrhaus)* und die Welt der blassen Chinoiserie (*Das kleine Teehaus* – Papierwände). Barnaby sah auf und erhaschte einen Blick aus den scheuen Augen einer vermenschlichten Gans, die durch den Rahmen einer gläsernen Schiebetür blickte *(Heufieber)*.

Colin beendete seine Arbeit, vier neue Blöcke in den Tisch zu hämmern, und sagte: »Das wird halten. Die können darauf mit Nagelschuhen tanzen, und es wird trotzdem halten.«

»Was glaubst du, wer die alten Blöcke entfernt hat?« fragte Tom, dem Joyce die Szene beschrieben hatte.

»Oh... irgendein verrückter Kerl. Ich bin froh, wenn das Stück von der Bühne ist. Auf jeder Probe ging irgend etwas schief. Dann heißt es: Colin, tu dies... Colin, tu jenes...«

Barnaby suchte einen besonders feinen Pinsel für einen der Schnörkel aus und legte vorsichtig die Farbe auf. Colins automatisches Gemurre plätscherte friedlich um seine Ohren. Die beiden Männer hatten schon so oft zusammen gearbeitet, daß sie in einem Stadium waren, in dem sie das Gefühl hatten, alles, was gesagt werden mußte, sei längst gesagt worden. Abgesehen von ein paar alltäglichen Bemerkungen war ihnen das Schweigen genauso bequem wie ein Paar alte Schuhe.

Barnaby wußte alles über seinen Kollegen. Er wußte, daß Colin seinen Sohn, der seit dem achten Lebensjahr ohne Mutter aufwuchs, allein großgezogen hatte. Und daß er ein talentierter Bildhauer war, der entzückende hochbeinige Tiere voller lebendigen Charmes schaffen konnte (Barnaby hatte von ihm eine bezaubernde Gazelle für den sechzehnten Geburtstag seiner Tochter gekauft). Und daß Colin David mit einer beschützenden Hingabe liebte, die um nichts geringer wurde, als aus dem Jungen ein junger Mann geworden war, der auf sich selbst aufpassen konnte. Nur ein einziges Mal hatte Barnaby erlebt, daß Colin die Beherrschung verlor, und das war wegen David gewesen. Er dachte, wie gut es doch war, daß Colin sich während der Proben so selten in den Kulissen aufhielt und daher viel von dem Spott verpaßte, der gegen David versprüht wurde. Da er wußte, wie ungern der jüngere Smy spielte, vermutete Barnaby jetzt: »Ich denke, David wird froh sein, wenn der nächste Samstag vorbei ist.«

Colin antwortete nicht. Da Barnaby glaubte, er hätte seine Bemerkung vielleicht nicht gehört, fügte er hinzu: »Wenigstens braucht er dieses Mal keinen Text aufzusagen.« Schweigen. Barnaby betrachtete seinen Kollegen von der Seite her. Sein Blick fiel auf Colins stämmige Statur und auf sein volles Haar, das schwarz gewesen war, als sie einander zum ersten Mal begegneten, nun aber schon so silbern wie sein eigenes aussah. Colins üblicher Gesichtsausdruck, der eher Zurückhaltung signalisierte, geriet einen Moment lang aus den Fugen und ließ etwas Ungewohntes durchschimmern. Barnaby fragte: »Was ist los?«

»Ich mache mir Sorgen um ihn.« Colin sah Barnaby scharf an. »Das bleibt aber unter uns, Tom.«

»Natürlich.«

»Er hat ein Verhältnis mit einer Frau. Und die ist verheiratet. Er ist seit einiger Zeit nicht mehr er selbst. Etwas zu... ruhig... weißt du?« Barnaby nickte und dachte, da David ohnehin so still war, konnte wohl nur sein Vater bemerken, daß sich sein Schweigen noch vertieft hatte. »Ich dachte, das wäre es jetzt endlich«, fuhr Colin fort. »Zuerst habe ich mich wirklich gefreut, ihn in einer festeren Beziehung zu sehen.

Also, daß er sich wirklich mal auf etwas Ernsteres eingelassen hat, schließlich ist er auch schon siebenundzwanzig. Also habe ich ihm vorgeschlagen, sie mit nach Hause zu bringen, damit ich sie mal kennenlerne. Doch er hat daraufhin nur gesagt, sie sei nicht frei. Er will offensichtlich nicht darüber reden.«

»Nun... ich nehme an, da gibt es auch nicht viel zu erzählen.«

»Jedenfalls nicht das, was man sich für ihn erhofft hat, nicht wahr, Tom?«

»Oh«, tröstete Barnaby. »Ich würde mir nicht zu viele Sorgen machen. Die Dinge werden sich schon regeln.« Er lächelte. »Weißt du, heute ist das nicht immer gleich was fürs Leben.«

»Ich habe mir ausgemalt, wie er mit einem netten Mädchen ausgeht, mit einer von hier. Ein wenig jünger als er... vielleicht schmusen sie auf dem Sofa im Wohnzimmer, wie Glenda und ich... und Enkelkinder. Welcher Mann in unserem Alter hat noch nicht an Enkelkinder gedacht?« Colin seufzte. »Sie werden nie so, wie man sich das denkt, oder, Tom?«

Barnaby stellte sich sein kleines Mädchen vor, das jetzt neunzehn war. Groß, klug, boshaft, geschickt, umwerfend attraktiv und mit einem Herzen aus Platin. Er konnte nicht anders, aber er war stolz auf das, was sie erreichte, doch genauso verstand er, was Colin meinte.

»Nein, das werden sie wohl nicht«, pflichtete er Colin bei. »Bestimmt ist alles absolut nicht so, wie man es sich ausgemalt hat.«

Ernest Crawley tranchierte den Braten. Er arbeitete wie ein Chirurg, ohne Emotionen, aber mit großer Präzision und äußerst stilvoll, hantierte mit dem langen blitzenden Messer wie mit einem Krummsäbel und legte die Fleischscheiben sorgsam auf die vorgewärmte Platte.

Rosa briet derweil die Kartoffeln. Sie trug ein locker fließendes Gewand, dessen Ärmel jetzt gefährlich nah über dem stinkenden, spuckenden Fett flatterten.

»Wie kommen diese Typen eigentlich mit ihrer Rolle voran, Liebling?«

»Welche Typen?«

»Die, deren Name wie ein italienisches Gericht klingt.«

»Oh, die Venticellis. Schrecklich, in mehr als nur einer Hinsicht.«

Als Rosa ihm ein oder zwei der lustigsten Zwischenfälle von der Kostümprobe erzählt hatte, hatte sie Ernests Unwissenheit und seine fast ergreifende Neugier unwillkürlich mit Esslyns grandioser Selbstversunkenheit verglichen, die immer da war, aber unglaubliche Höhen erreichte, je näher sie der Premiere kamen. Das Haus barst fast vor Primadonnengehabe. Tatsächlich war auch ihr ganzes Eheleben mit genausoviel Lärm und Fanfaren durchsetzt gewesen wie ein Karnevalszug. Ein Fanfarentusch zur Premiere, zur letzten Vorstellung, zu den Proben, den Feiern und dann das endlose Drama zwischen ihnen beiden auf der Bühne sowie im Privatleben.

Als sie überrascht feststellte, daß sie unvorsichtigerweise in bittere Erinnerungen abgedriftet war, zwang sich Rosa zu einer realistischen Sicht *ihres* Ehelebens. Esslyn, der gesegnete Mann, hatte den größten Teil seiner Arbeitswoche in einer anderen Welt verbracht. Er war ins Büro gegangen, hatte Klienten zum Essen ausgeführt, und mit seinen Kollegen (keinen Freunden), die nichts mit dem Theater zu tun hatten, war er trinken gegangen. Rosa dagegen hatte die wenigen Freundinnen, die sie gehabt hatte, durch Nachlässigkeit und fehlendes Interesse verloren. Und da sie durch die vielen Vorstellungen mit dem Latimer verwoben war, schien ihre Rolle als Mrs. Carmichael immer trügerischer zu werden, bis es schließlich zum Bruch gekommen war.

In ihrer Ehe war ihr schon relativ früh klar geworden, daß Esslyn sich auch mit anderen Frauen einließ. Er hatte immer behauptet, vom Hauptdarsteller einer Theatergruppe erwarte man ein derartiges Verhalten, und er käme ja schließlich stets wieder nach Hause zurück. Rosa wurde dann wütend und warf ihm an den Kopf, wenn alles, was sie sich wünschte, bloß darin bestünde, daß jemand ungeschoren nach Hause käme, dann hätte sie ihre Zukunft auch mit einer Brieftaube verbringen können. Wie dem auch sei, als die Jahre dahingingen und er immer wieder nach Hause zurückkam, hatte sie sich nicht nur mit seinen Seitensprüngen abgefunden, sondern war auch auf eine seltsame Art irgendwie stolz auf ihre dauerhafte Anziehungskraft. Ähnlich einer Mutter, deren Kind ständig irgendwelche Preise nach Hause mitbringt. Es gab auch noch eine andere gute Seite an der ganzen Untreue, nämlich die, daß er weniger sexuelle Energie für seine Frau übrig hatte. Wie viele Menschen, die in einer Wolke hochfliegender Romantik leben, hielt Rosa nicht sehr viel von anstrengenden Aktivitäten im Schlafzimmer. (Hier, wie in so vielen anderen Dingen, war Ernest ebenfalls ideal, da er sich gern damit zufriedengab, samstags nach dem Mittagessen sanft, fast entschuldigend, in der Missionarsstellung auf ihr herumzuhüpfen.) Daher kam es für Rosa völlig überraschend, als Esslyn bekanntgab, daß er die Scheidung wollte. Er hatte gesagt, er hätte sich in ein siebzehnjähriges Mädchen verliebt, die in *Mutter Gans* die Prinzessin Carissima spielte, und obwohl das Mädchen ein paar Wochen später einen Freund in ihrem Alter gefunden, ihr Abitur gemacht hatte und vernünftig zur Universität gegangen war, trieb Esslyn die Scheidung voran, weil er den süßen Wein der Freiheit gekostet hatte.

Rosas Reaktion auf seine Abtrünnigkeit beängstigte und verwunderte sie gleichermaßen. Da sie so sehr daran gewöhnt war, in einer Situation ständiger Verstellung zu leben, bemerkte sie nur mühsam, daß sich ein großer Teil des echten Schmerzes hinter ihrem Schreien, dem Verrücktspielen und den großen Wogen dramatischer Szenen verbarg. Dann, als sie ausgezahlt worden war und White Wings verlassen hatte, verbrachte sie lange schreckliche Wochen in ihrer neuen Wohnung, in denen sie ihre Gefühle aufarbeitete und versuchte, das falsche Bedauern vom echten zu unterscheiden und den verwickelten Fäden ihrer Qualen auf den Grund zu kommen. Während dieser Zeit schlich sie umher, die Arme vor der Brust gekreuzt, als würde sie sich buchstäblich selbst zusammenhalten, als wäre ihr ganzer Körper eine offene Wunde. Nach und nach kam sie ihren wahren Gefühlen näher, war in der Lage, sie zu untersuchen, zu prüfen und ihnen Namen zu geben. Das öde verzweifelte Bedauern, das hartnäckig ihren Geist erfaßt hatte, führte sie auf eine Art Trauer zurück um das Kind, das ihr nicht vergönnt gewesen war. (Sie hatte bis dahin nicht einmal realisiert, daß sie eines hätte haben wollen.) Diese Trauer schleppte sie ständig mit sich herum, wie einen kleinen Stein in ihrer Brust.

In dieser Phase hatte sie sich selbst, gestützt durch ihren natürlichen Stolz und einen enormen Einsatz an Selbstkontrolle, gezwungen, im Latimer weiterzumachen. Das zweite Gefühl, dem sie einen Namen geben konnte, war Esslyns Bekanntgabe von Kittys Schwangerschaft. Obwohl Rosa starr in eine andere Richtung blickte, hörte sie am Unterton seiner Stimme, daß er dabei breit grinste. Der Haß war danach so wild und mit solcher Kraft in ihr hochgestiegen, daß sie das Gefühl hatte, wenn sie jetzt den Mund öffnen würde, würde sie losbrüllen. Sie war zutiefst erschrocken darüber und hatte befürchtet, daß diese Bosheit die Herrschaft über sie gewinnen würde. In dieser Gefühlslage hätte sie einfach in die finstere Nacht hinauslaufen und beide übel zurichten können. Das glaubte sie jetzt nicht mehr. Aber die sengende Glut schwelte immer noch in ihr, und manchmal öffnete sie die Ofentür, stocherte darin herum und fachte sie ein wenig an, und dann verbrannte die Hitze ihre Wangen.

»Geht es dir gut, Liebling?«

»Oh«, Rosa wandte ihre Aufmerksamkeit wieder den Kartoffeln zu. »Ja, Liebling... mit mir ist alles in Ordnung...«

»Laß sie nicht anbrennen.«

»Nein, ich passe schon auf.«

Die Kartoffeln rochen hervorragend; sie waren tiefbraun mit einer kleinen Kruste in Butter gebraten. In erster Linie, um ihr Gleichgewicht wiederzufinden, ließ Rosa sie noch eine Minute länger in der Pfanne, als es nötig gewesen wäre, dann gab sie sie in eine feuerfeste Schüssel und streute etwas gehackte Petersilie darüber. Sie setzten sich. Ernest nahm sich von dem Gemüse, und dann reichte er es Rosa.

»Nur drei Kartoffeln?«

»Na ja... weißt du...« Sie klopfte auf die Wülste ihres Bäuchleins, das sich unter ihrem weiten Kleid verbarg.

»So ein Unsinn«, rief Ernest. »Wenn Allah gewollt hätte, daß die Frauen dünn sind, dann hätte er nie die Dschellaba erfunden.«

Rosa mußte lachen. Ernest schaffte es immer wieder, sie mit seinem Witz zu überraschen. Sie nahm sich also noch ein paar Kartoffeln, während sich Ernest zu seiner weisen Entscheidung gratulierte – und das nicht zum ersten Mal –, den *Reader's Digest* abonniert zu haben.

Esslyn hockte mit der *Times* und einer quadratischen Scheibe Toast mit Oxford-Marmelade am Frühstückstisch und sagte gönnerhaft zu seiner Frau: »Du wirst es schon richtig machen. Denn schließlich bist du ja nicht gerade mit Text überfrachtet. Jedenfalls ist es kaum mehr als bei *Poppy Dickie*.«

»Mir ist aber schlecht.«

»Natürlich ist dir schlecht, mein Engel. Du bist schwanger.«

Esslyn faltete den Wirtschaftsteil zusammen, ehe er wieder auf das Thema zu sprechen kam. »Wie würdest du denn damit fertig werden, wenn du den Salieri in Angriff nehmen müßtest? Ich jedenfalls verliere niemals den Faden.«

»Aber du liebst ja auch das Schauspielen.«

»Das ist nicht der Punkt.« Esslyn gab den Versuch auf, sich mit dem Vermögen von Rio Tinto Zinc zu befassen. Er sah seine Frau streng an. »Abgesehen von der Befriedigung zu wissen, daß man sehr vielen Leuten eine Menge Freude bereitet hat, ist es auch jedermanns Verpflichtung, sein Talent, wenn man denn welches besitzt, voll einzusetzen. Ich hasse Vergeudung.«

Kitty folgte seinem Blick, nahm ihre Toastscheibe, die nun ein bißchen kalt und hart war, und kaute widerwillig darauf herum. »Bei deinem Publikum handelt es sich wohl kaum um sehr viele Leute.«

»Ich habe das doch auch bildlich gemeint.«

»Hä?«

»Versuch doch mal, nicht so hohl aus der Wäsche zu gucken, Kätzchen.« Esslyn schob seinen Stuhl zurück. »Was hast du eigentlich mit meiner Aktentasche gemacht?«

»Ich habe sie mit Pilzen und Speck zubereitet, ehe du runtergekommen bist.«

»Aha.« Esslyn schritt zu der alten Tannenholzanrichte, in der hübsche blaue und weiße Krüge und Teller standen, nahm seine Mappe und legte die *Times* hinein. Dann kehrte er an den Tisch zurück und berührte ihre Wange mit seinen kalten Lippen.

»Ich bin bald wieder zurück.«

»Wohin gehst du?«

»Arbeiten. Ich muß etwas...« Er leckte einen Finger an und drückte ihn auf einen Krümel, der von seinem Teller auf den Tisch gefallen war.

»...Ich muß mich dort blicken lassen.«

»Aber samstags gehst du doch nie hin!« rief Kitty aus, und verzog schmollend ihre hübschen Lippen.

»Jammere nicht, mein Schatz. Das steht dir nicht.« Esslyn ließ den Krümel in den Brotkorb fallen. »Ich bleibe nicht lange. Komm und hilf mir mit meinem Mantel.«

Nachdem sie Esslyns seidenen Paisleyschal vielleicht eine Idee zu fest um seinen Hals geschlungen und seinen Mantel falsch zugeknöpft hatte, bestand Kitty darauf, die Lippen ihres Ehemannes mit vielen kleinen Küssen zu bedecken. Dann stolzierte sie zum Küchenfenster zurück und beobachtete, wie er den BMW aus der Doppelgarage zurücksetzte und losfuhr. Sie öffnete das Fenster, schreckte etwas vor der kalten Luft zurück und winkte. Kitty lauschte, weil sie das maschinengewehrartige Geräusch der Reifen auf dem Kiesweg liebte. Es hatte etwas Bestimmtes an sich. Sie würde allerdings nie verstehen, weshalb es ihr eine so große innere Befriedigung verschaffte. Vielleicht war es nur einfach die Assoziation zum Luxus – all diese reichen Pappkartonfiguren aus amerikanischen Serien knirschten mit ihren gestreckten Limousinen um die Säulenvorbauten vor ihren Häusern. Oder vielleicht erinnerte sie das Geräusch auch an die fröhlichen Kindertage in Dorset, mit den kalten Wellen, die den Kies hin und her purzeln ließen. Oder vielleicht auch nur deshalb, weil das knirschende Kiesbett signalisierte, daß ihr Ehemann endlich das Haus verlassen hatte.

Kitty winkte ihm noch einmal nach, weil sie glaubte, das würde Glück bringen, und dann ging sie nach oben in ihr

Schlafzimmer, den Schauplatz beiderseitigen Vergnügens, wo Salieris blau und silbern gestreifter Anzug, das Spitzenhemd und die cremefarbene Hose über einer Stuhllehne hingen. Während alle anderen ihr Kostüm nur zu gern in der Garderobe ließen (die darüber hinaus auch noch sicher verschlossen war), hatte Esslyn stets darauf bestanden, seines nach White Wings mitzunehmen, weil er meinte, daß er nach so einer Kostümprobe dem Bühnenpersonal durchaus zutraute, nach einer ausgeleierten Herrenunterhose zu suchen.

Er hatte das Kostüm anprobiert, ehe er sich heute morgen angezogen hatte, hatte den Stoff vor dem Spiegel glattgezogen und laut darüber nachgedacht, wie er aus seinem Rollstuhl aufstehen, den alten Morgenmantel abwerfen und dem Publikum damit den Atem rauben würde. Kitty hatte nur mit einem Ohr zugehört. Er war noch ein wenig länger herumstolziert und hatte dann etwas in verballhorntem Französisch gesagt, ehe er sich in seinen Geschäftsanzug warf und ordentlich den Tag in Angriff nahm. Nun drückte Kitty den Bühnenanzug zu einer kleinen Kugel zusammen, warf sie hoch und kickte sie möglichst weit durch die Luft, ehe sie ins Badezimmer ging.

Sie drehte an den Hälsen zweier goldener Schwäne und gab etwas Floris-Stephanotis-Badeöl in das einlaufende Wasser. Dann schüttete sie eine großzügige Menge von dem süßriechenden Zeug in ihre hohle Hand. Sie massierte ihre Oberschenkel, die Hüften, dann den Bauch und zum Schluß ihre Brüste. Sie schloß die Augen und genoß das Vergnügen. Die dunklen Spiegelkacheln warfen vier weitere bronzene Kittys zurück, die ebenfalls genossen, was sie tat. Dann, gänzlich eingesalbt, drehte sie die Hähne zu und ließ sich in die runde Badewanne gleiten.

Um den Rand der Wanne war elfenbeinfarbener Velours verlegt. Dort standen Cremetöpfe, Flakons und verschiedene

Fläschchen Nagellack. Dort lag auch ihre Ausgabe von *Amadeus*, und außerdem befand sich hier ein Telefon, das mit künstlichem Hermelin bezogen war. Sie nahm den Hörer ab, wählte, und eine männliche Stimme meldete sich: »Hallo.«

»Selber hallo, mein Schnuckel. Rate mal. Er ist zur Arbeit gefahren.« Die Stimme am anderen Ende der Leitung gab ein tiefes, heiseres Lachen von sich, und Kitty fuhr fort: »Ich konnte es dir nicht vorher sagen, weil ich es ja selbst nicht ahnte, bis er halbwegs durch die gekochten Eier und den Toast war. Ich dachte, du würdest dich freuen... Ohh... du kannst nicht?« Sie schmollte auf ihre niedliche Art. »Nun ja. Habe ich nicht. Tatsächlich habe ich im Moment absolut nichts an... hör mal...« Sie planschte im Wasser herum. Ein Kichern ertönte aus der Leitung, und Kitty lachte auch. Es war derselbe rauhe, harte Klang, den Nicholas aus der Beleuchterkabine gehört hatte. »Dann werde ich mich wohl in den Whirlpool setzen müssen, Liebling. Oder auf dem Heimtrainer radeln.« Noch ein Schnaufen. »Aber das wird nicht dasselbe sein. Ich sehe dich dann am Montag.«

Kitty legte auf, und dabei schlang sich die Schnur um das Skript, und es fiel ins Wasser. Kitty seufzte, und ihre lieblichen korallenroten Lippen schoben sich auf eine entzückende Art nach vorn, wobei die beiden Spitzen der Unterlippe sich lasziv über die Oberlippe schoben. Manchmal, dachte sie, geht das Leben einfach viel zu weit. Paul Scofield, der seinen schäbigen Schal umwarf, blickte von unten durch das blaue Wasser zu ihr auf wie eine erstaunliche neue Spezies von Meeresbewohnern. Sie packte ihn mit den Zehen, lehnte sich zurück, schloß ihre Augen, legte den Kopf auf ein mit Kräutern gefülltes Kissen und dachte an die Liebe.

Harold hatte einen Pressetermin. Echte Presse, nicht bloß dieses gewöhnliche, schmerbäuchige, bierselige Pack vom

Causton Echo, das Harold während der Spielzeit von *Der Kirschgarten* interviewt hatte, um dann das Stück als episches Bauerndrama von Tschechow zu beschreiben. Wenn man fair sein wollte, mußte man allerdings hinzufügen, daß Harold das Schauspiel aber auch immer bloß *Garten* genannt hatte, weil er glaubte, das ließe ihn mehr *au fait* mit der Theatersprache erscheinen. Er hatte von *Krähen (Der Krähenhorst), Einmal (im Leben), Die Nacht (muß kommen)* und *Mutter (Gans)* gesprochen. »Diese *Mutter*, das wird ein ganz großes Spektakel«, hatte er den lokalen Schreiberlingen prophezeit, die, vielleicht glücklicherweise, den fehlenden Teil des Namens hinzugefügt hatten, ehe sie diesen Satz veröffentlichten.

Aber heute... ahhh... heute würde Harold Ramona Plume vom Feuilleton des *South-East Bucks Observer* treffen. Natürlich hatte er sie immer von seiner Arbeit wissen lassen, aber bisher waren die Antworten stets verhalten gewesen, um es einmal vorsichtig auszudrücken. Erst zwei Briefe, gefolgt von mehreren Telefonaten, in denen Harold die überwältigende schöpferische Natur der gegenwärtigen Produktion rühmte, hatten schließlich zu einer Antwort geführt. Da er damit rechnete, daß bei dem Termin ein Fotograf mit anwesend sein würde, hatte sich Harold angemessen in einen langen grauen Mantel mit einem Astrachanschal gehüllt. Er trug dazu schimmernde schwarze Stiefel und einen Hut aus Persianerlamm. Es war bitterkalt, und auf dem Bürgersteig hüpften Hagelkörner wie durchsichtige Murmeln herum. Eine Taube, deren Federn wie gefroren aussahen, glotzte ihn verdrießlich vom Eingang des Latimer aus an.

Sie waren zu spät dran. Harold blickte demonstrativ auf seine Uhr, schüttelte sie, hielt sie an seine Ohrmuschel, lauschte und begann dann, unruhig hin und her zu laufen, wobei er wie eine Kreuzung aus Diaghilev und Pu der Bär aussah. Die Taube verließ, vermutlich weil sie glaubte, ein paar Übungen würden ihre Federn aufwärmen, den Platz über dem Eingang und gesellte sich zu ihm. Harold war sehr darauf bedacht, daß die Leute Notiz von ihm nahmen, und daher beglückte er gelegentlich einen Passanten mit einem großzügigen Nicken. Die meisten wußten, um wen es sich hier handelte – war er doch schließlich seit vielen Jahren der Regisseur des einzigen Theaters in der Stadt –, aber auch die anderen erkannten, wie aus ihren Blicken und geflüsterten Bemerkungen eindeutig hervorging, seine besondere Klasse. Harold umgab nämlich permanent eine Aura des Ruhms. Er transpirierte förmlich den anstrengenden kreativen Kampf bei den Proben, das Prestige der Premiere und den Glamour der glitzernden Feiern nach den Vorstellungen.

Manchmal quälte sich Harold, um die herausragende Bedeutung seiner Position noch zu unterstreichen, mit horrenden Tagträumen. Auch jetzt ließ er sich wieder in einen abgleiten, bloß, um sich die Zeit etwas zu vertreiben. Diesmal phantasierte Harold, daß er – ähnlich wie einst Marie Antoinette als Milchmädchen am Trianon – als ein Niemand in Causton leben würde. Einfach einer unter vielen abgestumpften Kerlen in den mittleren Jahren. Er sah sich mit anderen Langweilern bei den Rotariern laut über die lokalen Finanzangelegenheiten diskutieren oder, noch schlimmer, im Gemeinderat sitzen, wo ganze Abende mit Debatten über den Zustand der Abwasserkanäle verschwendet wurden. Tätigkeiten, die eine künstliche Wichtigkeit bekamen, während sie eigentlich nur dazu dienten, den Abgrund der Langeweile auszufüllen. Sonntags würde er das Auto (einen Fiesta) waschen und abends wäre da das Fernsehen, und er hätte die voraussichtlich interessanten Programme schon vorher eingekreist. Danach würde er dann einen dieser Zuschauerbriefe an die *Radio Times* schreiben, in dem er auf einige falsche Betonungen oder Irrtümer in den historischen

Kostümen und Drehorten hinwies, und daraufhin würde er vorübergehenden Ruhm in der Gemeinde ernten, falls seine Briefe tatsächlich abgedruckt werden sollten.

Das war für gewöhnlich der Punkt, an dem Harold das Panorama anhielt, weil ihm der kalte Angstschweiß auf der Stirn stand, von dem Karren absprang und ihn wieder in die Realität lenkte. Nun erhielt er dabei durch den Anblick eines schäbigen Citroën 2CV Hilfe, der auf einer doppelten durchgezogenen gelben Linie an der Ecke der Carradine Street parken wollte. Er sammelte sich und rannte los.

»Da können Sie nicht halten.«

»Mr. Winstanley?«

»Oh.« Harold rückte seinen Hut und seinen Gesichtsausdruck zurecht. Er fragte ungläubig: »Sind Sie vom *Observer*?« Sie sah zu jung aus, um Zeitungen auszutragen, ganz zu schweigen davon, daß ihr jemand eine Kolumne im Feuilleton anvertraut hätte.

»Richtig.« Ramona Plume deutete auf die Windschutzscheibe, als sie ausstieg. Da war ein großes Schild angebracht, auf dem PRESSE stand. »Das geht für die paar Minuten doch sicher in Ordnung, oder?«

»Ein paar...« Harold schritt mit ihr zur Glastür des Latimer. »Die Geschichte, die ich Ihnen erzählen will, meine Liebe, wird wesentlich länger als ein paar Minuten dauern.«

Als das Mädchen ihm in das Foyer folgte, lachte es und erkundigte sich: »Gehört die Ihnen?« Dabei deutete sie mit dem Kopf auf die Taube. Harolds Lippen wurden schmaler. Ms. Plume öffnete die kleine Ledertasche, die an einem dünnen Riemen quer über ihre Brust hing. Harold, der davon ausging, daß es sich hier um eine Handtasche handeln mußte, beobachtete etwas verwirrt, wie sie eine Lasche öffnete, einen Knopf drückte und eine Kassette einlegte. Er fing sofort an zu sprechen. »Ich dachte zum ersten Mal daran, *Ama*...«

»Warten Sie, ich muß erst zurückspulen.«

»Oh.« Beleidigt stolzierte Harold zu der Tafel mit den Fotos rüber und blieb mit einer besitzergreifenden Geste dort stehen; er hatte einen Arm über den oberen Rand der Tafel gelegt. »Ich dachte – wenn Ihr Kollege auftaucht – könnten wir vielleicht hier die ersten Fotos machen.«

»Keine Bilder.«

»Was?«

»Es ist Samstag. Da ist keiner frei.« Sie warf ihr langes blondes Haar zurück. »Hochzeiten, Hundeshows, Pudding und Pastete. Weihnachtsfeier der Pfadfinder.«

»Ich verstehe.« Harold verkniff sich gerade noch eine scharfe Entgegnung. Er wollte sich die Presse schließlich nicht zum Feind machen. Und er hatte ja eine ganze Menge Fotos dabei, einschließlich eines von sich selbst, gehüllt in einen Davidoffschen Schleier, wie er Nicholas in *Die Nacht muß kommen* Regieanweisungen erteilte.

Ms. Plume streckte ihm ein Mikrophon, das nicht größer als eine Zahnbürste war, entgegen und begann: »Aus Ihrem Brief habe ich entnommen, daß das die neunzehnte Produktion im Latimer ist?«

Harold lächelte und schüttelte den Kopf. Es gab noch sehr viel Grundlegenderes zu erklären, bevor sie darüber reden konnten, welchen exakten Platz *Amadeus* im Winstanley-Pantheon einnehmen würde. Er holte tief Luft. »Ich wußte schon immer«, begann er, »daß es mir bestimmt war ...«

»Eine Sekunde.« Sie sprang auf die Straße hinaus, sah sich in beide Richtungen um und kam dann wieder zurück. »In der Redaktion sind die ziemlich sauer, wenn ich einen Strafzettel kassiere.«

»Ich sagte ...«

»Sind die Programmhefte eigentlich schon da?«

»Welche Programmhefte?«

»Für *Amadeus* natürlich.«

»Das möchte ich doch hoffen. Am Montag ist schließlich die Premiere.«

»Kann ich eines haben?«

»Was ... jetzt?«

»Nur für den Fall, daß ich plötzlich lossausen muß. Um die Namen richtig zu schreiben – das ist doch das Wichtigste, nicht war? Bei Laienspielgruppen.«

Laienspielgruppen! Harold ging zu dem Aktenschrank und nahm verärgert wahr, daß es, so wie die Dinge liefen, vielleicht eine gute Idee wäre, seine Lehrjahre zu überspringen. Er nahm zwei Premierenkarten aus der Kasse und legte sie in das Programmheft. Dann fragte er: »Ist Ihnen das Stück eigentlich bekannt?«

»Das will ich doch meinen, ich habe es im Nationaltheater gesehen. Dieser Simon Callow. Ganz toll.«

»Nun, natürlich haben Peter Hall und ich uns dem Text von einer vollkommen anderen Seite genähert ...«

»Haben Sie *Eine Chance unter Millionen* gesehen?«

»Was?«

»Im Fernsehen. Simon Callow. *Und* Faust. In einer Szene sind sie alle total nackt.«

»Ich fürchte, ich ...«

»Ganz toll.«

»Sie scheinen sehr jung zu sein«, bemerkte Harold nicht ohne eine gewisse Spitze, »ich meine, für eine Reporterin.«

»Ich bin noch Lehrling.« Die Geringschätzigkeit, die in diesem Wort lag, wurde noch gesteigert, als sie hinzufügte: »Ich bekomme immer die kurzen Texte.«

»Sehen Sie, wenn wir vielleicht weiter ...«

Eine schwarzgelb gemusterte Gestalt schaute zur Tür hinein. Das Mädchen stieß einen gellenden Schrei aus und flog förmlich über den Teppich.

»Ich komme schon... Geben Sie mir keinen Strafzettel... *bitte*... Presse. Presse!«

Sie schwenkte ihr Mikrofon und rannte auf die Straße, als das phlegmatische Profil nicht auf ihre Worte reagierte. Harold rannte ihr nach und holte sie ein, als sie gerade in ihr Auto stieg. Sie kurbelte das Fenster hinunter. »Entschuldigen Sie, es war ein wenig rasch.«

»Da sind zwei Eintrittskarten. Sie liegen im Programm.« Er ließ es auf ihren Schoß fallen, als sie bereits den ersten Gang einlegte. »Erste Reihe. Versuchen Sie doch bitte zu kommen...«

Auf der Rückfahrt nach Slough fuhr der Lehrling des *Observer* in eine Parkbucht, tauschte das Tonband von Bros gegen *The Wedding Present* aus und sah in ihren Terminkalender. In einer halben Stunde eröffnete Honey Rampant, die TV-Berühmtheit, ein Gartenzentrum. Vermutlich gab es dort kleine Häppchen und Knabbereien, und daher entschloß sich Ms. Plume, direkt dort hinzufahren, statt irgendwo anzuhalten und sich ein Sandwich zu kaufen. Bevor sie losfuhr, zerriß sie die Karten für *Amadeus* in der ersten Reihe, warf sie aus dem Fenster und verpaßte dadurch den Knüller ihres Lebens.

Die Premiere

Alles war bereit. Überprüft und nochmals überprüft. Dierdre schickte ihre jungen Helfer los, um etwas Orangensaft oder einen Kaffee zu holen, und sie ließ Colin das Klavier aufstellen. Es war schon nach halb, und das Summen einer aufgeregten Unterhaltung drang aus den Garderoben nach oben.

»Wir können nur noch beten und hoffen«, informierte Boris jeden.

»Ich dachte, du wärst Atheist.«

»Niemand ist vor einer Premiere Atheist, mein Liebling.«

»Wo steckt bloß Nicholas?«

»Der ist doch sonst immer schon Stunden vor allen anderen hier.«

»Jemand hat meinen Augenbrauenstift geklaut.«

»Ich habe meinen Text vergessen. Ihr müßt alle für mich einspringen.«

»Hat jemand meine Strümpfe gesehen?«

»Ich habe gehört, daß Joyces Tochter kommt.«

»O Gott. Nun, ich hoffe, sie behält ihre Meinung für sich. Ich kann mich noch gut daran erinnern, was sie über *Der kleine Eckladen* gesagt hat.«

»Ich dachte damals, Harold gerät in eine Erdumlaufbahn.«

»Ich meine, keiner hat ja etwas gegen *konstruktive* Kritik.«

»*Du* hast meine Strümpfe.«

»Nein, hab' ich nicht. Das sind meine.«

»Wenn irgendein Möbelstück heute zusammenbricht, dann falle ich tot um.«

»Das sind nicht deine. Da, das ist der Flecken, wo ich den Kaffee drübergekippt habe.«

»Wir sind fast ausverkauft.«

»Oh, das wird den Meister aber freuen: ›Wo ein Sitz ist, da ist auch ein Hintern, Kinder.‹«

»›Und ein Kniefall der versammelten Massen.‹«

»Es ist schon fast Viertel vor. Wo zum Teufel kann denn Nicholas bloß stecken?«

Nicholas hatte sich aus dem faszinierendsten aller Gründe verspätet. Tim und Avery hatten ihm gerade ihr Geheimnis eröffnet, und er war derart aufgeregt und alarmiert, daß er in der Beleuchterkabine geblieben war und sie bis zur letzten Sekunde ausgequetscht hatte. Das waren die Fakten: Tim entwarf für jede Produktion seine eigene Beleuchtung. Ihm hatte sein Plan für *Amadeus* besonders gut gefallen: Bernsteingelb und Rosa für Schönbrunn, Schatten hinter den flüsternden Venticellis, weiches Violett, wenn Amadeus stirbt. Harold wollte das natürlich, wie immer, alles ganz anders haben. (»Wer würde das denn so episch gestalten? Nein, ich meine es ernst. Ich möchte das wirklich mal wissen.«) An jenem Abend hatte Tim zum ersten Mal das Licht nach Harolds Vorstellungen gesetzt, und als sie später nach Hause fuhren, brach Avery in Tränen aus und schluchzte, die wunderschöne Bühne sähe jetzt aus, als wäre sie ein Teil der Abwasserkanalisation, nachdem ihr Spitzenprodukt im Klo runtergespült worden war.

Das war der Moment, in dem Tim die Nase endgültig voll hatte und seinen Entschluß faßte. Er würde ganz einfach bei der Premiere wieder seine eigene Beleuchtung ins Spiel bringen. Wenn der Vorhang erst einmal oben war, würde weder Harold noch irgend jemand sonst etwas dagegen unternehmen können, und Tim wohl kaum während der Pause eine Szene machen. Natürlich würde es das Ende seiner Zeit im

Latimer bedeuten, aber beide hatten sich damit abgefunden und bereits ihre Fühler nach einer Gruppe in Uxbridge ausgestreckt. Sie waren am Sonntag nachmittag heimlich ins Theater gekommen, um alles wieder neu einzurichten und ihren Plan durchzugehen.

Nun kam Nicholas in die Garderobe. Er platzte vor Informationen, mit denen er noch nicht hatte rausrücken können, als er sich in das kleine Eckchen quetschte, das noch frei war. Um ihn herum hatten die Darsteller schon fast alle ihre Kostüme an. Van Strack zog seine weiße Strumpfhose an, David Smy kämpfte mit seiner Krawatte, die Venticellis – in ihren Capes und Masken wirkten sie eher wie Fledermäuse und nicht wie Insekten – wirbelten mit einer aufgesetzten und ungesunden Begeisterung herum. Die Luft roch nach Puder, Rasierwasser und Haarlack. Nicholas zog sein spitzenbesetztes Hemd an, nahm eine Tube Camera Clear, trug etwas davon auf und beobachtete, wie sich seine blasse Gesichtsfarbe in einen warmen Pfirsichton verwandelte. Er trug nur sehr wenig Make-up auf und erinnerte sich dabei an sein Debüt in *Hexenjagd*, wo er mit tiefen Stirnfalten und schneeweißen Haarsträhnen auf die Bühne gegangen war.

In einer anderen Ecke des Raums puderte Esslyn gerade seine Perücke, und Nicholas, der das Konterfei des anderen Mannes im Spiegel sah, wurde auf unangenehme Weise an seine hoffnungslose Schmallippigkeit erinnert. Hinter Nicholas stolzierte Kaiser Joseph, gewandet in weißen Satin und mit reichlich Juwelen verziert, wie eine glitzernde Schnecke langsam auf und ab. Nicholas stellte sich vor, wie sich seine kleinen Lippen mit dem dick aufgetragenen Rouge spitzten und dann das, was einmal sein Geheimnis gewesen war, in das kollektive Ohr der Truppe flüsterten.

Esslyn sah, abgesehen von seinen unsichtbaren Hörnern, sehr zufrieden mit sich aus. Er erinnerte an einen Kater, der einen besonders saftigen Kanarienvogel verschlungen hatte. Er hob die Hand und schob seine Perücke zurecht, dabei sah Nicholas seine Ringe funkeln. Er trug sechs Stück. Die meisten waren mit Steinen besetzt, und einer hatte ganz gemeine kurze Dornen und saß wie ein kampfbereites Babywildschwein auf seinem Finger. Jetzt schob er eine Dose Cremine, die die Kühnheit besaß, ihm im Weg zu sein, zur Seite und hob an zu sprechen.

Schon als er begann, wußte Nicholas, daß ihm das, was der Mann zu sagen hatte, gar nicht gefallen würde. In seiner Stimme schwang ein mit Boshaftigkeit gepaarter Hochgenuß. Er redete über Dierdre. Es ging um etwas, das sie ihm im Vertrauen gesagt hatte, was er aber zu ergötzlich fand, um es für sich zu behalten. Sie hatte offensichtlich in der vergangenen Woche einen Telefonanruf von der Polizei erhalten. Scheinbar war ihr Vater ohne Mantel oder Jacke aus der Tagesstätte weggelaufen und eine halbe Stunde später aufgefunden worden, als er versuchte, den Verkehr an der Kreuzung der Casey Street mit der Hillside zu dirigieren.

»Daraufhin habe ich entgegnet«, fuhr Esslyn fort, »und ich habe mich wirklich bemüht, bei dem Gedanken an diesen alten Irren, der da im Regen steht, eine ernste Miene zu bewahren, ›Wie schrecklich‹. Und sie erwidert: ›Ich weiß.‹« Er legte eine Pause ein, um ihnen Gelegenheit zu geben, sein perfektes Timing zu genießen. »›Er kennt sich in diesem Teil der Stadt doch überhaupt nicht aus.‹«

Ganz spontan fingen sie alle an zu grölen. Einschließlich Nicholas. Er lachte zwar nicht ganz so lange und so laut wie die anderen, aber er lachte. Einen Augenblick später erschien Dierdre in der Tür.

»Noch eine Viertelstunde.«

Augenblicklich wurde ein Chor aus übertriebenen und unaufrichtigen Dankbarkeitsbekundungen laut. Nur Esslyn, der sorgfältig seinen Lippenstift auftrug, schwieg. Es ist schwer zu sagen, dachte Nicholas, ob sie es gehört hat oder nicht. Auf ihrem ohnehin schon roten Gesicht wäre eine etwas heftigere Röte nicht aufgefallen, und da ihr Gesichtsausdruck immer ein wenig verängstigt war, konnte man auch daraus keinen Schluß ziehen. Schon in dem Moment, als Dierdre wieder verschwand, verkündeten die Everards, sie sei abgehauen, so als wäre sie gleich in einen Jagdgalopp gefallen. Zur Ehre der Garderobe muß gesagt werden, daß diesmal kein Gelächter ausbrach.

Jemand stand auf und folgte ihr. Auch Nicholas hätte sich beinahe erhoben. Er war sie alle so leid. Er hatte das Gefühl, er sollte es wiedergutmachen, und daher stellte er sich vor, wie er in den Kulissen auf Dierdre zuging. Aber was sollte er schon sagen? Ich war keiner von denen, die gelacht haben? Das war ebenso beschämend wie gelogen. Entschuldige, Dierdre, ich wollte dir nicht weh tun, und das mit deinem Vater tut mir wirklich leid? Das war noch schleimiger. Und was, wenn sie es überhaupt nicht gehört hatte? In diesem Fall hätte es ihr völlig unnötigerweise Schmerzen bereitet, wenn sie von ihm vollständig ins Bild gesetzt worden wäre. Dann fing er an, sich über sie zu ärgern, und ihm war gleich wieder viel wohler zumute. Also, ehrlich, dachte er, für jemanden, der ständig auf die Freundlichkeit von Fremden angewiesen ist, sollte sie einfach vorsichtiger mit ihrer Vertrauensseligkeit umgehen. So ein gemeiner Kerl wie Esslyn war doch nun wirklich der letzte, dem sie ihr Herz hätte ausschütten sollen. Was hatte sie denn anderes erwartet? Dieser erbärmliche Versuch, einen Teil der Schuld auf Dierdres ohnehin schon gebeugte Schultern zu packen, führte jedoch nur dazu, daß er sich noch mieser fühlte. Es wurde ihm klar, daß er wütend auf Esslyn war, weil dieser ihn in eine emotionale Zwickmühle gebracht hatte, zu einem Zeitpunkt, als seine Gedanken doch ausschließlich beim ersten Akt hätten sein sollen. Und ehe er sich bewußt war, was er tat, kamen die Worte auch schon über seine Lippen.

»Esslyn, weißt du, was dein Problem ist?« Esslyns Hände waren ruhig. Er blickte fragend in seinen Spiegel. »Du bist zu voll von der Milch der menschlichen Güte.«

Plötzlich schwiegen alle. Geweißte Gesichter wandten sich übertrieben von einem zum anderen. Boris stellte sein Umherlaufen ein und starrte bestürzt auf Nicholas' Hinterkopf. Van Swieten bemerkte nur: »Du Dummkopf.« Nicholas sah sie alle kampfbereit an. Dieser Respekt vor Esslyn ging ihm zu weit. Er mochte ja seit fünfzehn Jahren der Hauptdarsteller der Truppe sein, aber das machte ihn doch noch lange nicht zu Gott dem Allmächtigen.

»Weißt du eigentlich, was du da gesagt hast?« fragte Boris.

»Ich habe lediglich ausgesprochen, was ich denke«, entgegnete Nicholas. »Das ist doch kein Beinbruch.«

»Du hast aus *Macbeth* zitiert.«

»Was?«

»Doch fürchte ich deine Natur: sie ist zu voll von der Milch der menschlichen Güte«, rezitierte Boris.

»Halt den Mund!« schrie Orsini-Rosenberg. »Du machst alles nur noch schlimmer.«

»Genau«, schaltete sich Clive Everard ein. »Nicholas hat das doch unwissentlich getan.«

»Es ist Boris, der uns allen ein Problem an den Hals schafft.«

»Ihr müßt beide nach draußen gehen, euch dreimal umdrehen und wieder zurückkommen«, forderte van Strack.

»Ich werde nichts dergleichen tun«, erklärte Nicholas, aber er zögerte. Schließlich war er dabei, diesen Beruf zu ergreifen, und daher war es wohl geraten, auch alle seine Mythen und Rituale freudig anzunehmen. Was heißt hier, wohl geraten – er lechzte regelrecht danach.

»Ich habe das jedenfalls nicht mit Absicht gesagt.«

»Komm schon.« Boris stand bereits in der Tür. Nicholas erhob sich halb von seinem Stuhl. »Ist das die einzige Möglichkeit, eine Katastrophe abzuwenden?«

»Genauso ist es, Nicholas. Es gibt schreckliche Geschichten darüber, was passieren kann, wenn du *Macbeth* zitierst und es nicht richtigstellst.«

»Oh... wenn du das sagst.« Nicholas ging zu Boris. »In welche Richtung müssen wir uns drehen? Im Uhrzeigersinn oder entgegengesetzt?«

»Woher soll ich das denn wissen?«

»Ich glaube auch nicht, daß das wichtig ist.«

»Es ist sogar sehr wichtig«, rief van Swieten.

»Wenn das so ist, dann drehen wir uns dreimal in jede Richtung.«

»Aber...« Boris hatte bereits vor Wut fast sein ganzes Karmesinrot von den Lippen gekaut. »...aber hebt sich das dann nicht gegenseitig auf?«

Also drehte sich Nicholas mit dem und Boris entgegen dem Uhrzeigersinn, obwohl sich später herausstellte, daß sie sich diese ganze Mühe getrost hätten sparen können.

Colin war mit dem Aufstellen des Klaviers fertig und verschwand hinter seinem wunderbaren Kamin, um die Streben und Gewichte zu überprüfen, mit denen er sicher an seiner Position befestigt war. Als er auf dem Boden herumkroch, hörte er Schritte, und als er durch den breiten Spalt im Kaminsims lugte, erblickte er Dierdre, die zwischen den gegenüberliegenden Kulissen hindurchrannte. Eine zweite Person folgte ihr und verschwand in der Toilette, kam aber gleich darauf wieder heraus. Colin wollte gerade aufstehen und etwas über die Bühne rufen, als ihm etwas Heimlichtuerisches an der Gestalt auffiel. Sie stand sehr ruhig da und sah sich in den verlassenen Kulissen um, bewegte sich dann in einen dunklen Bereich hinter dem Tisch mit den Requisiten und bückte sich. Eine Minute später richtete sie sich wieder auf, sah sich noch einmal um und eilte dann zurück in die Toilette. Colin überquerte die Bühne und näherte sich dem Tisch, aber ihm blieb gerade noch genug Zeit, einen kurzen Blick darunter zu werfen (da sah alles in Ordnung aus), als Dierdre mit ihrer kichernden Herde von Assistenten schon aus dem Vereinsraum kam. »Oh, Colin, würdest du bitte eine Pause von fünf Minuten anordnen? Das Taxi meines Vaters wird gleich hier sein, und ich muß ihn zu seinem Sitzplatz bringen.«

Das Foyer war gerammelt voll. Tom Barnaby, der ein Opernglas in der einen und das Programmheft in der anderen Hand hielt, bahnte sich in Begleitung einer großgewachsenen jungen Dame von dunkler Schönheit seinen Weg zu den Winstanleys. Aus den Lautsprechern erklang Streichermusik.

»Diese Musik ist ja einfach gräßlich. So was von affektiert.«

»Das ist Salieri.«

»Ahhh...«, sagte Cully und fügte hinzu: »Kannst du die göttliche Inspiration wahrnehmen?«

»Benimm dich, Mädchen. Oder ich bringe dich nach Hause.«

»Dad«, entgegnete Cully und lachte herzlich. »Du bist zum Schießen. Sieh mal, da ist er.«

Harold trug Abendkleidung. Ein großes gelbes Seidentaschentuch schaute aus einer Jackettasche heraus. Er trug außerdem einen kastanienbraunen Kummerbund und ein Oberhemd, das derart gestärkt war, daß man mit den Rüschen Tomaten hätte schneiden können. Huldvoll begrüßte er das Publikum. Harold liebte Premieren. Sie befriedigten sein Bedürfnis nach Anerkennung mehr als alles andere. Mrs. Harold, die eine zugeknöpfte schwarze Strickjacke mit unregelmäßig applizierten Perlen und einen karierten Rock unbestimmter Länge trug, trieb unauffällig im Kielwasser seines Ruhms, echote seine Grüße, verstand die Namen falsch und sehnte sich nach ihrem Blumensteckkurs.

»Hallo, Doris.«

»O Tom...« Da der Anblick eines bekannten Gesichts sie erleichterte, streckte Mrs. Winstanley ihre Hand aus und wurde rot, als ihr Gesprächspartner diese nicht schüttelte. »Harold hat mir gesagt, du hättest für das Bühnenbild wunderbare Arbeit geleistet.« Barnaby wußte, daß es Harold nie in den Sinn kommen würde, so etwas zu sagen, aber er lächelte und nickte. »Und wie ich höre«, fuhr Doris fort, »hat Joyce noch nie so gut gesungen wie in diesem Stück.« Statt wie beim ersten Mal, als sie einander begegnet waren, hinzuzufügen: Ihr müßt uns unbedingt demnächst einmal zum Essen besuchen, sagte sie nichts mehr. Harold hatte sie damals nämlich ganz schön angefahren, als sie später unter sich waren. Wenn er einen großen, plattfüßigen Philister von Polizisten seinen Flur entlanglaufen sehen wolle, hatte er geschimpft, wäre sie ganz sicher die erste, die er das wissen lassen würde.

Barnaby war sich dieser Einstellung bewußt, und insgeheim amüsierte er sich gewaltig darüber. Nun sprach er mit Doris über Gartenbau, weil er vor einiger Zeit entdeckt hatte, daß ihre Leidenschaft dafür genauso groß war wie seine. Tatsächlich waren alle Sträucher in dem Garten der Winstanleys Ableger von Arbury Crescent, und er hielt jedes Jahr etwas von der Saat für Doris zurück. Obwohl sie ihm in ihrer Loyalität immer wieder versicherte, diese Geschenke seien doch unnötig, nahm Barnaby an, daß Harolds stilvolle Lebensweise ihm nur wenig Geld für Dinge ließ, die er als überflüssig einstufte. Jetzt warf Harolds Frau Barnabys Begleiterin einen freundlichen, leicht verwirrten Blick zu, der gleichzeitig fragend war.

»Erinnern Sie sich noch an meine Tochter?«

»Cully.« Das letzte Mal, als Doris Barnabys Tochter gesehen hatte, war das Kind mit einem Irokesenschnitt in Grün und Silber herumgerannt und in schwarzes Leder gekleidet gewesen, an dem Ketten hingen. Nun trug sie ein giftgelbes Abendkleid ohne Träger mit einem bauschigen Rock, der über ihren Knien zugeschnürt war. Schlanke, seidenbestrumpfte Beine endeten in hochhackigen Wildlederschuhen mit aufgestickten Laschen. Um ihre Schultern lag ein altes Spitzentuch mit Straßverzierung, und ihr Haar, blauschwarz wie Weintrauben, war auf dem Kopf zu einem straffen Knoten aufgesteckt und wurde von einem Elfenbeinkamm dort festgehalten. »Ich habe dich gar nicht wiedererkannt, meine Liebe.«

»Hallo, Mrs. Winstanley.« Cully schüttelte ihr die Hand. »Hallo, Harold.« Sie fragte sich, wie jemand sich dazu durchringen konnte, diese alte Strickjacke auch nur ein einziges Mal zu tragen, ganz davon zu schweigen, wie jemand dazu kam, sie Jahr für Jahr immer wieder anzuziehen. Nachdem er seiner Tochter einen strengen, warnenden Blick zugeworfen hatte, der allerdings nicht bei ihr ankam, bahnte sich Barnaby seinen Weg zur Tür, wo gerade ein jugendlicher Mann in Begleitung eines nichtssagenden hübschen Mädchens das Foyer betrat.

»Sie haben es also geschafft, Gavin?«

»Ja, allerdings, Sir.« Detective Sergeant Troy zog die Manschetten seines sportlichen Jacketts nervös nach unten. »Das ist Maure, meine Frau.« Mrs. Troy bewegte einen Fuß. »Ooh, Entschuldigung. Maureen.«

»Erfreut, Sie kennenzulernen.« Maureen schüttelte ihm die Hand. Sie schien nicht wirklich erfreut zu sein. Barnaby nahm an, daß sie es genauso satt hatte wie Mrs. Winstanley, jedoch keine Notwendigkeit sah, diesen Umstand zu verbergen. Er hing jedesmal ein CADS-Poster in der Kantine auf, jedoch ohne auf seine Verbindung zu der Truppe hinzuweisen, aber sein Sergeant, der gehört hatte, wie er Joyces Proben erwähnte, hatte zwei und zwei zusammengezählt und sofort die Karten gekauft. Barnaby konnte sich das Gespräch im Haushalt der Troys lebhaft ausmalen. Gavin glaubte, daß es nicht so schlecht wäre, sich mit dem alten Mann gut zu stellen; Maureen sah nur, welche Langeweile da auf sie zukommen würde. Jetzt aber lächelte sie, ein verdrießliches, zurückhaltendes Lächeln, und erklärte, sie hätte liebend gern ein Lager mit einem Spritzer Zitrone. Verlegen schob ihr Ehemann sie näher zu den Stufen des Zuschauersaals. Als er das tat, hatte er plötzlich Cully im Blickfeld. Sie lief gerade durch die Schwingtüren, die über den Korridor hinter die Bühne führten. Ein paar Momente später setzte ihn Maureen mit einem brutalen Hieb ins Kreuz wieder in Bewegung.

»Wie schade, daß du Messer und Gabel nicht dabei hast«, giftete sie, als sie sich auf ihren Sitzen niederließen.

»Wie bitte?« Er starrte sie ausdruckslos an.

»Dann hättest du sie in der Pause aufessen können.«

Mr. Tibbs war spät dran, und Dierdres Aufregung steigerte sich von einer Minute zur nächsten. Sie bereute bereits, daß sie zugestimmt und ihn in seinem Wunsch, bei der Premiere dabeizusein, sogar noch unterstützt hatte. Das kam ihr jetzt wie der Gipfel an Dummheit vor. Wenn er einen Anfall hatte oder Angst bekam, war niemand da, der ihm helfen konnte. Sie wünschte, sie hätte daran gedacht, ihn neben Tom zu plazieren, aber der Sitz direkt am Gang in der hintersten Reihe war ihr dann doch geeigneter vorgekommen. Sie fürchtete, er würde sich vielleicht bedroht fühlen, wenn er von zahllosen Reihen voller fremder Menschen umgeben war. Sie schlug ein

Programmheft auf und wurde sich schmerzlich des unbedeutenden Platzes bewußt, an dem ihr Name auftauchte, und wie dagegen Harolds Name nicht noch fetter hätte gedruckt werden können. Es sei denn, man hätte die Buchstaben blutrot gefärbt.

Sie sah auf ihre Uhr. Wo zum Teufel konnte er bloß stecken? Sie hatte doch für Viertel vor acht ein Taxi bestellt, und die Fahrt dauerte bloß ein paar Minuten. Dann sah sie ein Taxi vor dem Eingang halten und eilte in die kalte Abendluft hinaus. Mr. Tibbs Gesicht hellte sich auf.

»Hallo, Daddy«, rief sie erleichtert. »Ich hatte solche Angst...« Sie unterbrach sich und holte tief Luft. Ihr Vater war mit einem kurzärmeligen Sommerhemd und einer beigefarbenen Baumwollhose bekleidet, und ein Leinenjackett hing über seinem Arm. Als sie ihn zu Hause zurückgelassen hatte, trug er noch einen dicken Tweedanzug mit einem warmen Schal und hatte fünf Pfund in der Tasche. Wenigstens hat er sich daran erinnert, das Geld mitzunehmen, dachte Dierdre, denn sie bemerkte, wie er die Banknote herauszog. Als der Fahrer das Fenster hochkurbelte, pochte Dierdre dagegen und sagte: »Haben Sie denn kein Wechselgeld?«

»Tun Sie mir einen Gefallen«, bat der Mann, »ich durfte zehn Minuten rumsitzen, bis der Mensch seine Klamotten gewechselt hatte.«

Dierdre nahm den Arm ihres Vaters, der eiskalt und ein wenig feucht war, und führte ihn durch das inzwischen fast menschenleere Foyer zu seinem Sitz in Reihe P.

Glücklicherweise war es im Zuschauerraum warm, und sie konnte sich darauf verlassen, daß er in der Pause etwas zu trinken bekommen würde. Sie verließ ihn, und er saß sehr aufrecht da und starrte mit fieberhafter Intensität auf die dunkelroten Vorhänge.

Im Foyer nickte Barnaby Ernest zu, lief hinter seiner

Tochter her zu den Kulissen und zwängte sich an Harold vorbei, der gerade huldvoll einem schwergewichtigen Pärchen in voller Abendgarderobe behilflich war.

Die Damengarderobe wurde nur von vier Personen benutzt, und da die Schauspielerin, die Katharina Cavalieri spielte, auch zum Bühnenpersonal gehörte, hielten sich jetzt nur drei Menschen dort auf. Joyce Barnaby in einem puritanisch grauen Kleid und schneeweißem Fichu puderte sich gerade die Nase. Kitty hampelte und zappelte derweil auf ihrem Stuhl herum, klapperte mit ihren Fläschchen und Flakons und murmelte ihren Eingangstext mit solch einer Demut, als würde sie den Rosenkranz beten. Rosa saß dagegen einigermaßen gelassen auf einem Sessel dicht neben dem elektrischen Heizgerät. Ihre Kleidung und ihre Schminke ignorierten völlig die Erfordernisse ihrer Rolle. Ihr Gesicht wirkte keineswegs schlicht und streng, sondern so prächtig wie eine Orchidee, und hätte durchaus das einer *poule de luxe* zur Jahrhundertwende sein können. Die Augenlider schimmerten wie das Innere einer Muschel, und ihre vollen Lippen leuchteten. Sie trug einen breiten Hut, von dem Kirschen hingen, die auf ihre rosige Wange herabfielen. Perfekt gesprenkelte rote Ovale, die Eier eines Phantasievogels hätten sein können. Außerdem gab es zwei wunderbare Blumensträuße von Harold für seine Hauptdarstellerinnen. Und Joyce (kleine Rollen/Garderobe) hatte von ihrem Mann ein Bund Immergrün und Nieswurz bekommen, das mit einem Samtband zusammengehalten wurde.

Die Tür öffnete sich. Cully steckte kurz den Kopf herein, wünschte: »Hals- und Beinbruch«, und verschwand dann wieder. Barnaby erschien als nächster. »Viel Glück euch allen.« Joyce schlüpfte in den Gang hinaus und umarmte ihn. Er küßte sie auf die Wange. »Viel Glück, Wiener Bürgerin, Bäckerin und Geräuschkulisse.«

»Ich habe ganz vergessen, wo ihr sitzt.«

»In Reihe C in der Mitte.«

»Dann weiß ich ja, wohin ich auf keinen Fall schauen darf. Benimmt sich Cully?«

»Es geht.«

Barnaby fand die Herrengarderobe in heller Aufregung. Nur Esslyn, der die Erinnerung an die vergangenen Premieren wie einen unsichtbaren Orden trug, blieb ruhig. Andere Darsteller lachten unsicher, schlichen umher, rangen die Hände oder (im Falle Orsini-Rosenberg) taten alles auf einmal. Colin rief: »Die Ersten: Akt Eins« und drückte den Summer. Kaiser Joseph schrie: »Die Glocken! Die Glocken!« und brach in schrilles, manisches Gelächter aus. Barnaby murmelte »Alles Gute« und stieß mit Harold zusammen, der dann in die Mitte des Raumes sprang und einen Fanfarenstoß unbegründeten Vertrauens von sich gab.

»Nun, meine Lieblinge, ich weiß, ihr werdet alle hervorragend sein…«

Barnaby machte sich auf und davon. Er ging an den Kulissen vorbei und bemerkte Dierdre, die bereits in der Souffleurecke bereitstand. In dem Licht der Klemmlampe wirkte sie seiner Meinung nach beunruhigt und aufgewühlt. Colin stand neben ihr. Barnaby zeigte ihnen seinen erhobenen Daumen. Dann entdeckte er Nicholas, der hinter dem Bogengang, durch den er seinen ersten Auftritt machen würde, wartete. Das Gesicht des Jungen sah in dem dämmerigen Arbeitslicht fahl aus und war mit durchsichtigen Schweißperlen bedeckt. Er beugte sich vor, nahm ein Glas Wasser vom Boden und trank. Anschließend umklammerte er die Streben des Bogenganges mit zittrigen Händen. Besser du als ich, Kumpel, dachte der Chefinspektor. Er war gerade auf dem Weg zu Reihe C und setzte sich neben seine Tochter, als Harold ankam, die Flügeltür neben der ersten Reihe unnötig schwungvoll auffliegen ließ und sein Gesicht dem Publikum zuwandte, als erwartete er allein aufgrund der Tatsache seiner Existenz Applaus. Dann nahm er in der Mitte der Reihe Platz, und das Stück begann.

Vom allerersten Moment an ging alles schief, und alle machten hinterher die Beleuchtung dafür verantwortlich. Tim und Avery, die jetzt schwitzend in ihrer Kammer saßen, waren derart in ihr Projekt vertieft und verzückt darüber, endlich ihren eigenen Weg zu gehen, daß sie keinen Augenblick an die Wirkung gedacht hatten, die ein ganz neues Lichtspektrum auf die Besetzung haben würde. Die Darsteller wurden langsam und gerieten durcheinander, was man ihnen keineswegs vorwerfen konnte. Sogar Nicholas, der immerhin auf die Veränderung vorbereitet war, geriet aus dem Konzept und fing sich nur mit Mühe wieder. Und seine erste Szene, die voller übler Schimpfwörter war, brachte ihn fast zum Stillstand.

Zunächst nahmen die Bürger Caustons, die wild entschlossen waren, unter Beweis zu stellen, daß man hier genauso avantgardistisch war wie andere Leute auch, diese Schmähreden gelassen hin, aber als Mozart sagte, er wolle den Arsch seiner Frau lecken, stand ein ehrbarer Bürger auf, beschwerte sich laut über diesen »Toilettenhumor« und stampfte nach draußen, mit seiner braven Frau dicht auf den Fersen. Nicholas zögerte, weil er sich fragte, ob er warten sollte, bis sie gegangen waren, oder ob er einfach weitermachen sollte. Seiner Unentschlossenheit half es wenig, daß er Harold klar und deutlich »Bauern« hinter dem Paar herrufen hörte. Als Nicholas jedenfalls wieder in seine Rede zurückstolperte, war jegliches Rabelaische Schwelgen aus seiner Stimme verschwunden. Er fühlte sich gräßlich gehemmt und völlig unsicher, so als hätte er überhaupt nicht das Recht, auf der Bühne zu stehen. Er war sich auch im klaren darüber, daß sich Kitty ohne jede Hilfe an seiner Seite verhaspeln würde und damit Esslyns bissige Vorhersagen einträfen. Nach seinem ersten Abgang stand er hinter den Kulissen, und ihm war schlecht vor Enttäuschung. Er lauschte Salieri, der sich zwar keinen Fehler erlaubte, aber doch etwas hölzern anhörte.

Zum ersten Mal fragte sich Nicholas, was zum Teufel eigentlich in einen erwachsenen Mann gefahren sein mußte, der in nervösen Schweiß getränkt, in lächerlicher Kleidung, das Gesicht mit Schminke verklebt und mit einer blöden Perücke auf dem Kopf darauf wartete, durch eine Leinwandtür in eine Welt zu gehen, die nur eine hauchdünne Verbindung zur Realität hatte. (Hätte er doch nur geahnt, daß solche Gedanken ihn in Zukunft noch Tausende von Malen heimsuchen würden, in genau dieser Form. Und häufig in der erlauchtesten Gesellschaft.)

Der erste Akt wurde nicht besser. Die Kassette mit Salieris Willkommensmarsch in Mozarts Überarbeitung wurde zu früh abgespielt. Glücklicherweise verbarg der Deckel des Flügels, daß Nicholas keine Möglichkeit hatte, zum richtigen Zeitpunkt die Tasten zu erreichen. Wenigstens, so dachte er beim Hinsetzen, bin ich nicht über mein Schwert gestolpert.

In der Serailszene verfing sich Kitty, als sie über die Bühne rannte und ihrem Wolfgang zurief: »Gut gemacht, Pussy-Wussy«, mit einem Fuß in einem Teppich und klammerte sich an den Arm des Kaisers, um nicht hinzufallen. Franz Joseph lachte und steckte damit die anderen an. Nur Esslyn und Nicholas fielen nicht aus ihrer Rolle und blieben ernst.

An Barnabys rechter Seite tauchte Cully langsam nach unten ab; ihre Schultern zitterten leicht zwischen den schwarzen Spitzen, und sie bedeckte ihr Gesicht mit den Händen. Drei Sitze weiter vorn und nach links versetzt saß Doris Winstanley und musterte besorgt ihren Ehemann. Harold schien wie versteinert, seine Lippen waren zusammengekniffen. Dann erstrahlte plötzlich ein Licht, so gleißend, daß für Augenblicke Bühne und Saal darin versanken. Es wurde von der kosmischen Explosion des berühmten Klanges der C-moll-Messe begleitet, dann verblaßte alles wieder zu einem Vorsonnenaufgangsgrau. Esslyn beendete seinen letzten Monolog, stopfte sich den Mund mit Pralinen voll und ging ab.

Barnaby beobachtete, wie Harold den Gang hinauflief, wobei er gleich zwei Stufen auf einmal nahm, dann richtete er sich auf und wandte sich seiner Tochter zu. »Möchtest du etwas trinken?«

»O Daddy«, sagte sie und erhob sich langsam. »Ich hätte das für nichts auf der Welt verpassen wollen. Wie sieht meine Wimperntusche aus?«

»Verschmiert.«

»Kein Wunder. Wir haben letztes Jahr bei den Footlights eine pantomimische Parodie aufgeführt, aber das war ja gar nichts gegen heute abend.« Sie folgte ihm auf den Gang. »Das ist schon eine starke Leistung, wenn du ins Theater gehst, und das Beste auf der Bühne ist die Beleuchtung. Oh... oh...«

»Fang bloß nicht wieder an zu glucksen.«

»Nein, ganz bestimmt nicht...« Sie schnüffelte in ihr Taschentuch. »Ehrlich.«

Als sie auf die Höhe der letzten Reihe und des Ausgangs kamen, bemerkte Barnaby Mr. Tibbs. Er war nach vorn gebeugt und hielt die Lehne des Stuhls vor sich umklammert. Er sah schmuddelig und unwirklich aus, wie ein Heiliger bei seiner Weihung. Barnaby, der ihn schon seit etwa zwei Jahren nicht mehr gesehen hatte, war schockiert über seinen physischen Verfall. Seine Haut glich einem weißen Papiertuch. Blaue Adern durchzogen seine Stirn. Barnaby grüßte ihn und erhielt als Antwort ein Lächeln von einmaliger Süße, obwohl er sich sicher war, daß der alte Mann nicht wußte, wer da mit ihm sprach. Drei junge Leute, die zwischen Mr. Tibbs und der Wand saßen, versuchten es immer wieder sehr höflich mit »Entschuldigen Sie, bitte«, aber er schien sie weder zu hören noch zu verstehen, und daher kletterten sie über die Sitzreihe vor ihnen und verließen auf diese Weise ihre Plätze.

Der Vereinsraum war gerammelt voll. Cully zog ein Taschentuch und einen Spiegel aus ihrer Handtasche, die mit schwarzen Gagaten besetzt war, spuckte in das Taschentuch und wischte die Rinnsale ihres Mascaras ab. Als Barnaby ihr Wein brachte, nickte sie in Richtung Lichtraum, gegen dessen Tür Harold immer eindringlicher klopfte. Dann legte er die Lippen an die Tür und zischte. Doch die Tür blieb geschlossen. Nachdem er das Lächeln eines erfolgsgewohnten Impresarios wieder auf sein Gesicht gezaubert hatte, trat Harold zurück und begab sich wieder in die Mitte des Raumes, wo Cully seinen Arm packte.

»Ein wunderbares Licht, Harold«, lobte sie. »Brillant. Richten Sie das Tim doch bitte aus.«

»... das ... das ist nicht nötig ...«, schrie Harold und stotterte dabei wie ein alter Zweitaktmotor. »Tim ist nichts weiter als ein Techniker. Nicht mehr und nicht weniger. Ich setze das Licht in meinen Produktionen.«

»Ach. Tatsächlich?« In Cullys Tonfall schwang trotz aller Höflichkeit eine Spur von Ungläubigkeit mit. Barnaby nahm ihren Arm und zog sie eilig fort.

»Ich hätte dich nicht mitnehmen sollen.«

»Das hast du schon gesagt, als ich fünf war.«

»Und seitdem hast du dich nicht gebessert. Trink aus.« Barnaby schnalzte ärgerlich mit der Zunge, als Cully ihre entzückende Nase in das Glas tauchte und an der Flüssigkeit schnupperte. »Was ist denn daran nun wieder auszusetzen?«

»Nichts. Wenn du Karbol und zerdrückte Bananen magst.«

Sergeant Troy näherte sich mit seiner nachtragenden Frau, und Barnaby zwang sich zu einem Lächeln. »Gefällt es Ihnen, Gavin?«

»Nicht schlecht, finden Sie nicht auch, Sir?« Er sprach zwar mit Barnaby, aber seine Augen ruhten auf dessen Begleitung. »Ich meine, für Amateure.« Er starrte sie weiter an, bis sich der Chefinspektor gezwungen sah, die beiden einander vorzustellen.

»Ihre Tochter.« Barnaby gefiel es, daß Troy sich anscheinend vor den Kopf gestoßen fühlte. Jedesmal, wenn Cully nach Hause kam, war er von neuem erstaunt darüber, daß diese elegante, vergnügungssüchtige Person eine Frucht seiner Lenden sein sollte. »Es wundert mich, daß wir uns nicht schon früher kennengelernt haben, Cully.«

»Ich bin in Cambridge. Letztes Semester.«

Na klar, sagte sich Mrs. Troy und dachte sehr streng über die ungleiche Verteilung der Gaben zur Weihnachtszeit nach.

»Oh, das ist übrigens meine Frau Maure«, stellte Troy vor, und die beiden gaben einander die Hand.

»Maure und weiter?« fragte Cully.

»Troy«, antwortete Maureen mit einem kleinen Funkeln in ihren Augen.

Und erneut lenkte Barnaby seine Tochter am Ärger vorbei. Als sie sich abwandten, stießen sie beinahe mit Tim zusammen, der sich aus seiner Kammer stahl, schnell im Raum umsah und dann die Stufen hinabeilte. Inzwischen war Harold durch die Kulissen gestürmt, hatte dem Bühnenpersonal, das als einziges keinen falschen Schritt getan hatte, Blicke des Abscheus zugeworfen und stand nun in der Herrengarderobe. Er blies sich wie jemand auf, der mächtig Wind machen wollte.

»Niemals... niemals in all den Jahren meines Theaterlebens«, brüllte Harold, »habe ich eine derart groteske Ansammlung von wahnsinniger Inkompetenz gesehen! Von dem absoluten Mangel an Echtheit mal ganz zu schweigen. Ihr habt alle versagt. Außer Salieri.«

»Glaubst du?« entgegnete Nicholas ärgerlich. »Du vergißt mich.«

»Die Beleuchtung hat uns verwirrt«, entschuldigte sich Kaiser Joseph. Unglücklicherweise fügte er hinzu: »So toll sie auch war.«

»Du solltest dich langsam an mein Licht gewöhnt haben!« schrie Harold, rot vor Wut.

Nicholas, dem der Kiefer herunterklappte, starrte seinen Regisseur an. Er hatte sich gefragt, wie Harold wohl auf Tims Affront reagieren würde. Er hatte sich alles von eiskalter sofortiger Entlassung bis hin zum heftigen Wutanfall und ausschreitender Gewaltanwendung vorstellen können. Doch was er auch in hundert Jahren nicht vermutet hätte, war, daß Harold ganz ruhig die neue Beleuchtung akzeptierte und sie als seine eigene ausgab.

»Sag mal, willst du mit deinem aufgesperrten Kiefer etwa Fliegen fangen, Nicholas?« fuhr Harold ihn an. »Ich brauche jetzt wohl nichts mehr zu sagen. Ihr wißt alle, daß ihr mich im Stich gelassen habt. Ja, du auch, Mozart. Du brauchst mich gar nicht so anzuglotzen. Wo ist dein Schwert?«

»Oh.« Langsam dämmerte es Nicholas, wieso er am Flügel nicht darüber gefallen war. »Entschuldige.«

»Eine Entschuldigung langt nicht. Ich will im zweiten Akt von euch allen eine Verbesserung sehen, nein, nicht nur eine Verbesserung, ich will eine Verwandlung. Ihr könnt das. Ich habe doch gesehen, wie wunderbar ihr alle gearbeitet habt. Also geht raus und zeigt ihnen gefälligst, was ihr draufhabt.« Er wirbelte hinaus und einen Moment später hörten sie, wie er den Frauen eine Tür weiter eine Standpauke hielt.

»Das haben wir alle gebraucht«, nuschelte van Swieten.

»Mitten in der Premiere eine kleine Aufmunterung von Harry.«

»Dieser Mann ist sich selbst der ärgste Feind.«

»Und stell dir mal diese Konkurrenz vor.«

Boris machte gerade Tee in Plastiktassen, und als er den Kessel schwenkte, fragte er: »Meint ihr, ich soll auch etwas Tee für Esslyn und sein kriecherisches Gefolge machen?«

»Wo stecken die überhaupt?«

»Ich habe ihn zum letzten Mal in den Kulissen gesehen, wie er sich über Joyces Kuchen hergemacht hat. Mein Gott, David, du schusseliger Teufel...«

»Entschuldige.« David Smy riß ein Blatt von der Küchenrolle ab und wischte damit den Tee auf. »Ich hab' es einfach nicht gesehen.«

»Ich habe mitgekriegt, wie sie alle drei zur Toilette gegangen sind.«

»Oh...« Boris schwenkte seine schlaffe Rechte. »Ein hübsches Dreiergespann, nicht wahr? Ich setze auf Cressida.«

»Niemals. Du kannst ja alles mögliche über Esslyn sagen, aber ich glaube einfach nicht, daß er schwul ist.«

In genau diesem Moment erschienen die drei Besagten in der Tür. Sie standen betont still da; ihre Schatten waren übermächtig, und der überhitzte, stickige Ort schien sich plötzlich radikal abzukühlen. Es war ganz offensichtlich, daß irgend etwas schiefgegangen sein mußte. Die Blicke der Everards zeigten eine verschlagene Erwartungshaltung, und Esslyn, dessen Augen funkelten, ließ den Kopf begierig und forschend vorschnellen. Nicholas kam der Schädel auf einmal irgendwie länger und abgeflachter vor. Das Haupt einer Schlange. Dann tadelte er sich selbst wegen solcher dümmlichen Vergleiche. Es war sicher bloß ein Lichteffekt. Reine Phantasie. Genauso, wie er sich bloß einbildete, daß Esslyn ihn jetzt ansah. Ihn zu durchschauen versuchte. Trotzdem war Nicholas' Kehle ausgetrocknet, und er nippte dankbar an seinem Tee.

Esslyn setzte sich und begann, seine Sachen zu ordnen. Er wirkte zwar immer gefaßt, jetzt jedoch beinahe klinisch abwesend. Aber die übervorsichtigen Bewegungen seiner Hände und das Zittern seines Kiefers, das nur unvollständig durch die zusammengepreßten Lippen kontrolliert wurde, und dieser schrecklich seelenlose Glanz in seinen Augen sprachen für sich. Keinem in der Garderobe blieb verborgen, daß der Hauptdarsteller des Ensembles vor unterdrückter Wut fast überkochte.

Boris sammelte schweigend die Tassen ein, und die üble Bemerkung, die gerade gemacht worden war, hatte sich genauso schnell verdünnisiert, wie sie aufgekommen war. Als der Summer schrillte, sah jeder zu, daß er sofort wegkam, und machte dabei vorsichtig einen weiten Bogen um Esslyn. Als er schon draußen war, drehte sich Nicholas noch einmal nach ihm um und erntete einen derart boshaften Blick, daß er das Gefühl hatte, ihm hätte jemand in den Magen getreten. Jetzt war er doch davon überzeugt, daß seine Beobachtung von vorhin nicht der Einbildungskraft entsprungen war. Daher wandte er sich eilig ab, bemerkte aber trotzdem noch, wie Esslyn all seine Ringe abstreifte.

Warum ihn das so sehr berührte, konnte sich Nicholas nicht erklären. Vielleicht lag es nur daran, daß diese vulkanische Laune kraß von Esslyns normalem Verhalten abwich und deshalb Anlaß zur besonderen Sorge gab. Wie dem auch sei, Nicholas begab sich zu den anderen Darstellern in den Kulissen, blieb dort ganz ruhig stehen, hielt sich ein wenig abseits, ging noch einmal seine nächste Szene durch und zwang seinen Geist gewaltsam wieder in das achtzehnte Jahrhundert zurück.

Wenige Sekunden vor Beginn spähte Dierdre in das Auditorium. Sie hatte ihrem Vater eine Tasse Kaffee gebracht und ernsthaft mit dem Gedanken gespielt, ein wenig Brandy hineinzugeben (er schien so ruhig zu sein, und ihm war sicher auch noch kalt), aber da sie nicht wußte, wie sich das mit seinen Medikamenten vertragen würde, entschied sie sich dagegen. Jetzt beobachtete sie ihn, wie er mit unnatürlich glänzenden Augen die Bühne anstarrte und dabei ganz vorn auf seinem Sitz saß, so als wolle er sich auf ein sofortiges Aufstehen vorbereiten. Es war ein fürchterlicher Fehler gewesen, daß sie ihm erlaubt hatte, zur Premiere zu kommen. In der Pause war sie schon kurz davor, ein Taxi zu rufen, das ihn heimbringen sollte, aber dann hatte sie doch um seine Sicherheit gebangt, weil er in diesem Falle bis elf Uhr allein zu Hause gewesen wäre.

Colin legte eine Hand auf ihren Arm, und sie nickte, und ihre Aufmerksamkeit galt nun wieder ganz der Eröffnungsszene des zweiten Akts. Esslyn stand schon auf seiner Position, eine graue Gestalt, die über den Rücken seines Stuhls gelehnt war. Als sie sich daranmachte, den Vorhang hochzuziehen, hob er den Kopf und blickte in die Kulissen. Auf seinem Gesicht stand ein Ausdruck derart kontrollierter Wut, daß Dierdre trotz der Entfernung, die zwischen ihnen lag, automatisch einen Schritt zurückwich und mit Kitty zusammenstieß. Dann gab sie Tim ein Zeichen, die Lichter im Haus gingen aus, und das Stück begann.

Esslyn wandte sich dem Publikum zu und deklamierte: »Ich habe den Katzen im Hof zugehört. Sie singen alle Rossini.«

Schweigen. Totale Stille, von keinem Lachen, durch kein schlimmes Husten, Rascheln oder die Bewegung eines Fußes unterbrochen. Absolute Stille. Esslyn trat ins Rampenlicht. Seine Augen, die wie Feuerstifte glühten, durchforsteten das Publikum, ließen es erstarren und hielten es in Bann. Er sprach in einem fürchterlich aufgeladenen Unterton über Tod und Haß. Mr. Tibbs in der letzten Reihe wimmerte leise. Seine Nackenhaare schienen sich ein wenig aufzurichten, obwohl kein Lufthauch durch den Raum ging. Das Knäuel aus Darstellern und Bühnengehilfen stand in den Kulissen wie Statuen, und Dierdre gab das Zeichen für Constanzes Auftritt.

Die meisten Darsteller lieben einen guten Streit auf der Bühne, und der zwischen Mozarts Frau und Salieri hatte stets gut geklappt. Nun schrie Kitty: »Du verdammter Mistkerl!« und bearbeitete ihren Ehemann mit Fäusten. Sie stand mit dem Rücken zu Dierdre, die Esslyns Gesicht sehen konnte und mit wachsendem Schrecken beobachtete, wie er seine Frau bei den Schultern packte und sie schüttelte, und zwar nicht in der gespielten Wut, wie bei den Proben, sondern in wildem Zorn, mit gefletschten Zähnen. Kittys Schreie wurden ebenfalls immer echter. Sie wurde herumgewirbelt, das Haar fiel ihr in goldenen Strähnen über das Gesicht, und ihr Kopf wurde nach vorn und wieder zurückgeschleudert, so als hätte er keinen natürlichen Halt mehr. Es schien nur noch eine Frage von Augenblicken, wann ihr Genick brechen würde. Dann schleuderte Esslyn sie derart gewaltsam von sich, daß Kitty über die Bühne schlitterte und erst zum Halten kam, als sie in den Proszeniumsbogen krachte.

Dierdre war wie gelähmt und konnte gerade noch fragend Colin ansehen. Ihre Hand bewegte sich bereits auf den Auslöser des Vorhangs zu, aber Colin schüttelte den Kopf. Kitty stand einen Moment atemlos da und rang nach Luft, dann sog sie wie eine Ertrinkende den Atem ein, machte zwei Schritte nach vorn und fiel in Dierdres Arme. Dierdre führte sie zu dem einzigen freien Platz in der bevölkerten Kulisse (neben dem Requisitentisch) und hob einen der kleinen vergoldeten Stühle auf. Sie setzte das Mädchen behutsam auf den Stuhl, reichte ihr Schreibbrett Colin und nahm Kittys Hand in ihre.

»Ist sie in Ordnung?« Nicholas kam auf Dierdre zu und flüsterte: »Was zum Teufel ist denn hier los?«

»Es ist Esslyn. Ich weiß nicht ... es scheint, als hätte er sich plötzlich etwas ganz Neues einfallen lassen. Er hat sie einfach über die Bühne geschleudert.«

»Himmel ...«

»Kannst du hier bei ihr bleiben, solange ich ein paar Aspirin hole?«

»Ich muß in zwei Sekunden raus.«

»Dann ruf doch bitte einen der unwichtigeren Bühnenarbeiter. Kitty ... ich bin gleich wieder da, klar?«

»*...mein Rücken...* ahhh ... Gott ...«

Dierdre rannte zur Damengarderobe. Der Erstehilfekasten stand immer unter der Fensterbank in einer Ecke hinter den Kostümstangen, aber jetzt war er nicht dort. Verzweifelt begann sie, ihn zu suchen, und warf dabei wahllos die Straßenkleidung der Darstellerinnen – Rosas Pelzmantel, Joyces grauen Wollmantel, verschiedene Kleider und Blusen – durch die Gegend. Sie kniete sich hin, schleuderte Schuhe und Stiefel zur Seite. Nichts. Und dann sah sie ihn. Er stand hinter Rosas Perückenhalter. Sie ergriff den Kasten, nahm die Packung Aspirin heraus und kämpfte anschließend mit dem Schraubverschluß. Er schien irgendwie zu klemmen. Dann fiel ihr ein, daß es sich um eine Kindersicherung handelte und sie den Schraubdeckel erst nach unten drücken mußte. Als sie schließlich drei Tabletten herausgeholt hatte, erkannte sie jedoch die Vergeblichkeit ihres Tuns. Aspirin war gut gegen gewöhnliche Unpäßlichkeiten. Kopfschmerzen, erhöhte Temperatur. Was aber, wenn Kittys Wirbelsäule verletzt war? Was war, wenn jede Sekunde Nichtstun die schreckliche Gefahr einer Lähmung vergrößerte? Plötzlich bekam Dierdre es mit der Angst zu tun. Sie hätte nicht auf Colin achten und die Aufführung stoppen sollen. Sie hätte fragen müssen, ob ein Arzt anwesend wäre. Sie würde die Schuld daran tragen, wenn Kitty nie wieder laufen konnte. Sie verbannte diese furchtbare Vorstellung aus ihrem Kopf und stammelte: »Wasser … Wasser.« Es standen etliche Tassen und Plastikbecher herum, aber in allen waren dreckige braune Reste. Dierdre nahm die nächstbeste Tasse, spülte sie kurz aus, füllte sie halb mit Wasser und rannte in die Kulissen zurück.

Das erste, was sie hörte, war Nicholas' Stimme auf der Bühne. Das bedeutete, daß die erste Szene bereits vorbei war; das Bühnenbild wurde gewechselt und der zweite Aufzug würde gleich beginnen. Sie war also länger unterwegs gewesen, als sie geglaubt hatte. Sie eilte zu dem Requisitentisch, doch der Stuhl, auf dem sie Kitty zurückgelassen hatte, war leer. Dierdre ging auf Colin zu, der ihr »Wo ist sie?« mit den Worten beantwortete: »Auf der Toilette.«

Als Dierdre hereinkam, lief Kitty auf dem gefliesten Boden auf und ab. Ihr Gang war steif, und sie blieb zwischendurch immer wieder stehen, um ihre Schultern zu entspannen, aber sie lief immerhin, Gott sei Dank. Dierdre reichte ihr das Aspirin und das Wasser, um mit einer Flut von Schimpfwörtern bedacht zu werden, wie sie diese noch nie zuvor in ihrem Leben gehört hatte. Tatsächlich galten sie alle Kittys Ehemann, aber Dierdre, die nun einmal zufällig in der Schußlinie stand, war trotzdem schockiert. Das Fluchen brachte Kittys Gesicht zum Glühen, und Dierdres »Psssts« waren vergeblich. Einige der Ausdrücke kannte Dierdre aus dem Text von *Amadeus*, ein oder zwei weitere von den wenigen Gelegenheiten her, bei denen sie gezwungen gewesen war, eine öffentliche Toilette aufzusuchen, aber die anderen waren ihr absolut unbekannt. Und dann hatten sie auch noch einen ganz eigenen Klang, so als könnten gewöhnliche Beschimpfungen und Beleidigungen nicht einmal im Ansatz Kittys

Zorn gerecht werden, weshalb diese sich anscheinend gezwungen sah, eigene derbe Wortschöpfungen zu erfinden.

»Bitte...«, sagte Dierdre in einem eindringlichen Flüsterton. »Das Publikum könnte dich hören.«

Daraufhin war Kitty still, gab jedoch mit einer plötzlich sehr ruhigen Stimme noch einen Satz von sich. »Wenn er mich auch nur noch ein einziges Mal anrührt«, drohte sie, »dann werde ich ihn umbringen, verdammt noch mal.«

Dann ging sie, immer noch mit langsamen Bewegungen und etwas steif, und Dierdre blieb mit offenem Mund und den drei Aspirins, die sich inzwischen in ihrer verschwitzten Handfläche aufgelöst hatten, zurück.

Barnaby und Troy waren sich, wie übrigens auch der Rest des Publikums, über die außergewöhnlichen Veränderungen im klaren, die *Amadeus* im zweiten Akt widerfahren waren. Es kam ihnen zu diesem Zeitpunkt so vor, als wäre das ausschließlich dem Darsteller zu verdanken, der den Salieri spielte.

Im ersten Akt hatte er eine gute, weil von den Pannen völlig unbeeindruckte Vorstellung gegeben. Jetzt im zweiten Akt schien sein gesamter Körper von explosiver Energie durchdrungen, die er kaum zurückhalten konnte. Es würde mich nicht wundern, dachte Barnaby, wenn er beim Zusammenschlagen der Hände oder dem Fersenstampfen auf der Bühne Funken versprühen würde. Die Luft, durch die er lief, während er Schwaden unterdrückter Wut hinter sich herzog, schien elektrisch geladen zu sein. Maureen Troy glaubte, sie hätte *Coronation Street* doch nicht ganz umsonst verpaßt, und Barnaby entdeckte, daß selbst seine Tochter jetzt gebannt dasaß und sich sogar nach vorn gebeugt hatte.

Salieris erstaunliche Verwandlung half dem Stück im Grunde jedoch nicht. Der Rest der Besetzung schien jetzt eher entmutigt zu sein. Statt mit Esslyn zu spielen, so wie sie es vorher getan hatten (wenn auch mit unterschiedlichen Graden an Überzeugungskraft), navigierten sie nun übervorsichtig an seiner Umlaufbahn vorbei, so daß selbst beim direkten Dialog jeder Blickkontakt gemieden wurde.

Nicholas wartete auf seinen Auftritt und blickte in die strahlend hell erleuchtete Arena. Er war angespannt, aber frei von Furcht. Er reagierte sogar eher positiv auf die prickelnde Energie, die Esslyn bis hinter die Kulissen versprühte. Nicholas fühlte, wie sein eigenes Blut kochte. Er wußte, daß er sich der Kraft des Anderen entgegenstellen und sie sogar noch übertreffen konnte. Sein Geist war klar, sein Körper bebte in freudiger Erwartung. Er trat auf die Bühne und nahm nicht mehr wahr, wie Kaiser Joseph ihm zuflüsterte: »Paß bloß auf.«

Aber selbst, wenn Nicholas es gehört hätte, er wäre diesen Worten nicht gefolgt. Er wollte nicht leisetreten. Für ihn kam immer die Aufführung zuerst. Also ging er energisch auf Salieri zu, und als Esslyn sagte: »Ich fühle mit dem Verlierer«, und seine Hand ausstreckte, schlug Nicholas nur zu gern ein. Esslyn trat sofort vor den Jungen, verdeckte ihn vor dem Publikum, hielt Nicholas' Hand und drückte zu. Und drückte. Fester. Und noch fester.

Nicholas' Lippen verzogen sich gegen seinen Willen zu einem stummen Schmerzensschrei. Seine Hand fühlte sich an, als wäre sie von einem Band wilder, spitzer Dornen umschlungen. Esslyn lächelte ihn mit einem breiten Schakalgrinsen an. Dann, gerade als Nicholas glaubte, der Schmerz würde ihn überwältigen, ließ Esslyn plötzlich los und huschte zum hinteren Teil der Bühne. Nicholas brachte nur noch eine einigermaßen vernünftige Annäherung an seinen Text zustande und schaffte es, zu seinem Flügel zu gehen und sich hinzusetzen. Die Venticellis traten auf, und Mozart, der nichts mehr zu sagen hatte, nutzte die Gelegenheit, seine Hand zu untersuchen. Sie war bereits geschwollen. Er streckte behutsam die Finger aus. Der Handrücken war schlimmer dran als die Handfläche. Auf der Haut waren einige blaue Quetschungen zu sehen, und an manchen Stellen war die Haut tatsächlich aufgesprungen. Die ganze Hand sah aus und fühlte sich auch so an, als hätte jemand versucht, Reißzwecken hineinzuhämmern. Am Schluß der Szene machte er seinen Abgang. Colin kam in den Kulissen auf ihn zu.

»Dierdre meint, wir sollten das Ganze stoppen.«

Nicholas schüttelte den Kopf. »Ich kann weiterspielen. Ich weiß jetzt, wie.«

»Laß mich mal sehen.« Colin starrte die Hand an und zog scharf die Luft ein. »Damit kannst du unmöglich weitermachen.«

»Natürlich kann ich das.« Nicholas, der den Schrecken dieses plötzlichen Angriffs überwunden hatte, war nun, abgesehen von dem Schmerz, eher erleichtert, weil er endlich die Gelegenheit hatte, seine kühle Professionalität zu beweisen. Er gehörte zur Truppe. Und Truppenmitglieder marschieren weiter, ganz gleich wie.

Dierdre legte zart eine Hand auf seinen Arm und flüsterte: »Was ist passiert?«

»Seine Ringe.« Nicholas streckte die Hand aus. »Ich dachte, er hätte sie abgesetzt, aber er hat sie bloß umgedreht.«

»Zum Teufel«, murmelte Boris, der über Dierdres Schulter schaute. »Damit wirst du aber eine ganze Weile keine Geige mehr spielen können.«

»Aber wieso macht er das?« wunderte sich Dierdre, und Nicholas zuckte ahnungslos mit den Schultern.

Auf der Bühne schrie Salieri seinen Triumph heraus: »Ich füllte meinen Kopf mit goldenen Einfällen, ja! Und dieses

Haus mit goldenen Möbeln«, und die ganze Bühne wurde in ein warmes Bernsteinlicht getaucht. Goldene Stühle und Tische wurden auf die Bühne getragen. Joyce Barnaby stand neben Nicholas und hielt ein dreistöckiges Kuchentablett, das gelb angestrichen war.

Nicholas nickte ihr beruhigend zu, um zu zeigen, daß er gefaßt und mutig war. Tatsächlich aber war er weder das eine noch das andere. Er war sehr aufgeregt, ziemlich besorgt und ausgesprochen wütend. Aber er bemühte sich, seinen Zorn zu unterdrücken. Die Zeit, ihn herauszulassen, würde später noch kommen. Jetzt mußte er sich zunächst mal der nächsten halben Stunde mit ihren Herausforderungen stellen. Es standen noch mehr Szenen allein mit Salieri an, aber nur eine, in der sie erneut Körperkontakt (wieder einen Handschlag) haben würden, und auf diesen Händedruck würde er vorbereitet sein. Der Mann konnte ihm ja schließlich kaum einen ernsthaften körperlichen Schaden zufügen, wenn ihm hundert Menschen dabei zusahen.

Im Publikum, während seine außergewöhnliche Tochter mit gebannter Aufmerksamkeit neben ihm saß, weiteten sich Barnabys Nüstern, und er nahm Witterung auf. Der Geruch in diesem Theater kam ihm bekannt vor. Und wie sollte es auch anders sein? Schließlich hatte er einen großen Teil seines Lebens mit diesem Geruch in seiner Nase verbracht. Ein intensiver, durchdringender Geruch, heftig und drückend. Der ganze Ort stank danach. Es war der Geruch der Gewalttätigkeit. Er zog den größten Teil seiner Aufmerksamkeit von dem Stück ab und blickte sich um. Alles war ruhig und still. Er konnte Harolds Profil sehen, das ungläubiges Vergnügen ausdrückte. Seine Frau sah einfach nur erschrocken aus. Andere saßen mit weit aufgerissenen Augen da und wagten nicht einmal zu blinzeln. Eine Frau biß sich auf ihre Unterlippe, eine andere preßte beide Fäuste gegen ihre Wangen.

Barnaby drehte langsam den Kopf. Nicht jeder Blick war nach vorn gewandt. Sergeant Troy, wachsam, sogar ängstlich, sah sich ebenfalls um.

Hinter ihnen in der letzten Reihe umklammerte ein alter Mann die Rückenlehne des Sitzes vor sich und stemmte sich dann so fest dagegen, daß es schien, als müßten die Knochen seiner Wirbelsäule in der Wand hinter der Lehne seines Stuhls einen Abdruck hinterlassen. Auf seinem Gesicht spiegelte sich eine schreckliche Vorahnung, gepaart mit dem verzweifelten Flehen um Gnade. Er wirkte wie ein Kind, das nicht weiß, was richtig oder falsch ist, aber dennoch eine harte Strafe erwartet.

Barnaby wandte seine Aufmerksamkeit wieder der Bühne und damit auch dem Quell seiner Besorgnis zu. Esslyn war wie ein Besessener. Er schien unentwegt unter Strom zu stehen. Selbst wenn er sich auf den hinteren Teil der Bühne zurückgezogen hatte und dort im Schatten stand, pulsierte Energie durch ihn und um ihn herum, so als stünde er in einem Magnetfeld. Barnaby sehnte sich das Ende des Stücks herbei. Obwohl er Joyce nicht in Gefahr sah, wäre er froh gewesen, wenn man *Amadeus* abgebrochen hätte, damit man das, was Esslyns rasende Wut ausgelöst hatte, auf eine ordentliche Weise ermitteln und aus der Welt schaffen konnte. Es war ganz offensichtlich, daß es etwas mit Kitty zu tun hatte.

Diese kam nun wieder auf die Bühne, war hochschwanger und stützte sich schwer auf Mozarts Arm. Sie wirkte weder erschüttert noch niedergeschlagen. Ihr Knicks vor Salieri geriet eher zu einer ironischen Geste, bei der sich ihr Mund zu einer harten Linie formte und ihre Augen blitzten. Als sie sagte, »Ich träume niemals, Sir. Die Dinge wären unangenehm genug, um mich zu wecken«, klang ihre Stimme rauh und hart vor lauter Grimm. Barnaby sah auf seine Uhr (noch zwanzig Minuten), wollte sich etwas entspannen und der hinreißenden Musik der *Zauberflöte* hingeben. Wie tief verwurzelt und wie erbarmungslos mußte Esslyns Haß sein, wenn derart grandiose Klänge ihn nicht versöhnlicher stimmen konnten.

Jetzt näherte sich Salieri, in einen langen grauen Umhang gehüllt, mit Hut und einer Maske, die die obere Hälfte seines Gesichtes verdeckte, als Vorbote des Todes unaufhaltsam Mozart, der gerade auf einem Blatt Papier herumkritzelte und wie ein Irrer an seinem Requiem komponierte, um dieses noch termingerecht fertigzustellen.

Nicholas spielte sich in eine fiebrige Euphorie. Obwohl er den ganzen Abend von einer mehr oder weniger gleichbleibenden Angst heimgesucht worden war, hatte er einige brillante Augenblicke erlebt, die ihm gezeigt hatten, daß er, was seine Mozart-Darstellung anging, durchaus auf dem richtigen Weg war. Phasenweise hatte es sich beinahe wie von selbst gespielt, so als hätte es die ganze erdrückende Disziplin der Proben nie gegeben. Ich kann es schaffen, dachte Nicholas und war wie benommen vor Jubel. Eine düstere Gestalt schritt durch die Tür seiner jämmerlichen Wohnung auf ihn zu, bis sie hinter ihm stand.

Hinterher, als er Barnaby die Szene schildern sollte, war es Nicholas nicht mehr möglich, den exakten Moment zu beschreiben, in dem der gespielte Schrecken, mit dem er Salieris phantasmagorische Erscheinung erkannte, verschwand und die Sache wirklich ernst wurde. Vielleicht war es der Augenblick, als Esslyn eine knochige Hand auf seine Schulter legte und ihn mit verbittertem Atem anhauchte. Vielleicht schlug das Ganze aber auch erst völlig um, als Esslyn plötzlich abstoppte und einen Stuhl zur Seite warf, den Nicholas als mögliche Barriere zwischen ihnen eingeplant hatte. Oder der Wendepunkt war der Moment, als Salieri flüsterte: »Stirb, Amadeus ... stirb.«

Automatisch hatte Nicholas an dieser Stelle genau das getan, was er auch in den Proben immer getan hatte: Er ließ sich auf alle viere fallen und verkroch sich unter dem Tisch, der als Schreibtisch und Bett gleichzeitig diente. Der Tisch schloß mit dem Proszeniumsbogen ab und war fest verankert. Colin hatte schweren Filz zu beiden Seiten des Betts auf dem Boden befestigt. Daher saß Nicholas in der Falle, als Esslyn im Eingang eine kauernde Haltung einnahm und seinen Umhang wie große graue Schwingen ausbreitete.

Er kroch so weit zurück, wie es ihm in dem dunklen, engen Raum nur irgend möglich war. Die Luft war hier ziemlich dick, denn der faulige Geruch des alten Filzes und Esslyns Schakalatem hingen darin. Esslyn verzog seine Lippen zu einer schrecklichen Parodie des Lächelns. Und Nicholas erkannte, daß seine frühere Einschätzung (ihm würde vor den Augen von hundert Menschen schon nichts passieren) falsch war. Er glaubte jetzt, daß Esslyn nicht von den Ängsten eines normalen Menschen zurückgehalten würde, der fürchtete, ertappt zu werden. Esslyn war nämlich, entschied Nicholas, ein total verrückter Spinner.

Jetzt griff Esslyns Hand, die mit einem Schlagring voller silberner Dornen und harter, verletzender Steine bewaffnet war, nach seiner Kehle. Und Nicholas kürzte den Rest der Szene ab, indem er Kittys Stichwort schrie: *»Oragna figata fa! Marina gamina fa!«* Er hörte ihre Schritte von der anderen Seite des Tuchs und ihr erstes Wort: »Wolfie?« Esslyn zog erst seine Hand zurück, dann den ganzen Arm, die Schultern und schließlich auch seine üble Grimasse. Als Nicholas wieder hervorgekrochen kam, hatte sich Salieri noch einmal in den Schatten zurückgezogen.

»Stanzerl ...« Nicholas klammerte sich an Kitty. Sie stützte ihn und half ihm dabei, auf den Tisch zu klettern, und sie ordnete seine Kissen. Seine Sterbeszene (diese wunderbare Sterbeszene, an der er so schwer gearbeitet hatte) verkam zu einem Nichts. Er brabbelte seinen Text herunter, wobei er ununterbrochen über Kittys Schultern hinweg jene Gestalt anstarrte, die, ganz in Grau gehüllt, im Dunkeln wartete. Als Nicholas gestorben und ohne jedes Zeremoniell in das Armengrab (eine hinter dem Kamin versteckte Matratze) geworfen worden war, blieb er dort zunächst einige Momente liegen und kroch dann in die Kulissen zurück. Er begab sich zu dem Stuhl neben dem Requisitentisch, ließ sich darauffallen und lehnte den Kopf an die Wand.

Er hatte sofortige Aufmerksamkeit und Mitgefühl erwartet und war daher überrascht, als keiner Notiz von ihm nahm; dann aber wurde ihm bewußt, daß sie ja gar nicht wissen konnten, was da unter dem verhangenen Tisch geschehen war. Und dann spürte er, daß auch seine andere Hand, oder besser gesagt, sein Daumen, wie Höllenfeuer brannte. Er hielt ihn hoch, aber das Licht war so dämmerig, daß er nur den Umriß erkennen konnte. Er lief nach unten und kam an Dierdre vorbei, die gerade nach oben lief, »Vorsicht« schrie und dabei einen Kessel mit dampfendem Wasser vor Nicholas in Sicherheit brachte.

In dem hellen Licht der Herrengarderobe entdeckte er, daß er sich einen großen Splitter in die eine Seite des Daumennagels getrieben hatte. Das umliegende Fleisch sah bereits übel entzündet aus. Er hielt den Daumen einen Moment lang unter heißes Wasser und sah sich dann nach einer Pinzette um. Gelegentlich hatte ein Darsteller so etwas bei sich, um falsche Wimpern, Haarteile oder Augenbrauen anzulegen. Aber er hatte keinen Erfolg. Er versuchte es an der nächsten Tür, klopfte aber vorher an.

»Oh...«, entfuhr es Rosa. »Du armes Lämmchen. Ich habe eine Pinzette. Warte mal.« Sie kramte in ihrer Kiste. »Hast du irgend etwas draufgetan?«

»Nein, ich hab' den Daumen bloß unter Wasser gehalten.«

»Da ist sie ja.« Rosa hielt eine Pinzette hoch, die mit Schminkfarbe beschmiert war. »Sehen wir uns das doch mal näher an.«

Nicholas streckte ihr seinen Daumen entgegen, während er dem chirurgischen Eingriff mit einiger Unruhe entgegensah. »Sollten wir sie vorher nicht sterilisieren oder so was?«

»Gütiger Himmel, Nicholas. Wenn du Schauspieler werden willst, mußt du lernen, so etwas wegzustecken.«

Nicholas, der partout nicht einsah, warum die Bereitschaft, eine Blutvergiftung davonzutragen, eine notwendige Qualifikation für einen jungen Schauspieler wäre, sträubte sich gegen diese grobe Behauptung.

»Da.« Rosa zog mit überraschender Sanftheit den Splitter heraus, wühlte dann in ihrer Handtasche herum, holte ein schmuddeliges, rosafarbenes Pflaster heraus und schälte die durchsichtige Schutzschicht ab. »Sag mal, wie ist dir denn das überhaupt zugestoßen?« Nicholas erzählte es ihr. »Ohhh... du übertreibst aber.«

»Nein. Er wollte wirklich auf meine Halsschlagader losgehen.« Aber schon während er die Worte hervorbrachte, wurde sich Nicholas bewußt, daß sich diese Überzeugung bereits abschwächte. Die gemütliche, völlig normale Atmosphäre in der Garderobe und die Tatsache, daß niemand von den Kulissen aus etwas gesehen hatte, riefen das Gefühl in ihm wach, seine Erinnerung entspräche nicht ganz der Wahrheit. Aber da gab es etwas, das absolut wahr und sehr real gewesen war. Nicholas sagte: »Und Kitty hat er geschüttelt, als wollte er ihr das Lebenslicht ausblasen.«

»Ach, wirklich?« Rosa lächelte und legte das Pflaster extra sanft um den Daumen ihres Kollegen. »Was für ein ungezogener Junge.«

Nicholas setzte sehr richtig voraus, daß dieser Ausruf eher

Esslyn galt als ihm, obwohl er Nicholas unter diesen Umständen reichlich untertrieben zu sein schien. »Ich nehme an, er ist dahintergekommen«, fuhr Rosa mit sanfter Stimme fort, »daß sie eine Affäre hat.«

»Verdammt noch mal! Woher weißt du das denn?«

»Das weiß doch jeder, mein Liebling.«

Nicholas schwamm in Schuldgefühlen, als er dasaß und seine pochende Hand betrachtete. Es war alles seine Schuld. Hätte er Avery und Tim nichts gesagt, dann wäre es nie herausgekommen. Soviel zu Averys Versprechen. Und nach allem, was er wußte, war Tim ebenfalls eine Plaudertasche. Da war einer so schlimm wie der andere. »Diese zwei alten Gerüchteköche.«

»Wie bitte?«

»Tim und Avery.«

»Also wirklich, Liebling«, fuhr Rosa fort, »wenn du derart über Schwule denkst, dann hast du dir den falschen Beruf ausgesucht. Schließlich gibt es in jeder Truppe mindestens einen davon.«

Nicholas starrte sie ärgerlich an, und für das Pflaster war er ihr jetzt auch nicht mehr dankbar. Wie konnte sie wissen, daß es in jeder Truppe einen davon gab? In ihrem Morgenmantel aus Nylon mit dem Kragen aus kirschroten Straußenfedern. Sie spielte die weibliche Hauptrolle, wärmte permanent alte Kamellen aus vergangenen Vorstellungen auf und schleppte die Fetzen eines unechten Ruhms hinter sich her, der so falsch und flitternd war wie das Lametta vom vergangenen Jahr. Das Latimer, dachte Nicholas wütend, ist der perfekte Ort für sie, mit all diesen Blendern und Ehemaligen und Versagern und mit all dem toten Ballast. Er hatte die früheren Freundlichkeiten total verdrängt, was ihm im Moment gut in den Kram paßte. Die Geduld und die Ermutigungen gegenüber einem Anfänger, der nicht einmal den Unterschied zwischen einem

Krallenhammer und einem Hosenlatz kannte. Die Unterstützung und die angebotene Bleibe, als er sein Zuhause verließ. Er wußte nur noch, daß er die Nase von diesem ganzen narzißtischen Haufen gestrichen voll hatte. Er sprang auf und sah Rosa an.

»Ich gehe jetzt wieder, um mir das Ende anzusehen. Kommst du mit?«

»Ich glaube nicht, mein Engel«, antwortete Rosa und klimperte mit ihren unechten Wimpern, die von Tusche verklebt waren. »Ich habe das alles schon einmal gesehen.«

In den Kulissen hatten sich die Darsteller für den Vorhang versammelt. Nicholas, der letzte in der Schlange (Esslyn war bereits *in situ*), schloß auf Kaiser Joseph auf und bemerkte: »Was für eine Premiere.«

»Der Flirt geht in Schönbrunn weiter, mein Süßer.«

David Smy ging mit seinem Kammerdienertablett, auf dem sich das Rasiermesser, die Holzschale mit der Seife, ein gefaltetes Handtuch und eine Porzellantasse befanden, aus der Dampf aufstieg, an ihnen vorbei. Einer der Bühnenarbeiter schob Salieris Rollstuhl, und David folgte ihnen. Er setzte sein Tablett auf dem kleinen runden Tisch ab, nahm den Letzten Willen seines Herrn, seinen Anweisungen entsprechend, entgegen und zog sich damit auf den hinteren Teil der Bühne zurück, um seine Unterschrift zu ändern. Salieri nahm das Messer, trat in das Rampenlicht am vorderen Bühnenrand und wandte sich direkt und voller Leidenschaft an das Publikum.

»*Amici cari.* Ich wurde als ein Paar Ohren geboren. Nur durch das Hören von Musik weiß ich, daß Gott existiert. Nur durch das Schreiben von Musik kann ich ihm dienen ...«

In den Kulissen machte sich Joyce bereit, nach vorn zu gehen. Hinter ihr bereiteten sich die Venticellis auf ihren letzten Auftritt vor.

»…Um zu gehören… zu gehorchen… erschöpft zu werden von dem einen Absoluten… Und mit all seiner Bedeutung…«

Maureen Troy, die nicht wirklich traurig darüber war, daß das Stück nun bald zu Ende sein würde, konnte sich dennoch eines Anflugs des Bedauerns nicht erwehren, denn sie war ganz entschieden begeistert von diesem Kerl, der den Spaghettifresser spielte. Genau ihr Typ. Groß, dunkel und gutaussehend und alt genug, um eine erwachsene Tochter in der Besetzung zu haben, falls Maureen ihrem Programmheft Glauben schenken durfte. Vielleicht würde dieser Abend doch nicht ganz umsonst gewesen sein. Die Blicke, die ihr Ehemann in Cully Barnabys Richtung schweifen ließ, waren nicht unbemerkt geblieben, und was er konnte, das konnte sie schon lange. Vielleicht war es möglich, sich hintenherum eine Einladung zu ergattern und ihm dabei persönlich näherzukommen.

»…Nun werde ich zum Schatten meiner selbst. Ich werde im Dunkeln stehen, wenn du wieder auf diese Erde zurückkehrst…«

Cully dagegen war von Mozart beeindruckt. Offensichtlich hatte er kaum Bühnenerfahrung. Doch obwohl er etwas verwirrt wirkte, hatte er eine kraftvolle und sehr sensible Vorstellung mit einem Anflug von echtem Pathos gegeben. Sie ertappte sich dabei, daß sie über diesen Schauspieler nachdachte. Wie alt er wohl sein mochte? Wie ernst er das Theater nahm?«

»Und wenn du die furchtbaren Bisse deines Versagens spürst und das Spotten eines unerreichbaren, unachtsamen Gottes – dann werde ich dir meinen Namen zuflüstern. Salieri: Schutzheiliger der Mittelmäßigen!«

In der Beleuchterkammer meinte Tim: »Die Wahrheit kommt ans Licht.« Avery lächelte, und Harold ging noch einmal in Gedanken seine Premierenansprache durch. Tom Barnaby witterte immer noch das Entgleisen ins Chaos. Er saß aufrecht und angespannt da. In der hintersten Reihe hatte Mr. Tibbs sich endgültig aus dem Theater entfernt und wandelte in einem dunklen Wald voll von Dämonen und heulenden Wölfen umher.

»Und in der Tiefe eurer Niedergeschlagenheit könnt ihr zu mir beten. Und ich werde euch vergeben. *Vi saluto.*«

Esslyn hob das Rasiermesser und zog es mit einem dramatischen Schwung über seine Kehle. Es hinterließ einen leuchtendroten Strich. Er stand einen Moment lang da und sah stirnrunzelnd die Klinge an, die unerwarteterweise blutrot war. Esslyn wankte nach vorne und zwang sich dann mit großer Anstrengung, auf den Füßen zu bleiben. Die Hüterin der Kuchen eilte beschwingt mit ihrem Frühstückstablett herbei. Salieri stolperte ihr einen Schritt entgegen. Sie starrte ihn an, ihr Mund verzog sich lautlos zu einer runden Öffnung, dann ließ sie das Tablett fallen und fing ihn auf, als er stürzte. Dann schrie sie laut. Gellende Schreie blanken Entsetzens. Wieder und immer wieder, während das Blut über ihre blütenweiße Schürze und das taubengraue Kleid auf die Bretter floß.

Auftritt der Ermittler

Barnaby war innerhalb von Sekunden von seinem Sitz hochgeschossen und auf die Bühne gelaufen. Troy folgte ihm auf den Fersen.

»Laßt den Vorhang runter!« Dierdre stierte ihn an und durch ihn hindurch. *»Laßt ihn runter.«*

Samtiger Plüsch raschelte, als Colin den Haltemechanismus freigab und das grausige Tableau vor den erstaunten und aufgeregten Blicken des Publikums verbarg. Barnaby sah seine Frau an. Sie stand da wie in Stein gemeißelt, mit ausdruckslosem Gesicht und fest geschlossenen Augen. Esslyn, dessen Leben verebbte, hing mit der Grazie eines sterbenden Schwans an ihrem Hals.

Troy ließ die Hände unter die Achseln des Mannes gleiten und ihn mit unendlich sinnloser Behutsamkeit auf den Boden sinken. Barnaby trat hinter dem Vorhang hervor. Er brauchte nicht zu sagen: »Dürfte ich um Ihre Aufmerksamkeit bitten?« Die Gespräche verstummten sofort wie durch einen Zauber.

»Ich fürchte, es hat einen Unfall gegeben«, erklärte er ruhig. »Würden Sie bitte noch einen Moment auf Ihren Sitzen bleiben? Ist ein Arzt anwesend?«

Keiner erwiderte etwas. Tim hatte die Hausbeleuchtung aufgedreht, und Barnaby bemerkte Harolds leeren Sitz und die schwingende Tür bei Reihe A. Auch Cullys Sitz war leer. Er trat wieder auf die Bühne, wo Sergeant Troy, dessen Hose mit den messerscharfen Bügelfalten voller Blut war, sich auf den Boden gekniet und seinen Kopf zur Seite geneigt hatte, so daß sein Ohr fast Esslyns Lippen berührte. Der Mund des Sergeants war zusammengekniffen und seine Stirn vor lauter Konzentration in Falten gezogen. Er nahm ein Ausatmen wahr – kalt und grenzenlos zart –, und er vernahm einen matten Laut. Die schmale rote Linie war jetzt ein klaffender Einschnitt, und Esslyns Augen wurden glasig. Im nächsten Augenblick hatte er sein Leben ausgehaucht. Das laute Krachen des Donners, lächerlich passend, war zu hören, und dann das Prasseln des Regens auf dem Dach. Troy stand auf.

»Hat er noch etwas gesagt?«

»So was wie ›dunkel‹, glaube ich, Sir.«

»Gut. Würden Sie bitte die Bühnentür sichern? Colin – der da drüben in dem karierten Hemd – wird Ihnen zeigen, wo sie ist. Niemand darf rein oder raus.«

Der Sergeant verschwand. Barnaby sah sich um. In den Kulissen neben einer Gruppe von Abschlußkläßlern, die sich aneinanderdrängten, um sich in dieser plötzlich fremden Landschaft gegenseitig zu trösten, hielt Ernest die Hand seiner Ehefrau. Der Chefinspektor ging zu ihnen hinüber.

»Ernest, ich brauche vorübergehend Ihre Hilfe. Würden Sie bitte ins Foyer gehen. Rufen Sie über das Münztelefon das Revier an und sagen Sie denen, was hier passiert ist. Lassen Sie niemanden raus. Es wird nicht lange dauern.«

»Ich würde es ja tun, Tom, aber ich kann Rosa doch jetzt nicht allein lassen.«

»Nein, nein, tu nur, was Tom sagt.« Rosa hatte ein Clownsgesicht, und ihre Schminke sah auf dem kreideweißen Untergrund grausam aus. »Mir geht es gut, wirklich.«

»Soll ich sie bitten, Hilfe zu schicken?«

»Die werden schon wissen, was sie zu tun haben.«

Ernest, der immer noch einen verunsicherten Eindruck machte, verließ die beiden. Die Kulissen waren jetzt voller

Darsteller und die Bühne verwaist. Barnaby stellte zu seiner Erleichterung fest, daß die entsetzliche Starre von seiner Frau abgefallen war und sie sich in den Armen ihrer Tochter ausweinte. Colin kam zurück. Barnaby bat ihn um eine Kiste, eine Tragetasche und irgend etwas, womit sie die Leiche zudecken könnten. Colin zog einige Kabel und Elektrostecker aus einem Schuhkarton und reichte ihn Barnaby, der ihn über das Rasiermesser stellte, das neben Esslyns rechter Hand lag. Dann trieb man einen Vorhang auf, und Barnaby deckte damit den Körper des Toten zu, wobei er darauf achtete, nicht in die Blutlache zu treten, die sich immer noch ausweitete. Sie bildete einen großen birnenförmigen Flecken mit einer Ausbuchtung an der Seite, so daß sie aussah wie eine umgedrehte Karte von Afrika. Der Vorhang war schrecklich unpassend, mit Regenbogen, Ballons und Teddybären, die einen Riesenspaß miteinander hatten. Barnaby nahm den Schlüssel zur Herrengarderobe vom Brett und lief (dicht gefolgt von Harold) die Treppe hinunter, schloß ab und gab Colin den Schlüssel.

»Sie scheinen sich ja viel vorgenommen zu haben«, meinte Harold. Einzig sein Gesicht war zwischen all den anderen schockierten und abgespannten Gesichtern voller lebhafter Entrüstung.

»Wozu das alles, Tom… all das…«, stotterte Colin, und schwenkte den Schlüssel. »Ich meine, es ist zwar etwas Schreckliches geschehen, aber es war doch ein Unfall…«

»Vermutlich haben Sie recht«, antwortete Barnaby. »Aber bis ich mir ein klares Bild gemacht habe, ist es vernünftiger, einige Vorsichtsmaßnahmen zu treffen.«

»Ich muß schon sagen, daß ich nicht ganz verstehe, was hier vorgeht«, entgegnete Harold. »Dieser ganze Zirkus hier. Leute herumkommandieren, hier und da hereinplatzen, Räume abschließen. Für wen zum Teufel halten Sie sich eigentlich?«

»Ich werde mich gleich mit ein paar Worten ans Publikum wenden«, kündigte Barnaby an. »Den Leuten erklären, was los ist. Wir sollten sie nicht zu lange hier festhalten.«

»Sie werden hier keine Rede halten!« schrie Harold. »Die einzigen Worte, die das Publikum zu hören bekommt, werden meine sein. Das ist mein Theater. Ich trage hier die Verantwortung.«

»Wenn Sie sich da mal nicht irren, Harold«, antwortete Barnaby, und der veränderte Klang in seiner Stimme machte ihn für alle zu einem Fremden. »Bis auf weiteres trage ich hier die Verantwortung.«

Eine halbe Stunde verstrich. Die Verstärkung war eingetroffen. Bis auf eine Ausnahme hatte jeder aus dem Publikum Namen und Telefonnummern angegeben, und dann waren sie alle wesentlich aufgeregter losgezogen, als sie ins Theater gekommen waren, denn nun konnten sie eine Neuigkeit unter ihren Familien und Freunden verbreiten, was, wie ein älterer Mann bemerkte, während er seinen Mantel zuknöpfte, diesen Abend in mehr als nur einer Weise zu etwas Besonderem machte.

Einem der sechs besorgten Elternpaare, die draußen warteten, um ihre Abschlußkläßler abzuholen, erlaubte man, hereinzukommen und in der Damengarderobe als Anstandspaar zu fungieren, während man die Kinder rücksichtsvoll befragte. Die Autokennzeichen auf dem Parkplatz und in den umliegenden Straßen wurden notiert, und neben dem Haupteingang postierte man im strömenden Regen einen Wachtmeister. Ein weiterer hockte auf dem Thron von Kaiser Joseph auf der Bühne vor dem ausgebeulten Vorhang mit dem fröhlichen Muster.

Im Vereinsraum versuchte Dierdre ihren Vater dazu zu überreden, daß er einen Kaffee trank. Nachdem Colin den

Vorhang heruntergelassen hatte, war sie direkt durch den Gang zu ihm gerannt und hatte ihn mit starren Augen und wild gestikulierenden Händen vorgefunden. Auch seine Beine zitterten und zuckten, und seine Füße trommelten auf den Boden wie die Hufe eines galoppierenden Pferdes. Die Menschen, die neben ihm saßen, ignorierten ihn entweder, sahen ihn mitfühlend an oder brachen, wie die Teenager in derselben Reihe, in ein schallendes Gelächter aus. Dierdre, der vor Mitleid Tränen über die immer noch blassen Wangen liefen, schaffte es, ihn soweit zu beruhigen, daß er nicht mehr zappelte. Nun rüttelte und schüttelte allerdings sein Mund, und der Kaffee ergoß sich über das ganze Sofa. Dierdre redete ruhig und besänftigend auf ihn ein, während er über ihre Schulter ins Leere starrte. Er hatte gerade angefangen, ein tonloses brummendes Geräusch von sich zu geben, als sich die Tür öffnete und ein junger Mann mit kurzem rotem Haar und einem scharfgeschnittenen schmalen Gesicht hereinkam. Er trug eine sportliche Jacke, und seine Hose war mit furchtbaren Flecken beschmutzt.

»Sind Sie Mrs. Tibbs? Der Chef möchte Sie sprechen.«

»Tut mir leid«, erwiderte Dierdre. »Ich glaube nicht, daß ich meinen Vater allein lassen kann.«

»Ihnen bleibt gar nichts anderes übrig, Miß.«

»Oh.« Dierdre stand zögernd auf. Sie fragte sich, ob sie mit ihm nicht auch im Vereinsraum reden könnte, aber dann begriff sie, wie dumm diese Idee war. Das Letzte, was sie wollte, nachdem sich ihr Vater gerade etwas beruhigt hatte, waren Fragen, die ihm möglicherweise den Höhepunkt des Stücks ins Gedächtnis zurückrufen würden.

»Könnten Sie ... vielleicht bei ihm bleiben?«

»Tut mir leid.« Troy hielt ihr die Tür auf und fügte flink hinzu: »Der schafft das schon. Sie werden sehen.« Er schloß die Tür und führte sie die Treppe hinunter.

Dierdre fühlte sich etwas besser, als sie die Damengarderobe betrat und feststellte, daß der Chefinspektor Tom war. Sie fragte ihn, ob es lange dauern würde, denn sie machte sich Sorgen, ob sie ihren Vater in diesem Zustand allein lassen konnte.

»Nicht länger als unbedingt nötig, Dierdre. Je schneller wir die Sache hinter uns bringen, desto besser. Ich bin sicher, Sie wollen uns helfen, soweit Sie das können.«

»Oh ... natürlich will ich das, Tom. Aber ich verstehe nicht, wie so etwas überhaupt geschehen konnte. Bei den Proben hat es doch perfekt funktioniert.«

»Wann haben Sie die Requisiten heute abend überprüft?«

»Kurz vor halb. Etwa um zwanzig nach sieben, glaube ich.«

»Und das Klebeband war an seiner Stelle?«

»Natürlich. Sonst hätte ich es ja...« Sie unterbrach sich, und ihre Augen weiteten sich. »O mein Gott... Sie meinen doch nicht etwa...?« Ihr Blick war eine Mischung aus Schrecken und Fassungslosigkeit. »Sie können doch nicht...«

»Was ist Ihrer Meinung nach passiert?«

»Nun ja... ich könnte mir denken, die Klinge hat sich durchgedrückt. Oder der Tesafilm ist zerrissen.«

»Ich fürchte, so verhält es sich nicht. Es ist komplett entfernt worden.«

Dierdre stöhnte erneut »mein Gott« und vergrub ihr Gesicht in den Händen. Nach einer Weile blickte sie auf und fragte: »Wer auf Erden könnte so etwas Schlimmes tun?«

Barnaby gab ihr noch einen Moment und erkundigte sich dann: »Wo ist das Tablett mit dem Rasiermesser aufbewahrt worden?«

»Auf dem Requisitentisch. Hinten, damit es nicht im Weg ist. Sehen Sie, es wird ja nur einmal gebraucht. Ganz am Ende.«

»Und in den Kulissen ist es ziemlich dunkel?«

»Ja, gewiß. Etwas Licht fällt natürlich von der Bühne herein, obwohl die Kulissen ziemlich viel schlucken. Deshalb habe ich auch eine Klemmlampe in meiner Ecke. Für das Band und die Beleuchtungs-Stichworte. Na ja, heute mußte ich ja keine geben. Tim hat alles so gemacht, wie es ihm gerade in den Kram gepaßt hat. Er hat das schon seit Jahren angedroht, aber niemand hat geglaubt, daß er es einmal verwirklichen würde.«

»Haben Sie gesehen, ob jemand das Tablett berührt oder sich während der Premiere daran zu schaffen gemacht hat?« Dierdre schüttelte den Kopf. »Oder ist vielleicht jemand in dieser Ecke herumgeschlichen, der da nichts zu suchen hatte?«

»Nein. Aber wenn, dann hätte ich es auch nicht bemerkt, Tom. *Amadeus* hat fast dreißig Szenen. Wir haben nicht eine Sekunde Zeit zum Nachdenken. Oh, natürlich war Kitty da. Und Nicholas. Nach seinem letzten Auftritt hat er eine Minute lang hier gesessen.«

»Erzählen Sie mir zuerst von Kitty.«

»Nun... Sie müssen doch selbst gesehen haben, was im zweiten Akt geschehen ist. Ich weiß nicht, wie es von vorn ausgesehen hat...«

»Ziemlich wild.«

»Ich wollte die ganze Sache stoppen, aber Colin war damit nicht einverstanden. Als Kitty herausgekommen ist, konnte sie kaum noch stehen. Ich habe ihr einen Stuhl genau an diesem Tisch hier angeboten.« Als sie bemerkte, daß Barnabys Gesicht intensive Aufmerksamkeit zeigte, fügte Dierdre rasch hinzu: »Aber sie ist nicht dort sitzen geblieben. Ich bin in die Garderobe runtergegangen, um etwas zu trinken und Aspirin zu holen...«

»Wissen Sie, wie lange Sie fort waren?«

»Einige Minuten. Erst konnte ich das Aspirin nicht finden... dann bekam ich den Deckel nicht auf... und schließlich mußte ich auch noch eine Tasse abspülen. Am Ende bin ich völlig in Panik geraten. Sie können sich das sicher vorstellen.« Barnaby nickte; er konnte es sich nur zu gut vorstellen. »Als ich zurückkam, war Kitty verschwunden, und ich habe sie dann in der Toilette gefunden.«

»Wie hat sie auf das reagiert, was geschehen ist?«

»Sie war furchtbar wütend. Rasend. Sie... nun, sie hat Flüche ausgestoßen. Und dann hat sie gedroht: ›Wenn er mich noch einmal anrührt...‹« Dierdre schwieg. Sie sah sich in dem Raum um, sah die Flaschen und Flakons und die hübschen Blumensträuße, die Glückwunschkarte, auf der gerade eine schwarze Katze herumturnte, die ganz offensichtlich nicht begriffen hatte, wofür die Karte eigentlich gut war.

»Entschuldige, Tom, aber ich kann mich beim besten Willen nicht mehr daran erinnern, was sie danach gesagt hat.«

»Dierdre.« Dierdre nahm Blickkontakt zu einer Kaffeekanne, einer Süßstoffdose und einem Behälter mit Milchpulver auf.

»Sehen Sie mich an.«

Sie schaffte es, ihn mit einem kurzen, ängstlichen, nahezu flehenden Blick anzusehen. »Der Fall, in dem wir ermitteln, geht weit über einen Streich hinaus.«

»... Ja...«

»Also, was hat Mrs. Carmichael gesagt?«

Dierdre schluckte und holte tief Luft. »›Wenn er mich noch einmal anfaßt...‹« Der Rest des Satzes war leiser als ein Flüstern.

»Sprechen Sie lauter.«

»›Dann bring' ich ihn um.‹ Aber das hat sie nicht so gemeint.« Dierdre sprach in Windeseile weiter. »Ich weiß, daß sie es nicht so gemeint hat. Leute sagen das doch immer mal wieder, nicht wahr? Mütter draußen auf der Straße zu ihren Kindern. Man hört das doch überall. Es hat nichts zu bedeuten, Tom. Und vielleicht hatte sie auch bloß Angst um ihr Baby. Sie ist schließlich ganz schön fest gegen den Proszeniumsbogen geknallt.«

»Wohin ist sie gegangen, nachdem sie die Toilette verlassen hatte?«

»Zurück in die Kulissen. Joyce stand schon da, um ihr das Polster umzulegen. Und ich bin ihr gefolgt. Sie ist noch nicht einmal in die Nähe des Tisches gekommen. Da bin ich mir ganz sicher.«

»Haben Sie eine Ahnung, weshalb Esslyn sich so aufgeführt hat?«

»Nein – ich kann es nicht verstehen. Er war bis zur Pause völlig in Ordnung.«

»Sind Ihnen nicht vielleicht irgendwelche Gerüchte zu Ohren gekommen?«

»Gerüchte? Worüber?«

»Vielleicht... über einen anderen Mann.«

»O nein, das glaube ich nicht. Sehen Sie, Kitty ist doch schwanger.«

Es würde gewiß nicht das letzte Stelldichein mit Familie Tibbs heute nacht sein, dachte Sergeant Troy und legte seinen Kugelschreiber auf den Schreibblock, den er sich von dem Wachtmeister geliehen hatte, der draußen vor der Tür postiert war. Erst trällert der alte Trottel da oben sein verrücktes Lied, daß man es durch die halbe Länge der Delilah Street hören kann, und nun ist da auch noch seine dickärschige Tochter, die allem Anschein nach zu glauben scheint, daß frau, wenn sie schwanger ist, ein Schild ZUTRITT VERBOTEN um den Hals hängen hat. Tatsächlich war das, wie Troy aus seiner Zeit als Schürzenjäger wußte, die einzige Phase, in der man bedenkenlos Hof halten konnte, ohne Gefahr zu laufen, jemals die Rechnung begleichen zu müssen. Er bedeckte den Mund mit seinem Handrücken, um einen unfreiwilligen Anflug von Spott zu verbergen.

»Haben Sie jetzt, wo Sie wissen, daß das Band absichtlich entfernt worden ist, eine Ahnung, wer das getan haben könnte?« Dierdres Züge schienen sich in die Mitte ihres Gesichts zu verlagern, denn sie war sichtlich bemüht, sich zu konzentrieren. Barnaby fügte hinzu: »Lassen Sie sich Zeit.«

»Ich kann im Augenblick überhaupt nicht denken, Tom. Dieses Risiko ... es war nun mal so scharf, dieses Messer.«

Plötzlich sah sie Davids Finger vor sich, die schnell und geschickt die Klinge umwickelten.

»Was ist los?«

»Nichts.« Ehe er etwas sagen konnte, plapperte Dierdre einfach drauflos. »Ich meine – es war so gefährlich, das kann man nicht im Dunkeln machen. Die Kulissen und die Bühne waren zwar hell erleuchtet, als sich der Vorhang hob, aber zu diesem Zeitpunkt konnte keiner an dem Messer rumgefummelt haben, weil die Gefahr einfach zu groß war, daß er dabei beobachtet worden wäre.«

»Wer ist denn heute als erster nach Ihnen hier angekommen?«

»Colin und David.«

»Haben Sie ihnen erzählt, daß Sie alles überprüft haben?«

»Ich habe es Colin mitgeteilt.«

»Aber wenn die beiden gemeinsam angekommen sind, dann heißt das doch, daß Sie es beiden erzählt haben.« Dierdre dachte inzwischen an die Sache mit dem Milchpulver. »Können Sie sich noch daran erinnern, wer danach gekommen ist?«

»Nicht genau, Tom. Ein halbes Dutzend Leute traf gemeinsam ein. Rosa und die Everards ... und Boris. Die Bühnenarbeiter waren um halb da.«

»Hat Sie denn noch jemand gefragt, ob Sie schon alles überprüft haben?«

Barnaby wußte, daß diese Frage ziemlich vergeblich sein würde. Das Letzte, was eine Person täte, die an der Klinge herumdoktern wollte, war, die Aufmerksamkeit auf sich zu lenken. Dennoch hatte er das Gefühl, diese Frage stellen zu müssen.

Dierdre schüttelte den Kopf. »Haben Sie zu irgendeinem Zeitpunkt den Bereich der Bühne verlassen?«

»Ja. Ich bin in die Garderoben gegangen, um allen mitzuteilen, daß es in einer Viertelstunde losgeht. Dann habe ich meine Assistenten im Vereinsraum aufgegabelt und bin losgezogen, um meinen Vater abzuholen. Das war um kurz vor acht. Er hatte sich verspätet.« Das erinnerte sie an etwas, und sie erhob sich mit den Worten: »Ist das alles, Tom? Wissen Sie, er wartet...«

»Einen Moment noch.« Widerstrebend setzte sich Dierdre wieder. »Mochten Sie Esslyn eigentlich, Dierdre?«

Sie zögerte einen Moment, und dann antwortete sie: »Nein.«

»Haben Sie eine Idee, wer es getan haben könnte?«

Diesmal gab es kein Zögern. »Absolut nicht, Tom. Um ehrlich zu sein, ich glaube nicht, daß irgend jemand ihn mochte, aber deshalb tötet man ja nicht gleich einen Menschen, oder etwa doch?«

Diese Frage war nicht leichtfertig gestellt worden. Sie wurde mit einem derart intensiven Flehen hervorgebracht, daß es so schien, als wollte Dierdre Trost darin finden, daß die Polizei sich eine schreckliche Fehlkonstruktion zurechtgelegt hatte. Sie schien es so hinstellen zu wollen, als hätte sich der Tesafilm aus eigenem Antrieb davongemacht.

Barnaby kam nicht dazu, eine alles andere als tröstliche Antwort zu geben. Denn jemand klopfte an die Tür, und der

Wachtmeister, der über die Leiche gewacht hatte, streckte den Kopf herein und meldete: »Doktor Bullard ist jetzt da, Sir.«

Inzwischen hatte sich die Truppe nebenan in der Werkstatt, obwohl immer noch geschockt, allmählich wieder etwas erholt. Natürlich einige mehr als andere. Gedämpftes Flüstern wurde zusammen mit bedeutsamen Blicken und ehrfürchtigem Kopfschütteln ausgetauscht. Außerdem diskutierte man jetzt Ideen und Vermutungen, wobei über allem eine irgendwie zurückhaltende Feierlichkeit lag, mit der man wohl den Respekt vor Kittys Schmerz bekunden wollte.

Nicht, daß bei ihr viel davon zu erkennen gewesen wäre. Sie saß auf einer Werkbank, starrte Rosa an und stampfte mit dem Fuß ärgerlich auf den Boden. Die erste Mrs. Carmichael weinte dagegen hemmungslos mit offenem und verzerrtem Mund. Ihre Schminke war derart zerflossen, daß sie aussah wie ein Sonnenuntergang von Turner. Man hätte meinen können, daß nicht Kitty, sondern sie die Witwe wäre, wie Clive etwas abseits Donald zuflüsterte. Ernest, der schon mit den anderen aus dem Publikum nach Hause hätte gehen können, blieb an ihrer Seite. Joyce, die ihre blutdurchtränkten Kleider zusammen mit Cullys ruiniertem Kostüm hinter einer Leinwand verborgen hatte, saß im Mantel ihres Mannes da und hielt die Hand ihrer Tochter. Cully war in einige Meter butterfarbene Musseline eingewickelt, die sie in einem Abstellraum gefunden hatte. Nicholas, der den Blick nicht von ihr abwenden konnte, fand, sie sähe aus wie die köstliche Wiedergeburt der Nofretete.

Sie alle waren rasch und effektiv überprüft worden, und obwohl die Abwicklung auch nicht unpersönlicher als auf einem Flughafen verlaufen war, hatte Harold Anstoß daran genommen und damit gedroht, sich an seinen Parlamentsabgeordneten zu wenden.

»Wenn ein Mann dumm genug ist, sich selbst die Kehle durchzuschneiden«, hatte er herablassend geschrien, »weiß ich wirklich nicht, was zum Teufel sich die Polizei davon verspricht, meinen Leuten diese demütigende Prozedur zuzumuten!«

Keinem seiner Leute machte es wirklich etwas aus, aber dennoch waren sie alle gleichermaßen verwundert über die Notwendigkeit einer solchen Maßnahme.

»Ich weiß wirklich nicht«, wunderte sich Bill Last (wie auch später van Swieten), »wieso sie die Herrengarderobe abgeschlossen haben. Da sind schließlich meine Autoschlüssel drin. Und meine Brieftasche. Alles.«

»Genau«, stimmte Boris zu, der Kettenraucher war und nach einer Zigarette lechzte.

»Ich verstehe auch nicht, wieso sie mit uns allen sprechen wollen«, beschwerte sich Clive Everard. »Wir sind doch nicht für die Requisiten verantwortlich. Es ist ganz offensichtlich Dierdres Fehler. Die hat das Band aus irgendeinem Grund abgerissen. Und dann vergessen, ein neues drumzuwickeln.«

»Typisch«, meinte sein Bruder.

»Das ist absolut nicht typisch«, wandte David Smy ärgerlich ein. »Dierdre ist sehr fähig.«

»Hört, hört«, ließ Nicholas verlauten.

Kitty, die gesehen hatte, daß Dierdre von Troy begleitet worden war, bemerkte: »Ich finde, sie ist schon ziemlich lange da drin. Ich würde sagen, es sieht echt vielversprechend aus.«

»Wie kannst du nur so etwas Gemeines sagen«, protestierte Avery. »Ehrlich. Ich dachte, Notzeiten sollen das Beste in uns hervorbringen.«

»Du kannst nun mal nichts hervorbringen, was nicht drin ist«, sagte einer der Everards.

»Miststück«, schimpfte Kitty.

Bis auf einen wurden alle von demselben Gedanken erfaßt. Es wäre sehr schön gewesen, wenn Dierdre einfach nur unvorsichtig gewesen wäre. Dann hätte sich das Problem erledigt. Und noch dazu auf eine nicht allzu unbequeme Weise. Ziemlich nett und angenehm. Sie könnten sich dann einfach alle umziehen und nach Hause gehen.

Aber so sollte es nicht kommen. Harold, der sich immer noch nicht mit seiner Einkerkerung abgefunden hatte und vor maßloser Selbstüberschätzung kochte, kam herein. »Ich habe gerade mit diesem uniformierten Schwachkopf im Foyer gesprochen«, begann er, »und ihn gefragt, warum wir alle in dieser tyrannischen Weise behandelt werden und uns der Zutritt zum größten Teil des Theaters verboten ist. Er war total unfreundlich, murmelte etwas von Tatortsicherung in einem solchen Fall, und als ich nachgehakt habe: ›In was für einem Fall?‹ meinte er lapidar, ich sollte darüber mit seinem Chef reden. ›Leichter gesagt als getan, guter Mann‹, habe ich entgegnet. ›Tom ist im Moment auf der Bühne‹, antwortete er, und blickte dabei anklagend die Frau des Inspektors an. Er ist mit so einem unbekannten Typen da, der den wundervollen blauen Brokatmantel aufschneidet – *ihn in Stücke schneidet.* Ihr könnt euch sicher vorstellen, was für eine Rechnung ich denen dafür und für das verdreckte Kostüm von Joyce ins Haus schicken werde.«

»Das ist nun mal Showgeschäft«, murmelte Tim. »Es beginnt mit Mozart und endet noch am selben Abend mit der Götterdämmerung.«

»Und als ich Tom gefragt habe, was er sich überhaupt einbildet, hat er bloß gesagt, ich soll mich in die Werkstatt setzen und gemeinsam mit den anderen warten. Und irgendein widerlicher Rothaariger hat mich praktisch gewaltsam die Treppe hinuntergestoßen. Wenn es etwas gibt, was ich nicht leiden kann, dann sind das Handgreiflichkeiten.«

Harold sah in die Runde ratloser Gesichter und stellte zu seinem Entsetzen fest, daß sich auf einem Gesicht eine bemerkenswert unkontrollierte Farbmischung abzeichnete. »Und was zum Teufel«, schloß er, »ist nur mit Rosa los?«

Über ihren Köpfen kroch Jim Bullard neben der Leiche herum, betrachtete sie, wie er das schon mehrere Male zuvor getan hatte, und richtete sich dann ein wenig auf.

»Mm ... gut ... die Todesursache ist eindeutig genug. Dafür braucht man keinen Pathologen.«

»Genau.«

»Eine außergewöhnliche Angelegenheit. Sich vor einem vollen Theater die Kehle durchzuschneiden. Ich weiß ja, daß Schauspieler Exhibitionisten sind, aber ich hätte doch geglaubt, es gäbe da gewisse Grenzen. Der Zeitpunkt des Todes steht auch fest. Hatte er irgend etwas eingeworfen?«

»Nicht, daß ich wüßte.«

»Nun ja, das wird die Obduktion ergeben. In Ordnung.« Er erhob sich, klopfte den Staub von seinen Knien und packte seine Tasche. »Ihr könnt ihn wegbringen.«

»Ich brauche dringend ein paar Leute von der Spurensicherung. Aber Davidson ist bei seinem Freimaureressen. Fenton ist auf den Seychellen ...«

»Ach?« Dr. Bullard sah ihn forschend an. »Dann ist es also doch nicht so eindeutig, wie es aussieht? Ich wünsche Ihnen Glück.«

»Ehe Sie gehen, Jim, würde ich Sie gern noch bitten, nach Mr. Tibbs zu sehen. Das ist der Vater des Mädchens, das gerade hier vorbeigegangen ist. Er sitzt oben im Vereinsraum.«

»Was ist mit ihm?«

»Er ist geisteskrank. Ich glaube, was heute abend geschehen ist, könnte ... nun ja ... es hat ihm nicht gerade gutgetan. Er hat sehr verstört gewirkt.«

»Das mache ich, Tom, aber ich habe nichts dabei, was ich

ihm geben könnte. Du solltest dich besser mit seinem... mein Gott! Was ist denn das?«

Ein gellender Schrei aus Verzweiflung und Jammer, dann schnelle Schritte, und sie sahen Dierdre durch die offenen Türen oben im Gang vorbeirennen und im Foyer verschwinden. Draußen regnete es immer noch. Gefrorene Nadeln aus Regen, die sich durch die wärmste Kleidung bohren konnten und erst recht durch ein dünnes Sommerhemd und eine Baumwollhose. (Er hatte sein Leinenjackett zurückgelassen.) Dierdre trug es auf dem Arm, als sie blindlings ins Erdgeschoß rannte und dort mit einem jungen Polizisten zusammenstieß, der zwar einen Umhang und einen Helm trug, aber trotzdem bei Ausübung seiner Pflicht reichlich durchnäßt worden war. Er packte ihren Arm.

»Entschuldigung, aber hier darf keiner raus...«

»Tom ist doch mit mir fertig. Tom, der Chefinspektor, meine ich. Haben Sie einen alten Mann gesehen?« Eine kleine Menschenmenge stand auf dem gegenüberliegenden Bürgersteig unter einer Traube schimmernder Regenschirme und sog jedes Zeichen von Aktivität gierig in sich auf. »Er hat weißes Haar... bitte...« Sie schlug verzweifelt auf den Wachtmeister ein, und der Regen und ihre Tränen vermischten sich auf ihren Wangen. »Er ist krank.«

»Der ist vor ein paar Minuten an mir vorbeigelaufen, in einem Affentempo. Ohne Mantel oder sonstwas.«

»O Gott.«

»Er ist die Carradine Road raufgerannt. Warten Sie, warten Sie hier, ich werde...«

Aber er sprach in die Nachtluft, denn Dierdre war schon losgesprintet. Einen Moment später sah er sie über den nassen Fußgängerüberweg laufen. Ihre Kleidung war bereits durchnäßt, und in ihrem Gesicht spiegelte sich die grüne Farbe der Verkehrsampel. Dann war sie verschwunden.

Als nächstes wurde Rosa befragt. Ernest begleitete sie bis an die Garderobentür, und sowie sie Barnaby sah, wurde sie vor Aufregung knallrot.

»Sie können mich alles fragen, Tom!« schrie sie los, und in ihrer Stimme lag bei allem Mut auch eine Spur von Schmerz. »Alles, was Sie wollen.«

»Danke«, entgegnete der Chefinspektor, der genau das vorhatte. »Kennen Sie jemanden, der Ihrem Ex-Mann irgend etwas antun wollte?«

»Nein«, antwortete Rosa prompt. Aber der Blick, der folgte, zeigte, daß die Geschwindigkeit, mit der ihr Gesprächspartner zur Sache gekommen war, durchaus Wirkung gezeigt hatte. »Alle mochten Esslyn.«

Barnaby zog die dichten Augenbrauen hoch. In seinen Augen spiegelte sich ein zynischer und gleichzeitig belustigter Glanz, der zeigte, daß er sehr wohl verstand, wie sie das gemeint hatte, aber sie nun doch bitten würde, die Beisetzungsfeierlichkeiten für den Moment stecken zu lassen und endlich zur Wahrheit zu kommen.

»Das heißt«, fuhr Rosa deshalb auch fort, die das Angebot sehr wohl wahrnahm, »im großen und ganzen. Natürlich war er schrecklich unglücklich.«

»Ach?«

»Sehen Sie, Kitty.« Sie warf ihm einen zweideutigen und verschlagenen Blick zu, so als gestünde sie klammheimlich ein, daß Kitty schuldig war. »Eine Zweckehe ist niemals ein guter Anfang, nicht wahr? Und natürlich hat sie angefangen, ihre Spielchen mit anderen zu treiben, nachdem sie ihn sich geangelt hatte.«

»Mit wem?«

»Das kann ich Ihnen nicht sagen.«

»Ich verstehe.«

»David Smy.«

»Grundgütiger.«

»Natürlich könnte das auch bloß ein Gerücht sein.«

»War es denn Esslyns Kind?«

»Davon sind wir alle ausgegangen.« Die Betonung der Worte war wundervoll gewählt. »Armes Kleines.«

Barnaby änderte seine Taktik und schlug nun einen wesentlich härteren Tonfall an.

»Wie haben Sie sich nach Ihrer Scheidung gefühlt, Rosa?«

Rosa ließ jede Pose von sich abfallen. Ihr nacktes Gesicht erschien ungeschminkt unter der aufgewühlten Gesichtsfarbe. Sie wirkte besorgt. Und älter. »Ich ... ich weiß wirklich nicht ... was das ... was das damit zu tun hat, Tom.« Sie holte tief Luft und schien um Fassung zu ringen.

»Nur als Hintergrund.«

»Als Hintergrund für was?«

»Man kann nie wissen, wozu das einmal gut ist.«

Rosa zögerte, und ihre Federn zitterten. Barnaby wußte, daß er sie damit in eine Zwangslage gebracht hatte. Es handelte sich um eine unselige Konstellation, in die jede der befragten Personen bis zum Hals verwickelt war. Zum ersten Mal in seinem Berufsleben kannte er alle Personen, die in den Fall (denn daß es sich hier um einen Fall handelte, würde er ganz sicher beweisen können) verwickelt waren. Seine Frau war über die gegenwärtigen und vergangenen Affären sogar noch besser informiert als er. Was es ihm auch ermöglichen würde, trotz all der üblichen Täuschungsmanöver, Ausflüchte, Notlügen, echten Lügen, Halbwahrheiten und vorsätzlichen Andeutungen das gesamte Beziehungsgeflecht geschickt einzukreisen. Vorteil Barnaby. Zunächst einmal, wenigstens.

»Um ganz ehrlich zu sein, Tom ...« Sie hielt inne und legte einen purpurroten Fingernagel gegen ihre Nase, als wollte sie ihre rasch wachsende Länge prüfen.

»Ja«, murmelte Barnaby/Gepetto.

»Zuerst war ich wütend. Sehr wütend sogar. Ich habe geglaubt, er beginge einen schrecklichen Fehler. Aber nachdem mir die Scheidungsurkunde zugestellt worden ist, habe ich mich verändert. Mir fiel auf, daß ich… zum ersten Mal seit Jahren… frei war.« Sie breitete die Arme aus und verfehlte dabei nur knapp Harolds Blumen. Ihr Seemannsblick schweifte zum weiten Horizont hinaus. »Frei!«

»Und dennoch haben Sie so schnell wieder geheiratet.«

»Ähh…« Ihr Blick wurde ängstlich, kehrte aus der Stratosphäre affektiert zum Boden zurück. »Liebe heilt nun einmal alles.«

Sie war wieder in ihr Traumland zurückgekehrt, beobachtete Barnaby im stillen. Der ließ es zu. Einstweilen. Auch Phantasien waren aussagekräftig. Er wiederholte seine erste Frage.

»Nun, Tom, ich weiß wirklich nicht, ob jemand ihn töten wollte, aber Nicholas kam kurz vor dem letzten Vorhang zu mir und hatte einen Splitter im Daumen. Er hat gesagt, Esslyn hätte versucht, ihn umzubringen!« Barnaby nahm dieses dramatische Geständnis mit aufreizender Selbstbeherrschung entgegen. »Unter dem Tisch«, fuhr Rosa fort. »In der Requiemszene. Er hatte bereits vorher Nicholas' Hand verletzt.«

»Ach«, erwiderte Barnaby. Und dann enttäuschte er sie. »Wenn wir noch mal zu dem Rasiermesser zurückkommen könnten. Haben Sie gesehen, wie es jemand berührt oder wie sich jemand, der dort nichts verloren hatte, an dem Tablett zu schaffen gemacht hat?«

»Nein. Und ich werde Ihnen auch sagen, warum nicht.« Sie schaute beide Männer mit feierlichem Ernst an. »Wenn ich spiele… wenn ich mich in diesem Zustand höchster Konzentration befinde, die wir in unserem Beruf aufbieten müssen, damit die Vorstellung überhaupt möglich ist, sehe ich nichts – jedenfalls nichts, was nicht unbedingt zu meiner Rolle gehört.«

»Selbst dann, wenn Sie keinen Text haben?« fragte Barnaby mit unbewegter Miene.

»Besonders dann. *Ohne* Worte, da bleibt nur noch der Verlauf des Dramas als Anker der Emotionen.«

»Ich verstehe.« Barnaby nickte und strahlte dieselbe Ernsthaftigkeit aus wie sie. Troy notierte, gänzlich unbeeindruckt, in seinen geliehenen Block: sah keinen Verdächtigen am Requisitentisch.

»Rosa, wann sind Sie heute abend hier angekommen?«

»Um halb. Ich habe mich direkt in die Garderobe begeben und bin erst zu meinem ersten Auftritt wieder herausgekommen. Etwa zehn Minuten nach Beginn des ersten Akts.«

Barnaby nickte erneut, setzte sich dann schweigend hin und trommelte mit den Fingern geistesabwesend auf die Armlehne seines Stuhls ein. Als die Zeit verstrich, wurde Rosa unruhig. Troy, der seit langem mit den Techniken seines Chefs vertraut war, wußte ziemlich genau, was als nächstes kommen würde.

»Rosa.« Barnaby sammelte sich und beugte sich vor. »Ich glaube, Sie sind noch weit davon entfernt, die Scheidung von Esslyn zu verkraften und Ihre neue Freiheit zu begrüßen, und auch davon, Esslyn zu seiner zweiten Ehe Glück zu wünschen. In Wahrheit kämpfen Sie immer noch um Ihr eigenes Leben und hassen ihn, seit er Sie verlassen hat.«

Rosa schrie auf und verdeckte ihren Clownsmund mit ihren Fingern. Ihre Hände zitterten, und Schweiß rann über ihr Gesicht. Barnaby lehnte sich zurück und beobachtete, wie sich das schauspielerische Täuschungsmanöver verflüchtigte und seltsamerweise jetzt, da die Wahrheit ausgesprochen worden war, nur noch Zweifel und kindliche Verwirrtheit zurückblieben.

»... Sie haben recht...« Als sie das sagte, hörte sie sich fast erleichtert an. Sie schwieg eine Weile, dann begann sie zu sprechen, hielt wieder inne und fing von neuem an. Sie tastete sich behutsam voran. »Ich dachte, es würde verblassen... insbesondere, nachdem ich wieder geheiratet habe. Und Ernest ist so gut. Aber es ist geblieben... es hat mich aufgefressen... ich wollte ein Kind, verstehen Sie. Er hat das gewußt... und mir diesen Wunsch ausgeschlagen. Mich vom Gegenteil überzeugt. Und dann hat er Kitty ein Kind gemacht.«

Sie zog ein Taschentuch hervor und wischte sich damit das Gesicht ab. »Aber das Erstaunliche daran ist, Tom, und das meine ich wirklich ernst – daß der Haß fort ist. Ist das nicht ungewöhnlich? Es ist so, als hätte jemand den Stöpsel herausgezogen und die Wut einfach abfließen lassen. Das scheint unmöglich, nicht wahr? Daß etwas derart Starkes, was dein ganzes Leben vergiftet hat, so einfach verschwinden kann. Wie durch Zauberhand.«

Nach einigen Momenten des Schweigens, in denen Barnaby Rosas hervorragendes Motiv für den Mord durchdachte, entschied er, daß sie gehen könne. Sie blieb einen Moment in der Tür stehen und sah trotz der billigen Pracht ihrer Robe und dem verschmierten Gesicht nicht wirklich lächerlich aus. Sie schien nach einer abschließenden Bemerkung zu suchen, vielleicht einer, mit der ihre vorherige Härte zu mildern war. Schließlich erklärte sie, fast so, als hätte die Erinnerung sie überrascht: »Wir waren früher beide einmal jung.«

Als nächstes befragte Barnaby Boris, der sich durch die Fragen drehte und wand, bis Sergeant Troy ihm aus purem Mitleid eine Benson's Silk Cut anbot. Boris versicherte, daß er den ganzen Abend über niemanden an dem Rasiermesser gesehen hatte und sich auch nicht vorstellen könnte, wieso jemand Esslyn hätte töten wollen. Alle anderen Darsteller der Nebenrollen kamen und gingen und sagten dasselbe. Als diese schließlich die Werkstatt verlassen hatten, wurden sie von einem Wutschrei verfolgt, den Harold als Protest gegen diese unmögliche Verkehrung der natürlichen Hierarchie ausgestoßen hatte.

Ein Mann von der Spurensicherung erschien, gefolgt von Colin Davidson, der vorzeitig von seinem Festessen bei den Freimaurern geholt worden war. Nach einer Besprechung gingen sie an die Arbeit, wobei sie in der Herrengarderobe anfingen und diese schließlich freigaben. Cully brachte ihre Mutter nach Hause, Esslyn wurde zur städtischen Leichenhalle transportiert, und Barnaby ließ die Everards zu sich rufen.

Clive und Donald kamen hereinstolziert, und in ihren Augen spiegelte sich Vorfreude, gepaart mit einem guten Teil Häme. Sie waren immer noch geschminkt, und ihre pointillistische Gesichtsfarbe hatte das besondere Teerosenpink von altmodischen Korsetts. Barnaby hatte sich dazu entschlossen, sie gemeinsam zu befragen, weil er wußte, daß sie sich gegenseitig zu noch mehr Indiskretionen und pikanten Enthüllungen hochschaukeln würden. Jetzt putzten sie ihr Gefieder und flatterten wie zwei Hennen um die beiden Stühle herum, auf die sie sich erst setzten, nachdem sie ein paarmal um diese herumgelaufen waren. Sie starrten mit Knopfaugen Sergeant Troy und sein Notizbuch an, und er erwiderte hart und unnachgiebig ihren Blick.

Der Sergeant mochte Männer, die Männer waren, und Frauen, die darüber froh waren, daß es echte Männer gab. Dieses Paar hier konnte er nirgendwo einordnen. Er gab stets damit an, einen Schwulen kilometerweit riechen zu können, aber bei diesem speziellen Paar war er sich da nicht so sicher. Er kam zu dem Schluß, daß beide vielleicht in jungen Jahren kastriert worden waren, und als er sie zu seiner Befriedigung in eine Schublade gepackt hatte, hörte er Barnaby fragen, ob die Everards sich jemanden vorstellen könnten, der dem

Toten etwas hätte antun wollen, dann schlug Troy in dem Notizblock die nächste Seite auf.

»Tja, Tom«, antwortete Clive Everard und holte sehr tief Luft, »um ehrlich zu sein, nähme es weniger Zeit in Anspruch, diejenigen aufzuzählen, die nichts gegen ihn hatten. Ich bezweifle, daß es in der Truppe auch nur einen einzigen Menschen gibt, der nicht irgendwann mal Krach mit Esslyn gehabt hätte und schlecht auf ihn zu sprechen gewesen wäre.«

»Könnten Sie etwas präziser werden?«

»Oh, wenn Sie es genau wissen wollen.« Sie tauschten Blicke funkelnden Spottes aus. »Warum fangen wir nicht einfach mit Dierdre an. Er hat diese wunderbare Geschichte in der Herrengarderobe erzählt...«

»... wirklich urkomisch...«

»Über ihren Vater...«

»Gelächter und Applaus...«

»Und plötzlich stand sie in der Tür. Sie muß gehört haben, wie Esslyn den alten Mann senil nannte...«

»Was er natürlich auch ist.«

»Aber glauben Sie etwa, sie würde das zugeben? Geistesabwesend... verwirrt... orientierungslos... und arm...«

»Arm«, echote Donald. »Also, was wäre natürlicher, als daß sie sich selbst in den Rücken fiele? Hoppla... ein Freudscher Versprecher. Tut mir leid.« Er wirkte nicht besonders reumütig. Sein Lächeln war sogar geradezu strahlend, als er hinzufügte: »Und natürlich muß man sich fragen, wer eine bessere Gelegenheit gehabt hätte?«

»Dazu ist es gekommen, als sie die Viertelstunde angesagt hat?« fragte Barnaby und rief sich Dierdres aufgeregten Auftritt ins Gedächtnis, den er aus den Kulissen beobachtet hatte.

»Richtig. Wollen Sie die ganze Geschichte hören?« fragte Clive höflich.

»Nein«, sagte Barnaby. »Wer kommt sonst noch in Frage?« Dann, als sie seiner Meinung nach die Fülle an Möglichkeiten ausreichend genossen hatten, hakte er nach: «Was ist denn mit Nicholas?«

»Ahh... Sie haben also schon etwas über dieses kleine Mißgeschick herausgekriegt. Nun... Esslyn war gerade dahintergekommen, daß sein kleines Kätzchen eine Affäre hatte.«

»Und ich fürchte«, murmelte Donald und beobachtete dabei mit verschlagenem Bedauern Sergeant Troy, »daß das unsere Schuld war.«

»Wir hätten uns einfach nicht träumen lassen, daß er so darauf reagiert.«

»Gott behüte.«

»Aber seine Selbstgefälligkeit war nun mal geradezu legendär.«

»Und unangreifbar.«

»Also«, fragte Barnaby, »mit wem soll sie nun eine Affäre gehabt haben?«

»Wir haben von Rosa gehört, die es von Boris hatte, der es von Avery wußte, dem wiederum Nicholas gesagt hat, daß David Smy die fragliche Person ist.«

»Und von wem wußte es Nicholas?«

»Meine Güte – anscheinend hat er sie zusammen gesehen«, rief Donald. »Sie haben es in Tims Lichtkammer getrieben wie die Karnickel.«

Barnaby nahm an, daß schon befremdlichere Dinge geschehen sein mußten. Er hätte nicht geglaubt, daß Kitty, deren gewinnende Erscheinung, da war er sich sicher, nur eine Maske für ihre kleinliche, egoistische und falsche Natur war, sich den eher schweigsamen David ausgesucht hätte. Wenn man davon ausging, daß sie auf eine Veränderung aus war, hätte niemand einen größeren Gegensatz zu Esslyn darstellen können.

»Und weil er unser Freund war«, erkärte Donald mit einer salbungsvollen Windung, »waren wir der Meinung, er sollte es wissen.«

»Also haben wir es ihm erzählt.«

»Aber doch nicht etwa während der Aufführung?«

»Nun, Sie wissen doch, daß er ein alter Profi ist... war. Nichts konnte ihn erschüttern.« Die Frage nach dem genauen Zeitpunkt dieser Mitteilung erübrigte sich. Der zweite Akt hatte für sich selbst gesprochen. »Jedenfalls dachten wir das.«

»Aber, mein Gott – was für eine Wirkung!«

»Wir haben die Rechnung ohne sein Ego gemacht, wissen Sie. Er war wie Harold. Er hielt sich selbst für einen Prinzen... oder gar für einen König. Und Kitty hat ihm gehört. Niemand anders war es erlaubt, sie anzufassen...«

»Majestätsbeleidigung.«

»Er ist blaß geworden, nicht wahr, Clive?«

»Richtig weiß.«

»Und seine Augen haben Funken gesprüht. Es war wirklich gruselig. Als wären wir Boten in einem dieser griechischen Stücke.«

»Die eine schlechte Nachricht überbringen und dann nach draußen geschleppt werden, wo man ihnen die Eingeweide mit einer glühenden Gabel herausnimmt.«

»Er hat meinen Arm festgehalten – man sieht immer noch die blauen Flecken, schauen Sie mal...« Donald krempelte den Ärmel hoch. »Und er hat gefragt: Wer...?«

»Und ich habe erst in sein Gesicht gesehen, dann meinen Arm angeschaut und mir gedacht, nun ja, ich werde bestimmt nicht derjenige sein, der es ihm sagt.«

»Freundschaft kann auch zu weit gehen.«

»Absolut«, entgegnete Barnaby, der seine Übelkeit mühsam unterdrückte und ein ermutigendes Lächeln aufsetzte. »Also...?«

»Also habe ich zu ihm gesagt«, fuhr Donald fort, »frag besser Nicholas. Und noch ehe ich weiterreden konnte...«

»... ehe einer von uns etwas sagen konnte...«

»... ist er davongerannt. Und ich hatte keine Gelegenheit mehr hinzuzufügen, daß er derjenige sei, der es weiß.«

»Und erst, als wir wieder in der Garderobe waren, ist uns klargeworden, daß Esslyn es in den falschen Hals gekriegt hat und glauben mußte, es sei Nico!«

»Und Sie hatten nicht das Gefühl, ihm damit zu schaden?«

»Da standen doch überall Leute herum, Tom.« Clive hörte sich empört, wenn nicht sogar beleidigt an. »Es sollte doch nicht gleich jeder wissen.«

Selbst Troy, der in seiner Rolle als Taschenträger derart passiv agierte, daß Verdächtige gelegentlich glaubten, er sei in eine Art Winterschlaf verfallen, wurde durch dieses erstaunliche Beispiel von Doppelbödigkeit zu einem verwunderten Lachen angeregt, das ihn beinahe umwarf. Die Everards drehten sich zu ihm um und musterten ihn argwöhnisch. Clive ergriff das Wort.

»Der schreibt das doch nicht etwa alles auf, oder?«

Dierdre rannte weiter. Und immer weiter. Es kam ihr vor, als liefe sie schon seit Stunden. Ihre Beine und Füße schmerzten, und der heftige Wind schlug ihr immer wieder triefend nasse Haarsträhnen über Augen und Mund. Ihr Hals fühlte sich entzündet an, und ihre Schleimhäute waren total verstopft. Sie schloß daraus, daß sie wohl weinte, aber da so viel Wasser ihre Wangen herunterlief, war es unmöglich, sicher zu sein. Das inzwischen nasse Jackett ihres Vaters, das sie immer noch über dem Arm trug, fühlte sich so schwer wie Blei an. Sie wischte sich zum hundertsten Mal die Haare aus dem Gesicht und stellte sich im Eingang der McAndrews-Apotheke unter. Das Herz veranstaltete Sprünge in ihrer Brust, und sie versuchte, tief und lang Luft zu holen, um es zu beruhigen. Das schaffte sie ein- oder zweimal, aber dann brach sie in tiefes Schluchzen aus, das ihren ganzen Körper erschütterte.

Sie ruhte sich zwischen den beiden Schaufenstern aus. Zu ihrer Linken stand ein Stapel von Papierwindeln und Tommy-Tippee-Zahnbechern, die auf einer Woge aus Styroporwürmern drapiert waren. Zu ihrer Rechten befand sich eine Auslage voller Korbflaschen, Dosen mit Weintraubenkonzentrat und Spiralen aus zitronenfarbenen Plastikrohren, die wie die Gedärme eines Roboters aussahen. (Sei dein eigener Qualitätsweinlieferant.)

Dierdre trat bis zum Rand der Treppe hinaus und blickte zum schwarzen, donnernden Himmel hinauf, der wie eine zarte Blume gewesen war, als sie das Haus verlassen hatte. Die Sterne, die sich niemals um das Wohl der Menschen kümmerten, waren heute besonders indifferent. Durch die Bäche, die an Dierdres Brillengläsern hinunterliefen, wurden die einzelnen Sterne erst verwischt und dann zu hart wirkenden Lanzen verlängert.

Sie war im Kreis gelaufen. Losgerannt war sie in der High Street, und dann hatte sie sich in konzentrischen Kreisen vorgearbeitet. Sie hatte in jeden Ladeneingang geschaut, war bei Adelaide's und dem Jolly Cavalier gewesen, obwohl ein öffentliches Lokal der letzte Ort war, an dem sie erwartet hätte, ihren Vater vorzufinden. In beiden Kneipen wurde ihr zerzaustes Äußeres und ihr schnelles Verschwinden mit lautem Gelächter quittiert. Sie lief immer wieder durch das Viertel, weil sie Angst hatte, ihren Vater zu verpassen. Sie glaubte ihn, unterkühlt und bis auf die Haut durchnäßt, nur eine Straße weiter, hundert Meter hinter sich oder vielleicht sogar in einer Parallelstraße auf gleicher Höhe mit ihr, nur durch ein Haus oder dunkle Bäume für sie unsichtbar verborgen.

Sie war auch schon zweimal zu Hause gewesen und hatte

in jedem Zimmer nachgesehen, sogar in der Gartenlaube. Beim zweiten Mal konnte sie nur schwer der Versuchung der immer noch glühenden Kohlen im Küchenofen widerstehen, die nassen Kleider auszuziehen, Tee zu machen und sich ein Weilchen vor das Feuer zu setzen. Aber schon wenige Minuten später zwangen sie ihre Liebe und die Verzweiflung, weiterzusuchen und wieder auf die Straße hinauszulaufen, obwohl sie Angst hatte, ihn nie wieder zu finden.

Jetzt stand sie da, die Hand gegen das pochende Herz gedrückt, und ihre Haut brannte infolge des prasselnden Regens; sie konnte keinen Schritt mehr gehen. Sie wußte nicht, welchen Weg sie einschlagen sollte, quälte sich selbst mit Befürchtungen, daß ihr Vater irgendwo in der Gosse liegen konnte. Oder gegen eine Wand gerannt war. Es hätte nichts geholfen, jeden Rinnstein und jede Mauer abzusuchen, denn wenn er dort gewesen wäre, hätte sie ihn schon gefunden. Die Fähigkeit, logisch zu denken, war in dem Moment verschwunden, als sie in den Vereinsraum zurückgekehrt war, den leeren Stuhl gesehen hatte und in Panik geraten war. Sie preßte das Gesicht gegen das kalte Glas und starrte durch die Fensterscheibe.

Es ist eine Regel, daß die Umstände, die ein eintretendes Unglück begleiten, wie trivial oder unschuldig auch immer sie sein mögen, auf immer und ewig mit dem betreffenden Schicksalsschlag verknüpft bleiben. Bei Dierdre war es fortan so, daß sie bis zum Ende ihrer Tage niemals irgendeinen Artikel, der mit selbstgemachtem Wein in Verbindung stand, lesen konnte, ohne ein plötzlich anschwellendes Gefühl spontaner Angst zu verspüren. Ähnlich erging ihr es mit den Worten »Weißwein von der Loire«.

Noch einmal wandte sie ihr Gesicht gen Himmel. Dort oben ist Gott, dachte Dierdre. Gott mit den Augen, die alles sahen. Er mußte wissen, wo ihr Vater war. Er könnte sie dorthin führen, wenn er es denn wollte. Sie legte die Hände zusammen und stammelte ein Gebet aus Brocken von Kindheitsbeschwörungen: »Lieber Jesus… jetzt gehe ich schlafen… ich vertraue dir… du wirst ihn nicht in Gefahr laufen lassen…« Die vor Kälte tauben Hände hatte sie in dringlichem Bitten aneinandergepreßt, als sie flehentlich den Blick zum Himmel hob.

Der Regen hörte auf, aber sonst änderte sich nichts, außer, daß die Nässe in der Luft die irisierenden Sterne noch ferner erscheinen ließ und der milchige Hof des Monds noch unmenschlicher strahlte. Auf einem von Dierdres Brillengläsern rann ein Bach seitlich hinab und verzerrte ihr Gesichtsfeld.

Sie rief sich die Jahre ins Gedächtnis zurück, in denen ihr Vater von frommer Hingabe erfaßt worden war. Sein schlichtes Vertrauen bestand in der Überzeugung, daß er vom Herrn geliebt, von diesem großen Gott bewacht und von ihm vor allem Übel beschützt wurde. Langsam bemächtigte sich Wut ihrer Adern, wärmte ihr Blut und schoß bis in die gefrorenen Fingerspitzen. War das etwa sein Lohn für jahrelange Hingabe? Es zu erlauben, daß er verrückt geworden war, dann ausgesetzt und allein gelassen, um wie ein armes, heimatloses Würstchen in dem heulenden Wind und dem Regen herumzuirren?

Als Dierdre mit noch nie gefühlter Heftigkeit in die scheinbar unendlichen Weiten des Weltalls blickte, überkam sie ein schrecklicher, ketzerischer Gedanke. Was war, wenn es dort überhaupt niemanden gab? Keinen Gott. Keinen Gabriel mit goldenen Fußabdrücken und vier Meter großen schützenden Flügeln. Sie schüttelte den Kopf (und ihre Haare flogen wie Rattenschwänze umher), so als wollte sie diese gotteslästerliche Unterstellung vertreiben, jedoch ohne Erfolg. Nachdem dieser Gedanke erst mal aufgetaucht war, bohrte er sich wie ein vergifteter Pfeil in ihr Gemüt und versprühte sein Gift aus Zweifel und Ungläubigkeit. Eine Woge der Wut rollte über sie hinweg. Dann stiegen Gefühle des Zorns in ihr auf, die sich direkt gegen Gott wandten, von dessen Existenz sie nicht mehr überzeugt war. Sie trat aus ihrem Unterstand auf den feuchten Bürgersteig und schwenkte die geballte Faust gen Himmel.

»...Du...«, schrie sie. »...du solltest doch auf ihn aufpassen!«

Die Polizeistreife, die der vor dem Latimer postierte Wachtmeister gerufen hatte, hatte Dierdre mehrfach verpaßt. Jetzt gab Polizistin Audrey Brierley ihrem Kollegen ein Zeichen und sagte: »Da drüben...«

Zu diesem Zeitpunkt hatte Dierdre bereits aufgehört zu schreien, stand einfach nur traurig und resigniert da und wartete auf sie. Sie setzten sie sehr sanft in den Wagen und brachten sie nach Hause.

Nachdem Tim und Avery gekommen waren, rückte Troy seinen Stuhl demonstrativ einen Meter weit ab. Dann setzte er sich mit vorsorglich übereinandergeschlagenen Beinen und versprühte Wellen an Macho-Inbrunst. Sein Atem ging betont flach. Man hätte meinen können, die Atmosphäre wäre voller weiblicher Sporen, so daß ein unvorsichtiger Schluck davon ihn möglicherweise von einem erstklassigen Fußballspieler in ein kicherndes mädchenhaftes Wrack verwandeln könnte.

Avery, der diesen Antagonismus spürte, reagierte typischerweise übertrieben hilfsbereit, wenn nicht sogar schmeichlerisch. Tim dagegen verschob seinen Stuhl in aller Ruhe so, daß er dem Sergeanten den Rücken zudrehte und ihn während der ganzen Befragung ignorierte. Sie bejahten Barnabys Eröffnungsfrage und erklärten, daß sie tatsächlich gegen halb gekommen, in den Vereinsraum gegangen wären und dort, in Gesellschaft von Nicholas, der ein Bitter Lemon trank, ein Glas Condrieu geleert hätten. Dann wären sie in die Garderobe hinuntergegangen, die Tim stets als »ein Gewirr aus Überschwang und falschem gutem Willen« bezeichnete. Sie hätten die Klinge nicht angefaßt und auch niemand anders dabei beobachtet. Um zehn vor acht wären sie in ihre Kabine gegangen und anschließend dort geblieben.

»Aber Sie sind doch sicher zur Pause herausgekommen?«

»...Also... nein...«, antwortete Avery.

»Nicht einmal, um etwas zu trinken?«

»Wir haben unseren eigenen Wein. Tim würde niemals diese Känguruhpisse trinken.«

»Dann habe ich vermutlich etwas falsch verstanden...?« Barnabys Tonfall klang sehr mild.

»Oh! Ich war mal kurz auf der Toilette«, fiel Tim ein. »Als die Luft rein war.«

»Ja. Tolle Beleuchtung.«

»Unser Schwanenlied.«

»Waren Sie auf der Schauspielertoilette oder auf der öffentlichen?«

»Auf der für die Schauspieler. Im Vereinsraum standen sie schon Schlange.«

»Können Sie sich irgendeinen Grund vorstellen«, fuhr Barnaby fort, »weshalb Esslyn umgebracht wurde?«

Avery fing an, wie ein junger Vogel zu flattern, der vom Boden abheben will. Schicksalsergeben sah er Troy an und erhielt als Antwort einen Blick voll von derart giftigem Mißfallen, daß er ganze fünf Minuten brauchte, um sich davon zu erholen. Er plapperte nervös drauflos. »Esslyn war kein angenehmer Mensch. Er hat von jedem erwartet, sich die ganze Zeit seinen Wünschen zu beugen, und die meisten von uns haben das auch getan. Außer Harold natürlich. Ich selbst mochte ihn...«

»Oh, um Himmels willen, Avery!« unterbrach Tim. »Wir sind doch beide fein raus. Wir waren in der Kabine. Also ist es nicht nötig, hier den verdammten Kriecher zu spielen.«

»Ohhh...« Avery wirkte erst verwirrt und dann erleichtert. »Das hätte ich nicht gedacht. ›Uff!‹, wie es so schön heißt...« Er wischte sich die Stirn mit einem grünen Paisleytaschentuch ab. »Also, wenn der Fall so läuft, dann macht es mir nichts aus zuzugeben, daß ich Esslyn für einen absoluten Idioten gehalten habe. Und der Meinung ist auch jeder andere hier gewesen.«

Tim lachte und spürte die Klinge von Troys Aufmerksamkeit in seinem Kreuz.

Barnaby hakte nach: »Einige vielleicht mehr als andere?«

»Nun... die Leute waren nicht immer konsequent genug, um es auch zu zeigen.«

»Oder unvorsichtig genug.«

»Pardon?« Avery wirkte verwirrt, aber willig, wie ein junger Hund, der den Trick zwar noch nicht so ganz begriffen hat, aber dennoch bereit ist, ihn auszuführen.

»Er meint«, erläuterte Tim trocken, »daß es vermutlich schon eine ganze Weile geplant war.«

Troy ärgerte sich über die Schnelligkeit, mit der Tim diese Erklärung hervorbrachte. Seine eigenen Gedankengänge waren bei weitem noch nicht so weit gediehen, doch er wußte, daß auch er irgendwann zu diesem Schluß gelangt wäre. Schwule sind ja schon schlimm genug, dachte er und klopfte mit seinem Kugelschreiber auf die Seiten des Schreibblockes, aber dann auch noch schlaue...

»Haben Sie vielleicht eine Vermutung, wer dafür verantwortlich sein könnte?«

»Natürlich nicht«, sagte Tim.

»Avery?«

»Oh...« Als wäre er unerwartet dazu aufgefordert worden, eine Rede zu halten, erhob sich Avery halb aus seinem Stuhl und sank dann wieder in diesen zurück. »Ja, also … ich dachte an Kitty. Ich meine, sie kann es einfach nicht genossen haben, mit Esslyn verheiratet gewesen zu sein. Er war doppelt so alt wie sie und etwa so amüsant wie eine Nacht mit den Tonton Macontes. Und natürlich hätte es Ärger gegeben, sobald das Baby gekommen wäre.«

»Ach? Wieso denn das?«

»Esslyn war immer so eifersüchtig. Er konnte es nicht ertragen, nicht im Mittelpunkt zu stehen, und Babys brauchen nun mal eine Menge Aufmerksamkeit. Wenigstens«, fügte er, für Barnabys Geschmack etwas zu wehmütig, hinzu »soweit ich weiß.«

»Wußten Sie, daß sie eine Affäre hatte?«

»Nicholas hat es uns erzählt.« Avery wurde rot und sah seinen Partner eher aufsässig an. »Und ich zumindest kann ihr das nicht übelnehmen.«

Keinem von beiden fiel im Moment noch etwas ein, was Barnaby hätte weiterhelfen können. Er ließ sie daher gehen. Als sich die Tür geschlossen hatte, wandte er sich seinem Sergeanten zu und erkundigte sich bei ihm: »Nun, Troy, was halten Sie davon?«

Troy war klar, daß hier seine Meinung über Homosexuelle nicht zur Debatte stand. Vergangenes Jahr, bei einem Fall im Badger's Drift, hatte es ein besonders abstoßendes Exemplar dieser Spezies gegeben, dennoch wurde Troys Vorschlag, wie man die Aktivitäten dieser Männer beschneiden könnte, sehr frostig entgegengenommen. Sein Chef war in dieser Sache etwas komisch. In vieler Hinsicht hart wie Stahl. Härter als die stählernen Männer, die glaubten, nichts könnte sie brechen, und die dann doch erwischt wurden und nun hinter Gittern ihre Zeit absaßen. Auf der anderen Seite hatte er diese seltsamen Schwächen. Er würde solche Dinge nie verdammen, obwohl jedermann wußte, daß Schwule übel waren. Viellcicht ist es sein Alter, dachte Troy. Du mußt einfach nachsichtig mit ihm sein.

»Nun, Sir – mir fällt kein plausibler Grund dafür ein, weshalb einer von den warmen Brüdern in den Fall verwickelt sein sollte. Es sei denn, der Tote wäre schwul gewesen, und seine Frau mußte sich deshalb herumtreiben. Aber nach allem, was ich gehört habe, schien der Tote ja eine ganze Menge Schneckchen in Trab zu halten.«

Barnaby nickte. »Ja. Ich glaube nicht, daß seine Heterosexualität anzuzweifeln ist.«

»Und diese Everards – nun ja... nichts weiter als kleine schleimige Duckmäuser.«

»Das scheint die allgemeine Einstellung zu sein. Gut – dann wollen wir uns mal Nicholas anhören.«

Der Sergeant hielt auf seinem Weg nach draußen kurz inne. »Was soll ich diesem fetten Opa sagen? Jedesmal, wenn ich da reingehe und es ist nicht für ihn, macht er sich fast naß.«

»Sagen Sie ihm«, empfahl Barnaby grinsend, »sagen Sie ihm, die Primadonna kommt immer zuletzt.«

Die beiden Männer von der Spurensicherung hatten sich durch die Kulissen vorgearbeitet und nahmen sich nun die Bühne vor. Um Zeit zu sparen, waren Colin und David Smy entlassen worden, und man hatte sie gebeten, am nächsten Morgen ins Revier zu kommen. Barnaby befragte Nicholas.

Er hatte den Jungen immer gemocht, und ihm wurde schnell klar, daß Nicholas das Dramatische dieser Situation genoß, sich aber gleichzeitig auch schämte, es auszukosten. Damit, dachte Barnaby, ist er im Ensemble bestimmt kein Einzelfall. Nachdem er sich wiederum versichert hatte, daß Nicholas weder von jemandem wußte, noch irgendwen gesehen hatte, der an der Klinge zugange gewesen war, fragte

Barnaby, ob er sich einen Grund vorstellen könne, weshalb jemand Esslyn ans Leder wollte.

»Sie sind nie mit ihm zusammen aufgetreten, oder?« entgegnete Nicholas mit einem nervösen Lachen. Er war vor lauter Aufregung und Angst rot angelaufen.

»Ich muß Sie mit Nachdruck bitten, sich solche frechen Bemerkungen zu sparen«, entgegnete Barnaby streng. »Hier ist heute abend ein Mann gestorben.«

»Ja... natürlich. Tut mir leid, Tom. Es sind nur die Nerven... der Schreck... vermute ich.«

»Was versetzt Sie denn so in Panik?«

»Nichts... nichts...«

Barnaby schwieg einen Moment und ließ seine ausdruckslosen Augen auf Nicholas ruhen. Dann wechselte er einen Blick mit Sergeant Troy, in dem alles zu lesen war. Nicholas, der ohnehin schon ein Bündel zitternder Besorgnis war, fühlte, wie sich seine Wirbelsäule in Gelee verwandelte.

Barnaby konnte nicht gesehen haben, was ihm unter dem Tisch auf der Bühne zugestoßen war. Aber selbst, wenn es von ihm bemerkt worden wäre, hätte er niemals geglaubt, daß dieser Angriff ohne ein angemessenes Motiv stattgefunden hätte. Wer würde ihm das schon abnehmen? Und wenn Esslyn tatsächlich einen Grund dafür gehabt hätte, Nicholas anzugreifen, könnte dann nicht auf der anderen Seite auch Nicholas ein Motiv gehabt haben, Esslyn zu töten? Wie sehr das alles auch immer aus der Luft gegriffen sein mochte, denn nach Nicholas' Logik hatte Esslyn einfach einen vorübergehenden Anfall von Wahnsinn erlitten, Nicholas jedenfalls sah sich plötzlich selbst in einen Wust aus zwiespältigen Gefühlen und Dreck getrieben und den Fragen und Gegenfragen eines Mannes mit Basiliskenaugen ausgesetzt. (War das denn wirklich noch der alte Tom?) Gott sei Dank war keiner sonst, mit Ausnahme dieses Sergeants, bei dem Gespräch zugegen. Alles, was er tun mußte, war, sich nicht aufzuregen. Dann würde es schon gutgehen.

»Was haben Sie denn mit Ihrer Hand gemacht?«

»Mit welcher Hand?«

»Lassen Sie mal sehen.« Ein ärgerliches Grunzen. »Die andere Hand, Nicholas.«

Nicholas streckte die Hand aus. Barnaby betrachtete sie schweigend. Troy erlaubte sich, einen Pfiff auszustoßen.

»Sieht ja übel aus«, bemerkte der Chefinspektor. »Wie haben Sie das hingekriegt?«

»...Ich bin gestochen worden...«

»Wovon?«

»Von einer Wespe.«

»Eine Wespe in den Kulissen? Das ist ja mal was ganz Neues.«

»Es ist bereits gestern passiert.«

»Aha.« Barnaby nickte und lächelte, als fände er diese unsinnige Erklärung befriedigend. Dann fuhr er fort: »Wie ich gehört habe, waren Sie es, der die Gerüchte über Kittys Untreue in Umlauf gesetzt hat?«

»Es war kein Gerücht«, widersprach Nicholas entrüstet. »Ich weiß, daß es falsch war, Tim und Avery davon zu erzählen, und das tut mir auch leid, aber es war kein Gerücht. Ich habe sie mit David Smy in der Beleuchterkabine gesehen.«

»Sind Sie ganz sicher?«

»Ja. Die beiden waren die einzigen Personen im ganzen Gebäude.«

»Außer Ihnen selbst.«

»Nun ja... natürlich...«

»Also haben wir nur Ihre Aussage, daß jemand mit Kitty zusammen war.«

»Sie wird sich dort drinnen wohl kaum allein rumgerollt und gewunden haben.«

»Sie könnte dort oben ja auch mit Ihnen zusammen gewesen sein.«

»Mit mir?«

»Warum nicht? Ich denke, Sie wären ein viel geeigneterer Liebhaber für sie als David.« Nicholas wirkte eher ertappt als überrascht.

»Warum zum Teufel sollte ich denn Geschichten über mich selbst in die Welt setzen?«

»Vielleicht weil Sie wollten, daß es ans Tageslicht kommt.«

»Das ist doch blanker Unsinn...«

»Was ist mit Ihrer Hand geschehen?«

»Das habe ich Ihnen doch schon gesagt.«

»Vergessen Sie die Wespe. Es ist November, nicht Mitte Juli. Was ist also mit Ihrer Hand passiert?«

»...Ich... ich erinnere mich nicht.«

»Na gut. Was ist mit Ihrem Daumen passiert?«

»Ein Splitter.« Nicholas ergriff heilfroh die Möglichkeit, eine kurze und wahre Antwort geben zu können.

»Wann?«

»Heute abend.«

»Und wie ist es passiert?« Barnaby schien auf einmal voll konzentriert. Nicholas hielt seinem Blick nicht stand und schloß die Augen.

»Ich... ähem... ich hab's vergessen.«

»Nicholas.«

Nicholas öffnete die Augen. Tom blickte nun etwas milder drein, wirkte eher wieder wie er selbst. Nicholas bemerkte, daß er die Luft angehalten hatte, jetzt atmete er dankbar wieder aus; seine Wirbelsäule richtete sich ein wenig auf, und seine Schultern entspannten sich.

»Ja, Tom.«

»Wieso haben Sie geglaubt, Esslyn wolle Sie umbringen?«

Nicholas japste, als hätte man ihm einen Eimer kaltes Wasser ins Gesicht geschüttet. Er kämpfte darum, sein inneres Gleichgewicht wiederzuerlangen und eine kluge Antwort zu formulieren. Im Moment schien sein Gehirn allerdings total verwirrt zu sein, nur noch kaleidoskopartige Fragmente auszuspucken. Ihm blieb nichts weiter übrig als auszuweichen.

»Was?« Er bemühte sich, laut zu lachen. Dabei kam allerdings nur ein würgendes Krächzen heraus. Er hatte Rosa vergessen. Und Tom hatte sein altes Ich schon wieder abgestreift. Er sagte: »Ich sitze nun schon seit ziemlich langer Zeit auf diesem Stuhl, Nicholas. Und so langsam werde ich müde. Wenn Sie mich jetzt auch noch an der Nase herumführen, dann werden Sie sich im Kittchen wiederfinden. Haben Sie mich verstanden?«

Nicholas schluckte. »Ja, Tom.«

»Gut. Und jetzt die Wahrheit, bitte.«

»Nun... meine Hand... er hat es mit seinen Ringen getan, erst meine Finger nach innen gedreht und mir dann die Hand zusammengedrückt. Gegen Ende der Aufführung schließlich, als ich unter den Tisch kriechen mußte, ist er hinter mir hergekommen. Sein Umhang hat kein Licht mehr durchgelassen... ich saß in der Falle. Dann hat er versucht, mich zu erwürgen...« Nicholas murmelte etwas in sich hinein. Barnaby beugte sich vor und betrachtete Nicholas' lilienweißen Hals. »Oh, aber er hat mich nicht wirklich angefaßt.«

»Ich verstehe«, erwiderte der Chefinspektor. »Er hat zwar versucht, Sie zu erwürgen, aber er hat Sie nicht wirklich angefaßt.«

Nicholas verfiel in Schweigen. Wie konnte er bloß die Gefühle beschreiben, die er während dieser schrecklichen Minuten empfunden hatte, in denen er, vor lauter Angst wie gelähmt, vor Esslyns Schakalatem und seinen knöchernen Fingern, die wie Klauen wirkten, immer weiter zurückgewichen war? Er fing zu stottern an und erklärte, er hätte das

Stück um anderthalb Seiten verkürzt und gleich nach Kitty gerufen.

»Und Sie glauben wirklich, daß es nur Kittys Erscheinen zu verdanken war, daß er von seinem Angriff abgelassen hat?«

»Ja... ich bin der festen Überzeugung.«

»Aber nur einstweilen?«

»Wie bitte?«

»Nun ja, wenn jemand ganz offensichtlich etwas Derartiges vorhat und beim ersten Versuch davon abgehalten wird, dann wird er immer eine Gelegenheit suchen, einen zweiten Angriff zu starten.«

»Daran habe ich in diesem Augenblick nicht gedacht. Ich habe mir nur gesagt, wenn ich von der Bühne komme, bin ich in Sicherheit.«

»Erwarten Sie wirklich, daß ich Ihnen das glaube?«

»Ich weiß, daß es nicht sehr überzeugend klingt, Tom.«

»Es klingt sogar total unglaubwürdig! Plausibler dagegen wäre es, wenn Sie voller Angst und Wut rausgekommen wären, die Klinge genommen, den Tesafilm abgerissen hätten und – Bingo! Sie hätten ihn erwischt, bevor er Sie erwischen konnte. Und damit wäre das ganze Problem gelöst gewesen.«

»Das ist nicht wahr.«

»Wenn Sie auf Notwehr plädieren«, meinte Barnaby freundlich, »dann könnten Sie mit drei Jahren davonkommen.«

»Nein!«

»Wieso sind Sie geradewegs zum Requisitentisch gegangen?«

»Ich habe mich dort bloß für ein paar Sekunden hingesetzt. Ich war völlig durch den Wind und hatte diesen Splitter im Daumen, der wie Feuer brannte. Dann bin ich in die Herrengarderobe runtergegangen.« Nicholas konnte hören, wie die

Sätze zwischen seinen klappernden Zähnen hervorholperten. Jeder Satz klang noch weniger überzeugend als der vorangegangene.

»Hat Sie jemand gesehen?«

»... Ich weiß es nicht... Rosa...«

»Was zum Teufel hatte denn Rosa in der Herrengarderobe zu suchen?«

»Sie war nicht dort. Ich konnte keine Pinzette finden und bin deshalb in den Nebenraum gegangen.«

»Wer war in der Herrengarderobe?«

»Niemand.« Barnaby schien erstaunt. »Aber... wenn ich die Klinge wirklich in der Hand gehabt hätte, dann hätte ich doch das Klebeband abgezogen und mich schleunigst aus dem Staub gemacht, ehe ich von jemandem vermißt worden wäre, oder etwa nicht?«

»Oh, da wäre ich mir nicht so sicher. Wenn ich an dem Messer herummanipuliert hätte, wäre ich sichergegangen, für den Aufenthalt in der Garderobe einen Vorwand parat zu haben und hätte in diesem Fall bewußt dafür gesorgt, daß ich von jemandem gesehen werde.«

»Sie glauben doch nicht etwa, daß ich mir deshalb den Splitter in den Daumen gerammt habe? Es war schrecklich schmerzhaft.« Nicholas zupfte an dem Pflaster.

»Wollen Sie die Wunde sehen?«

Barnaby schüttelte den Kopf und erhob sich langsam von seinem Stuhl. »Sergeant, sehen Sie doch mal nach, ob wir nicht etwas Tee bekommen können. Meine Kehle ist schon ganz ausgetrocknet...«

Nicholas wartete einen Moment, und als Barnaby keine Anstalten machte, die Befragung fortzusetzen, erhob er sich reichlich schwankend. »... Ist das alles, Tom?«

»Fürs erste ja.«

»Meinen Sie« – Nicholas schien beinahe einen Witz aus

den Worten machen zu wollen – »ich sollte mir einen Anwalt besorgen?«

»Jeder sollte einen Anwalt haben, Nicholas«, antwortete Barnaby und lächelte sanft. »Man weiß ja nie, wann man ihn gebrauchen kann.«

Es war etwa zehn Minuten später, als Nicholas seinen Mantel anzog und ihm plötzlich etwas Schreckliches einfiel. Barnaby hatte die erste Frage, die selbst ein weniger erfahrener Ermittler gestellt hätte, nicht gestellt. Und der Chefinspektor war sicher weit davon entfernt, ein Dilettant zu sein, wie allein Nicholas' bloßliegende Nerven bezeugten. Er hatte Nicholas nicht gefragt, weshalb Esslyn ihn eigentlich umbringen wollte. Für diese grobe Auslassung mußte es einen Grund geben. Nicholas glaubte nicht einmal eine Sekunde lang, daß es sich um bloße Unachtsamkeit oder Vergeßlichkeit gehandelt hatte. Vermutlich glaubte Barnaby, daß er es bereits wußte. In dem Fall wäre er eine verflixte Spur weiter als ich, dachte Nicholas. Er beschloß, sich später darum zu kümmern, und für den Moment lenkte er seine Schritte in Richtung Damengarderobe.

Weit später, als sie in der Lage war, mit einem gewissen Grad an Gelassenheit auf die Premiere von *Amadeus* und deren schockierendes Nachspiel zurückzublicken, wunderte sich Dierdre über die Länge der Zeit, die sie gebraucht hatte, um zu begreifen, daß es nur einen einzigen Ort gab, an dem sich ihr Vater sicher und geborgen fühlte, wenn sie nicht da war. Nur einen Ort, und wahrscheinlich hielt er sich genau dort auf.

Die Tagesstätte (Laurel Lodge) lag fast eine Meile außerhalb der Stadtmitte. Zwei senffarbene Minibusse, Phoenix Eins und Phoenix Zwei, sammelten an jedem Wochentag die Alten und Gebrechlichen ein, brachten sie dorthin und wieder nach Hause zurück. Also kannte Mr. Tibbs den Weg. Tatsächlich war er auch nicht allzu kompliziert. Man mußte bloß die B 416 in Richtung Slough nehmen und dann auf eine Nebenstraße via Woodburn Common abbiegen. Die Strecke konnte man in etwa einer Stunde zurücklegen. Oder sogar noch weniger, wenn man sich das Herz aus dem Leib rannte und versuchte, vor seinen dunklen, irrationalen Ängsten davonzulaufen.

Dierdre erinnerte sich wieder an die Tagesstätte, als sie vor das elektrische Feuer in der Küche gesetzt worden war und von der Polizistin dazu überredet wurde, einen Schluck heißen, süßen Tee zu trinken und sich keine Sorgen mehr zu machen. Jetzt befand sie sich wieder im Fond des Escort, von dem Tee und vor allem von dem Wissen aufgemuntert, daß es nun endlich ein Ende hatte mit diesem hoffnungslosen Umherirren und sie auf dem Weg dahin waren, wo ihr Vater mit Sicherheit schon auf sie warten würde. Sie bemühte sich, ganz ruhig zu bleiben, weil sie wußte, daß von ihrem Auftreten sehr viel abhängen würde, sowie sie ihn traf.

Dierdre machte sich natürlich immer noch Sorgen. Zum Beispiel könnte das Zentrum abgeschlossen sein, und wenn dann auch keine Betreuer da waren, kam Mr. Tibbs nicht hinein. Diese Betrachtungsweise hatte Dierdres inneres Gleichgewicht wieder leicht ins Wanken gebracht. Das Gebäude war zwar gut durchdacht, ja, sogar liebevoll entworfen, so daß seine Bewohner in den Genuß von Licht und Sonnenschein kamen, bestand es doch fast ganz aus Glas. Aber was war, wenn sich ihr Vater bei seiner wahnsinnigen Suche nach Mrs. Coolidge (oder Nancy Banks, die ein solches Theater um ihn machte) verletzte, weil er gegen diese schweren Scheiben gehämmert hatte oder, noch schlimmer, einen Stein aus dem Garten geholt und versucht hatte, damit die Türen einzuschlagen? Angenommen, er hätte dann probiert, sich durch den Spalt zu zwängen, und dabei in das zersplitterte Glas gegriffen…

An diesem Punkt zwang Dierdre ihren Verstand, die schrecklichen Vorstellungen zu verdrängen, und sie rang einmal mehr darum, vergleichsweise ruhig zu wirken. Aber der Gedanke ließ sich nicht so leicht aus dem Hirn schaffen, und als der Wagen schließlich vor der Laurel Lodge vorfuhr und die dunklen Glasstrukturen unbeschadet vor ihr blinkten, verspürte sie große Erleichterung.

Die Eisengitter waren verschlossen; lediglich eine Scheinbegrenzung in Form einer Ziegelmauer, die knapp einen Meter hoch war, umgab das Gelände. Immer noch blies der heulende Wind. Als Dierdre über den Kiesweg lief, blähte sich ihr Mantel auf, und das »Daddy, wo bist du? Ich bin es, Dierdre« wurde in ihren Mund zurückgeweht, kaum daß es über ihre Lippen gekommen war. Wachtmeister Watson hielt eine Taschenlampe in den Händen, überprüfte sämtliche Türen und Fenster und rief in einer Weise »Mr. Tibbs«, die Dierdre sehr autoritär und sogar bedrohlich erschien. Er verschwand um eine Ecke des Gebäudes und leuchtete in jeden der fünf einsehbaren Räume – den Arbeitsraum, die Küche, den Ruheraum, das Büro und die Kantine. Dann kam er zurück und meldete: »Hier ist er nicht.« Und Dierdre antwortete nur verständnislos: »Ja, ja… irgendwo…«

Sie lief durch den Garten, und Watson folgte ihr mit der Taschenlampe. Der Strahl warf einen Bogen aus Licht über Gras und Büsche. Eine Reihe aus grüngoldenen Koniferen, die wie ein See wogten und rauschten, wurde von dem Lichtkegel gestreift und verschwand dann wieder im Dunkeln. Die Blumenbeete waren leere braune Fassungen, und die Büsche, die diesem Ort den Namen gegeben hatten, ächzten in dem bitterkalten Wind, der sie zerzauste. (Dierdre hatte Lorbeer schon immer gehaßt. Er war so derb und melancholisch, und seine ledrigen, gefleckten Blätter erinnerten sie irgendwie immer an die Pest.)

Sie griff nach Wachtmeister Watsons Arm und japste: »Wir müssen ihn suchen.« Sie wollte ihn zur nächsten dunklen Reihe von Büschen ziehen, doch er blieb stehen. Dierdre drehte sich um und war gerade dabei, ihre Kräfte zu verdoppeln, als das ätzende Brüllen des Windes verebbte. Die geschüttelten Bäume rauschten und ächzten noch ein paar Momente, dann verfielen sie in Schweigen.

Überraschenderweise – denn sie befanden sich eine halbe Meile von der nächsten Behausung entfernt – bellte ein Hund. Dem Gebell folgte ein anderes Geräusch, das, obwohl es von einer Ligusterhecke stark gedämpft wurde, unmißverständlich eine menschliche Stimme war. Sie schrie, aber nicht panisch, sondern eher in dem sonoren, nüchternen Tonfall eines Ausrufers. Dierdre brüllte: »Der See!« und schon lief sie in die Richtung, aus der die Geräusche gekommen waren. Der Wachtmeister folgte ihr und versuchte, den Weg mit seiner Taschenlampe anzustrahlen, aber sie rannte so schnell und vollführte derartige Zickzackbewegungen, daß er sie verlor. Einmal stolperte sie, fiel in ein Blumenbeet und rappelte sich mit beschmutzten Händen und Kleidern wieder auf.

Tatsächlich war der See kein richtiger See, sondern eher ein Reservoir. Eine große natürliche Senke, die man erweitert, mit Mauerwerk zu einem Rechteck befestigt und mit Schilf und anderen Wassergewächsen bepflanzt hatte. Im Sommer war es erlaubt, darauf zu segeln. Außerdem war das Gewässer die Heimat vieler verschiedener Vogelarten und kleiner Säugetiere. In der Nähe stand ein Betongebäude, das von einem hohen Drahtzaun umgeben war, an dem ein Schild hing. Es zeigte ein gelbes Dreieck mit einem gezackten Pfeil, einem liegenden Mann und den Worten: TODESGEFAHR.

KEIN ZUTRITT. Als Dierdre dort ankam, segelte der Mond, der so weiß war, daß er in der eisigen Luft fast blau zu sein schien, gerade gelassen hinter einer Bank aus dunklen Wolken hervor. Er beleuchtete eine ganz erstaunliche Szene.

Mr. Tibbs stand wie erstarrt genau in der Mitte des Reservoirs aufrecht in einem Ruderboot. Er hatte die Arme in die Höhe gestreckt, und seine Finger umrahmten in einem fast perfekten Kreis den Mond, so daß es aussah, als hielte er eine neue, geheimnisvolle Welt in seinen Handflächen. Hose und Hemd waren zerrissen, sein Haar stand wild in alle Richtungen ab, und seine Unterarme und seine Brust waren zerkratzt und bluteten. Aber auf seinem Gesicht, das er dem Mond zugewandt hatte, lag ein derart ekstatischer Ausdruck, so als würde er Strahlen himmlischen Lichts erblicken, die zwischen den Pforten des Paradieses hindurchdrangen.

Mr. Tibbs hatte auch Publikum. Eine rauhhaarige, schmutzigbraun- und weißgefärbte Promenadenmischung mit einem Ringelschwanz. Sie saß kerzengerade am Ufer, die Ohren aufgerichtet und den Kopf in einer Weise zur Seite geneigt, die große Aufmerksamkeit verriet. Auch als die anderen in das Blickfeld des Hundes vordrangen, schien er keine Notiz von ihnen zu nehmen, sondern hielt seine Augen (braun und so schimmernd wie Bucheckern) weiterhin fest auf die Gestalt im Boot gerichtet.

»Ich habe einen mächtigen Engel vom Himmel kommen sehen!« rief Mr. Tibbs. »Er war in eine Wolke gehüllt. Und ein Regenbogen spannte sich über seinen Kopf! Und sein Gesicht sah so aus, als wäre es die Sonne... und seine Füße waren wie Säulen aus Feuer!«

Während der Wachtmeister sein Funkgerät nahm, um Hilfe zu organisieren, hielt Audrey Brierley die entsetzte Dierdre fest.

»Wir holen Verstärkung, Liebes«, sagte Audrey eindringlich. »Und einen Krankenwagen. Die sind in kürzester Zeit hier. Bitte, beruhigen Sie sich. Sie können jetzt nichts für ihn tun. Wenn Sie in den See steigen, dann müssen wir bloß zwei Leute an Land ziehen. Das bedeutet dann doppelt soviel Ärger und ein doppeltes Risiko. Das werden Sie doch wohl nicht wollen, oder?« Dierdre beruhigte sich. »Braves Mädchen. Versuchen Sie, sich keine Sorgen zu machen. Es ist zwar kalt und naß, aber er schwebt nicht wirklich in Gefahr.«

»Jeder, der Ohren hat, soll es hören«, tönte Mr. Tibbs. Dann breitete er die Arme in einem weiten Bogen aus, so als wollte er sein menschliches Publikum, das aus drei Personen bestand, die Betonhütte und den übermäßig aufmerksamen Hund umarmen, und einen Moment später fiel er ins Wasser.

Dierdre schrie auf, Polizistin Brierley hielt sie wieder fest, Wachtmeister Watson schälte sich aus seiner schweren Uniform, legte die Stiefel ab und stieg ins Wasser. Er hatte sehr große Mühe, im Wasser zu laufen (seine Hose war sofort durchnäßt), und er verfluchte das Schicksal, das ihm die Spätschicht eingebracht hatte. Er stürzte sich ins Wasser und kraulte auf den Umriß des Bootes zu. Jedesmal, wenn er den Kopf ein wenig aus dem Wasser hob, schwappte ein Schwall des eiskalten, schlammigen und nach Eisen schmeckenden Wassers in seinen Mund. Er griff nach etwas, wovon er glaubte, es sei das Gesuchte, entdeckte jedoch, daß es sich dabei lediglich um ein glitschiges Stück Holz handelte. Er schwamm also weiter. Aus seiner Perspektive schien das Wasser bis in den Himmel zu schwappen und zu spritzen. Mr. Tibbs' Abgang hatte die Spiegelung des Mondes entzweit. Das Licht umkreiste in durchbrochenen Strahlen den Kopf des Polizisten. Er konnte ununterbrochen das Geheul von Dierdre hören, das sich mit dem Gebell des Hundes vermischte, der nun, da die Rede beendet und die Aktion gestartet war, aufgeregt im Kreis herumlief.

Der Polizist erreichte Mr. Tibbs, schlang einen Arm um den Nacken des alten Mannes und drehte ihn um. Für die verängstigte Dierdre, die am Ufer stand und die Hände rang, schien sich ihr Vater mit graziler Leichtigkeit umgedreht zu haben, aber für Jim Watson war es so, als müßte er einen Hundertpfundsack Kartoffeln anheben. Gott sei Dank schlägt der alte Mann nicht um sich, dachte er und fühlte, wie sich seine Arme verdrehten, so daß die Gelenke knirschten. Tatsächlich schien sich Mr. Tibbs noch nicht einmal der Gefahr bewußt zu sein, in der er schwebte. Er trieb im Wasser wie ein Käfer mit ausgestreckten Armen auf dem Rücken. Mit seinem starren, unnatürlichen Lächeln und dem ausgebreiteten weißen Haar ähnelte er der Leiche eines Heiligen, die im Ganges schwamm. Wachtmeister Watson paddelte los. In dem Bemühen, sie beide überhaupt in Bewegung zu bringen, drosch sein Arm förmlich auf das Wasser ein.

Dann beschloß Mr. Tibbs, daß er davon jetzt genug hatte, und er kündigte der nächsten Welt sein Erscheinen an. »Wir kommen, Herr«, rief er. Er wandte sich aus dem Griff des Polizisten und bekreuzigte sich, wobei er Wachtmeister Watson heftig ins Auge stach.

»Jesus!« schrie der mitgenommene Wachtmeister, als der betäubende Schmerz hinter seiner Stirn explodierte. Mr. Tibbs, der ohne Zweifel durch dieses Zeichen der Solidarität ermutigt worden war, drückte beide Hände auf die Schultern seines Retters und nahm ihn mit sich in die Tiefe.

Jim Watson hielt den Atem an, bahnte sich gewaltsam einen Weg an die Wasseroberfläche, holte tief Luft und tauchte dann wieder ab, um Mr. Tibbs hochzuziehen.

»Oh ...«, jammerte Dierdre. »Wir müssen etwas tun.«

»Es wird schon alles gutgehen.« Wachtmeister Brierley tat betont optimistisch. Zwei blasse Gesichter hatten immer noch einen weiten Weg bis zum Ufer vor sich.

»Können Sie nicht hineinspringen und helfen?«

»Dann hingen wir zu zweit um seinen Nacken.«

«Ich dachte, bei der Polizei könnte jeder schwimmen.«

»Nun, nicht jeder«, fauchte Audrey, die mißbilligend zur Kenntnis nahm, wie verdreckt und feucht ihre Uniform war. Ihre Kappe hatte sie bereits irgendwo im Gestrüpp verloren, ihre Strumpfhose war zerrissen, und sie hätte wütend schreien mögen, weil sie dringend eine Toilette gebraucht hätte. Sie bewegte sich jetzt ein wenig vorwärts und streckte die Fingerspitzen noch zwei Zentimeter weiter vor. Diese zwei Zentimeter sollten den Unterschied machen. Sie befahl: »Halten Sie sich an meinen Beinen fest.«

Als der Hund bemerkte, daß die Situation nun vollends außer Kontrolle geraten war, legte er sich ganz ruhig auf den Bauch und blickte zwischen dem Paar am Ufer und dem im Wasser mit einem zunehmenden Grad an Ängstlichkeit hin und her.

Wachtmeister Watson war es mittlerweile nicht mehr möglich, Mr. Tibbs in der vorherigen ordentlichen Position durch das Wasser zu ziehen. Nachdem er ihn unbeholfen an den Schultern gepackt hatte, schob er ihn jetzt mehr, als daß er ihn zog. Die Muskeln des Polizisten schmerzten schon vor Überforderung, denn der Versuch, sie beide ans Ufer zu bringen und dabei auch noch Mr. Tibbs über Wasser zu halten, kostete ihn doppelte Kraft. Außerdem war das Verhalten des alten Mannes inzwischen von einem anfänglichen Wohlwollen in extreme Aufsässigkeit umgeschlagen, zweifelsohne, weil er gegen seinen Willen aus den Klauen des Todes errettet worden war. Er fuchtelte mit den Armen und Beinen herum und gab kleine schnaufende Laute der Empörung von sich. Kevin Lampeter, der Fahrer des Krankenwagens, meinte hinterher, es hätte so ausgesehen, als wolle jemand einen Dudelsack ertränken. Er kam kurz nach der Polizeiverstärkung an, die ein Seil mitgebracht hatte und Wachtmeister Watson und seine Last in Sicherheit brachte.

Dierdre warf sich sofort schützend auf ihren Vater und rief immer wieder seinen Namen. Aber er schreckte wie vor einer Fremden vor ihr zurück. Die Sanitäter legten ihn auf eine Trage, und die verschmutzte Gruppe hinkte, stolperte oder trottete, wie im Falle des Hundes, flink auf den wartenden Wagen zu. Die Mauer wurde jetzt mit weit weniger Leichtigkeit als vorher überwunden. Wachtmeister Watson, der eine Decke um die Schultern trug, kletterte mühsam in den Krankenwagen, und Mr. Tibbs, aus dessen Antlitz jegliche Farbe gewichen war, folgte als nächster. Der Hund, der ebenfalls vorhatte, in den Wagen zu klettern, wurde zurückgehalten.

»Sie müssen ihn vorn mitnehmen.«

»Oh, aber er ist nicht...«, setzte Dierdre verwirrt an. »Ich meine... ich weiß nicht...«

»Wenn Sie sich bitte beeilen wollen, Herzchen. Je eher wir den alten Mann ins Krankenhaus bringen, desto besser.«

Dierdre stieg in den Wagen, aber der Hund war schon vor ihr drin. Als sie sich setzte, ließ er sich auf ihrem Schoß nieder, entrollte den buschigen Schwanz und legte ihn ordentlich um die Vorderbeine. Auf der Fahrt nach Slough sah er unentwegt aufmerksam aus dem Fenster.

Kitty hatte sich gefaßt. Sie prüfte ihr hübsches Gesicht, fuhr sich durch die Locken und nahm mit einem verführerischen Augenaufschlag von Sergeant Troy eine Tasse Tee an. Barnaby ging davon aus, daß ihre Kaltblütigkeit echt war. Wenn man bedachte, daß sie die Hauptverdächtige war, dann zeugte ihr Verhalten entweder von Gerissenheit, absoluter Unschuld oder totaler Dummheit. Von diesen drei Möglichkeiten favorisierte Barnaby die letzte. Er begann mit der förmlichen Beileidsbekundung.

»Es ist wirklich furchtbar, Kitty. Sie müssen schrecklich fertig sein.«

»Ja. Das kann man wohl sagen.« Kittys Saphirblick glitt rasch zur Seite und ruhte süß und räuberisch auf Troys karottenfarbenem Schopf. Er sah auf, bemerkte ihren Blick, wurde rot, grinste verlegen und senkte die Augen wieder.

»Können Sie sich vorstellen, wer Ihrem Ehemann etwas antun wollte?«

»Da kämen eine ganze Menge Leute in Frage. Er war nun mal ein absolutes Schwein.«

»Ich verstehe.« Er würde offensichtlich mit der zweiten Mrs. Carmichael nicht die gleichen Probleme haben wie mit der ersten. »Würden Sie sich selbst zu diesen Leuten zählen?«

»Mit Sicherheit.«

»Aber Sie haben das Klebeband nicht entfernt?«

»Nur, weil ich nicht als erste auf die Idee gekommen bin.« Reichlich dreist, diese Frau, dachte Troy.

»Sind Sie mit Esslyn zusammen hergekommen?«

»Ja. Ich bin geradewegs in den Umkleideraum gegangen, habe mich dann umgezogen und geschminkt. Ich hatte totales Lampenfieber. Fragen Sie Joyce.«

»Im zweiten Akt wurde die Sache dann wohl ziemlich hart«, meinte Barnaby und zog den Kreis damit etwas enger.

»Dieser Mistkerl. Er hat mir fast das Kreuz gebrochen.«

»Soviel ich weiß, hatte er gerade entdeckt, daß Sie eine Affäre haben.«

»Eine Affäre?« In Kittys Fuchsgesicht kämpften Mißfallen, Entrüstung und Einsicht gegeneinander. »Also das war es, was ihn so wütend gemacht hat. Wie zum Teufel hat er es herausgefunden?«

»Sie sind beobachtet worden.«

»Wie reizend. Dieses neugierige Pack«, schimpfte sie. »Wo hat man mich denn gesehen?«

»In der Beleuchterkabine.«

»O nein.« Kitty lachte. Ein anzügliches, derbes Lachen. »Armer alter Tim. Er wird ganz schön wütend auf mich sein.«

»Würde es Ihnen etwas ausmachen, mir zu sagen, um welchen Mann es sich handelt?«

»Aber...« Sie schwieg. Ihr Gesicht wurde vor spontaner Überraschung weich und zurückhaltend. »Nein, ich denke nicht im Ernst daran, es Ihnen auf die Nase zu binden, aber Sie scheinen das ja auch sehr gut selbst herausfinden zu können. Ich bin sicher, morgen um diese Zeit kennen Sie seinen Namen, wissen, was er zum Frühstück ißt und welche Sockengröße er trägt. Ganz zu schweigen von der Länge seines...«

»Ja, schon gut, Kitty«, unterbrach sie Barnaby und bemerkte einen Ausdruck ausgelassener Heiterkeit auf dem Gesicht seines Sergeanten.

»Auf jeden Fall war es nicht das, was man unter einer richtigen Affäre versteht. Nicht so mit Volldampf. Mehr ein Spaß... alles sehr locker und unverbindlich, wirklich.«

»Haben Sie erwartet, daß Ihr Ehemann das auch so sehen würde?«

»Um Himmels willen, ich habe doch nicht ernsthaft damit gerechnet, daß er es herausfinden würde!«

»Wer, glauben Sie, hat es ihm wohl gesteckt?«

»Seine kleinen Skandalnudeln, schätze ich. Die sind ja nur dann glücklich, wenn sie einen netten großen Stein umdrehen und sich im Schlamm wälzen können. Er war schon immer darauf angewiesen, daß sie ihm den deftigen Klatsch zuspielen.«

»Soweit ich weiß, haben Sie sich nach dieser Gewaltszene auf der Bühne eine Weile in den Kulissen ausgeruht.«

»Von einer ganzen Weile kann wohl kaum die Rede sein.«

»Und zwar am Requisitentisch. Tatsächlich fast direkt neben dem Tablett mit der Seifenschale und dem Rasiermesser.«

»Ich habe nur eine Sekunde dagesessen.«

»Mehr als eine Sekunde hätten Sie auch nicht gebraucht«, stellte Barnaby fest. »Es ist ganz offenkundig, daß derjenige, der an dem Rasiermesser herumgespielt hat – wer auch immer das gewesen sein mag –, es von dort weggenommen hat. Und fast der einzige Ort, an dem es unbeobachtet und in aller Ruhe manipuliert werden konnte, ist eine abgeschlossene Toilettenkabine.« Seine Stimme klang jetzt gepreßt. »Mir wurde berichtet, Dierdre hätte Sie in der Damentoilette angetroffen.«

»Wo sollte sie mich denn sonst finden? Etwa in der Herrentoilette?«

»Und Sie sollen zu ihr gesagt haben, daß Sie Esslyn töten würden, wenn er Sie noch einmal anrührt.«

Kitty starrte ihn an und wurde vor Schreck plötzlich kreidebleich. »Was für ein brillanter Schluß. Gerüchte. Spione. Spanner. Und nun auch noch eine elende Petze. Warten Sie bloß, bis ich die in die Finger kriege. Diese dumme Kuh!«

»Sie dürfen nicht auf Dierdre schimpfen«, entgegnete der Chefinspektor, der das Gefühl hatte, das arme Mädchen wenigstens vor einem weiteren Schwall von Unflätigkeiten bewahren zu müssen. »Sie waren bis in die Kulissen zu hören.«

»...Ach? Na und?« Kitty hatte ihr Gleichgewicht schnell wiedergefunden. »Sie haben doch selbst gesehen, was auf der Bühne vorgefallen ist. Was meinen Sie, was ich da hätte sagen sollen? Laß uns das öfter machen? Dieses Dreckschwein.«

Ihre Stimme war stahlhart, ihr Tonfall angeberisch. Barnaby, der sich an die kokett schmachtenden Blicke erinnerte, die sie ihrem Ehemann zugeworfen hatte, aber auch an ihre sonstigen kleinen mimischen Darbietungen, konnte nur mit

Ironie an die verbreitete Auffassung denken, daß Kitty keinerlei schauspielerisches Talent besaß.

»Wie auch immer«, fuhr sie mit strahlenden Augen und verschlagenem Blick fort, »wenn ich auf dem Klo gewesen wäre, um das Tesa-Band abzureißen, dann hätte ich wohl kaum lauthals herausgeschrien, daß ich ihn umbringen will.«

»Es sind schon seltsamere Dinge vorgekommen. Sie könnten doch einen doppelten Bluff inszeniert haben, weil Sie vorausgesetzt haben, daß wir genau das denken würden.«

»Oh, kommen Sie, Tom. Sie kennen mich doch. So klug bin ich nun wirklich nicht.«

Sie starrten sich gegenseitig an. Kitty, deren veilchenblaue Augen vor Zorn dunkel waren, dachte daran, wie sie herausfinden könnte, wer sie in der Beleuchterkammer gesehen hatte, und wenn sie es erst wüßte, würde derjenige sich wünschen, nie geboren worden zu sein. Barnaby fragte sich, ob sie den Grund für Esslyns Ausbruch wirklich nicht gekannt hatte. Hatte sie tatsächlich (er blickte auf seine Uhr) über zwei Stunden mit Nicholas, dem zweiten Opfer von Esslyns Gewalttätigkeit, in der Werkstatt verbracht, ohne darüber Vermutungen angestellt zu haben und zu einem Schluß gekommen zu sein? Sie mußten sich doch darüber unterhalten haben. Er nahm an, daß das Ganze auch dann rausgekommen wäre, wenn die Everards ihre Mäuler gehalten hätten. War Kitty bloß eine gelangweilte junge Frau, die nur einfach so fremdging?, rätselte er. Oder war sie vielmehr eine berechnende Harpyie, die sich einen finanziell gutgestellten älteren Mann geangelt hatte und ihn dann loswerden wollte? War das Entfernen des Klebebands ein impulsiver Akt gewesen? Oder war er schon seit einiger Zeit geplant? Wenn dem so sein sollte, sinnierte Barnaby, wieso sollte es dann ausgerechnet bei der Premiere stattfinden? Ihm wurde bewußt, daß sich Kitty in ihrem Stuhl vorgebeugt hatte.

»Sie wollen das doch nicht etwa mir unterschieben, Tom«, bemerkte sie mit Nachdruck.

»Ich habe überhaupt nicht vor, es irgend jemandem ›unterzuschieben‹, Kitty. Aber ich habe vor, die Wahrheit herauszufinden. Also seien Sie gewarnt.«

»Ich weiß nicht, was Sie damit meinen. Ich habe nichts zu verbergen.« Ihre Wangen wurden jedoch plötzlich sehr rot, und sie konnte ihn nicht mehr ansehen.

»Dann haben Sie auch nichts zu befürchten.«

Nach einer langen Pause, in der sich Kitty wieder soweit sammelte, daß sie einen zweiten Schlafzimmerblick in Troys Richtung werfen konnte, stand sie auf und sagte: »Nun, wenn das alles ist... eine Frau in anderen Umständen sollte zu dieser Tageszeit schon seit Stunden in ihrem einsamen Bett liegen.«

»Das ist vielleicht ein Mädchen«, stöhnte Barnaby, als er die Tür hinter ihr geschlossen hatte.

»Für einen Gin Tonic ist die für jeden zu haben«, murmelte der Sergeant und prägte sich hoffnungsvoll Kittys Telefonnummer ein, die er über ihrer Aussage vermerkt hatte. »Vielleicht haben sie es gemeinsam ausgeheckt. Sie und ihr Liebhaber.«

»Der Gedanke war mir auch schon gekommen.«

Troy überflog seine Notizen, und dann fragte er: »Was jetzt, Sir?«

Barnaby stand auf und nahm seinen Mantel. »Machen wir uns mal auf die Suche nach dem großen weißen Boß.«

Barnaby hatte kaum einen Fuß in die Werkstatt gesetzt, als Harold wutentbrannt und wie ein Windhund auf ihn zusprang. »Da sind Sie ja!« schrie er, als hätte er es mit aufsässigen Kindern zu tun. »Wie können Sie es wagen, mich warten zu lassen, während Sie einen nach dem anderen von der

Truppe verhören? Sie kennen doch meine Position hier gut genug. Wie soll ich denn das Ensemble weiter unter Kontrolle halten, wenn alle sehen, wie ich permanent übergangen werde wie… wie ein kleiner Balljunge!«

»Tut mir leid, daß wir Sie aufgeregt haben, Harold«, erwiderte Barnaby seelenruhig. »Bitte… setzen Sie sich.« Er zeigte auf einen rustikalen Trägerbalken, in den staubige blaue Papierrosen gesteckt waren. Widerstrebend und wütend setzte sich Harold.

»Sehen Sie«, fuhr der Chefinspektor fort, »jeder hat eine Geschichte zu erzählen. Manchmal ergänzen, manchmal widersprechen sie sich, aber was ich letztendlich brauche, ist der Blickwinkel von jemandem, der die Gruppe durch und durch kennt. Einer, der scharfsinnig, intelligent und aufmerksam ist und mir dabei helfen kann, all meine Informationen zusammenzufügen und vielleicht eine Struktur zu erkennen, die dieser ganzen schrecklichen Affäre zugrunde liegt. Deshalb habe ich Sie bis zuletzt hierbehalten.« Er sah Harold besorgt an. »Ich dachte, Sie hätten das verstanden.«

»…Nun… natürlich, Tom… ich dachte mir schon, daß so etwas dahintersteckt… aber ich hätte einfach einen diskreten Hinweis erwartet, um informiert zu sein.«

Barnaby blickte zutiefst beschämt drein. Troy, der neben Harold auf einem Liegestuhl saß (oder besser gesagt, lag), beobachtete das Ganze mit zunehmendem Gefallen. Man konnte fast hören, wie Dampf aus dem Kerl entwich und beobachten, wie Wohlgefallen sich breitmachte. Als nächstes würde die Selbstgefälligkeit kommen, der fruchtbarste Boden, um Enthüllungen voranzutreiben (und nicht etwa, wie allgemein angenommen wurde, Angst oder Zorn). Troy versuchte, seinem Chef in die Augen zu sehen, um ihm mit Blicken zu signalisieren, wie sehr er diese Taktik zu schätzen wußte, aber er hatte keinen Erfolg. Barnaby war zu konzentriert.

Schauspieler, dachte der Sergeant mit dem Anflug eines herablassenden Lächelns. Man mußte schon früher aufstehen, wenn man es mit dem Chefinspektor aufnehmen wollte. Er konnte so viele Ausdrucksformen auf sein Gesicht zaubern und seiner Stimme derart viele Tonlagen geben, wie ein verwahrloster Hund Flöhe hatte. Er konnte die Taube, den Skorpion und selbst den Esel mimen, wenn er meinte, es würde seinen Zwecken dienen. Mehr als einmal hatte Troy ihn in anscheinend dumpfer Ratlosigkeit den Kopf schütteln sehen, so daß sich der Zeuge in Sicherheit wähnte, fröhlich darauflosplapperte und dabei den immer lauter werdenden Hall der Schritte des Kerkermeisters überhörte. Barnaby hatte ein ganz spezielles Lächeln, das nur im Moment der Umzingelung zu sehen war. Troy hatte dieses Lächeln zuweilen zu Hause vor dem Badezimmerspiegel eingeübt und sich dabei selbst fast zu Tode gefürchtet. Jetzt gratulierte Barnaby Harold zu der hervorragenden Produktion.

»Danke, Tom. Es war wahrlich kein leichtes Stück, aber wie Sie wissen, bin ich bekannt dafür, keiner Herausforderung aus dem Weg zu gehen. Es war im ersten Akt nicht alles erfreulich, aber die zweite Hälfte hat eine enorme Verbesserung gebracht. Und zwar eine ganz intensive, besonders noch durch dieses Ende...« Er schnalzte mit der Zunge. »Natürlich schieben die Leute es immer gleich auf den Regisseur, wenn etwas schiefgeht.«

»Ich fürchte, genau das ist jetzt auch der Fall«, stimmte Barnaby ihm zu. Harolds Interpretation des Geschehens gab ihm doch einige Rätsel auf. »Sie waren, glaube ich, gar nicht hinter der Bühne.«

»Kaum. Ich bin um fünf vor durch die Garderoben gelaufen, um allen *bonne chance* zu wünschen – nun, ich glaube, da waren Sie dicht hinter mir? Und dann wieder in der Pause, um ihnen zu sagen, daß sie sich zusammenreißen sollen.«

»Und in den Kulissen haben Sie kein verdächtiges Verhalten bemerkt?«

»Selbstverständlich nicht. Wenn mir etwas aufgefallen wäre, dann hätte ich ja alles angehalten. Immerhin haben wir noch fünf weitere Vorstellungen. Und am Samstag sind wir ausverkauft.«

»Haben Sie eine Vermutung, wer sich an dem Rasiermesser zu schaffen gemacht haben könnte?«

Harold schüttelte den Kopf. »Sie können sich sicher vorstellen, daß ich mir endlos Gedanken darüber gemacht habe. Es könnte zwar jemanden in der Truppe geben, der mir so etwas antäte« – er stieß einen perplexen Seufzer aus –, »aber ich kann mir nicht vorstellen, warum.«

»Oder es hat jemand etwas gegen Esslyn gehabt.«

»Pardon?«

»Man könnte doch behaupten, daß Esslyn genauso erfolgreich sabotiert worden ist wie Ihre Produktion.«

»Oh ... richtig.« Harold schürzte mit Bedacht die Lippen, um darauf hinzuweisen, daß das der Situation eine ganz neue Wendung gab, auf die er zwar nicht vorbereitet, die aber wenigstens nicht ganz von der Hand zu weisen war. »Tom, meinen Sie, es war etwas Persönliches?«

»Ich würde sagen, etwas sehr Persönliches.« Troy, der förmlich vor Freude glühte, lehnte sich in seinem Liegestuhl so heftig zurück, daß eine Strebe brach. In der Zeit, die er brauchte, um sich aus dem Stuhl zu befreien, stellte Barnaby die große Preisfrage. »Hatten Sie einen Grund, Esslyn Carmichael etwas Schlechtes zu wünschen?«

»Ich?« quietschte Harold. »Er war mein Hauptdarsteller. Mein Star! Jetzt muß ich wieder ganz von vorn anfangen und Nicholas von Grund auf ausbilden.«

»Wie sahen seine Beziehungen zu dem Rest der Truppe aus?«

»Esslyn hatte keine echten Beziehungen. Seine Stellung hat ihm das erschwert. Ich habe das gleiche Problem. Um die Autorität zu wahren, muß ich mich herablassend geben. Er hatte natürlich immer eine Frau im Schlepptau.«

»Aber doch sicher nicht, nachdem er gerade erst wieder geheiratet hat?«

»Vielleicht nicht. Ich bin sicher, wir hätten alle etwas davon mitgekriegt. Für Esslyn sprach, daß er nie versucht hat, seine Liebschaften zu verbergen. Nicht einmal in den Jahren, in denen er mit Rosa zusammen war.«

Genau richtig, dachte Troy und blätterte die Seite um. Eine Affäre wird für die Umwelt witzlos, wenn man damit nicht hausieren gehen kann.

»Sie hat einen äußerst bestürzten Eindruck auf mich gemacht.«

»Rosa konnte schon immer auf Befehl weinen.«

»In der Tat«, sinnierte der Chefinspektor. »Sie hat sich wesentlich besser gehalten als die derzeitige Gemahlin.«

»Ah...« In einer Geste der ekstatischen Erleuchtung schlug sich Harold wie seinerzeit S. Z. (Cuddles) Szakall gegen den Unterkiefer. »Mit anderen Worten, ›*cherchez la femme*‹. Das könnte sein, das könnte durchaus sein. Er war eben ein Mensch von der Sorte, die sich immer Feinde macht. Egoistisch bis ins Mark.«

Barnaby hatte schon immer daran geglaubt, daß man die Liebe und den Respekt, der einem gerade Verstorbenen in seinem Leben entgegengebracht worden war, danach beurteilen konnte, wie groß der Abstand zwischen den ersten, meistens spontan auftretenden Schreck- und Verzweiflungsreaktionen (selbst wenn diese nur nach dem Prinzip »Der Tod eines jeden Menschen macht mich betroffen« gestrickt waren) und dem Zeitpunkt war, an dem mit einiger Erleichterung über die Macken des Toten gesprochen wurde. In Esslyn

Carmichaels Fall war der Abstand so gering, daß kaum ein Schnurrhaar von Riley dazwischengepaßt hätte.

»Aber trotzdem sind Sie mit ihm zurechtgekommen?«

»Ich komme mit jedem zurecht, Tom.«

»Persönlich oder beruflich?«

»Das ist nicht voneinander zu trennen. Esslyn hat meine Vorstellungen nicht immer akzeptiert, aber wir haben stets einen Kompromiß gefunden. Es kann eben nur einer der Leitwolf sein.«

Harolds Verachtung für eine genaue Introspektion und sein lückenhaftes Gedächtnis machten heute sicher Überstunden, beobachtete Barnaby. Oder vielleicht glaubte er auch tatsächlich, daß Esslyn pflichtbewußt die Instruktionen eines Imperators ausgeführt hatte, der einen mehr als verschwommenen Bezug zur Realität hatte, um es einmal vorsichtig auszudrücken.

»Um auf die Frage des Motivs zurückzukommen«, fuhr Harold fort, wobei er sich der subtilen Kurzschrift des Nachrufverfassers bediente, wenn dieser arrogante und unsensible Menschen zu beschreiben hatte, »dürfen Sie keinesfalls vergessen, daß er mit dummen Leuten keine Geduld hatte. Aber die« – und ein verschmitztes Lächeln huschte über sein Gesicht – »habe ich auch nicht.«

Als Harold entlassen worden war, offensichtlich ohne zu bemerken, daß er weder einen Überblick gegeben noch irgendwelche Fäden zusammengezogen hatte, kehrte Barnaby in die gewissenhaft durchsuchten und jetzt leeren Kulissen zurück und zog die Rolle Tesafilm aus einer Schachtel in Dierdres Tisch heraus. Er wand es zweimal um den Griff ihres Mikrofons, und entfernte es dann wieder, indem er es mit einem Stahlmesser durchschnitt. Er reichte es Troy. »Spülen Sie das die Toilette hinunter.« Dann stand er da und hörte auf das Rauschen und Strömen, bis der Sergeant zurückkam.

»Es geht nicht, Chef.«

»Haben Sie es in der Damentoilette auch versucht?«

»Und oben. Es ist überall unmöglich.«

»Also, diese Probe beweist, daß keiner versucht hat, den Tesafilm auf diese Art und Weise loszuwerden. Am Tatort ist er aber auch nicht gefunden worden. Das heißt…«

»Aus dem Fenster?«

»Richtig. Und bei dem Wind dürfte es mittlerweile auf halbem Weg nach Uxbridge sein. Aber – wir könnten auch Glück haben, daß er sich irgendwo verfangen hat. Wir werden morgen danach suchen. Für heute habe ich genug.«

Als sie durch den verlassenen Zuschauerraum gingen, fragte Troy: »Wieso haben Sie ihn sich bis zuletzt aufgespart, Sir? Diesen fetten alten Kerl?«

»Ich kann die Art, wie er mit Leuten umgeht, nicht leiden.« Dann, als Troy ihn immer noch fragend ansah: »Er glaubt, alle sind nur dazu da, nach seiner Pfeife zu tanzen. Er setzt jede Kooperation als selbstverständlich voraus, bedankt sich nicht bei anderen, sondern redet mit ihnen, als wären sie der letzte Dreck. Ich dachte mir, es könnte ihm nicht schaden, einmal am Ende der Schlange zu stehen.«

»Glauben Sie, er hat dadurch etwas gelernt?«

»Nein. Dazu ist es längst zu spät.«

»Ich halte ihn für reichlich überkandidelt.«

»Alle Theaterleute sind überkandidelt, Troy«, entgegnete Barnaby und zog die Tür zum Foyer auf. »Wenn sie es nicht wären, würden sie aus dem Geschäft aussteigen und einen echten Beruf ergreifen.«

Mr. Tibbs schien es eine Ewigkeit zu dauern, bis alle Leute, die nach ihm sehen mußten, nach ihm gesehen hatten. Dierdre gab einige Details an, die auf seiner Krankenkarte eingetragen wurden, und dann wurde sie gebeten, in der Rezeption zu warten. Sie war schon über eine Stunde dort, als eine Krankenschwester kam und ihr sagte, sie könne ihren Vater jetzt einen Moment sehen, aber nur, um ihm Gute Nacht zu sagen.

Mr. Tibbs lag gut verpackt in dem eisernen Rechteck seines Krankenbetts. Er antwortete nicht auf ihren Gruß, sondern sah starr vor sich hin und summte irgend etwas Atonales. Seine Wangen waren tiefrot.

»Schwester!« rief Dierdre, deren angeborener Wunsch, keinen Ärger zu machen, von ihrer Angst besiegt wurde. »Ich glaube, er hat Fieber.«

»Wir haben ihm etwas dagegen gegeben. Er wird bald einschlafen.« Die Krankenschwester kam mit einer metallenen Bettpfanne und begann, die Vorhänge von dem benachbarten Bett zurückzuziehen. »Sie müssen jetzt gehen.«

»Oh.« Dierdre wich zurück. »Entschuldigen Sie. Ich werde morgen anrufen.«

»Aber erst spät. Erst wenn die Visite vorbei ist, können wir Ihnen sagen, wo er hinkommt.«

»Wird er denn nicht hierbleiben?«

»Nein. Hier ist nur die Notaufnahme.«

»Ich verstehe... gut... gute Nacht«, stotterte Dierdre in Richtung der orangen Stoffalten. »Und vielen Dank.«

Nach einem letzten Blick auf ihren Vater, der schon Teil einer anderen Welt zu sein schien, ging Dierdre zurück an die Rezeption. Ein junger Mann führte gerade ein Gespräch, bei dem er den Telefonhörer mit Hilfe der Schulter an sein Ohr klemmte. Er sagte »eine Sekunde« zu Dierdre und sprach weiter. »Erzähl mir jetzt bloß nichts von Frau ›Niemals am Sonntag‹«, sagte er. »Ich habe sie doch gestern abend im Bolton gesehen, und sie ist ständig aufs Klo gegangen.« Er hörte einen Moment lang zu und zog die Wangen ein. »Wenn Versprechungen ein Mantel aus Teig wären, meine Liebe, dann würden ihr die Krümel bis unter die Achseln reichen.« Er war ziemlich dunkelhäutig. Dierdre fragte sich, ob es sich wohl um einen Italiener handelte. Nachdem er den Hörer aufgelegt hatte, erklärte sie ihm, daß sie jetzt nach Hause gebracht werden wolle.

»Nein, das kann ich beim besten Willen nicht machen. Wir fahren nur Notfälle.«

»A... a... aber...«, druckste Dierdre überfordert. »Ich wohne doch ewig weit weg von hier.«

»Das kann schon sein, Herzchen. Aber was ist, wenn auf der Autobahn gerade ein schwerer Unfall passiert und der Krankenwagen sich auf einer Spritztour mit Ihnen befindet?«

»... Sie haben doch sicher nicht bloß einen Wagen...«

»'tschuldigung. Das sind eben die Regeln.«

Dierdre sah ihn fassungslos an. In der heißen, stickigen Empfangshalle schienen ihre nassen Kleider zu dampfen. Sie wankte vor Erschöpfung. Und jetzt, da ihr Vater in guten Händen war, fielen alle Gefühle von ihr ab – Angst, Liebe, Schrecken und Verzweiflung. Sie war fast bis zur Grenze der Nichtexistenz benommen.

»Die Busse fahren um sieben wieder... Sie können sich ja irgendwo zum Schlafen hinlegen.« Dierdre tat ihm leid, daran bestand gar kein Zweifel. Sie sah wirklich ganz schön fertig aus. »Wenn es nach mir ginge...« Er sagte das immer, weil er sich dann besser fühlte. Er mußte sich besser fühlen, um vorschlagen zu können: »Oder ich kann Ihnen auch ein Taxi rufen.«

»Ein Taxi.« Das war keine Frage. Sie wiederholte es nur wie ein Kind, das eine Lektion zu lernen hat. Dierdre mußte sich sehr zusammenreißen, um überhaupt noch denken zu können. Ihr Erinnerungsvermögen schien völlig zum Stillstand gekommen zu sein wie ihre anderen psychischen und physischen Funktionen auch. Ein Taxi erforderte Geld. Vorsichtig steckte sie die Hände in die Taschen. Sie hatte kein Geld dabei. Unter größter Anstrengung zwang Dierdre sich, eine Erinnerung auf die leere Leinwand ihres Geists zu projizieren. Sie sah sich aus dem Latimer rennen. Sie hatte ihren Mantel an, und ihre Hände waren leer. Das hieß, ihre Tasche mußte immer noch im Theater sein. Wenn sie sich jetzt also ein Taxi nehmen würde (ihre Augenbrauen zitterten vor Mühe, sich den nächsten Schritt vorzustellen), müßte der Fahrer warten, bis sie ihre Tasche geholt hatte. Erst dann nämlich konnte sie ihn bezahlen, und er konnte sie nach Hause fahren. Dierdre, deren Gesicht aschfahl vor Erschöpfung war, ging die Details ihres einfachen Planes noch einmal durch, konnte dabei aber keinen Fehler finden.

»Ja«, bat sie, »ein Taxi.«

»Das wird aber jetzt den doppelten Preis kosten«, gab der Mann, der am Empfang Dienst hatte, zu bedenken und begann, munter zu wählen. »Es ist schon nach zwölf, verstehen Sie.«

Dierdre lehnte das Angebot, sich ein wenig auf dem Sofa zu entspannen, ab, da sie befürchtete, sie würde einfach zusammenbrechen und niemals wieder aufstehen, sobald sie erst einmal saß. Sie wunderte sich im Moment ohnehin maßlos darüber, warum die Beine ihren Körper noch tragen konnten. Sie fühlten sich an, als wären sie aus zerbrochenem und wieder schlecht zusammengeklebtem Porzellan. Der Wagen kam fast sofort. Der Fahrer, ein Mann mittleren Alters, blickte Dierdre erschrocken an.

Und sie sah auch tatsächlich schrecklich aus. Ihr Gesicht war totenblaß, und um ihre Augen – glasig und starr – lagen schwarze Ringe. Ihre feuchten Kleider waren voller Lehmflecken, und irgendwo auf ihrer nächtlichen Irrfahrt hatte sie auch einen Schuh verloren. Darüber hinaus (der Taxifahrer konnte nicht umhin, es zu bemerken) hatte sie auch keine Handtasche bei sich. Diese Tatsache sowie ihre bizarre Erscheinung – er hielt sie für eine Art Hippie – ließen die an sich natürliche Besorgnis in ihm aufsteigen, daß er vermutlich kein Geld für die Fahrt sehen würde. Nachdem sie ihn in diesem Punkt beruhigt hatte, reichte er ihr den Arm, den sie genauso selbstverständlich nahm, wie sie ihn nicht zu sehen schien, und sie verließen gemeinsam das Gebäude.

»Tiere kosten extra«, erklärte er, als sie beim Auto angekommen waren.

»Was?«

»Ist das denn nicht Ihrer?« Der Mann deutete mit dem Kopf auf einen kleinen Hund, der geduldig vor dem Haupteingang gewartet hatte und jetzt neben ihr hertrottete.

»Oh…« Dierdre zögerte und sah auf das Tier hinunter. Von der gigantischen Aufgabe, dem Mann ihren Mangel an Aufmerksamkeit zu erklären oder gar etwas zu der Herkunft des Hundes, seines Besitzers oder der Gründe zu sagen, wieso er hier war, fühlte sie sich schlichtweg überfordert, und daher antwortete sie einfach mit: »Ja.«

Die Straßen waren nahezu menschenleer, und sie schafften die zwölf Meilen nach Causton in weniger als zwanzig Minuten. Aber erst, als sie das Latimer erreichten, wurde Dierdre der große Haken an ihrem Plan bewußt. Im Theater schien niemand mehr zu sein. Das Gebäude war dunkel und der Wachmann bereits gegangen. Dierdre stand auf dem Bürgersteig, und jetzt wurde ihr außerdem noch bewußt, daß sich ihre Hausschlüssel ebenfalls in der Tasche befanden. Und da waren auch die Schlüssel für das Latimer.

Der Taxifahrer, dessen Mißtrauen jetzt wieder erwacht war, drückte auf die Hupe. Dierdre ging auf das Theater zu und bemerkte eine große, schlaksige Vogelscheuche mit wild gelocktem Haar, die sich plötzlich im Glas spiegelte. Sie drückte gegen eine der Türen, die jedoch nicht nachgab. Sie stemmte sich mit beiden Händen dagegen, mehr um sich selbst zu stützen, als um die Tür zu öffnen. Dabei spürte sie jedoch, wie die Tür ein klein wenig nachgab. Deshalb drückte Dierdre mit aller Kraft, die sie noch hatte. Es war, als würde sie einen gigantischen Felsbrocken einen Berg hinaufschieben. Dierdre betrat das dunkle Foyer. Bestimmt, dachte sie, muß noch jemand hier sein, denn weshalb sollte die Tür sonst noch offen sein? Vielleicht war das Abschließen aber ja auch wegen des ganzen Wirbels (der für sie schon Lichtjahre zurückzuliegen schien) vergessen worden. Egal, wenigstens konnte sie ihre Tasche holen. Sie sah vage den Umriß der Treppe zum Zuschauersaal, die aussah wie eine zerklüftete Klippe, und die enorme Weite des Teppichs, die sie überwinden mußte, um die Stufen zu erreichen.

Sie machte den ersten Schritt. Und dann vorsichtig noch zwei weitere. Als die Türen zum Zuschauerraum aufgingen, strömte Licht in das Foyer, und zwei Gestalten erschienen. Benommen sah Dierdre, wie die Türen, die immer noch in Bewegung waren, in die Luft flogen. Dann folgten die Stufen. Und schließlich spürte sie, wie der harte Boden plötzlich gegen ihren Hinterkopf schlug.

Abgang, gefolgt von einem Bären

Die Barnabys saßen beim Frühstück. Cully aß frische Ananas und griechischen Joghurt. Barnaby war mit der wabbeligen Herausforderung befaßt, die ein zu weich gekochtes Ei stellte, und Joyce ordnete zwei Zweige *Viburnum bodanantense* in einer Glasvase auf einem Tablett an.

»Ich wette«, sagte Cully, »daß absolut jeder, der gestern im Theater war, das ganze Drama jetzt bei Eiern und Speck genüßlich durchkaut.« Sie hatten das bis vor einigen Minuten selbst auch getan, bis Cully angemerkt hatte, Harold könne jetzt jedenfalls nicht mehr den Mangel an Echtheit beklagen, woraufhin sie hart für ihre Gefühllosigkeit kritisiert worden war. Aber sie kam schon bald wieder auf das Thema zurück. »Meinst du, da steckt einer mit der lustigen Witwe unter einer Decke?«

»Schon möglich.«

»Ich wette, so ist es. Wie in einem *film noir. Der Milchmann klingelt immer zweimal.«*

»Sei nicht so frech, Cully.«

»Andererseits«, bemerkte Barnaby und nahm eine Tablette, »sieht es auch für Dierdre nicht besonders gut aus.«

»Die arme Dierdre«, seufzte Joyce automatisch. Dann mißbilligte sie das Pillenschlucken ihres Mannes, das sie beharrlich als einen amüsanten Tick ansah.

»Ihr solltet so etwas nicht sagen.«

»Was meinst du genau, mein Liebling?« erkundigte sich ihre Mutter.

»Diese ständigen bemitleidenden Bemerkungen über Dierdre, so als wäre sie ein armes Ding.«

»Aber das ist doch ganz verständlich«, beharrte Joyce. »Sie führt nun mal ein sehr trauriges Leben. Du dagegen hast alle erdenklichen Vorteile und solltest deshalb etwas dankbarer sein.«

»Seit wann macht es einen denn dankbarer, wenn man alle möglichen Vorteile hat? Dierdre tut dir und Daddy leid. Das ist schrecklich, weil so gönnerhaft. Leute zu bemitleiden ist nicht fair. Man setzt sie damit herab. Diejenigen, die das tun, verdienen keinen Respekt.«

Barnaby sah seine schöne und kluge Tochter an, als sie fortfuhr: »Das letzte Mal, als ich zu Hause war, hat Mum sie bestürmt, abzunehmen und sich Kontaktlinsen anzuschaffen. Das ist so sentimental. Das typische Aschenputtelsyndrom. Dierdre ist so, wie sie ist, interessant und intelligent genug. Ich glaube, sie könnte mit den meisten im Latimer den Boden aufwischen, wenn man ihr nur die Gelegenheit dazu ließe. Sie hat ein Talent für Inszenierungen, auf das selbst Kardinal Wolsey stolz sein könnte.«

Sie fügte hinzu, als ihre Mutter ein Glas Instantkaffee aus dem Schrank holte: »Gib ihr das bloß nicht, um Gottes willen. Es ist schon schwer genug für sie, heute morgen aufzuwachen. Gib ihr lieber etwas von meinem Filterkaffee.«

Joyce nahm einen der Kaffeefilter von Marks and Spencer aus der Schachtel und plazierte ihn auf der Tasse. Cully brachte immer eine, wie sie es nannte, Sicherheitsration davon mit nach Hause. Das war einer der Gründe, weshalb sich ihr Vater immer so auf ihre Besuche freute. Jetzt fragte sie: »Kann ich heute abend eine Gemüselasagne haben? Sie ist in der Gefriertruhe.«

»Aber ich mache doch eine Bouillabaisse.«

»Oh, Mama, sei doch nicht so albern.«

»Steht alles da drin.« Joyce deutete auf ein Buch, das aufgeschlagen neben dem Brotkorb lag. »Und sehr gut erklärt. Ich bin sicher, ich kriege das perfekt hin.«

Cully aß ihre Ananas auf, ging zu ihrer Mutter und nahm das Buch in die Hand. »*Floyd über Fisch?* Es sieht dir gar nicht ähnlich, dich vom Fernseher verführen zu lassen.«

»Oh, ich habe es auch nicht bestellt. Harold hat es mir gegeben.«

»Harold?« wunderte sich ihr Ehemann. »Harold würde dir doch nicht einmal den Dreck aus seinem Nabel geben.«

»Er hat es ja auch nicht gekauft. Es ist ihm anonym ins Theater geschickt worden. Will noch jemand eine Scheibe Toast...«

Cully schnappte sich blitzschnell das Brot aus dem Rachen des Toasters und sagte: »Wie ausgefallen, so etwas an einen Ort zu schicken, an dem noch nicht einmal Essen verkauft wird.«

»Ich glaube nicht, daß es für das Theater gedacht war. Man hatte es an ihn persönlich adressiert.«

»Wann ist das Päckchen denn angekommen?« fragte Barnaby.

»Oh... ich weiß es nicht mehr genau...« Joyce gab etwas Butter auf eine Untertasse. »Vor einigen Wochen.« Der Kaffee tröpfelte durch den feinmaschigen Filter, und sein Aroma vermischte sich mit dem Duft des Viburnum.

»Laß mal sehen.« Cully brachte ihm das Buch und zischte: »Verbrenn es« in Barnabys Ohr, als sie es neben das Ei legte. Dieses war inzwischen bis zu einem Stadium geronnen, das es ihm ermöglichte, ein wenig davon in den Mund zu befördern. Er schlug das Buch auf. Es stand keine Widmung darin.

»Ist es denn mit der Post gekommen?«

»Nein. Es ist durch den Briefschlitz geschoben worden. Das hat jedenfalls Dierdre gesagt.«

»Seltsam.« Barnaby ließ das Buch in seine Tasche gleiten.

»Tom! Was wird denn nun aus meiner Bouillabaisse?«

»Ich fürchte, die müssen wir verschieben, Liebes.« Barnaby stand auf. »Ich muß jetzt gehen.«

Als er ging, hörte er noch, wie seine Tochter fragte: »Hast du eigentlich die Telefonnummer von diesem Jungen, der den Mozart gespielt hat?«

Und Joyce antwortete darauf: »Mach die Tür auf, Cully.«

Joyce trug das Tablett nach oben, stellte es vor dem Gästezimmer ab und klopfte leise an.

Dierdre hatte ununterbrochen durchgeschlafen. Selbst jetzt noch, Stunden, nachdem sie ein Glas heißen Rum mit Zitrone getrunken hatte, war sie fast bewußtlos. Zuweilen hatte sie eine weit entfernte Stimme gehört, und gelegentlich waren da auch klirrende und glockenähnliche Laute zu vernehmen gewesen, aber die schienen nur Teil eines Traumes zu sein. Sie wollte einfach nicht aufwachen, denn ihr war vage bewußt, daß der Wachzustand mit einem derartigen Unbehagen verbunden war, daß sie ihn lieber verdrängte, als ihm zu nahe zu kommen.

Joyce öffnete die Tür und schlich lautlos hinein. Sie hatte bereits zweimal in das Zimmer geschaut und gesehen, wie fest das Mädchen schlief, und daher hatte sie es nicht über das Herz gebracht, sie aufzuwecken.

Als Tom sie gegen zwei Uhr morgens hergebracht hatte, war sie in einem schrecklichen Zustand gewesen. Naß bis auf die Knochen und mit Lehm beschmiert, das Gesicht zerkratzt und tränenüberströmt. Joyce hatte ihr Fieber gemessen, und dann waren sie zu der Einschätzung gekommen, daß sie ganz einfach überstrapaziert und erschöpft wäre und es keinen Grund dafür gäbe, einen Arzt zu rufen. Tom hatte den Ausgangspunkt von Dierdres Fahrt ermittelt, als er das Taxi bezahlte, und Joyce hatte noch vor dem Frühstück im Krankenhaus angerufen, weil sie hoffte, das Mädchen mit guten Nachrichten wecken zu können. Aber sie gaben sich sehr verschlossen (was immer ein schlechtes Zeichen war), und als sie gestand, daß sie keine nahe Verwandte wäre, hatte man ihr bloß gesagt, es ginge ihm den Umständen entsprechend.

Nun trat Joyce ans Bett und beobachtete, wie das langsam einsetzende Bewußtsein die schläfrige Verwirrung aus Dierdres Gesicht fegte.

Als Dierdre erwachte, setzte sie sich sofort auf und rief: »Ich muß ins Krankenhaus.«

»Ich habe schon dort angerufen. Und deinem Arbeitgeber habe ich auch Bescheid gegeben. Ich habe gesagt, du wärst etwas blaß um die Nase und kämest erst in ein paar Tagen wieder.«

»Was haben sie im Krankenhaus gesagt?«

»Ihm geht es ... soweit ganz gut. Du kannst dort anrufen, sobald du gefrühstückt hast. Es ist nichts Besonderes.« Joyce stellte das Tablett auf Dierdres Knie. »Nur ein wenig Toast und etwas Kaffee. Oh – und mach dir keine Sorgen um deinen Hund. Im Revier passen sie schon auf ihn auf.«

»Joyce ... ihr seid so nett ... du und Tom. Ich hätte nicht gewußt, was ich gestern abend hätte tun sollen ... wenn ... wenn ...«

»Na, na.« Joyce nahm Dierdres Hand, scherte sich einen Dreck um Überheblichkeit und drückte sie an sich. »Wir sind doch froh, daß wir dir helfen können.«

»Was für schöne Blumen ... alles ist so hübsch hier.«

Dierdre hob ihre Tasse an den Mund. »Und der Kaffee ist einfach köstlich.«

»Dafür mußt du dich bei Cully bedanken. Sie hat gemeint, selbstlöslicher Kaffee sei nicht gut genug für dich. Und das Nachthemd auch nicht.«

»Oh.« Dierdres Gesicht verdüsterte sich. Sie sah auf ihre

voluminösen purpurroten Flanellärmel hinunter. Sie hatte ganz vergessen, daß Cully da war. Sie kannte Barnabys Tochter schon, seit sie ein Kind von neun Jahren gewesen war, und Cullys Meinung über die CADS klang ihr noch ganz genau in den Ohren, da sie die derben Worte in ihrer frühen Teenagerzeit oft genug zu hören bekommen hatte. Nun studierte sie in Cambridge; es bestand kein Zweifel daran, daß sie sich heute noch drastischer äußern würde. »Ich glaube, ich schaffe den Toast nicht.«

»Das macht nichts – du bist ja gerade erst aufgewacht. Aber vielleicht möchtest du ein Bad nehmen?«

Bisher hatte Joyce nur Dierdres Gesicht und ihre Hände gewaschen, während das Mädchen vor dem Waschbecken gestanden und wie ein Zombie geschwankt hatte.

»...Ja, gern... ich fühle mich schrecklich.«

»Ich habe nach ein paar Sachen zum Anziehen gesucht und dir auch warme Strümpfe rausgelegt. Ich fürchte, meine Schuhe sind dir zu klein. Aber vielleicht kannst du dich in meine Gummistiefel zwängen.« Joyce stand auf. »Ich lasse dir jetzt das Badewasser ein.«

»Danke. Oh, Joyce – haben sie etwas herausgefunden, nachdem ich gegangen bin... ich meine, die Polizei... wer hat...?«

Joyce schüttelte den Kopf. »Ich kann es immer noch nicht glauben.« Dierdres Gesichtszüge gerieten in heftige Bewegung. »Was für eine furchtbare Nacht. So lange ich lebe, werde ich das nie vergessen.«

»Ich denke, das wird keiner von uns jemals vergessen können«, antwortete Joyce. »Du könntest vielleicht im Krankenhaus anrufen, während du auf dein Bad wartest. Ich habe die Nummer aufgeschrieben und neben das Telefon gelegt.«

Nachdem Joyce gegangen war, fand Dierdre ihre Brille, setzte sie auf, hockte sich auf die Kante am Fußende des Betts und starrte in den Spiegel über dem Frisiertisch. Cullys Kleid wogte wie ein purpurner Fallschirm um sie herum. Das Rot erinnerte an Wunden in frisch getötetem Fleisch. Als sie das Wasser im Bad rauschen hörte, erinnerte sie sich wieder an das Reservoir. Sie klammerte sich an der Bettkante fest. In ihrem Geist setzten sich zwei Bilder zusammen: Esslyns Kehle klaffte wieder auf. Das Blut kam – ein Rinnsal, ein Strom, ein reißender Fluß, der in das Reservoir floß und das Wasser verschmutzte. Und ihr Vater fiel noch einmal aus dem Boot, tauchte unter und kam wieder an die Oberfläche. Sein Gesicht schimmerte fleischfarben. Er tat es wieder und immer wieder, wie eine Aufziehpuppe. O Gott, dachte Dierdre, diese beiden Bilder werde ich jetzt für den Rest meines Lebens vor Augen haben. Jedesmal, wenn ich aufhöre, irgend etwas zu tun. Jedesmal, wenn ich die Augen schließe. Jedesmal, wenn ich versuche einzuschlafen. Mein ganzes Leben lang. Entsetzt schlug sie die Hände vor die Augen.

»Hallo.« Dierdre sprang auf. Cully stand in der Tür, so schlank wie immer, ein Aal in Bluejeans. Sie trug zudem noch ein T-Shirt, auf dem stand: *»Merde! J'ai oublié d'éteindre le gaz!«* »In diesen Sachen siehst du besser aus denn je, Dierdre. Behalte sie.«

Wenn ich jemals eine Spitze gegen meine Fülligkeit gehört habe, dann war das eine, dachte sich Dierdre. Sie antwortete steif: »Nein, danke. Ich habe zu Hause mehrere Schlafanzüge.« Dann überlegte sie: Was war eigentlich, wenn Cully einfach bloß versuchte, nett zu sein? Wie brüsk und undankbar mußte sich das dann anhören.

»Schon gut.« Cully lächelte unbeeindruckt. Sie hatte perfekte Zähne, ebenmäßig und strahlend weiß, wie ein Filmstar. Dierdre hatte einmal gelesen, daß sehr weiße Zähne immens kalkhaltig waren und daher schneller brachen. Das schien ihr ein viel zu geringer Preis für die enorme Wirkung zu sein. »Ich bin auch nur gekommen, um dir zu sagen, daß ich ein ganz tolles Badeöl aus Frankreich zum Geburtstag geschenkt bekommen habe. Celandine und Marshmallow – und es steht auf dem Fensterbrett im Badezimmer. Nimm reichlich davon – dann fühlst du dich gleich wunderbar.« Cully wandte sich zum Gehen, drehte sich dann aber noch einmal um und zögerte.

»Eine schreckliche Geschichte, gestern abend. Tut mir leid. Das mit deinem Vater, meine ich.«

»Der kommt schon wieder in Ordnung«, beeilte sich Dierdre zu erwidern.

»Da bin ich mir ganz sicher. Ich wollte es nur loswerden.«

»Vielen Dank.«

»Esslyn dagegen tut mir nicht leid. Er war ein Ausbund an Tollwut, daran besteht kein Zweifel. Wenn ich Königin wäre, würde ich anberaumen, daß das Volk zur Feier des Tages auf den Straßen tanzt.«

Als Cully gegangen war, rief Dierdre im Krankenhaus an und bekam zu hören, daß ihr Vater schlief und am Nachmittag ein Spezialist vorbeikommen würde und es daher besser sei, sie würde ihn nicht vor morgen besuchen. Nachdem man ihr versichert hatte, ihm auszurichten, daß sie angerufen und einen Gruß hinterlassen hatte, ging Dierdre ins Bad und fühlte sich ein wenig schuldbewußt, weil sie der Gedanke daran erleichterte, mal einen ganzen Tag lang Ruhe zu haben und sich nicht der Belastung eines Krankenbesuchs aussetzen zu müssen.

Dierdre maß vorsichtig einen Fingerhut von dieser *Essence de Guimauve und Chélidoine* ab, schüttete ihn ins Wasser und ließ sich kurz darauf selbst in das wohlriechende Badenaß gleiten. Dann, als sie ihren Körper entspannt zurücklehnte, ließ sie sich fallen, floß, glitt davon, entschwand. Ihr Geist schmiß alle grauenvollen Erinnerungen ab, und eine neue Empfindung erschien allmählich und scheu an der

Oberfläche. Diese Empfindung war zu schrecklich, als daß sich ihr Dierdre hätte vollends hingeben können, aber sie spürte eine gewisse, keineswegs unangenehme Anspannung und zwang sich deshalb, darüber nachzudenken.

Cullys schonungslose Offenheit, mit der sie über das Unglück des Vorabends gesprochen hatte, erschreckte Dierdre zutiefst. Sie war in dem Glauben erzogen worden, daß man niemals etwas Schlechtes über Tote sagen dürfe. Als sie ein Kind war, hatte sie angenommen, das verbiete sich, weil sonst die Toten, wenn man ihnen nur die Gelegenheit dazu gäbe, zurückkämen und sich an einem rächen würden. Später änderte sie diese Meinung, indem sie die Erkenntnis einschloß, daß a) wenn man nur nette Sachen über Tote sagte, sie vielleicht ein gutes Wort für einen einlegen würden, wenn man selbst an der Reihe war, und b) daß es einfach unehrenhaft war, Menschen anzugreifen, die sich nicht mehr wehren konnten.

Nun aber war sie bereit, wenn auch zaghaft und ein wenig ängstlich, ein Gefühl zu entdecken – ja, sogar als gegeben hinzunehmen –, sich etwas einzugestehen, wovon sie ihr Leben lang gehofft hatte, sie würde für immer frei davon sein. Sie rief sich Esslyns Benehmen den anderen Schauspielern gegenüber ins Gedächtnis zurück. Seine Herablassung und seinen Hohn; seine Rücksichtslosigkeit ihren Gefühlen gegenüber, seine unerschütterliche Ichbezogenheit und sein großspuriges, geckenhaftes Auftreten. Sein Lachen und seinen Spott, der sich gegen ihren Vater gerichtet hatte. Sie hielt den Atem an, ihre geballten Fäuste lagen in dem parfümierten Wasser, und Dierdre wurde mehr oder weniger kraß eine schreckliche neue Erkenntnis über sich selbst bewußt. Sie hatte Esslyn *gehaßt.* Ja. Gehaßt. Und was noch schlimmer war, *sie war froh darüber, daß er tot war.*

Ihr Gesicht war kreidebleich. Sie öffnete die Augen, starrte an die Decke und wartete auf eine Mißfallensbekundung Gottes. Auf einen Donnerschlag. Da man ihr als Kind eingebleut hatte, daß jedesmal, wenn sie log, ein Donnerschlag ertönen würde und es nur Gottes allesvergebende Liebe sei, die ihn davon abhielt, augenblicklich über sie hereinzubrechen, hatte sie versucht, sich diese himmlische Waffe der Vergeltung vorzustellen, aber alles, was ihrem jungen Geist dazu einfiel, war der Blitz auf der Küchentür, tausendfach vergrößert und in schimmernder Bronze. Es brach jedoch nichts auch nur annähernd Vergleichbares durch die Badezimmerdecke der Barnabys.

Bei der Erkenntnis, daß sich daran auch nichts ändern würde und sie fortan ohne Angst vor göttlicher Rache froh darüber sein konnte, daß Esslyn nicht mehr in der Lage war, jemandem Schmerz oder Ärger zuzufügen, brach eine Woge über Dierdre herein, die viel zu mächtig war, um sie nur als Erleichterung zu bezeichnen. Sie lag benommen da und konnte an diese neue Wahrheit noch nicht so ganz glauben. Sie fühlte sich, als hätte ihr jemand ein riesiges Joch von den Schultern genommen oder schwere Ketten von ihren Beinen und Füßen entfernt. Jede Minute war damit zu rechnen, daß sie bis unter die Decke schweben konnte. Sie fühlte sich zwar schwach, war aber weit davon entfernt, hilflos zu sein. Sie empfand ihre Schwäche vielmehr in einer Form, wie sie starken Menschen manchmal zustößt: also nicht als chronischen Zustand, sondern als Akzeptanz eines zeitweiligen dringenden Ruhe- und Erholungsbedürfnisses. Jetzt wünschte sie sich, sie hätte ihren Toast gegessen.

Nach ein paar weiteren schläfrigen Minuten drehte sie das heiße Wasser auf und griff nach dem Celandine- und Marshmallow-Badeöl. Wenn schon ein Fingerhut davon so eine Wirkung hat, dachte Dierdre, was würde dann erst eine halbe Tasse davon bewirken?

Barnaby, der den Bericht vom Tatort und die Zeugenaussagen studiert hatte, saß regungslos da, starrte die Wand seines Büros an, die Lippen gespitzt und den leeren Blick auf einen imaginären Beobachtungspunkt meilenweit entfernt gerichtet. Troy, der das alles kannte, ließ sich nicht täuschen. Der Sergeant hatte auf einem der Besucherstühle (Chromgestell und Tweedpolster) Platz genommen und blickte zum Fenster hinaus auf den dunklen Regen, der gegen die Scheibe prasselte.

Er hätte vor Gier nach einer Zigarette sterben mögen, brauchte aber nicht erst auf das Nichtraucherzeichen an der Tür zu schauen, um sie gar nicht erst anzuzünden. Er war daran gewöhnt, den ganzen Tag mit einem Frischluftfanatiker eingesperrt zu sein. Was ihn dabei am meisten ärgerte, war der Umstand, daß der Chefinspektor zu seiner Zeit ein Kettenraucher gewesen war, der mindestens fünfzig Stück am Tag gequalmt hatte. Bekehrte Raucher sind eben – genauso wie bekehrte Sünder – die allerschlimmsten. Die eigene Leistung genügt ihnen nicht, dachte Troy, sondern sie fühlen sich zu allem Überfluß auch noch dazu berufen, die Uneinsichtigen zu missionieren oder zu verdammen. Und das ohne einen Gedanken an die möglichen Nebenwirkungen ihres Handelns. Als Troy an die ganze frische, kalte Luft dachte, die durch die kleinen Lungenbläschen eilte, denen ihr schützender Nikotinbelag verweigert wurde, schüttelte es ihn. Das Ende vom Lied mußte unweigerlich eine Lungenentzündung sein. Gegen diese Eventualität schützte er sich, indem er außerhalb des Büros, auf der Toilette und überall und in jeder Sekunde, in der sein Chef nicht im Gebäude war, eine Zigarette durchzog. Um diesen Tiraden etwas entgegenzusetzen, hatte er von Capstan zu Benson's Silk Cut gewechselt und auch mit Gitanes Caporal geliebäugelt. Die Idee, französische Zigaretten zu inhalieren, hatte ihm allerdings mehr zugesagt als die Dinger selbst, und als Maureen ihm dann auch noch erzählt hatte, die Glimmstengel stänken wie ein läufiger Iltis, war es ihm gar nicht mal schwer gefallen, sie nicht mehr zu rauchen.

Troy hatte die Aussagen ebenfalls gelesen, aber den Bericht vom Tatort noch nicht. Auch war er zugegen gewesen, als die Smys vor einer Stunde befragt worden waren. Es ging los mit David, der in einer klaren und gelassenen Weise angegeben hatte, daß er weder das Band von der Klinge entfernt, noch gesehen hätte, wie jemand anders das getan hatte. Sein Vater sagte dasselbe aus, war aber nicht ganz so ruhig. Sein Gesicht war rot, und er war laut und verwirrt. Das hieß allerdings noch lange nicht, daß er auch schuldig war. Troy wußte aus Erfahrung, daß viele unschuldige Menschen, die sich für eine formale Befragung in ein Polizeirevier begeben mußten, von ihren Gefühlen der noch nicht bestätigten Unschuld übermannt wurden. Trotzdem... Smy senior hatte sich nervös verhalten. Troy bemerkte, daß Barnaby ein undeutliches Brummen von sich gab. Er kam wieder zu sich.

»Dieses letzte Wort, Sergeant...«

»Sir.«

»Dilettant... übel, oder?«

»Ja. Daran habe ich auch schon gedacht.« Troy wartete höflich auf ein ermunterndes Nicken und fuhr dann fort: »War vielleicht jemand dazu bestimmt worden, etwas zu tun, und er hat dann alles verpfuscht? Und war das Durchschneiden der Kehle das Ergebnis davon? Oder war vielleicht Carmichael der Stümper? Ich meine – es ist doch anzunehmen, daß er nur das getan hat, was er auch tun sollte. Eben das, was sie auch eingeübt hatten?«

»Geprobt hatten, so heißt es. Ja. Alle schienen sich einig zu sein, daß die letzte Szene so ablief wie sonst auch...«

»Also, wen könnte er dann mit dem Dilettanten gemeint

haben? Ich frage mich tatsächlich, ob er das Band nicht selbst abgerissen hat.«

»Nein. Der wäre der Letzte, der jemals einen Selbstmord begangen hätte.«

»... was bedeutet, daß er es aus irgendwelchen anderen verrückten Gründen abgerissen haben müßte. Vielleicht, um jemanden in Schwierigkeiten zu bringen. Und dann, in der Hitze des Augenblicks – völlig von der Musik und allem anderen abgelenkt –, hat er es schlichtweg vergessen. Vielleicht wollte er damit sagen: ›Ich Dilettant, ich habe alles verpfuscht.‹«

»Das sähe ihm aber gar nicht ähnlich.« Troy wirkte so niedergeschlagen, daß Barnaby hinzufügte: »Mir ist auch noch nichts Besseres eingefallen. Nur soviel ist klar: Er hat sich bemüht, uns mit seinem letzten Atemzug etwas zu sagen. Das muß etwas bedeuten. Und sicher etwas sehr Wichtiges, würde ich sagen. Wir sind dem nur noch nicht nachgegangen. Das hier«, und er schlug auf den Tatortbericht, »weist ein oder zwei Überraschungen auf. Zum einen, daß es auf dem Rasiermesser nur Fingerabdrücke von einer Person gibt, obwohl Dierdre es überprüft hat, ehe sie es Sweeny gab, der es, wo auch immer das gewesen sein mag, hinterlegt hat. Wir werden das natürlich noch überprüfen, aber es müßten die Fingerabdrücke des Ermordeten sein. Wir haben ja alle gesehen, wie er es zur Hand genommen und benutzt hat. Und wenn Dierdre keinen Grund hatte, ihre Fingerabdrücke abzuwischen ...«

»Es sei denn, sie hat sich ausgerechnet, daß wir uns genau das denken würden, und aus ebendiesem Grund das Rasiermesser abgewischt?«

»Das bezweifle ich.« Barnaby schüttelte den Kopf. »So was verlangt eine Kaltblütigkeit, von der ich mir nicht vorstellen kann, daß Dierdre sie aufbringt. Und ich kenne sie jetzt schon seit zehn Jahren. Vor allem hat sie sehr klare Vorstellungen von Gut und Böse. Für jemanden in ihrem Alter ist sie darin sogar ziemlich altmodisch.«

»Nun ja, dann bleibt uns immer noch viel, womit wir spielen können.«

Barnaby war sich da nicht so sicher. Obwohl sich bei der Premiere jede Menge Leute auf und hinter der Bühne befunden hatten, glaubte Barnaby, daß derjenige, der die Klinge manipuliert hatte, unter der Handvoll von Leuten zu finden war, die den Toten gut gekannt hatten. Er hielt es auch für höchst unwahrscheinlich, daß einer der jungen Schüler Esslyn einen üblen Streich hatte spielen wollen, obwohl er einige Aussagen in dieser Richtung aufgenommen hatte. Auch bei den Darstellern der Nebenrollen würde er wohl kein Glück haben, denn drei von ihnen hatten den Toten vorher nicht einmal gekannt, weil sie nur für *Amadeus* der Truppe beigetreten waren. Obwohl er seinen Geist für diese beiden möglichen Optionen offenhielt, beschloß er, die Reihe seiner Hauptverdächtigen genauer zu untersuchen. Ganz oben, vermutete er laut, müßte die Witwe stehen.

»Da haben wir es mit einem ganzen Berg von Selbstverbrennung zu tun, Sir.«

»Das können Sie wohl laut sagen.«

»Und ich wäre auch gar nicht überrascht, wenn das Kind nicht vom Ehemann wäre. Frauen sind treulose Wesen.« Troy sprach mit einiger Bitterkeit. Er hatte vor zwei Jahren sehr offen sein Interesse an Polizistin Brierley gezeigt, nur um dann mit ansehen zu müssen, wie sie sich in der folgenden Woche in einen neuen Rekruten verliebt hatte, der noch nicht ganz aus seinem Strampelhöschen herausgekommen war, und schon steckte er in ihrem. »Und bei all diesen Schauspielern – nun ja, da weiß man doch nie, woran man ist.«

»Können Sie das etwas genauer erklären?«

»Die Sache ist die«, fuhr Troy fort, »wenn man normalerweise mit Verdächtigen spricht, sagen sie die Wahrheit oder erzählen Lügen, wenn sie etwas zu verbergen haben. Alles in allem weiß man also immer, womit man es zu tun hat. Aber diese Typen... die übertreiben, geben an und stellen sich alle bloß selbst dar. Ich meine, nehmen Sie nur diese Frau, mit der er verheiratet war. Als die Ihre Fragen beantwortet hat, war es, als würde man Jeanne d'Arc den Scheiterhaufen besteigen sehen. Es war kaum zu erkennen, was sie wirklich gefühlt hat.«

»Meinen Sie nicht, daß sie wirklich verzweifelt war?«

»Das kann ich nicht sagen. Ich bin verdammt froh, daß Sie die alle schon vorher gekannt haben.«

»Aber bloß, weil jemand sein Gefühl auf eine besonders eindrucksvolle oder sogar sehr elegante Art ausdrückt, bedeutet das doch noch lange nicht, daß er unehrlich ist. Vergessen Sie das nicht.«

»Klar, Chef.«

»Und mit Ausnahme von Joyce und Nicholas sollten Sie sie doch inzwischen wirklich alle durchschauen können. Es sind nämlich schrecklich schlechte Schauspieler.«

»Oh.« Troy behielt seine Meinung für sich. Er war tatsächlich der Meinung gewesen, die Aufführung sei ganz gut. Enttäuscht war er erst, als er sich die Szenerie aus der Nähe ansah. Alles altes Zeug, irgendwie zusammengeschustert, übermalt und durch etwas zusammengehalten, was wie klapprige alte Kleiderständer aussah. Erstaunlich, was man mit ein wenig Beleuchtung alles ausrichten konnte. Dieser Gedanke erinnerte ihn an etwas. »Ich denke, Doris und Daphne sind wohl ausgeschieden, Sir? Die beiden Ahnungslosen aus der Beleuchterkammer?«

»Ich neige auch zu dieser Annahme. Abgesehen von der Tatsache, daß es kein erkennbares Motiv gibt, waren sie auch nur sehr kurz in den Kulissen und der Garderobe – wie die Zeugenaussagen der Schauspieler bestätigen« – er tippte mit der Hand auf den Stapel Formulare –, »und das auch noch unmittelbar vor dem ersten Aufzug, so daß sie einfach keine Zeit gehabt hätten, an dem Messer herumzuhantieren. Dasselbe gilt für Harold. Ich bin zufällig gleichzeitig mit ihm und seiner Frau im Theater angekommen. Er hat seinen Mantel aufgehängt und gleich darauf seine Galanummer im Foyer abgezogen. Er war auch da, als Cully und ich der Besetzung Glück gewünscht haben...«

»Ein wunderschönes Mädchen übrigens, Chef. Einfach phantastisch.«

»...und ein oder zwei Minuten später bin ich wieder runtergekommen. Wir alle haben etwa zur gleichen Zeit die Bühne verlassen und uns auf unsere Plätze begeben.«

»Ging er denn nicht mal auf das stille Örtchen?«

Barnaby schüttelte den Kopf.

»Was war in der Pause?«

»Dasselbe in Grün: Harold hatte keine Zeit für die Tat. Er war kurz oben im Vereinsraum und ist dann gleich hinter die Bühne gegangen, um den Akteuren wegen fehlender Überzeugungskraft den Marsch zu blasen, wie mir meine Frau erzählt hat. Dann ist er gemeinsam mit dem Rest des Publikums auf seinen Platz zurückgekehrt. Aber wie auch immer, Harold hatte nicht nur kein ersichtliches Motiv, Esslyn aus dem Weg zu schaffen, sondern sogar im Gegenteil ein großes Interesse, ihn am Leben zu sehen. Er war nämlich die einzige Person in der Truppe, die halbwegs kompetent mit den Hauptrollen zurechtgekommen ist. Als nächstes hätte er Onkel Wanja gespielt.«

»Wer ist denn das, Sir?«

»Die Hauptperson in einem russischen Stück.«

Troy nickte ablehnend. Er war der Meinung, daß man

schon genug mit den englischen Stücken zu tun hätte. Da mußte man doch nicht auch noch diesen ausländischen Kram spielen – und schon gar nicht solchen kommunistischen Mist. Er wandte sich wieder dem Gedankengang des Chefinspektors zu.

»...Ich denke, als erstes sollten wir mal dem Haus der Carmichaels einen Besuch abstatten. Dort finden wir vielleicht etwas, was uns auf eine Spur bringt. Organisieren Sie bitte einen Wagen. Ich kümmere mich um den Durchsuchungsbefehl.«

Rosa hatte eine Idee. Allerdings hatte sie Ernest nichts davon erzählt, obwohl sein Leben nie mehr dasselbe sein würde, falls ihr Plan klappen würde. Aber es blieb ja immer noch genügend Zeit, ihn einzuweihen, wenn sich herausstellte, daß sich die ganze Sache in die Tat umsetzen ließe. Tatsächlich hing alles davon ab, ob Rosa Kittys Charakter richtig einschätzte. Und Rosa war sich dessen ziemlich sicher. Kitty war ihr immer wie ein abgeschmacktes kleines Ding vorgekommen, das ganz offensichtlich nur hinter dem Geld her war. Ein Mädchen, das bloß seinen Spaß haben wollte. Nun war sie frei, reich (es sei denn, Esslyn wäre beim Verfassen seines Letzten Willens von einer unglaublichen Gehässigkeit befallen worden) und immer noch zarte neunzehn Jahre alt. Was um Himmels willen, fragte sich Rosa, konnte jemand in ihrer Lage schon mit einem Kind anfangen?

Kitty gehörte seit zwei Jahren zum Ensemble. In dieser ganzen Zeit hatte keiner gehört, daß sie auch nur das leiseste Interesse an Kindern geäußert hätte. Garderobenunterhaltungen, bei denen es um die verschiedensten Familienangelegenheiten ging, hatten bei ihr nur Gähnen ausgelöst. Und für den jeweiligen Nachwuchs, den CADS-Mitglieder ab und an hinter die Bühne mitbrachten, hatte sie weder einen Blick noch ein freundliches Wort übrig gehabt. In Anbetracht dieses Desinteresses hatte Rosa, so wie die Mehrheit der Leute im Latimer, stets angenommen, daß Kitty vorsätzlich schwanger geworden war, um Esslyn einzufangen. Da sie sich seiner jetzt entledigt hatte, was ihr doch gewiß gut in den Kram paßte, mußte das Mittel, mit dem sie ihn ehemals eingefangen hatte, doch nichts weiter als ein Hindernis sein? Sicher, es gab auch Menschen, die sich nicht um die Kinder anderer Leute scherten, sie jedoch dann, wenn es sich um ihre eigenen handelte, als einen nie versiegenden Quell der Freude und des Entzückens ansahen. Rosa jedoch glaubte (oder sie hatte es sich eingeredet), daß Kitty nicht zu diesen Leuten gehörte. Und aus dieser Überzeugung heraus hatte sie ihren grandiosen Plan entwickelt.

Seit Esslyns Tod wurde Rosa von einem gewaltigen Wirrwarr aus Gefühlen und schrecklichen Gedanken geplagt. Hinter dem affektierten Gehabe, das sie der Öffentlichkeit zeigte, wurde sie sich mehr und mehr einer schmerzlichen Trauer bewußt, die sie nicht losließ. Sie rief sich permanent die frühen Zeiten ihrer Ehe ins Gedächtnis zurück und trauerte um etwas, wovon sie jetzt glaubte, es wäre die zärtliche und leidenschaftliche Liebe gewesen. Und wenn sie in diesen glücklichen Tagen schwelgte, war es so, als würde ihre durch die Tragödie mobilisierte Vorstellungskraft all die Jahre der Desillusionierung mit einem Schlag dem globalen Gedächtnisschwund preisgeben und an deren Stelle eine ganze Reihe von leicht verfälschten Bildern setzen, die Esslyn als einen sensiblen, wohlwollenden und unverdorbenen Menschen zeigten.

Dieser rührselige Taschenspielertrick, den das Gedächtnis ihr spielte, ließ sie Kittys Baby inbrünstig begehren. Ein Kind, Esslyns Kind, lebendig und in dem Leib seiner Frau herangewachsen, könnte ihr (Rosas) unfruchtbares Leben mit einem Schlag verändern, indem es sie wieder vital und jung werden ließ. Während der letzten zwei Tage war ihr der Gedanke an eine Adoption des Kindes permanent durch den Kopf geschossen; zwischendurch verschwand er zwar mal, kehrte jedoch immer wieder zurück, setzte sich fest, trieb Wurzeln und blühte mit einer solchen Kraft auf, daß sie jetzt den Punkt erreicht hatte, an dem sie es pragmatisch als ein *fait accompli* betrachtete.

Bis sie nach dem Telefonhörer griff. Jetzt wurde nämlich ihre vormalige Heiterkeit durch eine Flut von Zweifeln überschwemmt. Darunter war der Gedanke vorrangig, Kitty könnte sich zu einer Abtreibung entschlossen haben. Nachdem sie schon die ersten drei Ziffern der Nummer von White Wings gewählt hatte, legte Rosa den Hörer wieder auf und dachte über diese alarmierende Ahnung nach. Die Vernunft zwang sie zuzugeben, daß Kitty dieser Schritt als eine naheliegende Lösung in den Sinn gekommen sein mußte. Und sie hatte gewiß auch das Geld, um es privat machen zu lassen, so daß sie keine Verzögerung in Kauf nehmen mußte. Das Ganze würde sich einfach von selbst regeln. Rein und raus: Problem gelöst. Das Baby, so leicht zerstörbar wie eine Eierschale, ein für allemal verloren. Vielleicht vereinbarte sie gerade jetzt, in diesem Moment, den Termin! Rosa riß den Hörer wieder von der Gabel und wählte erneut. Als Kitty sich meldete, fragte Rosa, ob sie auf ein kurzes Gespräch vorbeikommen dürfe, und Kitty, so lakonisch, als wäre diese Anfrage eine ganz alltägliche Angelegenheit, entgegnete nur: »Sicher. Komm, wann du magst.«

Als sie ihren Panda aus der Garage zurücksetzte und vor lauter Nervosität die Gänge krachen ließ, kämpfte Rosa damit, eine Strategie auszuarbeiten, die dem Argument, das sie Kitty vortragen wollte, Gestalt geben würde. Wenn es überzeugend sein sollte, mußte sie die gesamte Situation aus dem

Blickwinkel der jungen Frau betrachten. Wieso, könnte Kitty verständlicherweise fragen, sollte sie die nächsten Monate herumhängen, Tag für Tag schwerer werden, immer weniger in der Lage sein, das Leben zu genießen, und dann auch noch die gesamte Dauer einer vielleicht extrem schmerzhaften Geburt aushalten, bloß um letztlich das Ergebnis der ganzen Plackerei an eine andere Frau abzutreten? Was (Rosa konnte ihre scharfen, berechnenden, kleinen Augen, die nach dem Haken an der ganzen Geschichte suchten, förmlich vor sich sehen) sprang für sie dabei heraus?

Während der zehnminütigen Fahrt nach White Wings formulierte Rosa eine Antwort auf diese Frage, von der sie glaubte, daß sie Kitty zufriedenstellen würde. Zunächst würde sie die psychischen und physischen Schäden erwähnen, die durch eine Abtreibung verursacht werden können. Dann würde sie Kitty fragen, ob sie denn auch an die Kosten gedacht hätte, die das Großziehen eines Kindes mit sich brächte. Das kostete Tausende. Gören lagen einem auf der Tasche, bis sie achtzehn waren, und selbst dann hatte man sie, falls man den Beschwerden von Ernests Schwestern Glauben schenken durfte, immer noch mindestens für die nächsten drei Jahre am Hals, in denen sie die Universität besuchten und man für sie aufkommen mußte. »Aber du hättest mit dieser finanziellen Belastung nichts zu tun«, hörte Rosa sich selbst sagen, »weil ich nämlich dafür aufkäme.«

Andererseits würde sie Kitty versprechen, das Kind, wann immer sie wollte, sehen zu können, jedenfalls wenn die Adoption erst einmal rechtskräftig war. Ohne Zweifel, dachte Rosa, als sie viel zu schnell die Carradine Street hinunterraste, würden diese drei Aspekte (enorme Ersparnis, keine Verantwortung, prinzipielles Besuchsrecht) ausreichen, um den Erfolg des Unternehmens zu garantieren. Bei diesen Überlegungen hatte sie jedoch ihre bisherige Unterstellung – nämlich, daß Kittys Mutterinstinkt weit unter Null lag – völlig verdrängt und bemerkte daher nicht, daß Aspekt Nummer drei eigentlich keine Überzeugungskraft besaß.

Es sollte sich ohnehin schnell zeigen, daß die gesamte Dialektik völlig sinnlos war. Denn schon in dem Augenblick, als sie auf den Klingelknopf drückte und den so vertrauten Klang der Türglocke im Wohnzimmer hörte, lösten sich Rosas sorgfältig zurechtgelegte Argumente in Luft auf, und sie stand zitternd und von der Dringlichkeit ihres Wunsches sowie von heftigen Emotionen überwältigt draußen vor der Tür. Und als Kitty diese dann öffnete, Rosa mit »Hallo« begrüßte und in ihren flauschigen Pantöffelchen zur Küche geleitete, war Rosas Mund ausgetrocknet, und ihre Lippen bebten vor Unsicherheit.

Die Küche sah genauso aus wie früher. Das überraschte und tröstete Rosa zugleich. Sie war sich sicher gewesen, daß Esslyn die Einrichtung verändert hatte, weil Kitty auf neuen Möbeln, Tapeten und Vorhängen bestanden hatte. Aber offensichtlich war dem nicht so gewesen. Rosa betrachtete den mit Eiern und Fett beschmierten Teller, die Bratpfanne auf dem Herd und nahm den typischen Geruch eines üppigen englischen Frühstücks wahr, der noch immer in der Luft hing. Dieses ganze Fett konnte für das Baby nicht gut sein, sagte ihr ausgeprägter Muttertrieb. Und das brachte sie wieder auf den Grund ihres Besuchs. Als Kitty die Butterschale wegstellte, deren Inhalt freizügig mit Toastkrümeln und Marmeladenschlieren verziert war, betrachtete Rosa die Situation noch einmal unter neuen Gesichtspunkten.

Einen Augenblick lang überlegte sie, ob sie sich Kitty nicht einfach auf Gedeih und Verderb ausliefern sollte, indem sie ihr gestand, wie sehr sie sich immer ein Kind gewünscht hatte und daß das ihre letzte Gelegenheit wäre. Aber schon fast im selben Augenblick verwarf sie diesen Gedanken wieder.

Kitty würde ihr diese Bitte ohne jede weitere Diskussion abschlagen und es in vollen Zügen auskosten, Rosa dabei leiden zu sehen. Das einzige, was sie tun konnte – wieso war ihr das nicht schon früher eingefallen? –, war, ihr Geld anzubieten. Rosa hatte fünftausend Pfund auf der Bank und ein paar Schmuckstücke, die sie verkaufen könnte. Genauso mußte sie es anstellen. Sie durfte sich Kitty gegenüber bloß nicht ihre Verzweiflung anmerken lassen, sondern mußte ruhig, ja sogar sachlich bleiben. Einfach nur das Thema so ganz nebenbei in die Unterhaltung einfließen lassen. Spaß wird es dir bestimmt nicht machen, allein mit einem Kind klarzukommen. Oder: Ich nehme an, daß du nun, da Esslyn nicht mehr ist, anders darüber denkst, ein Kind zu bekommen. Kitty fegte mit einem einfachen ausladenden Wisch ihres Negligéärmels die Krümel vom Tisch und bot Rosa einen Stuhl an.

Sobald sie saß, merkte Rosa, daß das ein Fehler gewesen war. Sie fühlte sich unwohl und deutlich im Nachteil. Kitty stellte die Pfanne oben auf die Teller, die bereits in der Spüle standen, und drehte das heiße Wasser an. Das Wasser traf den Griff der Pfanne und spritzte die Kacheln voll. Kitty erkundigte sich: »Und wie geht es dem guten alten Ernest?«

Sie sprach von Ernest immer in dieser Weise, so als sei er ein schwerfälliges, watschelndes Haustier von der Sorte, wie sie sich heute kaum noch eine Familie hielt. Vielleicht so etwas wie ein uralter Hirtenhund. Oder ein älterer Spaniel mit rasch zunehmender Gelenksteife. Rosa wußte, daß sie diese Bemerkungen nur machte, um einen Vergleich zwischen ihrem derzeitigen Ehemann und Esslyn, dem Mann, den Rosa geliebt und verloren hatte, zu provozieren. Normalerweise rief das bei ihr eine Reaktion hervor, die eine Mischung aus Ärger und Bitterkeit war. Als sie auch jetzt wieder merkte, wie diese zwiespältigen Gefühle in ihrem Innern zum Leben erwachten, unterdrückte Rosa sie jedoch mit größter Anstrengung. Abgesehen davon, daß sie Kitty nicht die Genugtuung geben wollte zu sehen, wie sie innerlich blutete, würde bestimmt auch jegliches Gefühl der Feindseligkeit dem erfolgreichen Ausgang ihrer Mission erschweren. Und was sich auch immer über Ernests Mangel an Jugend und Schönheit sagen ließ, tröstete sich Rosa, er hatte nun mal den unleugbaren Vorteil, immer noch am Leben zu sein. Das sollte doch wohl ganz entschieden für ihn sprechen, wenn auch sonst nichts anderes.

Sie setzte sich etwas bequemer auf ihrem Stuhl zurecht. Draußen umrahmten die gewachsten dunkelgrünen Blätter und die scharlachroten Beeren der Stechpalmen das Küchenfenster, durch das die Wintersonne fiel und Kittys ohnehin schon extrem honigsüße Locken noch leuchtender erscheinen ließ. Es war ziemlich warm. Die Zentralheizung war voll aufgedreht, und Rosa schwitzte in ihrem schweren Cape. Kitty trug ein kurzes cremefarbenes Satinnachthemd im Stil einer Toga, das auf der einen Seite fast bis zur Hüfte geschlitzt war, und darüber ein Chiffongewand mit blauen Punkten und kleinen Knoten aus silbernen Bändern. Nicht mal ein Bein eines Schlüpfers war in Sicht, beobachtete Rosa säuerlich. Und ihr Bauch sah beinahe so flach aus wie ein Pfannkuchen. Sie bemerkte jedoch mit einiger Befriedigung, daß Kittys Gesicht ohne ihre Rüstung aus Rouge, Lidschatten und Lippenstiften einigermaßen hohl und unauffällig wirkte.

Kitty trocknete sich die Hände an einem Küchenhandtuch ab und lehnte sich an die Ofenklappe, wo es noch wärmer war. Dann wandte sie sich ihrer Besucherin zu. Sie hatte offensichtlich nicht vor, ihr einen Kaffee oder Tee anzubieten. Oder eine andere Stärkung. Kitty hielt ohnehin nicht viel von Frauenfreundschaften und mit Sicherheit erst recht nichts davon, sich mit einer Frau anzufreunden, die alt genug war, um ihre Mutter zu sein, und die zudem noch ihr eigenes

Süppchen zu kochen hatte. Jetzt, da sie Rosas fettige, großporige Nase beobachtete, die Kitty deutlich unter dem Drang zittern sah, sich in etwas hineinzustecken, was sie nichts anging, wappnete sie sich gegen etwas, wovon sie ganz sicher war, es würde auf eine immens unangenehme Woge aus geheucheltem Mitgefühl und widerlichen Erinnerungen hinauslaufen.

Rosa holte tief Luft und erschauerte unter ihrem gesprenkelten, zeltförmigen Gewand. Sie fühlte sich durch die Komplexität ihrer Gedanken wie gelähmt und sah nun ein, daß sie in dem Moment, in dem sie das Haus betreten hatte, den Grund ihres Besuchs hätte herausschreien sollen, ganz gleich, wie ergreifend oder emotional es auch immer geklungen hätte. Je länger sie in dieser anheimelnd unaufgeräumten Küche saß (nur ein hoher Stuhl fehlte noch, und das Bild wäre komplett gewesen), desto bizarrer kam ihr ihr eigener Wunsch vor. Und Kitty war ihr keine Hilfe. Sie hatte Rosa mit keiner Geste willkommen geheißen, noch nicht einmal mit der, die in jedem englischen Haushalt obligatorisch ist, wenn ein Besucher erscheint. Nachdem sie also eingesehen hatte, daß der Zug der sofortigen Frontenklärung abgefahren war, hatte Rosa gerade beschlossen, sich dem Thema in Windungen zu nähern, sich verstohlen heranzuschlängeln und mit einer förmlichen Beileidsbekundung zu beginnen, als Kitty ihr mit ihrer Frage zuvorkam.

»Was liegt an?«

Rosa sog ihre Lungen voll Luft, wagte es nicht, Kitty anzusehen und begann: »Ich dachte mir, jetzt, da Esslyn tot ist, würdest du dich vielleicht von dem Baby überfordert fühlen, und da habe ich mich gefragt, ob ich es nicht adoptieren könnte.«

Schweigen. Rosa blickte furchtsam auf. Als sie das tat, senkte Kitty den Kopf und bedeckte ihr Gesicht mit den

Händen. Sie gab einen kurzen Laut von sich, ein kleines, klagendes Stöhnen, und ihre Schultern bebten. In diesem Moment empfand Rosa, die im Grunde genommen ein Mensch mit einem weichen Herzen war, daß spontanes Mitgefühl in ihr aufwogte. Wie hartherzig und wie uneinfühlsam war es doch von ihr gewesen vorauszusetzen, Kitty sei sowohl von dem Umstand als auch von der erschreckenden Art und Weise, in der ihr Mann umgekommen war, völlig unberührt geblieben, und das nur, weil sie ihren Schmerz und Kummer nicht öffentlich gezeigt hatte. Jetzt aber, da sie die schmalen Schultern sah, die in ihrer Verzweiflung zuckten, schob Rosa ihren Stuhl nach hinten, breitete unbeholfen die Arme aus und unternahm einen etwas zaghaften und schwerfälligen Versuch, die schluchzende Gestalt zu umarmen. Aber Kitty weigerte sich, diesen Trost anzunehmen; sie ging zur offenen Tür hinüber, wo sie, mit dem Rücken zu Rosa, ein schreckliches hysterisches Kreischen und schrille Schreie auszustoßen begann.

Rosa stand wie festgewurzelt da, gequält und beschämt, während sie sich selbst Vorwürfe machte. Es blieb ihr nichts anderes übrig, als einfach abzuwarten und die Handflächen beschwichtigend nach oben zu halten, um weiterhin Trost anzubieten, sollte doch noch Bedarf daran bestehen. Endlich hörten die furchtbaren Laute auf, und Kitty, deren tränenüberströmtes Gesicht geschwollen und rot war und deren Schultern immer noch zuckten, drehte sich um. Und in diesem Moment begriff Rosa mit einem gewaltigen Schock und einer Mischung aus Wut und Entrüstung, daß Kitty die ganze Zeit über *gelacht* hatte.

Jetzt schüttelte Kitty ungläubig den Kopf über die kaum zu überbietende Komik dieser Situation, zog ein zerknülltes Papiertaschentuch aus der Tasche ihres Negligés, tupfte damit ihre tränenden Augen ab und warf es dann auf den Boden. Ihre Schultern zuckten jetzt nicht mehr, und auch ihr Atem hatte sich beruhigt. Sie starrte Rosa an, und Rosa, die zwar immer noch vor Entsetzen außer sich war, aber nun langsam anfing, sich in eine gesunde Wut hineinzusteigern, starrte zurück.

Plötzlich trat absolute Ruhe ein. Eine Stille, die man fast hätte zerschneiden können. Ein Wasserhahn tropfte, und man vernahm einen dumpfen, weichen Klang. Bereits jetzt, wenige Minuten nach Beginn dieser peinlichen und leicht lächerlichen Begegnung, litten Rosas Nerven. Sie stand da, und ihr fiel nichts ein, was sie noch hätte sagen können. Sie hatte ohnehin das Gefühl, daß es keinesfalls an ihr war, etwas zu sagen. Sie hatte erklärt, weshalb sie gekommen war, und damit bei Kitty einen Anfall grotesker Heiterkeit hervorgerufen. Nun mußte ihr Kitty entweder dieses Benehmen erklären oder das Gespräch beenden.

Rosa zwang sich, diesem tiefen Saphirblick standzuhalten. Von Fröhlichkeit war nichts mehr zu erkennen. Tatsächlich, schoß es ihr durch den Kopf, als sie jetzt darüber nachdachte, hatten diese unbändigen Schreie ohnehin jeglichen Humor vermissen lassen. In ihnen lag vielmehr eine... eine *frohlockende* Aggression. Ja! Das war es. Dieses Gekreische hatte so etwas wie Triumph signalisiert. Als sei Kitty bereits siegessicher, noch ehe sie ihre Kampflinien überhaupt abgesteckt hatten. Aber wieso triumphierte sie? Vermutlich, dachte Rosa, und diese Demütigung versetzte ihr einen Stich, aufgrund der Tatsache, daß Esslyns erste Frau als Bittstellerin vor ihr stand. Was für eine Geschichte für die Garderobe. Rosa konnte es jetzt schon hören. »Darauf kommt ihr nie. Die arme, alte Mrs. Ernest hat mir doch tatsächlich einen Besuch abgestattet, weil sie das Baby großziehen will. Wenn das nicht zum Schreien ist. Die hat es zu spät werden lassen, um ein eigenes zu kriegen. Soviel Dummheit gehört doch bestraft.«

Nun ja, sagte sich Rosa, das alles hatte sie sich selbst eingebrockt. Als sie sich jetzt Kittys Spott und Hohn in allen Einzelheiten ausmalte, mußte sie sich natürlich fragen, wieso sie sich diesem lachhaft schlecht durchdachten Einfall auch nur eine Minute lang hatte hingeben können, ganz zu schweigen davon, daß sie es soweit hatte kommen lassen, Kitty tatsächlich aufzusuchen und ihr diese Frage zu stellen. Wieso um alles in der Welt, fragte sich Rosa, die nun ganz den Advokaten des Teufels spielte, wollte sie zu diesem Zeitpunkt ihres Lebens ein Kind haben? War doch der gute Ernest, der selbst drei Kinder großgezogen hatte, zwar in seine Enkelkinder vernarrt, doch empfand er seinen Kontakt zu ihnen, nämlich die halbe Stunde in der Woche, in der er mit ihnen herumtollte und sie liebevoll verhätschelte, als absolut ausreichend. Wie wäre er damit zurechtgekommen? Aber es war zwecklos, jetzt noch zu jammern und zu klagen, sagte sie sich unerschrocken. Was bereits geschehen war, ließ sich jetzt nicht mehr rückgängig machen. Der einzige Weg, der ihr nun noch offenblieb, bestand darin, mit soviel Würde, wie nur irgend möglich, den Rückzug anzutreten. Und genau das hatte sie gerade vor, als Kitty die Tür schloß.

Das Klicken hörte sich sehr laut an. Und auch reichlich endgültig. Nachdem sie die Tür geschlossen hatte, blieb sie dort stehen und lehnte sich in einer Form dagegen, die Rosa wie eine Drohung vorkam. Und dann lächelte sie. Es war ein furchtbares Lächeln. Ihre schmale Oberlippe mit diesem köstlich lasziven Schwung zog sich nicht in die Breite. Sie hob sie eher in der Art eines böswilligen Tieres und entblößte ihre spitzen, scharfen Schneidezähne. Das Licht gab ihnen einen schimmernden Glanz. Sie sahen gefährlich scharf aus, und sie funkelten. Dann hörte sie auf zu grinsen, und das war noch schlimmer. Rosa, die sich vom Anblick dieser alarmierend weißen Zähne einen Moment lang hatte ablenken lassen, beging nämlich den Fehler, in Kittys Augen zu sehen. Strahlend azurblaues Eis. Unmenschlich. Plötzlich war die Luft im Raum dick und von Angst erfüllt. Und in diesem Augenblick wurde es Rosa klar. Sie wußte von einer Sekunde zur anderen ganz genau, daß es sich bei all diesem Geplänkel, den Unterstellungen und den halbseriösen Theorien, die sie im Vereinshaus gehört hatte, um nichts anderes als schlichte Tatsachen handelte. Und daß sich Kitty ihren Mann wahrhaftig vom Hals geschafft hatte, um an sein Geld zu kommen und ihre Freiheit wiederzuhaben. Und daß sie, Rosa, jetzt allein mit einer Mörderin war.

Rosa wurde plötzlich bewußt, daß sie ihren Atem angehalten hatte. Jetzt stieß sie ihn ganz vorsichtig wieder aus, als könnte selbst ein so leiser Laut Kittys Aufmerksamkeit erregen und bei ihr einen schlummernden Impuls zum Töten aktivieren. Rosa versuchte nachzudenken, aber sämtliche Gehirnleistungen schienen zum Erliegen gekommen zu sein. Sie versuchte, sich zu bewegen, und mußte zu ihrem Entsetzen feststellen, daß sie weit entfernt davon war, einfach nur auf ihren Füßen zu stehen. Sie schien vielmehr wie ein Baum mit dem Boden verwurzelt zu sein. Ihr Herz hämmerte, und die Wassertropfen tröpfelten im Takt und zerplatzten. Es kam Rosa so vor, als pulsierte in dem endlos langen Zeitraum zwischen einem Wassertropfen und dem nächsten, der aus dem Hahn rann, genauso übrigens wie zwischen der Abfolge ihrer Herzschläge, die garstige Abscheulichkeit des wahrhaft Bösen.

Was konnte sie bloß tun? Zuerst einmal wegsehen. Bloß nicht mehr in diese unglaublich grausamen Augen schauen. Dann wieder ihr Hirn auf Trab bringen. Hätte sie doch bloß jemandem – irgendwem – gesagt, daß sie nach White Wings fahren würde. Aber andererseits, vergegenwärtigte sich Rosa schwerfällig, da sie jetzt endlich wieder den einen oder anderen klaren Gedanken fassen konnte, konnte Kitty das ja gar nicht wissen. Bluff! Genau das war es. Sie konnte sich den Weg freibluffen. Sie würde einfach behaupten, sie hätte Ernest erzählt, was sie vorhatte, und er sei schon auf dem Weg und müßte jede Minute hier sein, um sie abzuholen. Bebend gab sie Kitty diese Information.

»Aber Rosa – das kann doch überhaupt nicht sein. Der Wagen steht schließlich draußen in der Ausfahrt.«

Oh, wie verschlagen sie doch war! Aus ihrer Stimme war nichts anderes als reine Verwunderung herauszuhören. Auf einmal stimmte Rosa mit Barnaby überein, der sich ja schon länger fragte, wieso sich eigentlich alle darin einig waren, daß Kitty nicht schauspielern konnte. Na gut, damit konnte sie sich das Bluffen auf der ganzen Linie abschminken. Aber was nun? Kitty trat von der Tür zurück, und Rosas Gehirn, das sich inzwischen auf wundersame Weise wieder aus seiner schwammigen Erstarrung gelöst hatte, nahm eine Verteidigungshaltung ein und projizierte Dutzende von Kampfszenen auf die Leinwand ihres Geistes.

Sie brachte Kitty mit einem Kung-Fu-Tritt oder einem heftigen Uppercut zu Boden. Sie hielt sie dort fest und drückte ihr ein Messer gegen die Kehle. Mit einem einzigen makellosen Wurf, der einen Teller wie einen Frisbee durch die Luft wirbeln ließ, versenkte sie Kitty in Bewußtlosigkeit. Als das letzte dieser wohltuenden Bilder verblaßt war, bemerkte sie, wie sich Kitty langsam auf sie zubewegte.

O Gott, betete Rosa. Hilf mir … *bitte.*

Sie fühlte sich schwer und behäbig, so träge wie ein Nilpferd, das die Hitze lähmt. Schweiß floß in dicken Rinnsalen an ihrem Kopf hinunter und zwischen ihren Brüsten hindurch, während ihre Oberlippe und die Stirn vor Spannung prickelten und sich ihr Blut dick und zäh anfühlte. Sie starrte Kitty an, jung, amazonenhaft, schlank wie eine Gerte, mit kräftigen, geschmeidigen Armen und Beinen. Wieder schoß es ihr durch den Kopf – welche Chance habe ich nur gegen sie?

Kitty lächelte, als sie auf Rosa zukam. Nicht ihr gewöhnliches unschuldiges Lächeln, sondern ein falsches, das wie auf ihre Lippen gemalt zu sein schien. Eine Persiflage von Besorgtheit. So hatte sie bestimmt auch Esslyn angelächelt, dachte Rosa, als sie ihm Glück für die Premiere wünschte, ehe sie das Messer für die Zerstörung scharf machte. Und dann, als sie sich ihren ersten Mann ins Gedächtnis zurückrief, hatte sie plötzlich die sehr lebendige Vision von Ernest vor Augen, der nach Hause kam, wie es jetzt wohl gerade der Fall war, und sein Essen haben wollte. Bei dem Gedanken daran, daß sie vielleicht nie wieder sein Gesicht sehen würde, spürte Rosa, wie ihr Blut auf einmal wieder in Wallung kam. Ihre Wut vertrieb ihre Angst. Sie stellte sich auf die Fußballen (plötzlich war sie merkwürdigerweise wieder sehr beweglich) und spürte, wie sich ihre Wadenmuskeln anspannten. Nein, sie würde hier nicht ohne Kampf untergehen.

Kitty war nur noch einen halben Meter von ihr entfernt. Jetzt oder nie. Rosa bemühte sich um einen Blick, von dem sie hoffte, daß er bedrohlich wirkte. Und dann stürzte sie sich mit einem Satz auf Kitty.

Colin Smy saß allein in seiner Werkstatt. Ihm war kalt, aber er konnte sich nicht dazu entschließen, den Heizlüfter anzustellen. Er hielt ein glattes, helles Stück Ahorn in den Händen, aber die Schönheit und die Maserung des Holzes, einst ein sicheres Stimulans von Gefühlen tiefster Zufriedenheit und ein Amulett gegen Verzweiflung, hatte an diesem Morgen seine Kraft verloren. Neben ihm stand eine Wiege aus Zedernholz, die sein Nachbar bestellt hatte. Vor zwei Tagen noch hatte er einen entzückenden Rahmen aus Blättern und Blumen um den Namen BEN geschnitzt. Er stieß die Wiege mit einem Finger an, und sie schaukelte in ihrem Bett aus duftenden, rostroten Sägespänen. Dann stand er auf und stiefelte ein wenig steif durch den Raum, wobei er einige Artefakte berührte, streichelte, die Hände gierig über ihre Umrisse gleiten ließ und Details der Linienführung sowie der Konturen wie ein Mann betastete, der an dem Punkt angelangt war, jeden Moment zu erblinden.

Colin hob seinen Meißel auf. Der Lack war längst vom Handgriff abgeblättert, und er paßte derart perfekt in Colins Handfläche, daß das Wort vertraut völlig unzureichend war, um das Gefühl zu beschreiben. Colin war stets ein wenig unbehaglich zumute, wenn er sich von seiner Werkstatt und von seinem geliebten Handwerkszeug losreißen mußte. Nun, da er glaubte, es könne Monate oder sogar Jahre dauern, bis er es wieder sehen oder berühren würde, tat sich das Gefühl eines bevorstehenden Verlusts gähnend in ihm auf.

Er hielt die Wiege an und blieb stehen, um sich einen weiteren Moment umzusehen. Obwohl seine Gefühle eher chaotisch waren, blieben seine Gedanken kristallklar. Das Versprechen, das er Glenda gegeben hatte, als sie im Sterben lag, war vorrangig und überwog alles andere. »Versprich mir«, hatte sie wieder und immer wieder gesagt, »daß du auf David aufpassen wirst.« Und er hatte es ihr wieder und immer wieder zugesichert. Sogar ihre beinahe letzten Worte (ehe sie äußerte: »So eine kurze Zeit bleibt uns noch« und »Auf Wiedersehen, mein Liebling«) waren gewesen: »Du wirst doch nicht zulassen, daß ihm irgendein Leid geschieht?«

Colin hatte sein Versprechen gehalten. Seit ihrem Tod war David seine Welt. Er hatte für seinen Jungen alles aufgegeben, und zwar frohen Herzens. Zuerst hatte er seinen Beruf als Schweißer an den Nagel gehängt, damit er David zur Schule bringen und wieder abholen konnte und an den Wochenenden und in den Ferien verfügbar war. Colin hatte auf der Basis des Freiberuflers angefangen, Holz- und Zimmermannsarbeiten zu übernehmen, zunächst allerdings nur mit mäßigem Erfolg. An materiellen Maßstäben gemessen, besaßen sie nur wenig, aber sie hatten einander, und Colin war vor Stolz überwältigt gewesen, als sein Sohn ein Talent zum Schnitzen an den Tag legte, das sein eigenes bei weitem übertraf. Zwei von Davids Skulpturen standen jetzt auf seiner Werkbank. Ein ernster alter Mann, ein Säer mit einem flachen Korb in der Armbeuge; und eine kniende Färse, ein Geschenk für Ben, sehr fein geschnitzt, mit gesenktem Kopf, aus dem in einem unsäglich beredten Winkel Hörner herauswuchsen.

Nachdem Glenda ihn verlassen hatte, schob Colin jeden Gedanken an eine neue Heirat beiseite. Zuerst, als er noch um seine Frau trauerte, war das nicht schwierig gewesen. Später, als er sich gelegentlich mit Frauen traf, die ihn normalerweise hätten schwach werden lassen, dachte er sich, daß sie David vielleicht nicht so lieben konnten, wie er das wollte, oder, was noch schlimmer gewesen wäre, daß sie ihn mit der Zeit möglicherweise sogar ablehnen könnten. So hatte er die Sache jedesmal beendet, bevor sie überhaupt begonnen hatte. Jetzt war David erwachsen und hatte selbst ein oder zwei Mädchen mit nach Hause gebracht. Bislang waren diese Affären immer ziemlich schnell zu Ende gegangen, und Colin war eigentlich jedesmal froh darüber gewesen, denn die Mädchen kamen ihm alle etwas zu selbstsicher vor (eine hatte sogar versucht, David zu dominieren). Jetzt allerdings wünschte er sich natürlich sehnlichst, David hätte eine von ihnen geheiratet. Obwohl selbst dann, so mußte er sich eingestehen, wäre David, wenn er weiterhin im Latimer ausgeholfen hätte, Kitty begegnet.

Colin setzte sich wieder und legte den schmerzenden Kopf in seine Hände. Als er die Gerüchte über David und Esslyns Frau zum ersten Mal gehört hatte, war er lediglich ein wenig von seinem Sohn enttäuscht, aber keineswegs besorgt gewesen. Kitty war nun mal eine attraktive junge Frau, und wie jeder andere in der Truppe auch, hatte Colin nichts gegen die Vorstellung einzuwenden, Esslyn bekäme ein Paar Hörner aufgesetzt. Hätte er doch nur geahnt, daß es so weit gehen würde...

Letzte Nacht hatte er schweren Herzens versucht, mit David zu reden, aber als er zu dem eigentlichen Punkt kam nicht mehr den Mut aufgebracht, seine Befürchtungen in klare Worte zu fassen. Statt dessen hatte er gemurmelt: »Jetzt ist sie frei... ich denke... nun ja... du wirst...«

»Ja, Vater.« David hatte ganz ruhig gesprochen. »Sie ist frei. Obwohl ich natürlich nicht gewollt habe, daß es auf diese Weise geschieht.«

Colin hatte ihm zugehört und mit Gefühlen ungläubiger Verwunderung gekämpft. Wie konnte David bloß so darüber reden? In einer derart abgeklärten und *herzlosen* Weise. David, der niemals einem Lebewesen hatte etwas antun können. Der Spinnen eher vorsichtig in den Garten trug, als sie zu töten. Der, als er zehn Jahre alt war und sein Hamster starb, drei Tage lang geweint hatte. Als er dann noch hinzufügte: »Ich werde anfangs sehr behutsam vorgehen müssen...«, hatte Colin das Haus verlassen, da er sich nicht traute zu antworten, und einige Stunden damit verbracht, einfach nur in Causton umherzulaufen. Dabei hatte er sich verzweifelt bemüht, eine Entscheidung zu treffen. Er wußte zwar ganz genau, was er hätte tun müssen, aber gleichzeitig war ihm klar, daß er das niemals tun könnte, und daher versuchte er, einen anderen gangbaren Weg zu finden.

Denn irgend etwas mußte er schließlich unternehmen. Er

hatte sich am Dienstag morgen während Toms Vernehmung im Revier panisch gefürchtet. Wahrscheinlich mehr als David, der, als er gegen ein Uhr gefragt wurde, wie alles gelaufen wäre, bloß meinte: »Gut.« Und dann hatte er sich seelenruhig wieder seinem Essen zugewandt. Obwohl Colin nur kurz im Revier befragt wurde, war es doch sehr beunruhigend gewesen. Er hatte den alten Tom nie für besonders gescheit gehalten, aber die scharfen, durchdringenden Blicke des Chefinspektors – dessen Auftreten in keiner Weise mehr an die Person erinnerte, deren Gegenwart ihm in der Werkstatt hinter der Bühne immer so behaglich vorgekommen war – hatten ihn dazu gebracht, alles noch einmal durchzudenken. Nun, nachdem er die andere Seite dieses Mannes kennengelernt hatte, wußte Colin, daß Barnaby ein Jäger war. Er würde nachforschen, fragen, überprüfen, noch mal überprüfen, seine Wahrnehmungen sortieren, Schlüsse ziehen, das Opfer in die Enge treiben. Und würde David in der Lage sein, eine solche Prozedur durchzustehen?

Ehe er wieder zur Arbeit ging, hatte er seinem Vater erzählt, daß er schlichtweg geleugnet hatte, auch nur das geringste darüber zu wissen, wie die Klinge manipuliert worden wäre, und daß man ihm das abgenommen hatte. Colin jedoch vermutete hinter dieser geheuchelten Gutgläubigkeit bereits einen schlauen Trick. David war so arglos. Er konnte nicht erkennen, daß Tom bloß vorgab, ihm zu glauben. Außerdem war es gut möglich, daß sie gerade jetzt Kitty befragten und sie dazu brachten, ihre Komplizenschaft zuzugeben. Und das würde sie auch tun. Sie würde ihnen doch alles erzählen, vorausgesetzt, es führte nur dazu, daß es nicht ihr an den Kragen ging.

Colin schnappte sich seinen Regenmantel. Einer der Ärmel hatte sich verheddert, und er knurrte fast vor Ungeduld, als er versuchte, den Arm hineinzustecken. Wieso zum Teufel saß er eigentlich immer noch grübelnd hier herum und kaute die Lage immer wieder von neuem durch, während vielleicht genau in dieser Minute…

Er rannte hinaus und hielt nicht einmal an, um seinen Schuppen abzuschließen. Auf dem vereisten Bürgersteig geriet er ins Schlittern. Colin verfluchte sich für seine bisherige Unentschlossenheit. Er wußte es doch schon seit Stunden; als er nachts um drei durch die Straßen gelaufen war, hatte er bereits erkannt, daß es nur einen einzigen Weg gab, den er einschlagen konnte. Schließlich hatte er es Glenda vor so vielen Jahren versprochen. (»Du wirst doch nicht zulassen, daß ihm irgendein Leid geschieht? Versprichst du mir das?«) Oh! Wieso nur hatte er so lange gewartet? Als er jetzt dem Polizeirevier entgegenschlitterte und ständig ausrutschte, war Colin davon überzeugt, daß es bereits zu spät war. Daß die Polizei irgendwann im Laufe des Nachmittags David von seiner Arbeitsstelle geholt hatte und ihn gerade bearbeitete, versuchte, ihn dazu zu bringen, daß er zusammenbrach und klein beigab.

Endlich eilte er die Stufen vor dem Revier empor, verletzte sich dabei die Hände an dem gefrorenen Metallgeländer und fragte am Schalter nach Detective Chief Inspector Barnaby. Eine hübsche Polizistin mit dunklem Haar erklärte ihm, der Inspektor hielte sich derzeit nicht im Revier auf und führte ihn in einen kleinen Raum, in dem kalter Zigarettenrauch hing; die Beamtin sagte ihm, daß er dort auf den Inspektor warten könne. Sie bemerkte, daß sein Gesicht blaß war und seine Hände zitterten und fragte ihn deshalb, ob er mit jemand anderem sprechen oder eine Tasse Tee haben wolle. Aber Colin lehnte beide Angebote ab und wurde dann in Ruhe gelassen, um ein Antidiebstahl-Plakat zu betrachten und darauf zu warten, endlich den Mord an Esslyn Carmichael zu gestehen.

»Wie wohl die andere Hälfte lebt, he, Chef?« grummelte Troy gehässig, als er in die anmutig geschwungene Auffahrt zu White Wings einbog und den Wagen in einem Halbkreis in die Parkbucht schlittern ließ, wobei er einige Pfund Kies aufwirbelte. Troy fuhr schnell, beherzt und mit Vorsicht, konnte es aber einfach nicht lassen, beim Anhalten noch eine blumige Zickzacklinie zu fahren oder zumindest einen Schnörkel auf den Asphalt zu legen. Gelegentlich fand Barnaby es angebracht, ihn wegen seines extravaganten Fahrstils zu kritisieren. Dann setzte Troy jedesmal eine pikierte, ja, geradezu untröstliche Miene auf und parkte mit einer an ein Begräbnis erinnernden Exaktheit ein, die es seinem Chef schwermachte, ernst zu bleiben. Normalerweise dauerte es allerdings nur ein paar Tage, bis sich der alte Überschwang wieder einstellte. Troy hielt diese Form der Aufschneiderei für einen Teil seiner Persönlichkeit. Er war sehr von sich und seinen Fahrkünsten überzeugt und verachtete jene Holzköpfe, die den Unterschied zwischen einer cordobianischen Umkehrung und dem Anfahren am Berg nicht kannten. Da er wieder mal eine Strafpredigt auf sich zukommen sah, löste er schnell seinen Sicherheitsgurt und sprang aus dem Wagen, ehe der Chef noch so richtig in Fahrt kommen konnte.

In diesem Augenblick erklang ein durchdringender Schrei aus dem Inneren des Hauses. Gefolgt von einer ganzen Serie von Schreien. Troy sprintete auf die fürstliche Eingangstür zu, versuchte sie aufzudrücken und stellte fest, daß sie abgeschlossen war. Daher hämmerte er mit den Fäusten dagegen, wobei er rief: »Aufmachen! Hier spricht die Polizei!« Barnaby war gerade an seiner Seite angelangt, als sich ein Schlüssel im Schloß umdrehte und die Tür nach innen aufging. Kitty stand in einem hübschen blauen Hausmantel dahinter mit einem außergewöhnlichen Ausdruck in ihrem Gesicht. Sie schien vollkommen außer sich zu sein. Ein bißchen verängstigt, ein bißchen ärgerlich, aber noch unentschlossen, so als wüßte sie nicht recht, ob sie nun lachen oder weinen sollte.

Sie stand mitten in der Eingangshalle, strich sich durch die Locken und trug eine Miene gespielten Entsetzens zur Schau.

»Was ist hier los?« fragte Barnaby. »Wer hat da geschrien?«

»... Ich, wenn Sie es genau wissen wollen ...«

»Und wieso?« Ein eisiger Wind blies ins Haus. Troy schloß zwar die Tür, aber es zog immer noch. Barnaby schlenderte in die Küche. Die Hintertür stand sperrangelweit offen. »Wer ist denn sonst noch hier?«

»Niemand.« Sie trippelte zur Gartentür und schloß sie. »Brrr.«

»Und wessen Wagen steht da draußen?«

»Ich werde mir gleich mal einen Kaffee kochen, um meine Nerven zu beruhigen. Möchten Sie auch einen?«

»Kitty.« Barnaby hielt sie fest. »Was zum Teufel war hier los?«

»Nun ja ... Sie werden es mir nicht glauben, Tom, aber ich denke, wir haben den Mörder gefunden.«

»Vielleicht kann ich den Kaffee kochen, Mrs. Carmichael?« säuselte Troy mit seinem gewinnendsten Lächeln. »Auf mich machen Sie ganz den Eindruck, als könnten Sie ein wenig Hilfe gut gebrauchen.«

»Oh, wie süß.« Kittys ungeschminkte Lippen erwiderten das Lächeln. Troy stellte mit einer aufbrausenden Woge von Begeisterung fest, daß unter diesen sonst so saftig mit Lippenstift bemalten Amorbögen, die er gerade erst gestern abend so bewundert hatte, echte waren. Sogar noch saftiger und doppelt so sexy. »Aber das mache ich besser selber«, fuhr sie fort. »Es kommt auf das Augenmaß an, das Gerät ... es könnte in unerfahrenen Händen alles in die Luft fliegen.« Obwohl sich ihre Stimmlage kaum verändert hatte, schaffte sie es, den Eindruck zu vermitteln, daß sie sich sicher war,

Sergeant Troys Hände wären alles mögliche, bloß nicht unerfahren, und daß sie, wenn sie nur die Gelegenheit dazu bekommen würde, mehr als darauf vorbereitet wäre, ihre Theorie zu überprüfen. »Dauert nur ein Momentchen.«

»Ich nehme an, Sie können reden, während Sie mit diesem verzwickten Gerät herumspielen, Kitty?«

»Natürlich«, antwortete Kitty und hantierte mit Wasser, Kaffee, Chromspiralen und diversen Destillierkolben. »Um es kurz zu machen, Rosa war gerade hier und hat mich *angegriffen.*«

»Einfach nur so?« fragte der Chefinspektor und hielt Troy mit einem Kopfschütteln davon ab, loszurennen und eine übereilte Verhaftung vorzunehmen.

»Einfach so.« Sie stellte das Gerät auf eine heruntergedrehte Gasflamme, trottete zum Ofen und schmiegte sich daran. »Daran kann ich mich immer so schön aufwärmen. Sonst kriege ich noch eine Gänsehaut.« Sie schlang das blaue Negligé ganz eng um sich. Daraufhin war keine Gänsehaut mehr zu sehen, sondern zwei weitaus größere Erhebungen.

»Sie haben keine Ahnung, warum es dazu gekommen ist?«

»Eifersucht. Was sonst? Sie hat Esslyn umgebracht, weil sie es einfach nicht ertragen konnte, mit anzusehen, daß er glücklich war. Und dann ist sie hergekommen, um mir auch noch den Rest zu geben.«

»Aber die beiden waren doch schon seit mehr als zwei Jahren geschieden. Wenn sie es nicht ausgehalten hätte, ihn glücklich zu sehen, dann hätte sie doch gewiß schon längst etwas unternommen.«

»Ah ...« Kitty schüttelte eine Zigarette aus einem Päckchen. Troys Nüstern blähten sich vor freudiger Erwartung. »Bisher gab es ja auch noch kein Baby.«

»Vielleicht ist es besser, Sie erzählen uns mal alles von Anfang an.«

»Gut.« Kitty zündete ihre Zigarette an, nahm einen tiefen Zug, hustete und begann: »Es klingt unglaublich, das ist mir selbst klar, aber sie hat die gottverdammte Dreistigkeit besessen, hierherzukommen und mich zu fragen, ob ich das Baby nach der Geburt ihr und dem alten Ernie überlassen würde.«

»Und was haben Sie dazu gesagt?«

»Ich habe im Grunde genommen gar nichts gesagt. Um ehrlich zu sein, fand ich es so lustig, daß ich lachen mußte. Und als ich damit einmal angefangen hatte, konnte ich nicht mehr aufhören. Sie wissen ja, wie das ist...« Sie zwinkerte Troy zu, dem schon allein der Geruch der angezündeten Chesterfield derartige Qualen verursachte, daß er unter dieser zusätzlichen Anfechtung beinahe zusammengebrochen wäre.

»Und was war daran so lustig?«

»Daß es gar kein Baby gibt.«

Es trat eine Pause ein, in der der Apparat gurgelte, blubberte und zischte. Dann entgegnete Barnaby: »Nur um das mal richtigzustellen, Kitty. Wollen Sie damit sagen, Sie hatten eine Fehlgeburt? Oder hat es überhaupt nie ein Kind gegeben?«

»Es hat nie eines gegeben.«

»Und ich nehme an, Esslyn wußte das nicht?«

»Mal ehrlich. Glauben Sie wirklich, er hätte mich geheiratet, wenn er gewußt hätte, daß ich nicht schwanger bin?« Das Lächeln war beinahe sinnlich vor lauter Zufriedenheit. Es besagte: Bin ich nicht schlau? Wünschst du dir nicht, genauso schlau wie ich zu sein?

Dieses gerissene kleine Miststück, dachte Troy. Er sah Kitty an und war zwischen Bewunderung und Abscheu hin und her gerissen. Er kannte diese Sorte und ihre Charaktermerkmale (er hatte schließlich oft genug die weniger erfolgreichen Schwestern aufgegriffen, die an den Bushaltestellen herumhingen und ihre Tricks versuchten), ohne zu bemerken, wie viel solche Frauen mit ihm gemeinsam hatten. Daher nötigte ihm ihre Dreistigkeit und ihre Entschlossenheit widerwillig einigen Respekt ab. Andererseits hatte sie aber auch ganz entschieden einen Affen aus einem Angehörigen seines Geschlechts gemacht, womit er überhaupt nicht zurechtkommen konnte. Nein, das paßte ihm nun wirklich nicht in den Kram.

»Und was hatten Sie vor«, erkundigte sich Barnaby, »wenn Ihr Zustand – oder besser gesagt, der Nichtzustand – offensichtlich geworden wäre?«

»Oh – ich dachte an einen kleinen Sturz die Treppe hinunter. Nichts Schwerwiegendes. Der arme kleine Liebling«, murmelte sie, und ihr bekümmertes Seufzen wurde durch das fiese Feixen entstellt, »hatte keine Chance.«

»Also konnte Ihnen der Tod Ihres Mannes gar nicht gelegener kommen.«

»Genau.« Kitty goß den Kaffee in drei hohe Becher aus schillerndem Milchglas. »Männer, die hart arbeiten, mögen doch viel Zucker, oder? Für die Energiezufuhr.«

»Für mich keinen, danke.«

Troy bat um zwei Stück Zucker und viel Milch.

Barnaby nahm den Kaffee und nippte daran. Trotz der barocken Extravaganz der schimmernden Rohre dieser verschnörkelten Maschine schmeckte der Kaffee absolut scheußlich. Sogar noch schlimmer als das Gebräu, das Joyce produzierte, was schon etwas heißen wollte. Aus irgendwelchen seltsamen Gründen empfand er das in dieser Situation als gar nicht einmal so unangenehm. Er war gerade dabei, die Unterhaltung wieder an dem Punkt aufzunehmen, an dem sie unterbrochen worden waren, als Kitty ihm zuvorkam.

»Und wenn Sie herausgefunden haben, wer diese schmutzige Tat begangen hat, dann werde ich zu ihm gehen und mich persönlich bei ihm bedanken.«

Als Kitty ihren Kaffee trank, sah sie Barnaby über den Rand ihres Bechers an. Ihr Blick war so frech, daß Barnaby sich fragte, ob ihr überhaupt klar war, in was für einer prekären Situation sie sich befand. Er schaute sie ebenfalls an, wobei sein Blick das Wetter draußen eher sommerlich heiter erscheinen ließ.

»Scheinbar waren Sie uns gegenüber sehr offen, Kitty, und Ihre Weigerung, eine Trauer aufzufahren, die Sie gar nicht empfinden, spricht ja durchaus für Sie. Aber wenn Sie glauben, Sie könnten den Mörder Ihres Mannes decken oder in irgendeiner Weise unsere Ermittlungen behindern, nur weil die Welt ohne Esslyn besser dran sein mag, dann möchte ich Ihnen empfehlen, alles lieber noch einmal zu überdenken. Sonst werden Sie bald eine Menge ernsthafter Schwierigkeiten bekommen.«

»Das würde ich doch niemals tun, Tom«, bekräftigte Kitty nüchtern und drückte ihre Zigarette auf der Herdplatte aus. »Ehrlich nicht.«

»Gut, dann wäre das ja geklärt. Und jetzt kommen wir doch bitte wieder auf die Sache mit Rosa zurück. Sie wollte also das Baby haben, und daraufhin haben Sie losgekichert. Was ist dann passiert?«

»Es war wirklich verrückt. Von der Tür her zog es ganz furchtbar«, sagte sie und wies mit dem Kopf Richtung Eingangshalle, »und ich hatte nur mein Nachthemdchen an und fror. Also ging ich zur Tür und schloß sie. Aber als ich mich wieder zu ihr umgedreht habe, hat sie mich angestarrt, mit richtig *hervortretenden* Augen. Dann fing sie an zu zittern und sah aus, als würde sie gleich zusammenbrechen. Deshalb habe ich mir gedacht, ihr ein Glas Wasser zu bringen… ich wußte ja nicht, was ich machen sollte… solche Sachen passieren einem nun mal nicht jeden Tag, oder? Also bin ich zum Spülbecken gegangen, was bedeutet, daß ich quer durch die ganze Küche laufen mußte, und als ich gerade an ihr vorbeigekommen bin, hat sie sich auf mich gestürzt. Ich habe angefangen, schrecklich zu schreien und zu kreischen... und sie ist fortgelaufen.«

»Einen Augenblick. War das in dem Moment, als Sergeant Troy gegen die Tür gehämmert hat?«

»Troy heißt er also? Wie romantisch. Nein – das war ja gerade das Seltsame. Sie hat schon in dem Moment die Flucht ergriffen, in dem ich angefangen habe zu schreien. Ehe wir überhaupt wußten, daß Sie da waren.«

»Das klingt für mich aber nicht gerade nach einem ernsthaften Versuch, Ihnen etwas anzutun.«

»Eine solche Haltung ist ja wirklich nett von der Polizei, das muß ich schon sagen. Ich werde Anzeige gegen sie erstatten, wegen tätlichen Angriffs.«

»Das können Sie natürlich tun.«

»Warum sind Sie eigentlich hier? Wegen der ganzen Aufregung habe ich völlig vergessen, Sie das zu fragen.«

»Um unsere Ermittlungen fortzusetzen, Kitty.«

»Oh, Tom.« Sie lächelte verzückt. »Sagen Sie das wirklich? Ich dachte immer, das gäbe es nur im Film.« Sie ging zu dem Kieferntisch mit den Frühstücksresten und zog zwei rustikale Stühle darunter hervor.

»Parken Sie hier, wenn Sie schon anhalten.«

Die beiden Männer setzten sich an den Tisch, und Kitty gesellte sich zu ihnen. Sie saß recht nah bei Troy, und ihm wurde bewußt, daß sie sich noch nicht gewaschen hatte. Ein warmer, intimer, leicht an Wild erinnernder Geruch, der nach nächtlichen Ausflügen und Rendezvous duftete, umgab sie.

»Als erstes möchte ich von Ihnen wissen, Kitty«, begann der Chefinspektor, »ob Ihnen in den vergangenen Wochen, bis zum Tod Ihres Mannes, irgend etwas aufgefallen ist, was uns weiterhelfen könnte?«

»Was soll mir denn aufgefallen sein?«

»Hat er vielleicht von Plänen gesprochen? Von besonderen Schwierigkeiten? Gab es irgendwelche Probleme mit Freunden?«

»Esslyn hatte keine Freunde. Er war nicht der Typ für tiefergehende Beziehungen.«

»Gab es Veränderungen in seinem Alltag?«

»Nun... er ging am Samstag morgen ins Büro. Sagte, er hätte einen Anruf bekommen... er müßte irgend etwas einklagen... Oh! Natürlich – sein Kostüm. Er hat es nach Hause mitgenommen. Das hat er meines Wissens vorher noch nie getan.«

»Hat er begründet, wieso?«

»Ihm war wohl das Risiko zu groß, es in der Garderobe zu lassen. Das Kostüm hatte es ihm angetan. Zu Beginn des Stücks trägt er doch nur so einen dreckigen alten Schal und einen Bademantel, später wirft er dieses Zeug dann ab und sieht schließlich aus wie die Königin von Saba, und wir alle sollten dann ›oh‹ und ›ah‹ machen. Am Samstag morgen hat er es vor dem Spiegel anprobiert. Er war unglaublich eng darin eingeschnürt. Dann hat er sich darüber gefreut, was das doch für ein koo... koop... irgendwas...«

»*Coup de théâtre.*«

»... Ja... was immer das bedeutet...«

»So bezeichnet man einen umwerfenden theatralischen Effekt.«

»Das konnte er ganz gut«, kicherte Kitty und wurde rot, als sie Barnabys Blick begegnete. »Entschuldigen Sie, Tom. Das war eher geschmacklos. Entschuldigen Sie.«

»Ich muß Sie darauf festnageln, Kitty. Können Sie sich genau an das erinnern, was er gesagt hat?«

»Ich weiß wirklich nicht mehr als das, was ich Ihnen schon gesagt habe.«

»Sind Sie sicher, daß er *coup de théâtre* gesagt hat?«

»Ja.«

»Und sind Sie auch sicher, daß damit seine Transformation im ersten Akt gemeint war?«

»Nun... darüber hatte er jedenfalls gerade erst vorher gesprochen.«

Barnaby sah Kitty fest in die Augen und fragte dann: »Ihr Ehemann hat noch etwas gesagt, bevor er starb.« Kein Aufflackern von Angst war zu erkennen. Kein Funke der Beunruhigung. Nur unverhohlene und echte Neugier. Verdammt noch mal, dachte der Chefinspektor. Und das ausgerechnet bei meiner bevorzugten Hauptverdächtigen.«

»Was hat er denn gesagt?«

»Mein Sergeant hat das Wort ›Dilettant‹ verstanden. Sagt Ihnen das irgend etwas?«

Kitty schüttelte den Kopf. »Außer...« Unter Barnabys ermutigendem Blick stotterte sie weiter: »...Also... daß etwas falsch gelaufen sein muß. Das bedeutet doch Dilettant, nicht wahr? Und so war es ja auch. Für Esslyn doch auf jeden Fall.«

»Vielleicht war es sein großer *coup de théâtre*.«

»Nein – der war am Anfang des Stücks. Den hat er gut hingekriegt. Das andere war ja am Ende.« Gewitztes kleines Biest, dachte Troy und seufzte, als sie eine Zigarette aus der Packung schüttelte und sie anzündete. Als sie seine gierigen Augen bemerkte, hielt sie ihm die Packung hin.

»Nicht im Dienst, Mrs. Carmichael, danke schön.«

»Mein Gott. Ich dachte, das gilt nur für harte Sachen und... äh... was war das andere?«

»Ich habe hier einen Durchsuchungsbefehl dabei, Kitty.« Barnaby stand abrupt auf. »Ich würde mir gern Esslyns Besitz ansehen, ehe wir gehen. Insbesondere die Korrespondenz und seine persönlichen Papiere.«

»Bitte, bedienen Sie sich. Ich werde mir inzwischen etwas anderes anziehen.«

Sie folgten ihr durch die Eingangshalle, und sie wies mit dem Kopf auf eine Tür zur Linken. »Das ist sein Arbeitszimmer. Es dauert nur ein Momentchen. Ich bin gleich wieder da.«

Troy beobachtete, wie ihre langen, braungebrannten Beine die dick mit Teppich belegten Stufen hinaufliefen. Er fand, sie erinnere an eine dieser reizvollen jungen Sklavinnen aus den Fernsehkomödien, die im alten Rom spielen. Wo all die jungen Vögelchen immer in kurzen Hemdchen herumspringen und die Männer mächtige Federbüsche auf ihren Helmen tragen. Er hätte nichts dagegen gehabt, sie durch das Forum zu jagen. Wuh-hoo.

»Vergessen Sie es, Troy.«

»Mein Dienst ist um sieben zu Ende, Chef. Vielleicht finde ich ja etwas heraus.«

»Das einzige, was Sie herausfinden werden, ist, wie Sie sich am besten selbst im Weg stehen. Und nun vorwärts, lassen wir es krachen.«

Sie betraten ein kleines Zimmer, das nur spärlich mit einem kniehohen Tisch, einem Bücherregal und ein paar Sesseln möbliert war. Troy erkundigte sich: »Wonach suchen wir eigentlich?«

»Nach allem und jedem. Je persönlicher, desto besser.«

Keine der Schubladen des Tischs war verschlossen, aber ihr Inhalt war mager und nicht gerade aufregend. Versicherungsverträge. Unterlagen für den BMW. Hypotheken, Zahlungsbelege und ein paar Rechnungen. Bankauszüge, die regelmäßige Daueraufträge und bescheidene monatliche Überweisungen auf ein Sparbuch aufwiesen. Barnaby legte das alles zur Seite. Es lagen auch ein paar Reiseprospekte in den Schubladen. Sie gingen das Bücherregal durch (alles über

Buchhaltung, bis auf eine Gesamtausgabe von Dickens, die aber nicht so aussah, als wäre sie jemals aufgeschlagen oder gar gelesen worden), und sie schüttelten die Bücher aus, weil sie hofften, daß ein paar finstere Briefe oder ein erhellendes *billet doux* herausfallen würden, doch dieser Wunsch erfüllte sich nicht.

Esslyns Kleiderschrank und der Rest des Hauses waren ähnlich wenig aussagekräftig. Als sie schließlich fertig waren und das Haus gerade verlassen wollten, tauchte Kitty in einem schwarzen Trainingsanzug auf, um sich auf ihre Joggingrunde zu begeben. Sie kam in die Eingangshalle hinunter und begleitete die Beamten zur Tür. Das Haar hatte sie sich jetzt gebürstet, und es fiel wie blasser Satin um ihre samtenen Schultern.

»Ein schönes Haus«, erklärte Troy und setzte ein freundliches Lächeln auf, um für alle Fälle vorgesorgt zu haben.

»Viel zu groß für jemanden, der so klein ist wie ich«, antwortete Kitty und öffnete die Eingangstür. »Ich werde es morgen in die Zeitung setzen.«

»Dann sollten Sie aber erst sichergehen, daß es auch Ihnen gehört«, rief Barnaby.

»Was meinen Sie damit? Als nächste Verwandte geht doch alles an mich.«

»Das ist ein weit verbreitetes Mißverständnis, Kitty.« Dann, als er sah, wie ihre Gesichtszüge plötzlich erstarrten, tätschelte Barnaby mitfühlend ihren Arm. »Ich bin sicher, Esslyn hat alles ordentlich hinterlassen, aber wenn ich Sie wäre, würde ich mir vorsichtshalber einen Anwalt nehmen. Nur, um absolut sicherzugehen.«

Dann ging er, und sein Sergeant wollte ihm gerade folgen, als Kitty eine Hand auf seinen Ärmel legte.

»Ist doch seltsam, daß Sie Troy genannt werden, finden Sie nicht auch?«

»Wieso denn das, Mrs. Carmichael?« Selbst durch den dicken Mantel konnte er die Wärme ihrer Finger spüren.

»Weil mein zweiter Name Helen ist«, erwiderte sie mit einem verruchten Lächeln.

»Warten Sie … warten Sie.«

Barnaby unterbrach Colin schon in seinem ersten Satz, bat um Tee und gab einige ungenaue Gemeinplätze von sich, bis das Gewünschte gebracht wurde. Er wartete, bis Colin seine drei Zuckerstücke unter heftigem Rühren aufgelöst hatte, und zog dann Block und Stift näher zu sich heran.

»Ist der Tee gut?«

»Oh … ja … danke.« Colins Aufregung war während der Warterei auf den Chefinspektor immer größer geworden. Daher hatte er sich auch nicht wirklich Gedanken darüber gemacht, was außer seinem Schuldgeständnis alles auf ihn zukommen würde. Wenn er das getan hätte, wäre er jedoch sicher von einem nervöseren Empfang ausgegangen als dem, der ihm bisher zuteil geworden war.

»Was erwartest du jetzt von mir, Colin?« fragte Barnaby. »Daß ich dich in Eisen lege?«

Colin wurde rot. Und es beunruhigte ihn sehr, daß der andere ihn so leicht durchschaute. Er bemühte sich, seinen Gesichtsausdruck unter Kontrolle zu bekommen, eine Maske der Unbesorgtheit aufzusetzen. »Natürlich nicht.« Er schluckte nervös. »Ich wußte, daß ich Tee bekommen würde. Ich habe das schließlich schon oft genug im Fernsehen gesehen.«

»Ah, ja. Vor *Z Cars* haben sie da alle nur Wasser und Brot bekommen.«

Colin hatte das Gefühl, daß er lachen oder wenigstens ein Lächeln hervorbringen sollte. Dann gab es eine lange Pause. Worauf warteten sie denn noch? Colin kratzte nervös an seinem Hals und trank noch etwas Tee. Vielleicht lief es nun mal genauso ab. Vielleicht war das ihre Art, Menschen zu brechen. Folter durch Schweigen. Aber was sollte an ihm gebrochen werden? Er war doch gekommen, um ein Geständnis abzulegen, oder etwa nicht? Wieso zum Teufel konnte er nicht einfach damit loslegen? Das Schweigen, das sich weiter in die Länge zog, brachte ihn schließlich zum Sprechen. Er hätte am liebsten wild drauflos geredet.

»Es hat mir einfach keine Ruhe gelassen, Tom...«

»Das Herumtüfteln an dem Rasiermesser?«

»Ja. Ich hatte das Gefühl, ich könnte... ähem... so nicht weiterleben... und deshalb bin ich hergekommen, um es zu gestehen...«

»Ich verstehe.« Barnaby nickte ernsthaft, aber ohne etwas in seinen Block zu notieren, wie Colin bemerkte. »Und wieso genau hast du es getan?«

»Wieso?«

»Das war doch eine ganz verständliche Frage, oder?«

»Klar... sicher.« Wieso? O Gott, Colin! Du alter Esel. Du hast nicht weitergedacht als bis zu deiner eigenen dämlichen Nasenspitze. »Weil... nun weil er so gemein zu David war... er hat ihn in den Proben immer wieder verhöhnt und ausgelacht. Er hat ihn gedemütigt. Ich... ich habe deshalb beschlossen, daß er eine Lektion erteilt bekommen sollte.«

»Das war aber eine reichlich brutale Lektion.«

»... Ja...«

»Unverhältnismäßig hart, könnte man meinen.« Barnaby nahm seinen Stift zur Hand.

»Ich hatte nicht erwartet...« Colins Stimme wurde fester. »Er hat sich David gegenüber wie ein absoluter Dreckskerl verhalten.«

»Er hat sich jedem gegenüber so verhalten.« Als Colin

nichts darauf antwortete, fuhr Barnaby fort: »Nun gut, was hast du denn nicht erwartet?«

»Daß er ... sterben würde.«

»Hör bloß auf, Colin. Weshalb hatte man wohl zwei Lagen Klebefolie um die Klinge gewickelt? Was hast du denn geglaubt, was passieren würde, wenn du die entfernst und er sich die Klinge über die Kehle zieht? Wo du nun schon den Mut aufgebracht hast, herzukommen und zu gestehen, dann hab doch bitte auch den Mumm zuzugeben, daß du genau wußtest, was du da getan hast.« Obwohl Barnaby noch nicht einmal seine Stimme erhoben hatte, kam diese Colin wie ein ohrenbetäubender Knall vor, der von den Wänden abprallte und auf sein Trommelfell einschlug.

»Also, wann genau hast du das Klebeband abgezogen?«

»Nachdem Dierdre es überprüft hatte.«

»Offensichtlich. Aber wann genau?«

»Meinst du den Zeitpunkt?«

»Natürlich meine ich den Zeitpunkt.«

»... Ähem ... ich glaube, nachdem sie bekanntgegeben hatte, daß die Aufführung in einer halben Stunde beginnt ... ja. Das stimmt. So zwischen dreißig und vierzig Minuten vor dem Anfang des ersten Akts.«

»Das war aber ganz schön knapp, nicht wahr? Da müssen doch einige Leute in der Nähe gewesen sein.«

»Nein. Dierdre war gegangen, um ihre Assistenten von oben zu holen. Und die Schauspieler hielten sich alle noch in ihrer Garderobe auf.«

»Und wo hast du es ausgeführt?«

»Pardon?«

»Wo?«

»... Tja ... in der Werkstatt.«

»Dann warst du aber sehr fix. Womit hast du den Tesafilm entfernt?«

»Mit einem Stahlmesser.«

»Demselben, das in den Kulissen lag?«

Colin zögerte. Die Fingerabdrücke, dachte er. Seine sollten eigentlich überall in den Kulissen sein, aber man konnte ja nie wissen. »Nein. Ich habe mein eigenes benutzt.«

»Hast du es dabei?«

»Es liegt in meiner Werkstatt.«

»Und was hast du mit dem Tesafilm gemacht?«

»Ihn einfach... zusammengeknüllt.«

»Und ihn dagelassen?«

»Ja.«

»Also, wenn wir jetzt gleich rübergehen, dann kannst du ihn uns zeigen?«

»Nein! Hinterher... als mir bewußt geworden ist, was ich da angerichtet habe... habe ich ihn einfach weggeworfen. Ihn in der Toilette runtergespült.«

Barnaby entgegnete: »Ich verstehe.« Dabei nickte er. Dann lehnte er sich auf seinem Sessel zurück und sah aus dem Fenster hinaus auf die tiefhängenden schwarzen und grauen Wolkenfetzen, die vorüberzogen. Colin lehnte sich ebenfalls ein wenig zurück. Sein Atem ging wieder annähernd normal; sein Herz hörte auf zu hämmern. Das war doch gar nicht so schlecht gelaufen. Alles, was er jetzt noch tun mußte, war, sich genau zu merken, was er gesagt hatte (denn Barnabys Block schien nur so mit Linien und Schnörkeln bedeckt zu sein), und dabei zu bleiben. Aber das konnte ja nicht so schwer sein.

Colin warf einen Blick auf seine Uhr. Zu seiner Verwunderung waren kaum zehn Minuten vergangen, seit er den Raum betreten hatte. Die Sinnestäuschung, er wäre schon seit Stunden hier eingeschlossen und redete blanken Blödsinn, war wohl bloß auf seine überstrapazierten Nerven zurückzuführen.

Barnaby nahm einen letzten Schluck. »Noch eine Tasse Tee, Colin?« Als dieser dankend ablehnte, erklärte Barnaby: »Ich denke, ich werde mir dagegen noch eine Tasse genehmigen.« Mit diesen Worten verschwand er.

Als er allein war, sammelte Colin seinen Grips wieder zusammen. Er war nun zwangsläufig dazu verdammt, immer wieder dieselben Fragen zu beantworten. Vermutlich würden sogar noch neue hinzukommen (obwohl er sich beim besten Willen nicht vorstellen konnte, was das für Fragen sein sollten), aber nachdem er erst mal Zeitpunkt, Methode und Motiv der Tat zu einer logischen Kette zusammengefügt hatte, traute er sich auch den Rest zu. Schließlich war das das Wesentliche gewesen. Die entscheidende Grundlage seines Geständnisses. Und keiner würde jemals beweisen können, daß er nicht die Wahrheit gesagt hatte. Er würde im Gerichtssaal aufstehen und seine Aussage beschwören. Wenn nötig, würde er den Rest seines Lebens ununterbrochen Meineide ablegen.

Barnaby blieb lange weg. Colin fragte sich, wieso er nicht einfach auf den Knopf gedrückt hatte, wie zuvor, als er den Tee hatte kommen lassen. Colin legte sein Ohr an die Tür, aber er vernahm nur das entfernte Rattern einer Schreibmaschine. Vielleicht hatte Barnaby ja jemanden gefunden, der die Aussage ordentlich protokollierte. Colin lauschte weiter und hörte auf einmal näher kommende Schritte, beugte sich schnell über den Tisch und drehte den Block des Chefinspektors um. Er war bedeckt mit Zeichnungen wunderbarer Gewächse – Glocken- und Schlüsselblumen. Und Farnkraut.

Besorgt glitt Colin auf seinen Stuhl zurück und sank in sich zusammen. Tom hatte kein einziges Wort mitgeschrieben! Nach dieser Feststellung bemächtigte sich seiner eine schreckliche Erkenntnis. Der einzige Grund dafür konnte doch nur sein, daß Tom ihm nicht ein einziges Wort abgenommen hatte. Er hatte zwar dagesessen, genickt, gekritzelt, Fragen gestellt, ihm dabei aber die ganze Zeit nur etwas vorgespielt. Bloß so getan, als würde er die Sache ernst nehmen. Colins Beine fingen an zu zittern, und seine Füße scharrten über den Linoleumboden. Er preßte seine Beine fest gegen den Stuhl, um sie ruhig zu halten, und spürte, wie sein Mund voller Galle war. Ihm würde gleich übel werden. Oder er würde das Bewußtsein verlieren. Ehe ihm weder das eine noch das andere zustoßen konnte, trat Barnaby ins Zimmer, setzte sich hinter seinen Schreibtisch und sah Colin besorgt an.

»Du siehst etwas blaß um die Nase aus. Bist du sicher, daß du nichts trinken willst?«

»... Einen Schluck Wasser vielleicht ...«

»Können wir bitte ein Glas Wasser haben?« sagte Barnaby in seine Sprechanlage. »Und ich hätte gern auch noch etwas Tee.«

Die Getränke wurden gebracht. Colin nippte langsam an dem Wasser. Er fragte: »Bist du denn nicht nach draußen gegangen, um Tee zu bestellen?«

»Nein, ich habe einen Transport organisiert.«

»Aha.« Colin stellte sein Glas auf den Tisch. Er brauchte dringend Zeit zum Nachdenken. Als er sich zwang, seine Aufmerksamkeit auf das Geständnis zu lenken, wurde ihm sofort klar, wo er sich vertan hatte. Es lag am Mordmotiv. Kein Wunder, daß Tom das nicht geschluckt hatte. Wenn Colin an der Stelle des Chefinspektors gewesen wäre, hätte er es auch nicht geglaubt. Wie grotesk – jemanden zu töten, bloß weil er zum eigenen Sohn unfreundlich gewesen war. Der noch dazu längst ein erwachsener Mann war. Hätte er sich doch bloß etwas besser auf das alles hier vorbereitet, ging Colin mit sich ins Gericht. Aber es war ja noch nicht zu spät. Jetzt begriff er, wie er die Dinge richtigstellen konnte und was er von Anfang an hätte sagen sollen.

»Die Wahrheit ist die, Tom«, sprudelte es unbeholfen aus ihm heraus, »David hat sich in Kitty verliebt. Du hast ja gesehen… du hast ja selbst im Publikum gesessen… wie brutal Esslyn mit ihr umgesprungen ist. Er hatte es herausgefunden, verstehst du. Und ich hatte Angst. Ich hatte Angst um sie und um David. Esslyn war niederträchtig. Ich dachte wirklich, er würde den beiden etwas antun.«

»Und deshalb bist du ihm zuvorgekommen?«

»Ja.«

»Nun… das hört sich schon besser an.«

»Ja, ich habe es dir nicht gleich gesagt, weil ich dachte, ich könnte die beiden da irgendwie raushalten.«

»Dieses Feingefühl spricht für dich.« Barnaby nahm einen großen Schluck aus seiner Teetasse. »Da ist nur ein klitzekleiner Haken an der Sache. Esslyn hat geglaubt, seine Frau hätte eine Affäre mit Nicholas.«

»Mit *Nicholas*?«

»Aber das konntest du natürlich nicht wissen.«

»Ist das wahr?« Colin warf Barnaby einen mißtrauischen Blick zu.

»Nein. Alles scheint dafür zu sprechen, daß David tatsächlich der besagte Liebhaber war. Übrigens – wo hat er eigentlich gesteckt, als du diesen faulen Zauber betrieben hast?«

Colin blieb der Atem in der Kehle stecken. Er starrte Barnaby an wie das Kaninchen den Marder. Colin spürte, daß die Haut in seinem Gesicht brannte, und er wußte, daß sie rötliche Flecken aufwies. Er öffnete den Mund, brachte aber keinen Ton heraus. Er konnte nicht denken. Sein Gehirn war wie weichgekocht. Wo hatte David tatsächlich gesteckt, als das alles passiert war? *Wo um Himmels willen hatte sich David bloß herumgetrieben?* Nicht in den Kulissen und (offensichtlich) auch nicht in der Werkstatt. Oben war er ebenfalls nicht gewesen. In der Garderobe! Natürlich.

»In der Garderobe. Das kann dir jeder bestätigen.«

»Weshalb sollte sich jemand für ihn verbürgen müssen?«

»Oh – ich weiß nicht. Nur ... falls du es überprüfen möchtest.«

»Ich verstehe.« Barnaby vollendete nun die zusammengerollte Spitze des *Asplenium trichomanes* und gab ihr den letzten Schliff. »Ich habe das Gefühl, ich sollte dir sagen, daß wir im Theater versucht haben, einen Streifen Tesafilm die Toilette runterzuspülen, und es hat beim besten Willen nicht geklappt.«

»... Oh ... im Ernst? ... Ja ... entschuldige ... mein Gedächtnis ... ich habe es aus dem Fenster geworfen.«

»Colin, jetzt hör mir mal gut zu.« Barnaby legte den Stift weg und lächelte seinen Kollegen nicht gerade herzerwärmend an. »Ich habe hier hinter meinem Schreibtisch im Laufe der Zeit schon eine Menge Lügen gehört, aber wenn ich einen Preis für die schlechteste vergeben müßte, dann würdest du ihn bekommen.«

Er beobachtete Colins Gesicht, in dem das Gemisch aus Besorgnis, Angst und anderen Emotionen bereits deutliche Spuren hinterlassen hatte. Es schien sich wie ein Ballon aufzublähen. Die Haut spannte sich über den Wangenknochen und dem Kiefer, die Augen schossen umher wie kleine gejagte Tiere. Colin schien keine Kontrolle mehr über seinen Mund zu haben. Seine Lippen bewegten sich fortwährend in kleinen Zieh- und Drückbewegungen. Er schwankte auf seinem Stuhl, als sei ihm schwindlig.

Und schwindlig war ihm auch. Colin wankte nämlich unter der Gewalt eines Sturms, der von zwei Seiten her blies. Er begriff jetzt mit eisiger Klarheit, daß es das Schlimmste gewesen war, was er hätte tun können, hierher ins Revier zu kommen und eine Falschaussage zu machen. Nicht nur, weil er kläglich darin versagt hatte, seinen Sohn zu schützen, sondern auch, weil ihm bei ein klein wenig Nachdenken hätte klar werden müssen, daß David niemals schweigen würde, wenn sein Vater, der nie etwas Kriminelles getan hatte, verhaftet und vielleicht sogar ins Gefängnis geworfen werden würde. Colin sah nun ein, daß er den Jungen durch seinen Versuch, ihn zu schützen, erst recht in den Mordfall hineingezogen und in Verdacht gebracht hatte. Er schlug die Hände vor das Gesicht und begann zu schluchzen.

Barnaby erhob sich von seinem Stuhl, ging um den Schreibtisch herum und setzte sich auf die Kante. Dann legte er eine Hand auf Colins Schulter und tröstete: »Weißt du, vielleicht irrst du dich ja.«

»Nein, Tom!« Colin warf dem Chefinspektor einen flehentlichen und hilfesuchenden Blick zu. Grundlose Erwartungen ließen daraus einen wilden Blick werden. Er flehte Barnaby selbst in diesem späten Stadium noch an, einen magischen Zaubertrick vorzuführen, obwohl sein verräterisches Geständnis zwischen ihnen stand, zwar unausgesprochen, doch so fest wie ein Fels in der Brandung. Er sollte ihm nur sagen, daß es nicht so gewesen sei. Als Barnaby weiterhin schwieg, gab Colin einen einzigen schrecklichen trockenen Schluchzer von sich, der aus der Tiefe seiner Eingeweide zu kommen schien, und schrie heraus: »Verstehst du … ich habe gesehen, wie er es getan hat. *Ich habe ihn tatsächlich dabei beobachtet, als er es getan hat.*«

Zehn Minuten später, als Colin noch einen Tee genommen hatte und sich bis zu einem gewissen Grad wieder unter Kontrolle hatte, schilderte er Barnaby, was er während der Premiere hinter den Kulissen gesehen hatte. Er sprach mit einer emotionslosen Stimme und ließ den Kopf hängen, so als schämte er sich zutiefst, überhaupt zu reden. Barnaby registrierte die Informationen geduldig und ohne ersichtliche

Gefühlsregungen. Als Colin mit seinem Bericht am Ende war, vergewisserte er sich: »Bist du wirklich sicher, daß er sich an der Klinge zu schaffen gemacht hat?«

»Was sonst hätte er denn dort tun sollen, Tom? Er hat sich so verstohlen umgeschaut, als wollte er sichergehen, daß ihn auch ganz bestimmt niemand beobachtete. Er hat sich über den Requisitentisch gebeugt. Und dann ist er in die Toilette gegangen, wieder rausgekommen und noch mal an den Tisch zurückgekehrt.«

»Aber du hast nicht gesehen, daß er die Klinge berührt hat?«

»Äh... nein. Ich war ja auf der anderen Seite der Bühne, hinter dem Kamin. Und natürlich hatte er mir den Rücken zugekehrt...« Colin blickte auf, und dann fragte er mit einem leisen Hoffnungsschimmer in der Stimme: »Glaubst du... o Tom... du meinst, ich habe mich vielleicht geirrt?«

»Ich bin zumindest der festen Überzeugung, wir sollten keine weiteren vorschnellen Schlußfolgerungen aus deiner Beobachtung ziehen. Diese eine ist schon mehr als genug. Wir werden ja sehen, was David zu sagen hat, wenn er hier ankommt.«

»David... hier... O Gott!« Erschreckt sprang Colin von seinem Stuhl auf.

»Setz dich«, befahl Barnaby ärgerlich. »Du bist hier reingeschneit und hast ein falsches Geständnis abgelegt. Da du kein Wirrkopf bist, war es doch klar, daß du jemanden decken wolltest. Und es gibt nun mal nur einen Menschen, für den du soweit gehen würdest. Und hier« – der Summer ertönte – »haben wir ihn auch schon, wenn ich halbwegs richtig liege.«

Als die Tür aufging, zog Colin die Schultern zusammen und vergrub das Gesicht wieder in den Händen. Er blickte nicht auf, als David förmlich durch das Zimmer sprintete und neben ihm niederkniete.

»Dad – was soll das? Was tust du hier?« Als er keine Antwort bekam, wandte er sich an Barnaby. »Tom, was zum Teufel geht hier vor?«

»Dein Vater hat gerade den Mord an Esslyn Carmichael gestanden.«

»Er hat was getan?« David Smy blickte Barnaby absolut verständnislos an und wandte sich dann wieder der zusammengekrümmten Gestalt auf dem Stuhl zu. Er versuchte, den Kopf seines Vaters so zu drehen, daß er ihm ins Gesicht sehen konnte, aber Colin stieß einen wilden, tierischen Schrei aus und verbarg das Gesicht nur noch tiefer in den angewinkelten Armen.

David stand auf und erklärte: »Ich glaube es nicht. Das glaube ich einfach nicht.«

»Nein«, antwortete Barnaby trocken, »ich glaube das auch nicht.«

»Aber dann … weshalb dann das Ganze? Papa, was soll das alles?« Er schüttelte den Arm seines Vaters. »Sieh mich an!«

»Er wollte jemanden decken. Oder er hat sich zumindest eingebildet, das gelänge ihm dadurch.«

»Du dummer Kerl … kapierst du denn nicht, was du da tust?« In Davids Stimme schwang große Panik mit. »Aber … wenn du weißt, daß er lügt, Tom … dann ist doch alles in Ordnung, oder? Ich meine … das ist es doch?«

»Bis auf einen Punkt.«

»Und der wäre?«

»Was meinst du wohl, für wen er unschuldig ins Gefängnis ginge?«

David erstarrte, und Barnaby beobachtete, wie sein Gesichtsausdruck von Verständnislosigkeit und aufsteigender Besorgnis zur Ungläubigkeit überwechselte. Die Ungläubigkeit hielt sich am längsten. »Du meinst … *er hat im Ernst geglaubt, ich wäre es gewesen?«*

»Genau.«

»Aber warum um alles auf der Welt sollte ich Esslyn töten wollen?«

Barnaby hatte diesen Satz (vielleicht hier und da mit einer etwas anderen Betonung) schon sehr viele Male in seiner beruflichen Laufbahn gehört. Er hatte ihn aus Seelen voller Schuldgefühle und aus unschuldigen Seelen aufsteigen hören; mit großer oder mit nur wenig Empörung, in selbstgerechter Entrüstung hervorgebracht oder durchsetzt mit Angst. Aber noch niemals zuvor wurde dieser Satz mit einer so hundertprozentig echten Verblüffung geäußert, die sich auch in Davids Smys Gesichtszügen widerspiegelte.

»Nun«, meinte der Chefinspektor, »die allgemein verbreitete Meinung scheint zu lauten, daß deine Affäre mit Kitty durchaus ein Grund zum Töten gewesen sein könnte.« Davids Ausdruck des Unglaubens steigerte sich bis zu dem Punkt, an dem er wie vor den Kopf geschlagen wirkte. Er bewegte sein Haupt langsam von einer Seite zur anderen, so als wolle er sich von einem heftigen Schlag erholen, um endlich wieder klar denken zu können. Barnaby schlug vor: »Wenn ich du wäre, würde ich mich setzen.«

David ließ sich auf den zweiten mit Tweed bezogenen Stuhl sinken und stellte fest: »Ich denke, hier gibt es einige Mißverständnisse.« Daraufhin hob Colin den Kopf, und sein gequälter Blick schien einen anderen Ausdruck anzunehmen.

»Du bist in den Kulissen dabei beobachtet worden, dich in sehr verdächtiger Weise verhalten zu haben«, hielt ihm Barnaby vor. »Etwa so um Viertel vor.«

David wurde blaß. »Von wem?«

»Wir haben einen anonymen Anruf bekommen und müssen solchen Dingen selbstverständlich nachgehen.«

»Natürlich.« David saß eine Weile schweigend da, dann entgegnete er: »Ich war mir sicher, daß ich allein war.«

»Du mußt nichts mehr sagen!« schrie Colin. »Du hast alle möglichen Rechte. Ich werde dir einen Anwalt besorgen...«

»Ich brauche keinen Anwalt, Papa. Ich habe nichts Böses getan.«

»Meinst du, wir könnten jetzt allmählich mal darauf zu sprechen kommen, was du nun wirklich genau getan hast?« sagte Barnaby schroff. »Meine Geduld geht nämlich langsam zu Ende.«

David holte tief Luft. »Esslyn hatte diese gemeine Geschichte über Dierdres Vater erzählt. Das war so grausam. Alle haben gelacht, und ich wußte, daß sie es gehört hatte. Sie war ja draußen auf der Treppe. Hinterher habe ich dann beobachtet, wie sie die Tonanlage geprüft und dabei geweint hat. Ich bin einfach in schreckliche Wut geraten. Als sie nach oben gegangen ist, um die Schüler abzuholen, habe ich etwas Scheuerpulver aus der Herrentoilette geholt und es auf diese kleinen Kuchen gestreut, die Esslyn im ersten Akt ißt. Ich weiß, daß es dumm, boshaft und kindisch war, aber das kümmerte mich nicht. Ich täte es jederzeit wieder.«

Barnaby starrte in Davids entschlossenes Gesicht und richtete dann seinen Blick auf den Vater des Jungen. Vor seinen Augen klärte sich Colins Miene von jeglichem Gram und von aller Verzweiflung und nahm das Strahlen eines Kindergesichtes an, das von einer Sekunde zur anderen vor Vergnügen nur so leuchtet. Colin strahlte jetzt eine derartige Begeisterung aus, daß es ihn beinahe lächerlich wirken ließ.

»Ich wußte gar nicht, daß du dieses Mädchen so gern hast«, rief er freudig aus.

»Ich habe sie nicht einfach nur gern, Papa. Ich bin in sie verliebt. Meine Gefühle sind tief, und das schon seit einiger Zeit. Das habe ich dir doch erzählt.«

»Was?«

»Wir haben doch gerade erst letzte Woche über sie gesprochen. Ich habe dir erzählt, daß ich mich in jemanden verliebt habe, daß sie aber nicht frei ist. Und gestern haben wir auch wieder darüber geredet.«

»Du hast von *Dierdre* gesprochen?«

»Von wem denn sonst?« David schaute von seinem Vater zu Barnaby und sah dann wieder seinen Vater an. Sein Gesichtsausdruck war finster. Es waren die Züge eines Mannes, mit dem man sich einen Scherz erlaubt hatte und der auf diese Erfahrung durchaus hätte verzichten können. »Ich weiß nicht, wie du darauf kommen konntest, daß ich etwas mit Kitty hätte.« Barnaby zuckte die Achseln und grinste. David fuhr entrüstet fort: »Das ist überhaupt nicht zum Lachen, Tom. Was ist, wenn Dierdre etwas davon hört? Ich will nicht, daß sie mich für eine Art Don Juan hält.« Der Gedanke daran, David mit seinem frischen Teint, den aufrichtigen blauen Augen und dem schlichten Gemüt in der Rolle des Don Juan zu sehen, veranlaßte Barnaby dazu, seine Lippen noch einmal etwas zu verziehen. Er täuschte einen Hustenanfall vor, um es nicht zu zeigen. »Und außerdem, Papa...« Colin, der verlegen und beschämt wirkte, aber gleichzeitig vor Glück über das ganze Gesicht strahlte, trat von einem Fuß auf den anderen. »Wie hast du überhaupt Wind von der ganzen Sache bekommen?«

»Wir haben ihm einen Besuch abgestattet«, warf Barnaby ein, ehe Colin etwas darauf erwidern konnte. »Ich fürchte, dein Vater hat aus den Fragen, die wir ihm gestellt haben, seine eigenen Schlüsse gezogen.«

»Du alter Dummkopf«, tadelte David, »ich habe gar nicht gewußt, daß du so doof sein kannst.«

»Nein«, gestand Colin. »Das wußte ich selbst nicht. Nun...«

Er stand auf. »Können wir... ist es in Ordnung, wenn wir jetzt gehen?«

»Ich kann es kaum erwarten, euch endlich von hinten zu sehen.«

»Ach, Tom«, begann David zögernd. »Da ist noch etwas, was ich dir eigentlich sagen müßte. Es erschien mir nur so unpräzise, daß ich gestern nicht daran gedacht habe, es zu erwähnen, aber ich habe noch einmal darüber nachgedacht und... da ich gerade hier bin...«

»Na, dann mal los.«

»Es ist nichts Wichtiges. Ich hoffe also, du nimmst es mir nicht krumm.«

»Ich werde es dir extrem krumm nehmen, wenn du noch länger rumdruckst und es nicht endlich ausspuckst.«

»Ja. In Ordnung. Also, verstehst du, am Ende des Stücks nehme ich doch das Tablett mit den ganzen Rasiersachen. Aber bei der Premiere stimmte etwas damit nicht.«

»Ja?«

»Das war's schon, fürchte ich. Ich sagte dir ja schon, daß es sehr unpräzise ist.«

»Sehr unpräzise, in der Tat.«

»Ich wußte ja gleich, daß du sauer sein wirst.«

»Aber ich bin doch gar nicht sauer«, widersprach Barnaby mit dem Grinsen eines Menschenfressers. »All. üblichen Dinge waren sicherlich da, oder?«

»Ja. Die Seife lag auf dem Holzteller. Die Zinnschale mit dem heißen Wasser war auch da. Der Rasierpinsel. Das geschlossene Rasiermesser. Das Handtuch.«

»Waren die Requisiten anders angeordnet als sonst?« David schüttelte den Kopf. »Vielleicht eine andere Seife?«

»Nein. Sie wurde ja nie benutzt, und deshalb war es immer dasselbe Stück Seife, Imperial Leather, bei allen Proben.«

»In diesem Falle, David«, bemerkte Barnaby eher zu sich selbst, »stehe ich allerdings etwas ratlos da, weil ich nicht so ganz erkennen kann, was daran nicht gestimmt haben soll.«

»Ich weiß. Deshalb habe ich ja auch so lange gezögert, bis ich es erwähnt habe. Aber als ich das Tablett von dem Requisitentisch genommen habe, hatte ich ganz entschieden ein eigenartiges Gefühl, eben den Eindruck, da stimmt irgend etwas nicht.«

»Vielleicht lag etwas auf dem Tisch«, fragte Barnaby, um die Sache etwas zu beschleunigen, »in der falschen Position. Oder war da vielleicht sogar ein Gegenstand, der dort nicht hätte sein dürfen?«

David schüttelte den Kopf. »Nein. Es hatte etwas mit dem Tablett zu tun.«

»Gut.« Barnaby stand mit Nachdruck auf. »Denk noch mal darüber nach. Es könnte ja wichtig sein. Ruf mich an, wenn dir etwas einfällt.«

Colin streckte die Hand aus, und der Grad der Dankbarkeit, die er für Barnabys kleine ausweichende Notlüge empfand, zeigte sich in der Stärke seines festen Händedrucks. »Tut mir wirklich sehr leid, daß ich dir solche Umstände gemacht habe, Tom.«

Dann entfernten sie sich, und Barnaby stand in der Bürotür und beobachtete, wie David geradewegs loszog, den Blick nach vorn gerichtet, während Colin in einer Wolke aus Erleichterung neben ihm herschlich, die so dicht war, daß man sie förmlich hätte anfassen können. Als sie durch den Ausgang nach draußen gingen, erkundigte sich Colin, wobei er sich enorm in acht nahm, nicht einen allzu ungläubigen Tonfall anzuschlagen: »Aber wieso Dierdre?«

Und Barnaby hörte Davids Antwort. »Weil sie es mehr braucht als jeder andere. Und weil ich sie liebe.«

Dierdre lief den Weg zum Walker Memorial Hospital für psychiatrische Störungen hinauf, und der Hund trottete neben ihr her. Nachdem Barnaby ihr gesagt hatte, daß er im

Polizeizwinger bliebe, bis sie käme und ihn holen würde, war Dierdre auf dem Weg ins Krankenhaus dort vorbeigegangen, um die Sache zu klären. Die nette blonde Polizistin war am Schalter und fragte, wie es ihr ginge. Dierdre erkundigte sich daraufhin nach dem Wachtmeister, der ihren Vater gerettet hatte, und dann liftete die Beamtin die Tresenklappe und meinte: »Hier durch«, ehe sie verschwand.

Dierdre murmelte: »Sehen Sie, das Problem ist...« und folgte ihr.

Der Zwinger bestand aus wirklich geräumigen Käfigen, in denen sich drei Hunde befanden. Zwei lagen auf dem Boden und dösten vor sich hin, doch der dritte sprang auf und bewegte sich erwartungsvoll vorwärts. Dierdre wiederholte: »Das Problem ist, sehen Sie...« und erblickte die fragende schwarze Nase und die weiche Schnauze, die sich gegen den Maschendraht preßte. Der Schwanz wedelte so heftig, daß er nur noch ein brauner Schatten zu sein schien. Polizistin Brierley machte sich daran, das Vorhängeschloß zu entfernen. Nun mußte sie es aber wirklich klarstellen. Hinterher versuchte Dierdre zu begreifen, wieso sie es nicht geschafft hatte, und sie beschloß, daß der Hund an allem schuld gewesen sei.

Wenn er gewinselt oder gebellt, gejault oder auf irgendeine andere Art reagiert hätte, wäre ihr Herz wahrscheinlich hart geblieben, doch so, wie er sich verhielt, konnte sie sich nicht gegen seine Zuneigung verschließen. Es war sein totales Vertrauen, gegen das sie nicht gefeit war. In seinen Augen lag kein bißchen Zweifel. Endlich war sie gekommen, nun würden sie gemeinsam fortgehen. Und schuldete sie dem Tier nicht ohnehin etwas? fragte sich Dierdre sachlich und rief sich die schreckliche Nacht ins Gedächtnis zurück, in der es der einzige Gefährte ihres Vaters gewesen war.

»Haben Sie seine Leine mitgebracht?«

»Oh … nein … ich komme geradewegs von den Barnabys. Ich bin noch gar nicht zu Hause gewesen.«

»Sie sollten ihn aber nicht ohne Leine mitnehmen.« Sie ließ das Schloß wieder zuschnappen. Dierdre sah den Hund an. Sein Ausdruck tiefster Enttäuschung war kaum auszuhalten.

»Es ist schon in Ordnung«, beteuerte sie hastig. »Er gehorcht sehr gut. Er ist ein braver Hund.«

Wachtmeisterin Brierley zuckte die Achseln. »Okay. Wenn Sie das sagen …«, meinte sie und öffnete den Käfig. Der Hund kam herausgerannt, sprang an Dierdre hoch und leckte ihre Hände ab. Sie unterschrieb ein Formular, und beide verließen das Revier, um in die High Street einzubiegen. Beim Schuster gab es Leinen und Halsbänder. Dierdre entschied sich für ein rotes mit einer kleinen Glocke. Als sie sich hinunterbeugte, um es dem Hund anzulegen, fragte der Mann hinter dem Schalter: »Möchten Sie nicht auch eine Marke für ihn haben? Für den Fall, daß er mal verlorengeht. Ich kann Ihnen rasch eine machen.«

»Oh, ja – bitte.« Schon jetzt, da sich der Hund gerade erst seit ein paar Minuten in ihrem Besitz befand, war ihr der Gedanke daran, er könne sich verlaufen, absolut unerträglich. Sie gab ihre Adresse und Telefonnummer an.

»Und sein Name?«

»Sein Name?« Sie dachte angestrengt nach, während der Mann mit seinem Bohrer darauf wartete, was er in die Marke eingravieren sollte. Ihr schossen alle möglichen gewöhnlichen Hundenamen durch den Kopf, aber keiner schien geeignet. Er war bestimmt kein Fido oder Rover. Nicht einmal ein Bello oder Bob. Dann erinnerte sie sich an die Tagesstätte, vor der sie ihn zum ersten Mal gesehen hatte, und in dem Moment hatte sie den Namen. »Sunny!« rief sie. »Er heißt Sunny.« Der Mann gravierte »Sonny«, fügte die anderen Details hinzu, und Dierdre befestigte die Marke an dem Halsband.

Nun, da sie durch den Haupteingang das Krankenhaus betrat, fragte sie sich, was sie mit ihm machen sollte. »Du kannst nicht mit hineinkommen«, erklärte sie ihm. »Du mußt draußen warten.« Er hörte ihr genau zu. Sie befestigte seine Leine an einem eisernen Schuhabstreifer und befahl: »...Hm... Sitz...« Zu ihrer Überraschung senkte sich sein rötlicher Rumpf tatsächlich, und er saß. Sie tätschelte und lobte ihn: »Braver Hund.« Dann ging sie hinein.

Sie wurde sofort von einer Reihe labyrinthischer Gänge verschluckt, und schweren Herzens setzte sie sich in Bewegung. Als sie das allgemeine Krankenhaus angerufen hatte, um zu erfahren, wann sie ihren Vater besuchen könne, hatte man ihr gesagt, daß ihr Vater ins »Walker« gebracht worden wäre, woraufhin sie einen enormen Schrecken bekommen hatte. Dieses schwermütige, mit Ruß überzogene viktorianische Ziegelsteingebäude galt in der Gegend schon immer als Irrenanstalt, und als sie noch ein Kind gewesen war, hatte sie sich immer mit Gruseln vorgestellt, daß es von angeketteten Menschen in weißen Kitteln bewohnt würde, die verrückt spielten und wie die arme Mrs. Rochester schrien.

Die Realität sah freilich ganz anders aus. Es war unglaublich ruhig. Als Dierdre durch einige Schwingtüren gegangen war und nach der Station mit dem Namen Alice Kennedy Baker Ausschau hielt, glaubte sie beinahe, der Ort sei unbewohnt. Der dicke, schimmernde Linoleumboden in der Farbe gekochten Kalbfleischs verschluckte jeden Klang ihrer Schritte. Die Wände waren in einem schmutzigen Gelb gestrichen, und an den Heizungen hatte die Farbe schon Sprünge vom Rost und blätterte ab. Die Heizkörper selbst gaben allerdings viel Wärme ab.

Aber all diese Dinge, die eigentlich schon deprimierend genug wirkten, waren gar nichts gegen diese Atmosphäre tödlicher Verzweiflung, die hier in der Luft lag. Dierdre fühlte, wie sich ihre Lungen damit füllten, so als wäre es ein gefährlicher Nebel. Es roch nach verfaultem altem Gemüse und vermoderten alten Menschen. Es stank nach Urin, nach Fisch und, noch intensiver, nach krankem, synthetischem Lavendel, der hier überall versprüht worden war, um den Eindruck einer normalen häuslichen Atmosphäre entstehen zu lassen. Eine Krankenschwester, in Weiß und Zuckertütenblau gekleidet, fragte sie, ob sie sich verlaufen hätte, und zeigte ihr dann den richtigen Weg.

Die Kennedy-Baker-Station schien menschenleer zu sein, bis auf eine Krankenschwester aus Mittelamerika, die an einem kleinen Tisch mit einem Telefon in der Mitte saß. Als Dierdre hereinkam, stand sie auf und berichtete, daß die Patienten im Sonnenzimmer seien. Sie erklärte Dierdre, warum man sie nicht zu Rate gezogen hatte, als die Entscheidung getroffen worden war, ihren Vater hier einzuweisen. Offensichtlich hatte man es gar nicht für nötig befunden, ihre Genehmigung einzuholen, denn er war zu seiner eigenen Sicherheit und der anderer Menschen ins Walker überführt worden. Falls Dierdre jedoch mit dem Arzt reden wolle, um mehr darüber zu erfahren, könne man einen Termin vereinbaren.

»Ihr Vater fühlt sich hier sehr wohl, Liebes«, fügte sie hinzu und führte Dierdre in das Sonnenzimmer, das am anderen Ende der Abteilung lag. »Alles tipptopp.«

Der Raum war mit einem grauen, schmutzigen Nadelfilzteppich ausgelegt, ein paar schmuddelige Sessel standen herum, und an der Wand hing in wahrhaft elektrisierendem Blau ein schlecht gemachtes und kaum zu entschuldigendes Ölporträt der Gründerin dieses Krankenhauses, die generös auf die versammelte Gruppe hinabsah. In dem Raum befanden sich fünf Menschen: drei ältere Frauen, ein junger Mann und Mr. Tibbs, der am Fenster saß und einen fremden Pyjama sowie einen brutal gemusterten Morgenmantel anhatte, der wohl eher als Stimulans denn zur Beruhigung entworfen worden war.

»Ihre Tochter ist hier, um Sie zu besuchen, Mr. Tibbs. Ist das nicht nett?« redete die Krankenschwester sehr entschieden auf ihn ein, als rechnete sie mit seinem Leugnen.

Dierdre schob einen niedrigen Stuhl mit zerkratzten Holzlehnen neben seinen, setzte sich und sagte: »Hallo, Daddy. Wie geht es dir?«

Mr. Tibbs starrte weiterhin aus dem Fenster. Er sah alles andere als tipptopp aus. Seine Kiefer bewegten sich auf eine traurige, verlorene Art und waren mit grauweißen Bartstoppeln und Spuren getrockneter Tränen bedeckt. Dierdre sprach weiter: »Ich habe dir ein paar Sachen mitgebracht.«

Sie packte ihre Tasche aus und legte seine Toilettenartikel, etwas Seife und eine Schachtel Kekse auf seinen Schoß. Den besonderen Leckerbissen, türkischen Honig, hielt sie dagegen bis zum letzten Moment zurück, um ihm den Abschiedsschmerz zu versüßen. Er sah verwirrt auf die Sachen herab und hob sie dann alle nacheinander mit großer Behutsamkeit hoch, so als wären sie aus Glas. Er konnte offensichtlich nichts damit anfangen. Die Seife beispielsweise versuchte er in den Mund zu stecken. Dierdre nahm ihm die Sachen wieder ab und legte sie auf den Boden.

»Also gut, Daddy«, sagte sie und gab sich alle Mühe, ihre Stimme fröhlich klingen zu lassen, »wie geht es dir denn ...?« O Gott, dachte sie, das habe ich ihn doch schon gefragt. Was blieb überhaupt noch zu sagen? Und was war das für eine unglaubliche Frage, die sie da stellte? Sie, die Jahre damit zugebracht hatte, ruhig und geduldig mit diesem alten Mann im Korbstuhl, der so eine seltsame Ähnlichkeit mit ihrem Vater hatte, zu reden und ihm zuzuhören. Sie konnte ihm noch nicht einmal von dem Hund erzählen, denn das würde möglicherweise seine Erinnerung an die schreckliche Nacht am See wieder wachrufen. Also hielt sie nur seine Hand und sah sich in dem Raum um.

Der junge Mann in der ausgebeulten Flanellhose trommelte unvorstellbar schnell mit den Fingerspitzen auf seinen Knien herum. Er saß neben einer älteren Frau, die den verschleierten, lauernden Blick eines Raubtiers hatte. Dann war da noch eine klobige, kahlköpfige Frau mit Warzen, die sich wie roter Puffreis über ihre Arme verteilten; sie hatte die Handflächen nach innen gedreht, so als hielte sie ein unsichtbares Wollknäuel. Die dritte Frau war nur ein Bündel aus Kleidern (Karos, Punkte, Streifen und nach unten geschobene Wollstrümpfe) mit einem Röhrchen, das unter dem Rock hervorkam und in einem Plastikbeutel mit einer gelben Flüssigkeit endete, der an ihrem Stuhl befestigt war. Da saßen sie nun, jeder in einer undurchdringlichen Wirklichkeit aus Drogen und Träumen eingeschlossen. Man konnte noch nicht einmal sagen, daß sie so wirkten, als warteten sie auf etwas, denn der Akt des Wartens setzt ja das Wissen voraus, daß sich das Leben möglicherweise in absehbarer Zeit ändern wird. Dierdre schob ihren Ärmel zurück und sah auf ihre Uhr. Sie war erst seit drei Minuten in dem Sonnenzimmer.

»Wenn du noch etwas anderes haben möchtest, bringe ich es dir gern bei meinem Besuch mit, Daddy.«

Mr. Tibbs horchte auf und beantwortete ihre Bemerkung rasch mit: »Sie sehen lebendig aus, Schwester. Zwei und sechs.« Er saß auf der äußeren Kante seines Stuhls, so als würde er irgendein Spiel spielen. Plötzlich hatte er den augenzwinkernden Ausdruck eines Menschen, der einem mitteilen will, man müsse schon früh aufstehen, wenn man ihn bei etwas ertappen will. Seine falschen Zähne schnappten, so als führten sie ein Eigenleben, und sein ganzes Gesicht verzog sich zu koboldhafter Gerissenheit. Dierdre bedeckte ihr Gesicht für einen langen Moment mit beiden Händen, dann zog sie die Schachtel mit dem türkischen Honig hervor. Sofort veränderte sich sein Gesicht wieder. Es verlor den Ausdruck der besagten Cleverheit und wurde rot und zornig. Er warf einen grimmigen, ja, fast gequälten Blick auf die zarte runde Dose, so als hätte sie jeden Moment vor, ihn anzugreifen. Dann, als seine Tochter ihm das Päckchen zaghaft hinhielt, vollführte er einen Aufwärtshaken mit der geballten Faust, schlug es hoch in die Luft und halb durch den Raum. Puderzucker flog wie Gewehrrauch in kleinen Wölkchen hinterher. Rosarote und nicht ganz weiße Stücke aus duftendem Gelee purzelten überall auf den Boden. Mit einem schrillen Schrei rannte das Kleiderbündel los, nahm sich ein Stück, rieb es an ihrem auf Halbmast sitzenden Schlüpfer ab und steckte es im ganzen in ihren Mund. Die Frau mit den Warzen sammelte den Rest auf und drückte die Süßigkeiten mit aller Kraft zu einem Gelatineklumpen zusammen, den sie dann in den gekrümmten Händen hielt. Sie knabberte daran herum wie ein Eichhörnchen an einer Nuß. Der junge Mann hatte derweil angefangen, wütend auf sich selbst einzuschlagen und sich zu kratzen, so als würde er bei lebendigem Leib aufgefressen werden.

Dierdre konnte das alles nicht mehr aushalten. Sie band den Gurt ihres Mantels zu und begann, sich die Handschuhe anzuziehen. Ihr Vater war wieder in seine anfängliche Lethargie verfallen und starrte dumpf aus dem Fenster. Ich kann hier nichts für ihn tun, dachte sie. Ich bin ihm keine Hilfe. Ich bin überflüssig. »Ich komme bald wieder, Daddy... am Sonntag...«

Sie wankte in die eigentliche Station hinaus. Ehe sie die Schwingtüren erreicht hatte, hörte sie noch, wie ihr Vater seine Stimme erhob und sein liebstes Kirchenlied sang, »The Old Rugged Cross«. Aber die Worte waren seltsam verdreht und einige davon sogar obszön.

Nicholas, der zum Essen eingeladen worden war, platzte bei seinem Erscheinen fast vor Aufregung. Er schwenkte den Brief, der seine Aufnahme am Central bestätigte, in der Hand und hielt sich mit der anderen die Nase, die zum Blumenkohl angeschwollen war. Nun war er schon eine halbe Stunde im Haus und redete immer noch unaufhörlich über den Brief, obwohl man das Thema für Averys Geschmack in zwei Minuten hätte abhandeln können, und selbst dann wäre immer noch genug Zeit für eine ausgedehnte Lesung der Suren des Koran gewesen.

»Ist das nicht absolut phantastisch?« schwärmte Nicholas jetzt noch einmal.

»Wunderbar genug jedenfalls, um deine Augen glänzen zu lassen«, entgegnete Tim lächelnd. »Komm, trink aus.«

Avery, dessen Tonsur im Licht des Strahlers wie die Glasur von braunem Schokoladeneis glänzte, schnitt gerade einen Schweinebraten in dünne Scheiben, die sich in weichen, rosigen Wellen auf eine Marmorplatte senkten. Daneben standen Erdnüsse und Chilies. Die Tomatensuppe wurde in dem Turmtopf warmgehalten. Basilikum, das im vergangenen Sommer gepflückt und sofort in einem Eiswürfel tiefgefroren worden war, taute in einer Tasse auf. Avery bewegte sich zielstrebig zwischen seinen kulinarischen Mysterien und nippte am Doisy Däene sec. Er war fast zufrieden. Fast, aber eben nicht ganz. Eine Wolke, nicht größer als die Lüge eines Mannes, verdunkelte immer noch seinen Horizont. Und eine kleine Szene – nicht einmal eine Szene, eher ein Augenblickchen – war in sein Gedächtnis eingebrannt.

Tim und Esslyn, wie sie mit zusammengesteckten Köpfen im Vereinsraum gestanden hatten wie zwei große dunkle Klingen. Esslyn hatte sehr leise gesprochen. Als Avery hereingekommen war, hatten sich die beiden sofort getrennt, zwar nicht schuldbewußt (Tim war nie schuldbewußt), aber trotzdem sehr rasch. Avery hatte diese Last tagelang mit sich herumgeschleppt, ehe er beiläufig fragte, um was es bei dieser faszinierenden Unterhaltung eigentlich gegangen sei. Tim hatte behauptet, sich an den fraglichen Zeitpunkt überhaupt nicht mehr erinnern zu können. Ganz klar eine indirekte Lüge. Das war schlimm genug. Avery verdrängte die ganze Geschichte. Was hätte er auch sonst tun sollen? Aber dann, und viel schlimmer, log Tim ihm direkt ins Gesicht.

Während sie alle aufgeregt durch die Kulissen liefen, Esslyns Lebenssaft über die Bühne floß und Harold tobte, hatte Avery geflüstert: »Das wird hoffentlich die Blitze aus seinem Geist vertreiben. Vielleicht müssen wir ja doch nicht gehen.«

Darauf hatte Tim entgegnet: »Wir werden jetzt erst recht gehen müssen.«

»Was meinst du mit *jetzt*?«

»Wie bitte?«

»Du hast gesagt, wir werden jetzt erst recht gehen müssen.«

»Nein, das habe ich nicht gesagt. Das bildest du dir nur ein.«

»Aber ich habe ausdrücklich gehört...«

»Oh, hör bloß auf mit deiner Haarspalterei.«

Also hatte Avery natürlich damit aufgehört. Nun aber, nicht ganz zufrieden, beobachtete er durch den gelbgesprenkelten Schirm aus Drachenwurz und Feuerkolben seinen Liebhaber, der sich entspannte und Nicholas zuprostete.

»Ich muß schon sagen«, rief Avery und versuchte besonders angestrengt, seine Befürchtungen beiseite zu schieben, »ich werde es vermissen, nicht mehr über Esslyn herziehen zu können.«

»Auch ich sehe keinen Grund, weshalb du es nicht vermissen solltest«, antwortete Tim. »Als er noch am Leben war, konntest du gar nicht damit aufhören.«

»Hmm...« Avery nahm die schwere Gußeisenpfanne herunter, gab etwas Sesamöl hinein und fügte eine Prise Anis hinzu. »Aber fast das Schönste daran war doch, daß immer die Chance bestanden hat, es könnte ihm irgendwie zugetragen werden.«

»Tom meint, ich solle mir einen Anwalt nehmen«, warf Nicholas plötzlich ein. »Ich glaube, er denkt, ich wäre es gewesen.«

»Wenn er tatsächlich glauben würde, du hättest es getan, mein Junge«, erwiderte Tim, »dann säßest du jetzt nicht hier.«

Nicholas war sofort wieder aufgeheitert und fragte nun zum dritten Mal, ob sie glaubten, er würde ohne Probleme ein Stipendium für die Schauspielschule erhalten. Avery nahm ein paar Chilies und warf sie in die Pfanne. Er schüttelte und rüttelte sie etwas lauter, als es unbedingt nötig gewesen wäre, aber das tat er immer, wenn sie Gäste hatten. Wie ein Kind befürchtete er, die beiden könnten vergessen, daß er hinter den Feuerkolben und dem Philodendron steckte, oder daß sie, falls sie es nicht vergessen haben sollten, nicht zu schätzen wußten, wie schwer er für ihr leibliches Wohl schuftete.

Nicholas lehnte sich auf dem himbeerfarbenen Satinsofa, das wie eine große Muschel aussah, zurück und genehmigte sich einen großen Schluck von seinem Aperitif. Er liebte Tims und Averys Wohnzimmer. Es war eine außergewöhnliche Mischung aus flaumweichen Freuden wie diesem Sofa und finsteren Stücken von oberlehrerhafter Strenge, wie Tims Oscar-Woollen-Lehnstuhl, den beiden niedrigen, schwarzen italienischen Glastischen oder dem wuchtigen, schweren bronzenen Helm, der neben dem Bücherregal auf seiner Seite lag. Er erkundigte sich: »Was steht heute auf der Tageskarte, Avery?«

»Satay.«

»Ich dachte, das sei eine Methode, um Selbstmord zu begehen.« Nicholas rutschte auf den schimmernden Polstern herum. »Hoppla! Kann ich noch etwas von diesem hervorragenden Wein haben, Tim?«

»Nein. Du bist jetzt schon ziemlich daneben. Und außerdem gibt es Tignanello zum Fleisch.«

»Schade!« bedauerte Nicholas. Und dann: »Hast du Joyces Tochter bei der Premiere gesehen? Die ist ja wohl ganz schön atemberaubend?«

»Sie ist sehr hübsch«, bestätigte Tim.

»Diese Beine... und dieser lange Hals... und die Wimpern... und diese außergewöhnlichen Wangenknochen...«

»Nun ja, du bist vielleicht nicht gerade die nüchternste Person in diesem Raum«, meinte Avery, »aber, meine Güte, du weißt, wie man Inventur macht.«

»Werdet ihr zu meiner Abschlußvorstellung kommen?«

»Der Junge macht aber Riesensprünge.«

»Wenn wir eingeladen werden«, sagte Tim.

»Vielleicht gewinne ich in meinem letzten Jahr schon die Gielgud-Medaille?«

»Nicholas, du mußt wenigstens so tun, als seist du etwas bescheidener, sonst werden dich die anderen Studenten definitiv verabscheuen.« Avery wandte seine Aufmerksamkeit wieder dem Kochen zu. Er arrangierte das Schweinefleisch noch etwas duftiger, nippte an seinem Wein, probierte die Suppe und linste zu seinen kleinen Zuckerkörbchen, in denen er die geeisten Kirschen angerichtet hatte, die er jetzt in der Vorratskammer kühlhielt. Dann nahm er heiße braune Brotscheiben aus dem Ofen, gab die Suppe in eine vorgewärmte Terrine und schaltete sich wieder in das Gespräch ein.

Nicholas hatte gerade gesagt, daß er sie in den Ferien besuchen würde. Avery jedoch glaubte, daß keiner mehr etwas von dem Jungen sehen oder hören würde, wenn er erst einmal von hier fortgegangen war. Und da lag er nicht einmal völlig falsch. Denn obwohl Nicholas später tatsächlich nie zu Besuch kam oder ihnen eine Einladung zu einer seiner unglaublich erfolgreichen Premieren schickte, sollten sie trotzdem noch viele Jahre jeweils zu Weihnachten eine Karte von ihm bekommen, die an sie beide gemeinsam adressiert war.

Avery rief: »Von mir für euch«, und trug die Terrine, das Brot und eine Tonschale mit griechischem Joghurt und saurer Sahne auf. Es war immer noch vom Theater die Rede.

»Ich weiß nicht, ob ich noch für *Wanja* bleiben oder jetzt schon abhauen soll«, gestand Nicholas gerade.

»Du wirst doch erst in ein paar Monaten beim Central anfangen«, gab Tim zu bedenken.

»Aber ich könnte mir vielleicht schon einen Job besorgen und die Stücke ansehen und einen Bewegungskurs oder so was belegen.«

»Es gibt drei tolle Rollen in dem Schauspiel«, fuhr Tim fort. »Und jetzt, wo Esslyn nicht mehr da ist, könntest du eine davon spielen.«

»Hmm.« Nicholas löffelte die Suppe in sich hinein. »Das schmeckt aber nicht sehr nach Tomaten, Avery.«

»Was für ein undankbarer Banause«, murrte sein Gastgeber. »Aber was soll man von einem erwarten, dessen Geschmacksnerven schon derart durch Monosodiumglutamat betäubt sind?«

»Ich kenne das Stück nicht«, sagte Nicholas. »Wie ist es denn eigentlich?«

»Doppelt so lang wie *Klein Eyolf*, aber ohne die Lacher«, erläuterte Avery. »Und ohne die Steptanznummern.«

»Es ist wundervoll. Ein russischer Klassiker.«

»Ich glaube nicht, daß es mir Freude machen würde, in einem russischen Klassiker von Harold dirigiert zu werden.

Der wird uns alle auf Samowars steigen lassen. Ich denke, ich werde mich schon vorher davonmachen.«

»Solange die Ermittlungen laufen«, warf Tim ein, »darfst du vielleicht gar nicht gehen.«

»Mensch.« Nicholas schabte seine Schale aus und hielt sie für einen Nachschlag hin. »Daran habe ich ja noch gar nicht gedacht. Ich vermute, wir stehen alle unter Verdacht. Die Anwesenden natürlich ausgeschlossen.«

»Wir haben immer wieder über den möglichen Schuldigen nachgedacht«, berichtete Avery und schwang die Schöpfkelle. »... du hast diese Suppe nicht verdient – aber wir haben keine Antwort gefunden.«

»Unsere gegenwärtigen Lieblingstäter sind die Everards.«

»Fangt mir bloß nicht mit denen an«, stöhnte Nicholas und befühlte vorsichtig seine geschwollene Nase.

»Es war nicht sehr professionell von Tom, daß er dir das erzählt hat«, urteilte Tim. »Ich dachte immer, die Polizei täte so etwas nicht, weil die Aussagen streng vertraulich wären.«

»Was haben sie abbekommen?« erkundigte sich Avery.

»Beide ein blaues Auge und einer eine dicke Lippe.«

»Gib nicht so an, Nicholas.«

»Er hat mich gefragt! Übrigens, wieso stehen sie oben auf der Liste? Sie waren doch die Hofkriecher.«

»Eine widerliche Position, Hofkriecher«, sagte Avery und reichte die immer noch warmen Brotscheiben herum. »Du mußt eine Person ganz schön hassen, vor der du permanent zu kriechen hast.«

»Nicht unbedingt«, korrigierte Nicholas. »Schwache Menschen respektieren die Stärkeren oft mehr als sich selbst. Sie fühlen sich sicher, wenn sie hinter jemandem herkriechen können.«

»Aber du hältst doch sicher die Everards nicht für schwache Menschen, Nico?« hakte Tim nach.

»Na ja... doch... du nicht?«

»Absolut nicht.«

»Der Verdacht wäre verständlich, wenn er sie hätte loswerden wollen«, fuhr Nicholas fort, »diese widerlichen kleinen Parasiten. Aber umgekehrt. Ich denke immer noch, daß es Kitty war.«

»Und was ist mit Harold?« fragte Avery.

»Natürlich sähe auch ich, genauso wie jeder andere, es nur zu gern, wenn Harold es getan hätte. Abgesehen davon, daß er weder ein Motiv noch die Gelegenheit dazu hatte, wäre Harold der perfekte Kandidat.« Nicholas schlürfte seinen letzten Löffel Suppe. »Diese Suppe ist wirklich toll, Avery.«

»Schön, aber du bekommst dennoch nichts mehr davon«, rief Avery und räumte die leeren Suppenteller ab, »sonst hast du nämlich keinen Platz mehr für die anderen leckeren Sachen.«

Avery schüttete die Soße, die nach Butter und Erdnüssen duftete, in eine Sauciere und nahm seine flachen chinesischen Teller aus dem Ofen. Er liebte es, sie zu benutzen. Auf ihrem Boden waren feine bronzene Chrysanthemen aufgemalt, und kleine blaugrüne Figuren, die von einem Goldrahmen umgeben waren, gingen ihren orientalischen Geschäften nach – in einer Welt aus winzigen Bäumen und kurzen quadratisch weißen Flüssen, deren Wellen sich so eng kräuselten wie kleine weiße Feuerwerkskörper, die zeitlich versetzt losgingen. Avery hatte großes Vergnügen daran, diese exquisiten Kunstwerke erst verschwinden zu lassen und sie dann während des Essens wieder zum Vorschein zu bringen. Es waren die einzigen Stücke, die er niemals in die Spülmaschine tat, und es war auch nur ihm persönlich erlaubt, sie zu spülen. Sie waren ein Geburtstagsgeschenk von Tim, als sie Urlaub in Redruth gemacht hatten. Daher waren die Teller doppelt wertvoll. Nun brachte er die Schalen mit den gewellten Scheiben kroß gebratenen Schweinefleischs und huschte um den Tisch herum, um vor jeden eine hinzustellen.

Tim sagte: »Ich wünschte, du würdest dir nicht immer soviel Mühe machen«, derweil Nicholas schnüffelte und schnupperte, »Ah ... Bistowürfel.« Avery beugte einen Moment den Kopf, aber mehr aus Erleichterung darüber, daß er seine Arbeit gut gemacht hatte, denn als Dank für die empfangenen Segnungen. Avery reichte Nicholas die Sauce mit gehörigem Abstand über die brennende Kerze.

»Du brauchst sie nicht so hoch zu hieven«, spöttelte Tim, »es ist doch keine Hostie.«

Der Tignanello wurde geöffnet und ausgeschenkt. Tim hob sein Glas. »Auf Nicholas. Und das Central.«

»Oh, ja ...« Avery prostete Nicholas zu, der etwas verunsichert grinste. »Du kommst ganz groß raus, bevor du fünfundzwanzig bist, oder ich will nicht mehr Avery heißen. Und vergiß niemals – wir glauben an dich.«

»Das werde ich bestimmt nicht vergessen.« Nicholas lächelte und wirkte doch etwas niedergeschlagen. »Und ich bin euch für alles so dankbar. Das Zimmer ... eure Freundschaft ... für alles ...«

»Du brauchst nicht dankbar zu sein«, entgegnete Tim. »Schick uns einfach nur zu all deinen Premieren Karten für die erste Reihe im ersten Rang.«

»Glaubst du ... die Götter werden all meine Gebete erhören?« Der beabsichtigte Sarkasmus war nur teilweise geglückt. Nicholas' Stimme zitterte.

»Nico – du bist so naiv«, tadelte Tim lächelnd. »Unsere Gebete zu erhören, das ist doch gerade die Art der Götter, uns zu bestrafen.«

»Ach du meine Güte, das wird doch nicht etwa wieder einer deiner weltverneinenden Abende werden? Das könnte ich heute nicht ertragen.«

Aber Avery scherzte nur. Er schien die Zufriedenheit in Person zu sein, strahlte, und seine kleinen blauen Augen zwinkerten. Er fing an, sich zu entspannen. Den ganzen Tag über war er wegen seines Horoskops sehr vorsichtig gewesen und nahezu auf Zehenspitzen herumgeschlichen, denn obwohl die Prophezeiung insgesamt recht erfreulich gewesen war, hatte sie doch mit der Bemerkung geendet: »Es könnte bei Ihnen zu Hause allerdings Reibungen geben.« Aber, dachte Avery, um neun Uhr dreißig dürfte der Vogel des bösen Omens sicher schon wieder in seinem Nest sein und die Runen für den nächsten Tag lesen.

»Ist das Essen in Ordnung?« erkundigte er sich mit gespielter Besorgnis.

»Mein Liebster, es ist absolut wunderbar.« Tim streckte sich, und seine feinen El-Greco-Finger ruhten kurz und leicht auf Averys Arm. Dessen Gesicht leuchtete mit der vollen Kraft seiner Leidenschaft, und sein Herz klopfte. Tim nannte ihn sonst nie bei einem Kosenamen oder berührte ihn, wenn andere Menschen anwesend waren, und Avery hatte rasch begriffen, daß er sich genauso vorsichtig zu verhalten hatte. Natürlich, es war bloß Nico, aber trotzdem...

Avery atmete tief und langsam ein und genoß den würzigen Geruch des Fleischs, den zarten Duft des Jasmins in seinem runden Korb, das Aroma des Weines und den leicht bitteren Geruch des heißen Kerzenwachses. Es waren nicht bloß flüchtige Eindrücke seines Geruchssinns, sondern sie reichten viel tiefer, so als hätte man die Gerüche in seinen Blutkreislauf gespritzt, wo sie sich nun langsam in seinem ganzen Körper ausbreiteten. Er brach ein Stück Brot ab und steckte es in den Mund. Es war wie das Brot der Engel.

Das Telefon klingelte. Alle stöhnten. Avery, der am nächsten saß, schob seinen Stuhl zurück und stand mit dem Glas in der Hand auf, um den Hörer abzunehmen.

»Hallo? ... Oh, hallo, Liebes.«

»Wer ist dran?« fragte Tim mit lautlosen Bewegungen seiner Lippen.

Avery drückte die Taste, mit der er die Leitung unterbrechen konnte, so daß der Anrufer nichts mithörte, dann antwortete er: »Die böse Hexe aus dem Norden.«

»Mein Beileid.«

»Tim läßt dir herzliche Grüße ausrichten, Rosa.«

»Und ich auch.«

»Und Nicholas auch. Wir haben gerade ein wahrhaft göttliches ... oh, in Ordnung. Ich bin schon still. Du brauchst nicht gleich grob zu werden. Man muß doch schließlich diese Eröffnungsrituale abhalten, sonst könnten wir ja wieder auf die Bäume zurück ... und den Mund halten, wenn es sein muß.« Er drückte wieder auf die Taste. »Übellaunige alte Schachtel.«

Die beiden Männer am Tisch tauschten Blicke miteinander aus. In Tims Augen drückte sich eine Spur von Belustigung aus, aber in erster Linie Resignation. Nicholas' Blick dagegen war nahezu gönnerhaft und herablassend. Ein Blick, den er zu Beginn ihrer Bekanntschaft noch nicht gehabt hatte. Sie wandten ihre Aufmerksamkeit wieder Avery zu, dessen Gesicht die personifizierte Begeisterung war. Seine weichen Lippen, die von dem braunen Satay entzückend karamellfarben waren, hatte er zu einem O gerundet.

»...Meine Liebe«, rief er, »aber haben wir das nicht immer gesagt? Also, ich habe es jedenfalls gleich vermutet ... bist du sicher ... gut, das erklärt alles ... natürlich werde ich das ... und du, halte mich bitte auf dem laufenden.« Er legte auf, trank einen großen Schluck Wein und eilte zum Tisch zurück. Er platzte vor Neuigkeiten und blickte von Tim zu Nicholas und sah dann wieder Tim an. »Das errätst du nie.«

»Wenn es in unserer Sprache vier ärgerlichere Worte als

diese gibt«, meinte Tim, »dann habe ich sie bisher noch nicht vernommen.«

»Nun komm schon«, drängte Nicholas ebenfalls ziemlich gespannt, »was hat sie gesagt?«

»Die Polizei hat David Smy festgenommen.«

Avery lehnte sich voller Befriedigung über die Wirkung seiner Worte zurück. Nicholas schnappte vor Verwunderung nach Luft. Tims Gesicht, das in dem Kerzenlicht golden und elfenbeinfarben schimmerte, erblaßte zu einer Mischung aus Weiß und Grau. Er fragte: »Woher weiß sie das?«

»Sie hat ihn gesehen, als sie auf dem Weg zur Bücherei war. Da ist ein Polizeiwagen draußen vor dem Revier vorgefahren, und zwei Bullen haben ihn hineingeführt.«

»Hatten sie ihm eine Decke über den Kopf gezogen?«

»Sei doch nicht so verdammt albern, Nicholas. Wie zum Teufel hätte sie denn wissen sollen, daß es David war, wenn er eine Decke über dem Kopf gehabt hätte?«

»Aber das machen sie doch immer«, beharrte Nicholas mit sturer Hartnäckigkeit, »wenn sie einen Schuldigen haben.«

»Also wirklich. Manchmal glaube ich, man sollte deine Denkprozesse in einem Museum für medizinische Mysterien ausstellen.«

»Laß den Jungen in Ruhe.« Tims Stimme ließ eisige Kälte über die gerade noch so festliche Runde herabsinken. »Er hat doch bloß zuviel getrunken.«

»Oh ... ja ... tut mir leid.« Avery nahm sein Glas und stellte es dann nervös wieder hin. Seine Hochstimmung schwand rasch. Der letzte Rest verflüchtigte sich gerade. Er sah Tim an, der ihn aber nicht anblickte, sondern durch ihn hindurch glotzte, so als existiere er überhaupt nicht. Avery senkte den Blick auf die schimmernde Pfütze Erdnußsauce, nahm seinen Löffel, der klappernd gegen den vergoldeten Rand der Schale stieß, und probierte ein wenig davon. Sie war fast kalt.

»Soll ich sie aufwärmen, Tim… was meinst du? Oder soll ich den Nachtisch bringen?«

Tim antwortete nicht. Er hatte sich in dieser ganz bestimmten Form abgeschottet und sich in sich selbst zurückgezogen, vor der Avery immer graute. Er wußte, daß Tim dieses Verhalten nicht als eine Art Strafe an den Tag legte. Es geschah unbewußt, so unabsichtlich, daß es beinah unfreiwillig wirkte, und dennoch fühlte sich Avery unvermeidlich jedesmal wieder dafür verantwortlich. Er wandte sich seinem Gast zu: »Möchtest du jetzt den Nachtisch haben, Nico?«

Nicholas lächelte und zuckte die Achseln. Er wirkte ein wenig überfordert und zutiefst verlegen, so als hätte er sich irgendeines groben Verstoßes gegen die Etikette schuldig gemacht. Dabei dachte Avery, bin doch ich derjenige, dem der Fauxpas unterlaufen ist. Widerlich, haarsträubend und gefühllos hatte es wirken müssen, wie er Rosas Neuigkeiten aufgenommen hatte. Mit welch lüsternem Genuß war er an den Tisch zurückgeeilt, um seine Information loszuwerden, als sei sie ein köstlicher Leckerbissen, den er unbedingt mit den anderen teilen mußte. Wenn er auch nur einen Augenblick nachgedacht hätte, wäre er anders damit umgegangen. Denn trotz allem war es ein Freund, über den sie sprachen. Sie alle mochten David und seine freundliche, stille und bedächtige Art. Und jetzt würde er vielleicht ins Gefängnis kommen. Für Jahre. Kein Wunder, daß Tim, der von Natur aus sehr sensibel war, sich von diesem schmierigen, sensationsgeilen Gehabe abwandte.

So litt der arme Avery im stillen und räsonierte über die Gründe und Argumente für Tims Verhalten. Dabei bemerkte er gar nicht, daß es noch eine weitaus besorgniserregendere Ursache für das Schweigen seines Freundes gab. Daß vielmehr seine kleine heile Welt, in der er sich trotz des ständigen leichten Herzflatterns aus Sorge und Eifersucht im Grunde genommen recht sicher fühlte, kurz davorstand, in Stücke zu brechen.

»Nun...«, begann er und zwang Fröhlichkeit in seine Stimme. »Es hilft ja nichts, deprimiert zu sein. Also... Rosa hat doch nur gesehen, wie er hineingegangen ist... was bedeutet das schon? Vielleicht haben sie ihn nur darum gebeten, ein oder zwei offene Fragen zu beantworten. Vielleicht hilft er ihnen nur bei ihren Ermittlungen.« Avery wünschte, er hätte das nicht gesagt. Er war sich sicher, irgendwo gelesen zu haben, daß die Polizei mit dieser Formulierung signalisierte, den Schuldigen bereits ermittelt, aber noch nicht genügend Beweise gesammelt zu haben, um es offiziell bekanntzugeben. »Bloß weil er der Mann in der Beleuchterkabine war, heißt das doch noch lange nicht... gut... was haben sie denn sonst noch für Anhaltspunkte?« (Da gab es einige: Nicht nur, daß er reichlich Gelegenheit dazu gehabt hätte, es verhielt sich schließlich auch so, daß er der Mann gewesen war, der die Klinge auf die Bühne gebracht hatte. Und außerdem wußte schließlich jeder, daß seine Geliebte jetzt eine reiche Witwe war.) Tim stand auf.

»Was... was ist denn los?« stammelte Avery. »Wir sind doch noch nicht fertig.«

»Ich bin fertig.«

»Oh, aber du mußt noch von den Kirschen essen, Tim! Ich weiß doch, wie sehr du die magst. Ich habe sie nur deinetwegen gemacht. Und sie in kleinen Zuckerkörbchen angerichtet.«

»Entschuldige.«

Ich könnte Rosa umbringen, dachte Avery. Boshafte, skandallüsterne, intrigante alte Hexe! Das alles ist doch bloß ihretwegen passiert. Und dabei war gerade alles so schön. Tränen der Enttäuschung und Frustration quollen aus seinen Augen. Als sein Blick sich wieder klärte, sah er Tim in Mantel und Borsalino in der Wohnzimmertür stehen. Avery sprang auf.

»Wohin gehst du?«

»Ich will einfach nur raus.«

»Aber wohin, Tim?« Avery rannte auf Tim zu und hängte sich an seinen Arm. Seine Stimme bebte, als er forderte: »Du mußt es mir sagen!«

»Ich muß zum Revier.«

»...Was... zum Polizeirevier?« Als Tim nickte, rief Avery aus: »Aber wozu denn das um Himmels willen?«

Doch schon während er die Frage stellte, wurde Averys Herz von einer schrecklich kalten Vorahnung zusammengedrückt. Er wußte, daß Tim sie ihm gleich bestätigen würde.

»Weil«, sagte Tim und entfernte sanft Averys Hand von seinem Ärmel, »ich der Mann in der Beleuchterkabine war.«

Tim tat es leid, daß er gekommen war. Barnaby hatte sich gnädig dazu herabgelassen (wie es Tim schien, mit einem gewissen Maß an ironischem Vergnügen), ihm die Information zu geben, David Smy sei keineswegs verhaftet worden, sondern frei wie ein Vogel, und das würde er auch bleiben. Aber Tim hatte sein Geständnis bereits abgelegt und konnte es jetzt nicht mehr zurücknehmen. Er war davon ausgegangen, es stünde ihm frei zu gehen, wenn er erst einmal seine Aussage gemacht hatte, aber Barnaby schien ihm noch weitere Fragen stellen zu wollen. Die Krönung dieser unwillkommenen Wendung war die Anwesenheit dieses ekelhaften Jungen mit dem karottenroten Haar, der alles mitschrieb.

»...Verstehen Sie, nur so als Hintergrundinformation, Tim«, erläuterte Barnaby. »Erzählen Sie mir, wie Sie mit Esslyn zurechtgekommen sind.«

»Genauso gut oder schlecht wie jeder andere auch. Da gab es wirklich nichts, womit man hätte zurechtkommen können. Er hat sich halt immer in Szene gesetzt. Man wußte nie, was er wirklich gefühlt hat.«

»Aber trotzdem ist es doch ungewöhnlich, wenn jemand über 14 Jahre lang zu einer Gruppe gehört und nicht eine einzige Beziehung hat, die etwas tiefer geht oder ernster ist.«

»Oh, ich weiß nicht so recht. Viele Männer haben keine engen Freundschaften. Solange Esslyn genug bewundert wurde und viel Sex hatte, war er eben zufrieden.« Tim lächelte. »Des Werbefachmanns Traum wird Praxis.«

»Das ist nicht mehr als menschlich.« Barnaby klang nachsichtig. »Wer von uns könnte nicht dasselbe sagen?«

Mitten ins Schwarze getroffen, dachte Troy. Mach nur immer so weiter, bis du irgendwann mal genug hast. Zum Beispiel dann, wenn du in deinen Sarg steigst. Troy war reichlich sauer. Er kam einfach nicht klar damit, daß der Mann, den er (anscheinend nur zu passend) für den großspurigen Schwulen im Geschäftsanzug gehalten hatte, bei Kitty gelandet war. Paradoxerweise hatten sich seine Vorurteile gegenüber Tim dadurch verdoppelt. Und die Art und Weise, wie er hier im Büro umherschlenderte ... man sehe sich das nur an ... total selbstsicher, ziemlich desinteressiert und so kalt wie ein Eistee. Der Bodensatz der Gesellschaft, dachte Troy, sollte seinen Platz besser kennen und nicht an die Oberfläche steigen, denn damit verpfuschte er bloß ein anständiges und ordentliches Gebräu.

»Es hat ihm also nie an weiblicher Gesellschaft gefehlt?« hakte Barnaby nach.

»Oh, nein. Aber es war nichts dabei, was lange gehalten hat. Sie waren immer recht schnell wieder von der Bildfläche verschwunden.«

»Sie kennen nicht zufällig eine Dame, die er in der Vergangenheit verschmäht hat? Wer könnte unter Liebeskummer leiden?«

»Keine Frau, die sich mit Esslyn eingelassen hat, ob er sie nun zurückgewiesen hat oder nicht, hätte jemals davon ausgehen können, daß ihre Liebe erwidert wird. Nein, ich kann Ihnen in dem Punkt wirklich nicht weiterhelfen.«

»Es ist Ihnen doch klar, daß Kitty unsere Hauptverdächtige ist? Haben Sie ihr dabei geholfen, ihren Ehemann loszuwerden?«

»Gewiß nicht. Es hätte gar keinen Grund für mich gegeben, so etwas zu tun. Unsere Affäre war trivial. Ich hatte sie bereits satt.«

»Als Sie mit ihr zusammen waren, hat sie da irgend etwas gesagt, was Licht in die ganze Angelegenheit bringen könnte?«

»Nicht, daß ich wüßte.«

»Einen Hinweis auf irgendeinen anderen Mann?«

»Nein.«

»Kommen wir zum Montagabend zurück …«

»Ich habe dem wirklich nichts mehr hinzuzufügen, Tom.«

»Tja«, bemerkte Barnaby leichthin, »das kann man nie wissen. Versuchen Sie doch mal, es so zu sehen: Wieso ist der Mord zu diesem Zeitpunkt geschehen? Warum nicht schon bei einer der Proben? Da hingen nicht so viele Leute herum. Und es waren auch keine Polizisten da.«

»Während der Proben ist es aber nie dunkel hinter den Kulissen. Und da ist auch immer irgendeiner, der souffliert. Oder der einen Szenenwechsel machen möchte.«

»Waren die Kulissen denn auch beim Durchlauf oder bei der Kostümprobe nicht dunkel?« Als Tim schwieg, fügte Barnaby hinzu: »Übrigens, habe ich Ihnen eigentlich schon zu Ihrer hervorragenden Beleuchtung gratuliert?«

»Ich kann mich wirklich nicht mehr daran erinnern.«

Es ist so, als wollte man eine Schnecke bei ihren Hörnern packen, dachte Barnaby und nahm das schnelle (als reiner

Selbstschutz gedachte?) Nachlassen der Aufmerksamkeit seines Gegenübers wahr.

»Harold schien verärgert zu sein.«

»Was?«

»Ich habe bemerkt, wie er in der Pause gegen die Tür Ihrer Kabine gehämmert hat.«

Tim zuckte die Achseln. »Er ist nun mal aufbrausend.«

»Vielleicht wäre er weniger aufbrausend gewesen, wenn Sie diese wunderbare Beleuchtung vor der Premiere schon mal geprobt hätten.«

»Wenn wir das getan hätten, dann wäre sie in der Premiere nie zum Einsatz gekommen, denn Harold hätte schon vorher alles sabotiert.«

»Also hat Harold nichts davon gewußt?«

Die Schneckenhörner verschwanden völlig. Obwohl Tims Ausdruck lakonisch blieb, sogar ein wenig verächtlich, waren seine Augen unruhig, und die Haut schien sich über seiner Patriziernase zu spannen. »Das ist richtig.«

»Also hat er zwei Schocks zum Preis von einem erhalten?«

»Ja, wie sich herausgestellt hat.«

»Welch ein Zufall.«

»Zufälle passieren doch laufend.«

Aber nicht diesmal, dachte Barnaby. Er wußte auch nicht, woher seine Gewißheit kam, aber sie war da. Irgendwo in den hintersten Winkeln seines Hirns, in denen Nebelschwaden trieben, hörte er so leise, daß es nur schwer wahrzunehmen war, eine warnende Rassel. Dieser Mann, der Esslyn Carmichael unmöglich getötet haben konnte, wußte etwas. Aber er hielt Barnabys Blicken stand und sah ihm fest, fast schon einschüchternd in die Augen. Er dachte gar nicht daran wegzusehen.

»Vermutlich ist Ihnen nicht klar«, sagte Barnaby, »daß Harold das neue Lichtkonzept als seine eigene Idee ausgibt.«

»Ha!« Tim lachte schroff. Sein Gesicht rötete sich. »Also, das …« Sein Lachen überschlug sich. »Also, das war alles was wir tun mußten, einfach nur ›Ja, Harold‹ sagen. Und dann unser eigenes Ding durchziehen. Genau wie Esslyn.«

»So scheint es jedenfalls.«

»Die ganzen Jahre.« Er lachte immer noch in dieser rauhen, gereizten Art, als der Chefinspektor ihn einige Minuten später gehen ließ.

Barnaby konnte keinen Grund erkennen, wieso er Tim dabehalten oder ihn unter Druck setzen sollte. Tim gehörte nicht zu der Sorte Mensch, die man mit allgemein gehaltenen spaßhaften Drohungen und Aufmunterungen kleinkriegen konnte. Aber Barnaby wußte jetzt, wo sein Druckpunkt lag, und konnte, falls es nötig werden sollte, die Hebelwirkung dort ansetzen. Er wandte sich an seinen Sergeant.

»Was meinen Sie, Troy?«

»Der Mann hat Angst, Sir«, antwortete Troy rasch. »Es war alles in Ordnung, bis Sie auf das Licht zu sprechen kamen. Dann ist er in sich selbst zusammengeschrumpft wie der Schwanz und die Eier in Eiswasser. Ich kann mir nicht vorstellen, daß er der Mörder ist, aber er weiß etwas.«

»Ich glaube, Sie haben recht.«

»Wie wäre es, wenn wir uns mal mit seinem Freund unterhalten würden?« Troy ließ seine Handgelenke in einer gezierten Geste schlaff herunterhängen, »dem kleinen Pummelchen. Und zwar ganz allein.« Er zwinkerte seinem Chef zu. »Es wird nicht lange dauern, bis er zusammenfällt.« Sein Zwinkern wurde mit einem Blick beantwortet, der so eisig war, daß er selbst beinahe zusammengefallen wäre.

»Morgen früh werde ich mich zunächst einmal in Carmichaels Büro umsehen. Und seinen Rechtsanwalt treffen. Hängen Sie sich ans Telefon, und machen Sie die Termine klar.«

Nicholas war kurz nach Tim gegangen. Er hatte sich bei Avery für das Essen bedankt und stellte dann auf der Treppe mit absoluter Klarheit in der Stimme richtig: »Ich bin nicht so betrunken, wie du glaubst.«

Jetzt saß Avery allein da. Er hatte den Tignanello ausgetrunken, ihn sich zuerst unter Schock eingeschenkt und ausgetrunken, eingeschenkt und ausgetrunken, dann aber in bitterer Einsamkeit und Verzweiflung. Als die Flasche leer war, hatte er in seinem verwirrten Zustand aggressiven Elends, vermischt mit unklaren Vorstellungen von Vergeltung, den Clos St. Denis, Grand Cru, entkorkt, von dem er wußte, daß Tim ihn extra für seinen Geburtstag zurückgelegt hatte. Er rang erst wild mit dem Korken, brach dann Teile davon ab und verschüttete dabei den Wein.

Die Kerzen flackerten in ihren mexikanischen Silberrosenhaltern, und Avery blies sie aus. Aber selbst im Dunkeln steckte das Zimmer noch voller Erinnerungen an Tim. Er schreckte vor dem Wort Erinnerung zurück und schalt sich selbst dafür, daß er so melodramatisch war. Denn schließlich würde Tim zurückkommen. Aber kaum hatte er sich das gesagt – was ihm ja eigentlich ein Trost hätte sein sollen –, da wurde der Gedanke auch schon von hundert anderen überschwemmt, die alle vor glühendem Selbstmitleid trieften. O ja, sagte sich Avery mit einem kläglichen Hohngelächter, es bestand kein Zweifel daran, daß er zurückkommen würde. Jemanden wie mich findet er auf die Schnelle garantiert nicht wieder. Wer sonst würde für ihn kochen und bügeln, das Haus sauberhalten, für ihn sorgen und nicht mehr dafür verlangen als ab und zu ein freundliches Wort? Und selbst das so beiläufig in eine Unterhaltung eingeworfen, als wäre es ein Knochen für einen räudigen Köter. Wer außer mir hätte einen Buchladen gekauft und die Hälfte davon verschenkt – ja, *verschenkt,* wetterte Avery. Mit wessen Geld ist das Haus möbliert worden? Und wer hat für die Urlaube bezahlt? Und er hatte so wenig dafür verlangt. Ihn nur einfach lieben und sich um ihn kümmern zu dürfen. Bloß, um als Gegenleistung dafür ein Quentchen Zuneigung zu erhalten. Er war durch diesen erhellenden Einblick in den Edelmut seiner Seele zutiefst bewegt, und daher vergoß Avery eine untröstliche Träne.

Aber die Träne war noch nicht ganz auf seiner weichen Wange getrocknet, da hatte der kalte Finger der Vernunft bereits auf etwas gedeutet, was ihn zutiefst beunruhigte: nämlich, daß sich für eine angemessene Summe durchaus Leute finden würden, die für ihn kochten und bügelten. Tim hatte früher als hervorragender Latein- und Französischlehrer ein blendendes Gehalt verdient, von dem sich durchaus ein angenehmes Leben führen ließ. Zweifellos konnte er das auch jetzt wieder tun. Und wenn Avery all diese Worte, die momentan wie Tiger um sein Herz schlichen, herausließ, sobald Tim zurückkam, dann würde dieser vermutlich einfach wieder seinen Mantel anziehen, seinen Borsalino aufsetzen und erneut fortgehen, aber diesmal für immer. Und tatsächlich (Avery fühlte sich krank vor Sorge) war es selbst dann, wenn er die größten übermenschlichen Anstrengungen auf sich nahm, um sich zu beherrschen und ruhig und verständnisvoll zu verhalten, wahrscheinlich schon zu spät. Hatte doch Tim bereits jemand anderen getroffen.

Leise stand Avery auf und schaltete das Licht an. Er hatte das Gefühl, sich bewegen und herumlaufen zu müssen. Avery dachte daran, zum Revier zu gehen und Tim dort abzuholen. Er wollte das Schrecklichste direkt von ihm erfahren. Doch dann, als er seinen Mantel schon angezogen und die Tür geöffnet hatte, erkannte er, daß dies ein sehr dummes Vorhaben war. Denn Tim haßte nichts mehr, als wenn Avery »hinter ihm hergekrochen kam«. Auch hatte ihm (Avery warf seinen Mantel auf das himbeerfarbene Sofa) sein kurzer Ausflug zur Tür klargemacht, daß ihm unglaublich schwindlig und übel war. Er setzte sich an den Tisch, aber es bereitete ihm ziemliche Mühe, aufrecht dazusitzen. So hielt er sich an der Tischkante fest und kam sich dabei vor, als säße er in der Drehtür seiner Emotionen fest. Ihn hatten leidenschaftliche Eifersucht, Wut, bohrende Angst, sinnliche Lüsternheit und Mißtrauen bereits in einem Affentempo heimgesucht, aber nun schien er all diese Gefühle auf seinem Weg zurück ins Wohnzimmer wieder anzutreffen.

Avery gab sich zwar die größte Mühe, wieder aus diesem dicken Sumpf der Erbärmlichkeit freizukommen. Er trank einige große Gläser Perrier und setzte sich ruhig hin, um sich zu sammeln. Er versuchte, so zu denken, wie Tim das tun würde. Schließlich konnte das, was einmal geschehen war, nicht wieder ungeschehen gemacht werden. Vermutlich, dachte Avery ängstlich, mache ich bloß wieder aus einer Mücke einen Elefanten. Wahrscheinlich war das genau das, was Tim erwartete. Armer Tim. Erst Stunden auf der Polizeiwache hocken und dann nach Hause kommen, um dort mit einer rasenden Schreierei und einem üblen Krach konfrontiert zu werden. Wie bemerkenswert und verwunderlich wäre es, wenn er dagegen von einem ruhigen, lächelnden, natürlich etwas distanzierten, aber zur Vergebung bereiten Freund begrüßt werden würde. Diejenigen aber, die frei von Sünde sind und so weiter und so fort. Avery kaute dieses ganze Gewäsch gründlich durch. Was würde es denn bringen, sauer auf Tim zu sein? Nur weil er nicht wirklich treu sein konnte? Ich liebe ihn ja nun mal so sehr, weil er eben ganz anders ist als ich, erkannte Avery, der jetzt vor lauter Sentimentalität melancholisch wurde. Wie stolz wird er sein, wenn er sieht, wie gut ich tatsächlich mit solchen Dingen umgehen kann. Er wird mich für sehr reif und weise und unvoreingenommen halten angesichts meiner Reaktion auf diese erste echte Katastrophe. Als Avery hörte, daß sich ein Schlüssel im Schloß umdrehte, war seine Brust geschwollen wie die eines werbenden Truthahnes. Einen Moment später stand Tim vor ihm.

Avery brüllte: »Du treuloser Bastard!« und warf eine der chinesischen Schalen nach ihm. Tim duckte sich, die Schale traf die Türfassung und zersprang in kleine Stücke. Als sich Tim bückte, um sie aufzuheben, schrie Avery: »Laß es sein! Ich will sie nicht mehr. Keine davon. Sie kommen alle in den Mülleimer!«

Tim ignorierte ihn, sammelte die Teile auf und legte sie auf den Tisch. Dann holte er sich ein sauberes Glas aus der Küche und schenkte sich etwas von dem Clos St. Denis ein. Er roch daran und gab einen verwunderten Laut von sich, als er einige Korkstücke aus dem Wein zog.

»Ich hatte sie doch zurückgelegt.«

»Zurücklegen und flachlegen, das ist anscheinend alles, was du im Kopf hast.«

»Wenn du dich schon vollaufen lassen wolltest, wieso hast du dann nicht den Dão getrunken? Wir haben ein halbes Dutzend Flaschen davon in der Vorratskammer.«

»O ja, der Dão! Jeder Dreck ist für mich ja auch gerade gut genug, nicht wahr? Ich habe nicht deinen exquisiten Gaumen. Deinen gefeierten *je ne sais quoi.*«

»Sei nicht albern.« Tim trank gedankenversunken einen Schluck. »Wunderbar fruchtig. Viel Charakter. Aber kein ganz so großer Wein, wie ich es erwartet hatte.«

»Verdammt hochnäsig, das muß ich schon sagen.«

»Ich bin müde.« Tim zog den Schal und den Mantel aus. »Ich gehe ins Bett.«

»Du wirst jetzt ganz bestimmt nicht ins Bett gehen. Du wirst mein Haus verlassen. Und zwar sofort!«

»Ich werde zu dieser späten Stunde nirgendwo hingehen, Avery.« Tim hängte seinen Mantel auf. »Wir werden morgen darüber reden, wenn du wieder nüchtern bist.«

»Wir werden jetzt reden!« Avery sprang vom Tisch auf und stolperte durch den Korridor, wo er sich vor der Treppe aufbaute und den Weg nach oben versperrte. Daraufhin machte Tim kehrt, ging in die Küche und begann, die Kaffeemaschine zu füllen. Avery folgte ihm und brüllte: »Was machst du da? Rühr meine Sachen nicht an!«

»Wenn ich schon aufbleiben muß, dann brauche ich einen starken Kaffee. Und so wie es aussieht, würde dir das auch guttun.«

»Was hast du denn erwartet? Daß du nach Hause kommst und mich verständnisvoll, freundlich und sachlich vorfindest? Vielleicht noch alles schön aufgeräumt nach dem letzten Essen? Deine dreißig Teile Tafelsilber schon herausgelegt?«

»Wieso benimmst du dich eigentlich so melodramatisch?« Tim löffelte den Costa Rica in die Maschine. »Komm schon, setz dich hin, bevor du umfällst.«

»Das würde dir so passen, nicht wahr? Dir würde es gefallen, wenn ich jetzt umfiele, mir den Kopf aufschlüge und sterben würde. Dann würdest du den Laden und das Haus erben, und du könntest endlich diese verdammte kleine Schlampe mit ins Haus bringen. Nun, das kannst du dir abschminken, ich werde morgen als erstes zum Anwalt gehen und mein Testament ändern.«

»Morgen kannst du machen, was du willst. Aber jetzt solltest du dich darauf konzentrieren, deinen Hintern irgendwo zu parken und den Kaffee runterzuwürgen.«

Avery wartete einen Moment und blieb erst einmal trotzig stehen, um deutlich klarzustellen, daß jede Bewegung, die er ausführen würde, absolut seine eigene Entscheidung wäre, dann begab er sich auf verschlungenen Wegen durch seine Küche und zog einen Hocker in Betracht. Er schwankte zwar wie ein Schiffsmast bei Orkanböen, aber er schaffte es schließlich, sich auf den Hocker zu setzen und dort den Halt zu bewahren.

Der kräftige, vertraute Geruch des Kaffees drang in seine Nase und rief ihm auf grausame Weise die vielen glücklichen Tage ins Gedächtnis zurück, an denen sie nach dem Essen Vertraulichkeiten und Klatsch miteinander ausgetauscht hatten. Das war nun alles vorbei. Alles ruiniert. Er und Tim würden nie wieder glücklich miteinander sein. Averys Augen füllten sich mit Tränen, als ihm das Schreckliche der Situation erneut bewußt wurde, und ein Pfeil bohrte sich schmerzhaft mitten durch den betäubenden Dunst des Alkohols. Es war so, als würde eine Nadel in sein Herz gesteckt.

Als Tim ihm den Kaffee hinstellte und Averys schlaffe, willenlose Finger um die Tasse legte, war es eben diese Geste der Besorgnis, die Averys Zorn das Rückgrat brach und einem großen Tränenfluß den Weg freiräumte. Und mit den Tränen kam auch das überwältigende Bedürfnis nach Nähe und Trost. Er schluchzte: »Ich habe dir vertraut...«

Tim seufzte, stellte die Tasse ab, zog einen zweiten Stuhl heran und setzte sich neben Avery. »Hör mal zu, Liebster«, sagte er, »wenn wir schon zu dieser schrecklich späten Stunde offen und ehrlich miteinander sprechen wollen, dann bitte nicht unter einer falschen Vorgabe. Du hast mir nie vertraut. Seit wir zusammenleben, weiß ich jedesmal, wenn ich irgendwohin gehe, daß du nichts anderes zu tun hast, als dir Sorgen zu machen und Angst davor zu haben, daß ich einen anderen treffen könnte. Oder daß ich bereits einen anderen kennengelernt habe und mit ihm zusammen bin. Das ist kein Vertrauen.«

»Und jetzt weißt du auch, wieso ich mißtrauisch war, oder

etwa nicht? Wie recht ich damit gehabt habe. Du hast zu mir gesagt, du würdest zur Post gehen.«

»Da war ich ja auch zuerst. Mach dir keine Sorgen. Die Bücher habe ich alle abgeschickt.«

»Darum geht es doch nicht!« schrie Avery. »Du weißt genau, was ich meine.«

»Es war nichts Wichtiges«, erklärte Tim ruhig. »Nicht mit uns zu vergleichen.«

»Warum hast du es dann getan? Wieso hast du unsere Beziehung aufs Spiel gesetzt... all das...« Avery deutete mit solcher Vehemenz in Richtung seines gemütlichen Wohnzimmers, daß er vom Hocker glitt.

»Gott, bist du voll«, meinte Tim und half ihm hoch.

»Ich bin überhaupt nicht voll«, weinte Avery. »Ich meine... wenn schon nicht David in der Kabine gewesen ist, dann wäre ich vielleicht von Nico ausgegangen... oder von Boris. Aber ich hätte nicht einmal in Millionen Jahren damit gerechnet, daß du es warst.«

»Das verstehe ich nicht. Du kennst doch meine sexuelle Vorgeschichte.«

»Aber ich habe geglaubt, du hättest das alles hinter dir gelassen«, entgegnete Avery. Und brauste auf: »Lach nicht!«

»Entschuldige.«

»Aber wieso ausgerechnet Kitty?«

Tim zuckte die Achseln und erinnerte sich an die Kombination aus zerbrechlichem Körper und dem herzlosen, verschlagen cherubischen Lächeln, die ihn für kurze Zeit erregt hatte. »Sie ist hübsch und schlank... und tatsächlich ziemlich knabenhaft...«

»Aber nicht mehr lange«, unterbrach ihn Avery. »Sie wird bald dick und häßlich sein.«

»Ich wollte sie ja nicht für längere Zeit haben«, erwiderte Tim. Einen Moment lang wirkte er derart unglücklich, daß

Avery vergaß, wer hier eigentlich der Schuldige war, und drauf und dran war, ihm bereitwillig entgegenzugehen und ihn zu trösten, so wie er es vor diesem Verrat getan hätte. »Wenn du dich dann besser fühlst«, fuhr Tim fort, »es war Kitty, die mich angemacht hat. Es ist alles von ihr ausgegangen. Ich vermute, daß ich für sie so eine Art Herausforderung war.«

»Manche Leute scheinen den Unterschied zwischen einer Herausforderung und einem verdammten Kinderspiel nicht zu kennen.« Avery nahm sich zusammen. »Wie lang... wie oft...«

»Ein halbes dutzendmal. Höchstens.«

»O Gott!« Avery japste, als hätte er einen Schlag abbekommen, und er bedeckte sein Gesicht mit den Händen. »Und war sie... ich meine... war da...«

»Nein. Keiner sonst.«

»Was soll ich jetzt bloß tun?« Avery schwankte auf seinem Stuhl von einer Seite zur anderen. »Ich weiß nicht, was ich tun soll.«

»Wieso solltest du überhaupt etwas tun? Mir scheint, es ist bereits mehr als genug geschehen. Und heule nicht schon wieder.«

»Tu' ich doch gar nicht.« Avery zog seine kleinen Butterkugelfäuste, die vor Nässe glänzten, von den verweinten Augen. Seine blassen gelben Locken, schlaff vor Kummer, sahen aus wie ein Ring aus Rührei. Die nächsten Worte kamen erstickt heraus: »Ich weiß nicht, wie du so herzlos sein kannst.«

»Ich bin nicht herzlos, aber du weißt, wie ich diese billigen Sentimentalitäten hasse.« Tim riß ein Stück Küchenkrepp ab und trocknete damit Averys Gesicht, das über und über mit Spuren von Tränen, Schleim und Schweiß bedeckt war. »Und gib mir die Tasse, bevor du noch alles verschüttest.«

»Alles ist dahin... und... zerstört... so beschmutzt... ich kann es nicht mehr ertragen...«

»Ich verstehe nicht, wie du das wissen kannst, ohne es wenigstens versucht zu haben.« Diese nüchterne Argumentation ließ Averys Elend einen weiteren Gipfel erklimmen. »Ich habe es ernst gemeint, Tim!« schrie er. »Du mußt mir dein Wort darauf geben, daß du nie, aber auch *niemals* wieder…«

»Das kann ich nicht. Und du würdest mir ohnehin nicht glauben, wenn ich es täte. Oh, jetzt vielleicht, weil du verzweifelt bist, aber morgen würdest du wieder anfangen, dich zu fragen, ob du mir vertrauen kannst. Und übermorgen und…«

»Aber du *mußt* es versprechen. Ich kann mit dieser Ungewißheit einfach nicht weiterleben.«

»Wieso denn nicht? Alle anderen müssen das schließlich auch. Dein Problem besteht darin, daß du zuviel erwartest. Wieso können wir nicht einfach vor uns hinwursteln wie zwei normale Durchschnittsbürger? Du weißt schon… unser Bestes tun… uns gegenseitig helfen, wenn wir Probleme haben… Kompromisse schließen… der siebte Himmel ist doch etwas für zurückgebliebene Pubertierende.« Tim schwieg eine Weile. »Ich habe dir nie das Paradies auf Erden versprochen.«

»Tja«, meinte Avery mit einem Anflug seiner alten Strenge. »Und wenn ich schon kein Paradies auf Erden haben kann, dann soll ich mich auch noch mit all diesem Mist abfinden, was?« Und dann, als Tim sein verhangenes, nach innen gerichtetes Lächeln lächelte, schrie Avery plötzlich: »Es wäre alles in Ordnung, wenn ich dich nicht so sehr lieben würde!«

»Aber wenn du mich nicht so sehr lieben würdest, wieso sollte ich dann noch bei dir bleiben?«

Avery überlegte: War eine solche Bemerkung ein wirklicher Trost? Es schien zu bedeuten, daß das, was er zu bieten hatte (das Geschäft, das Haus, die pedantischen und liebevollen Sorgen, mit denen er sich durch seine täglichen Aufgaben schleppte), nicht der Grund war, weshalb Tim blieb. Also, dachte Avery ängstlich, was habe ich denn sonst noch zu bieten? Er bewegte den Gedanken in seinem Kopf. Es schien ihm, als hätte diese Frage irgendwo einen Haken, und das sagte er auch.

»Alles hat einen Haken.« Tim ging ins Wohnzimmer zurück, um die Scherben der chinesischen Schale zu holen. »Ich muß morgen etwas besorgen, womit ich sie wieder zusammensetzen kann.«

»Ja, ja, setze sie nur zusammen.« Avery spürte, wie seine angeduselte Traurigkeit von einer flackernden Wärme berührt wurde. Vielleicht würde Tim doch nicht seine Tasche packen. Vielleicht könnten sie am Morgen das Geschäft öffnen und Bücher bestellen, sie ordnen und sich vorsichtig, wie zwei wandelnde Wunden, wieder näherkommen. Tim kam zurück und legte die bemalten Scherben auf den Küchentisch.

»Tut mir leid um den Teller.«

»Nein. Nein. Das habe ich mir schon immer gewünscht«, sagte Tim höflich. »Eine echte Uhu-Atmosphäre.«

»... erinnerst du dich noch an Cornwall?«

»Bis an mein Lebensende. Ich habe geglaubt, ich kriege dich nie wieder von diesem Fischer aus Redruth fort.«

»Oh...« Avery wandte seinem Liebhaber ein schuldbewußtes Gesicht zu. »Das hatte ich ja ganz vergessen.«

»Ich aber nicht. Allerdings... wie du siehst... ich bin immer noch da.«

»Ja. Meinst du« – Avery streckte die Hand aus –, »daß wir jemals wieder glücklich werden?«

»Hör bitte auf, in einer mystischen Zukunft zu leben. Du kannst das Glück nicht erfinden. Es ist nur ein Nebenprodukt des alltäglichen Trotts.«

»Aber wir waren doch glücklich, Tim, nicht wahr?«

»Wir sind glücklich, du alter Miesmacher. Das Beste wäre, wenn wir jetzt nicht mehr weiterreden würden. Ich bin nämlich hundemüde.«

Tim ging nach oben, während Avery seinen Kaffee austrank.

Avery fühlte sich wie ein Sandsack, den man gerade bearbeitet hat und dann endlich in Ruhe läßt. Er zitterte immer noch bei der Erinnerung an das Gewesene, und er hatte Beulen. Dann lichtete sich, weil der erste Schrecken vorüber und Tim zurückgekommen war und auch bleiben würde, die geballte Niedergeschlagenheit, die Averys Angst verdrängt hatte, und eine Wolke, die nicht größer war als die Lüge eines Mannes, kehrte zurück.

Tims Bemerkung, die er zuerst geleugnet und dann mit einem Achselzucken abgetan hatte, erschien plötzlich in einem bedrohlichen Licht. Denn es kam Avery ganz so vor, als spielte dieses »Wir werden jetzt erst recht gehen müssen« auf ein Geheimnis an, das ihm verborgen war. Dahinter schien zu stecken, daß Avery und Tim trotz ihres Alleingangs mit der Beleuchtung im Latimer hätten bleiben können, wenn Esslyn nicht getötet worden wäre. Und jetzt kam als Zugabe zu Averys Befürchtungen auch noch die Information ans Licht, daß Tim der Liebhaber von Kitty gewesen war. Und es war Tim, der das Rasiermesser besorgt hatte. War er wirklich in der Pause auf die Toilette gegangen? Und wieso war er nach unten gegangen, wo es doch im Vereinsraum zwei Toiletten gab?

Tim rief: »Was ist denn los? Nun komm schon ...«

Und zum allerersten Mal, seit sie sich kannten, stand Avery, obwohl das gewohnte Prickeln der Lust in seinem Fleisch nicht ausblieb, nicht auf und eilte dem Quell seines Entzückens entgegen. Er blieb in seiner unordentlichen

Küche sitzen, und ihm wurde kälter und immer kälter. Und er fürchtete sich zunehmend mehr.

Es war der folgende Tag, und Harold hatte einen seiner seltenen mittäglichen Auftritte am Eßtisch. Gewöhnlich aß er außerhalb, und Mrs. Harold war deshalb einigermaßen verwirrt. Ihr Haushaltsgeld war kärglich, und wenn für irgend etwas höhere Kosten anfielen, dann mußten diese augenblicklich anderswo wieder eingespart werden. Sie hatte ganz hinten in ihrem Küchenschrank eine Dose Fray-Bentos-Fleisch und Nierenauflauf gefunden und war schnell losgelaufen, um ein paar frische Möhren von dem Geld zu kaufen, das eigentlich für ihre Blumen gedacht war. Aber Harold aß so geistesabwesend, daß sie das Gefühl hatte, sie hätte ihm auch ihr eigenes Mittagessen (gekochte Tomaten und zwei Scheiben Frühstücksfleisch) vorsetzen können, ohne daß er es überhaupt zur Kenntnis genommen hätte.

Während sie jetzt den letzten Tropfen Sauce auftunkte, bemerkte sie: »Es sieht dir gar nicht ähnlich, zum Mittagessen nach Hause zu kommen, Harold.«

»Ich habe mir den Nachmittag freigenommen. Es ist Nicholas' halber Tag, und wir müssen uns ernsthaft über seine Zukunft unterhalten.«

»Weiß er denn, daß du kommen wirst?« Harold sah sie verständnislos an. »Ich meine, hast du einen Termin mit ihm?«

»Sei nicht albern, Doris. Ich mache doch mit den Nachwuchsmitgliedern meines Ensembles keine Termine.«

»Aber dann ist er vielleicht gar nicht da.«

»Ich kann mir nicht vorstellen, wo er an einem so schrecklichen Tag sonst sein sollte.«

Doris sah auf die schwarzen Ruten, mit denen der Regen gegen das Küchenfenster schlug. Sie sagte: »Ich habe noch ein Stück Kuchen, Harold. Wenn du es haben möchtest.«

Harold antwortete nicht. Er schaute seine Frau zwar an, aber er registrierte ihr gelbgraues Haar, das schäbige Kleid und die Strickjacke nicht. Seine Gedanken galten ausschließlich seinem zukünftigen Hauptdarsteller. Er sah Nicholas bereits als Wanja über die Bühne laufen und später vielleicht als Tartuffe und noch später als Othello oder sogar als Lear. Warum auch nicht? Unter Harolds erfahrener Führung könnte sich der Junge zu einem hervorragenden Schauspieler entwickeln. Von Kopf bis Fuß so gut wie Esslyn. Vielleicht sogar noch besser.

Harold war diese Entscheidung nicht leichtgefallen. In Gedanken hatte er mit Boris gespielt und sogar mit den Everards, die auf ihre verschrobene Art recht interessante Vorstellungen gaben. Aber er war sich bewußt, daß das Potential der drei zusammengenommen nicht an das Können von Nicholas heranreichte. Der einzige Grund, wieso Harold versucht hatte, eine Alternative zu finden, war der, daß er bei den Proben zu *Amadeus* bei dem Jungen eine Art Starrsinn festgestellt hatte, eine Veranlagung dazu, Mätzchen zu machen. Mehrfach hatte er das Gefühl gehabt, Nicholas entzöge sich seinem Zugriff, und die schlummernde Energie, die er wiederholt beobachtet hatte, war äußerst beunruhigend, um es mal harmlos auszudrücken. Natürlich war Nicholas auch reichlich keck. Aber Harold hatte keinen Zweifel, daß er damit schon zurechtkommen würde. Schließlich war er ja auch mit Esslyn fertig geworden.

»Weshalb willst du dich denn mit ihm treffen?« erkundigte sich Doris.

»Ich dachte, das sei offensichtlich. Ich muß einen Ersatz für Esslyn finden.«

Pflichtbewußt begleitete Mrs. Harold ihren Gatten zur Tür, als er das Haus verließ, und sie winkte, als er seinen Bauch hinter das Lenkrad des Morgans zwängte und aus der

Garage fuhr. Einen Ersatz für Esslyn, dachte sie, als sie die Teller und das Besteck in die Spüle legte. Man hätte meinen können, Esslyn sei ein Türgriff. Oder eine zerbrochene Teekanne.

Die Reaktionen von Harold und dem Rest der CADS auf den Tod ihres Hauptdarstellers hatten sie zutiefst schockiert. Sie wußte, daß er nicht beliebt gewesen war (sie hatte ihn auch nicht besonders gut leiden können), aber irgend jemand hätte doch irgendwo ein paar Tränen vergießen müssen. Sie beschloß, zu seiner Beerdigung zu gehen, ließ daher die Teller stehen und ging nach oben, um etwas Schwarzes auszusuchen, was nicht gar so schäbig war.

Inzwischen fuhr Harold durch die Causton High Street und parkte vor dem Blackbird. Er hatte vor, zwei Fliegen mit einer Klappe zu schlagen, und daher war er erfreut, als er Avery sah, der seine Begrüßung auf eine überzogene Art erwiderte, und er war auch froh darüber, daß sein Partner sich ebenfalls in der Buchhandlung aufhielt. Harold winkte Tim gönnerhaft ins Kabuff und kündigte an: »Ich werde das Vorsprechen für *Wanja* am Freitag abend abhalten. Deshalb sause ich herum und informiere jeden. Ist Nico da?«

»Ja, aber er ist…«

»Gut. Also, ich bin sehr daran interessiert, daß ihr mir jede auch noch so kleine Idee zur Beleuchtung des Stücks mitteilt.« Er ignorierte Tims überraschten und ironischen Blick, als er fortfuhr: »Technisch seid ihr äußerst fähig, und ich denke, es ist höchste Zeit, euch eine Chance zu geben, damit groß herauszukommen.«

»Danke, Harold.«

»Aber bitte nicht zu wüst. Es ist ein russisches Stück. Vergeßt das nicht.« Als wolle er ein Geheimnis lüften, zog Harold den Chenillevorhang zur Seite und machte sich daran, die Treppe hinaufzusteigen.

Nicholas saß auf dem Boden und deklamierte. Das Gasfeuer brannte, und in dem Zimmer war es warm und gemütlich. Cully Barnaby lag zusammengerollt auf seinem Bett und trank Kaffee. Textseiten bedeckten den Fußboden, und Nicholas las aus der Harrison-Übersetzung des Äischylos: »Unter, unter, unter er ging, und fallend wußte er nichts, nichts. Eine erdrückende Wolke des Wahnsinns umfing das Opfer. Das Murren alter...«

Als Harold in der Tür auftauchte, brach Nicholas ab. Er und Cully sahen den Eindringling eher etwas unterkühlt an.

»Ah«, sagte Harold und ignorierte die frostige Begrüßung, registrierte aber den Äischylos-Text. »Ich hätte eigentlich erwartet, daß du den *Wanja* liest.«

»Wieso denn das, Harold?«

»Das Vorsprechen ist am Freitag.« Harold hätte diese Unterredung lieber nicht in Anwesenheit von Tom Barnabys Tochter geführt. Seiner Meinung nach war sie zwar eine gute Schauspielerin, aber vor allem ein freches, kleines Mädchen und in einer Art und Weise von sich selbst eingenommen, die sich auch mit dem Erwachsenwerden nicht gebessert hatte. Harold räusperte sich.

»Ich bin sicher, du wirst sehr stolz... begeistert sein zu hören, daß ich dich vor allen anderen aus der Truppe dazu ausersehen habe, die Nachfolge Esslyns als mein Hauptdarsteller anzutreten.« Harold konnte aus Nicholas' Gesicht ablesen, daß er vielleicht doch etwas subtiler an die Sache hätte herangehen sollen. Der Junge wirkte zutiefst irritiert. Zur Beruhigung fügte Harold hinzu: »Du bist natürlich noch zu jung für den Wanja, aber wenn du hart arbeitest, dann weiß ich, daß es mit meiner Hilfe ein großer Erfolg für dich werden wird.«

»Ich verstehe.«

Nicholas war so überwältigt von seinen Gefühlen, daß er

die Worte nur stammeln konnte. Dann bemerkte er noch etwas, aber das Mädchen hatte sich gerade diesen Moment ausgesucht, um einen Hustenanfall zu bekommen, und Harold mußte Nicholas bitten, seine Worte noch einmal zu wiederholen. Als er das tat, klappte Harold vor lauter Überraschung der Kiefer runter. Er wankte zum nächsten Stuhl und ließ sich darauf fallen.

»Du verläßt uns?«

»Ich gehe ans Central. An die Central School of Speech and Drama. Ich wollte doch schon immer zum Theater.«

»Aber … du *bist* doch beim Theater.«

»Ich meine, ein echtes Theater.«

Die Kraft dieser Antwort hob Harold förmlich aus dem Sessel. Er stieß einen lauten Schrei aus, in dem Wut, Ungläubigkeit und Schrecken zu gleichen Teilen lagen. Nicholas wurde blaß und sprang eilig auf. Cully hörte auf zu husten.

»Wie kannst du es wagen!« Harold ging auf Nicholas zu, der Mühe hatte, nicht zurückzuweichen. »Wie kannst du es wagen! Mein Theater ist so echt … ist so wahr … und genauso gut wie jedes andere im ganzen Land. *Wie jedes andere auf Erden.* Weißt du eigentlich, mit wem du hier sprichst? Kennst du meine Vita? Ich habe auf den Bühnen, von denen du zu sagen beliebst, sie seien das echte Theater, Applaus für meine Arbeit bekommen, Beifallsbekundungen, für die Schauspieler ihre Seele verkaufen würden. Stars haben sich darum gerissen, mit mir zu arbeiten. Ja, Stars! Wenn da nicht Umstände gewesen wären, die sich meiner Kontrolle vollständig entzogen haben, glaubst du, dann würde ich jetzt hier arbeiten? Mit solchen Leuten wie dir?«

Der letzte Satz war ein einziger gequälter Aufschrei. Dann stand Harold nur noch da und keuchte. Er wirkte fassungslos und zugleich lächerlich, und dennoch hüllten ihn die Fetzen seiner nahezu heroischen Würde ein. Er wirkte wie ein großartiger Mann, der über Nacht uralt geworden ist. Oder wie ein Krieger, auf dessen Haupt Kinder eine Papierkrone gesetzt haben.

»Tut mir ... tut mir leid ...«, stotterte Nicholas. »Wenn du willst, bleibe ich für *Wanja* hier ... ich muß ja nicht sofort nach London ...«

»Nein, Nicholas.« Harold unterbrach den Jungen mit einer einfachen Geste. »Ich kann nicht mit jemandem arbeiten, der meine Fähigkeiten als Regisseur weder zu schätzen noch zu respektieren weiß.«

»Oh. Natürlich. Ich möchte aber trotzden zum Vorsprechtermin kommen ... ist das in Ordnung?«

»Jeder«, antwortete Harold, und etwas Lehrerhaftes kam bei ihm zum Vorschein, »kann vorsprechen.«

Nachdem er gegangen war, lächelten sich die beiden jungen Leute an; sie feierten ihre Begegnung und ihre gegenseitige Bewunderung.

»Wirst du am Freitag hingehen?« fragte Cully.

»Ich denke schon. Vielleicht hat er sich bis dahin ja wieder abgeregt.«

»Dann gehe ich auch hin.«

»Das würdest du tun?«

»Wieso nicht? Ich muß nicht vor Ende Januar zurück sein. Und ich gäbe alles dafür, die Jelena spielen zu dürfen. Wir könnten uns unsere Rollen doch gemeinsam und auf unsere Weise erarbeiten.«

»Himmel, das wäre ja phantastisch.«

Cully öffnete ihre schönen Lippen ein wenig und lächelte wieder. »Der Meinung bin ich allerdings auch«, sagte sie.

Barnaby und Troy waren im Büro von Hartshorn, Weatherwax und Tetzloff. Mr. Ounce, der Esslyn Carmichaels Angelegenheiten regelte, war freundlich, wenn auch etwas herablassend. Seine ganze Art drückte aus, daß er es nicht gewohnt war, mit der Polizei umzugehen. Dennoch hoffte er, da ihm nun einmal diese Bürde aufgetragen worden war, daß er sich so gut benehmen könne wie jeder andere auch.

Aber wenn Barnaby insgeheim erwartet hatte, hier in dieser Anwaltskanzlei einen dunklen Fleck im Leben des Ermordeten zu entdecken, dann hatte er kein Glück. Mr. Ounce konnte dem nüchternen Inhalt, den Barnaby im Schreibtisch von White Wings gefunden hatte, nur sehr wenig hinzufügen. Auf Carmichaels Konto waren keine größeren Geldbeträge ein- oder abgegangen, alles war deprimierend gut geordnet, die Bilanz genauso, wie man sie erwartet hätte. Das einzige, was nun noch blieb, war das Testament, dessen Inhalt er jetzt hören würde. (Er hatte angeboten, auf die offizielle Weise zu verfahren und erst zum Magistrat zu gehen, aber Mr. Ounce hatte großzügig darauf verzichtet, weil er meinte, die Todesumstände seien hier eine ausreichende Begründung für die Eile.)

Das Dokument war kurz und knapp. Seine Witwe würde das Haus und einen ansehnlichen Unterhalt für sich und das Kind erhalten, solange sie den mütterlichen Pflichten in angemessener Weise nachkam. Carmichael junior würde an seinem einundzwanzigsten Geburtstag den gesamten Zaster kriegen, und im Falle eines vorzeitigen Ablebens des Kindes würde alles, einschließlich White Wings, an den Bruder in Ottawa gehen. Mr. Ounce legte das Pergament wieder in die Dokumentenbox zurück und ließ das Schloß zuschnappen.

»Fein säuberlich geregelt«, urteilte Barnaby.

»Ich muß gestehen, daß mein guter italienischer Assistent hierbei etwas nachgeholfen hat, Herr Chefinspektor.« Er stand von seinem alten ledernen Bürostuhl auf. »Wir können doch nicht zulassen, daß alles immer nur nach dem Wunsch der Damen geht, oder?«

»Mensch«, sagte Troy, als sie wieder im Revier waren und sich mit einem starken Kaffee aufwärmten. »Ich wäre zu gern eine Fliege an der Wand, wenn Kitty das hört.«

Barnaby schwieg. Er saß hinter seinem Schreibtisch und pochte mit den Fingernägeln der einen Hand an die der anderen Hand. Eine Angewohnheit, der er immer dann frönte, wenn er tief in Gedanken versunken war. Es brachte Troy um den Verstand. Er fragte sich, ob er nicht für eine schnelle Kippe nach draußen gehen könne, als sein Chef plötzlich die Stille brach.

»Ich habe ein Problem mit dem zeitlichen Ablauf, Sergeant...« Troy setzte sich auf. »Es gibt nun wirklich genug Methoden, einen Mann zu töten. Wieso ausgerechnet vor hundert Zeugen... das Risiko hinter den Kulissen auf sich nehmen... das Herumfummeln an dem Rasiermesser, wenn man ihm doch genausogut irgendwo bequem im Dunkeln hätte auflauern können?«

»Ich glaube, damit hätte derjenige eher Kitty eins ausgewischt, Chef. Wenn jemand es bei ihm zu Hause versucht hätte, dann wäre sie die erste gewesen, die wir verdächtigt hätten.«

»Ein gutes Argument.«

»Jetzt dagegen kommt auch der Liebhaber als Täter in Frage«, redete Troy ermutigt weiter, »vor allem seit wir entdeckt haben, daß er derjenige ist, dem das Messer gehört. Ich wette, er war es auch, der auf den Gedanken mit dem Tesafilm gekommen ist...«

»Das glaube ich nicht. Ich habe eine Menge Leute dazu befragt. Man scheint sich allgemein darüber einig zu sein, daß es Dierdres Idee war.«

»Wie auch immer, er hat ein perfektes Alibi und läßt Kitty im Regen stehen. So sind sie nun mal, diese Sorte von Menschen.«

»Ich weiß nicht so recht. Es ist mir einfach zu naheliegend.«

»Aber... entschuldigen Sie, Sir... Sie sagen doch sonst immer, das Naheliegende ist meistens auch die Wahrheit.«

Barnaby nickte. Dieser Einwand war durchaus berechtigt. Genauso wie Troys Eindruck, daß die beiden altbekannten höllischen Zwillinge Lust und Gier vermutlich einmal mehr die treibenden Kräfte hinter Esslyns plötzlichem Tod waren. Aber wieso hatte Barnaby bloß das Gefühl, daß es in diesem Falle anders lag? Ihm gefiel diese Ahnung gar nicht, denn sie schien ihm im Moment zu absolut nichts zu führen, aber er konnte sie dennoch nicht leugnen. Er sah jetzt auch, daß sich seine langjährige Bekanntschaft mit den Verdächtigen, die er zunächst für einen Vorteil gehalten hatte, genausogut gegen ihn wenden könnte. Es hatte sich als nahezu unmöglich erwiesen, seinen Verstand in jenen objektiven Spiegel zu verwandeln, den er brauchte, um zu erkennen, was sich tatsächlich abgespielt hatte. Sein Verständnis von Kittys Charakter, seine Zuneigung zu Tim und den Smys, sein Mitgefühl mit Dierdre, das alles trieb ihn in die Ecke, mit dem Rücken zur Wand. Unter diesem Aspekt, stellte er etwas säuerlich fest, bleibt mir eigentlich gar kein Verdächtiger.

Und dann war da ja auch noch dieses *Floyd über Fisch.* Er holte es aus dem Aktenkorb und fächerte die Seiten wieder auf. Das Ding war durch das Labor gegangen und dort mit allen Schikanen untersucht worden. Herausgekommen war dabei herzlich wenig, nämlich nur, daß es mit Dutzenden von unleserlichen Fingerabdrücken bedeckt war. Aber warum zur Hölle sollte jemand Harold, der sich nicht im mindesten für das Kochen interessierte, ein Rezeptbuch schicken? Und wieso war das anonym geschehen? Als er Troy danach gefragt hatte, war dieser völlig ratlos gewesen. Er riß nur einen seiner erbärmlichen Witze und meinte: »Der Fisch stinkt zum Himmel, Chef.« Joyce hatte erzählt, Harold sei sehr verwundert über das Auftauchen des Buchs gewesen und hätte angenommen, es sei ein Geschenk von einem unbekannten Bewunderer, woraufhin er es sofort weiterverschenkt hatte. Barnaby gelang es nicht, den geringsten Anhaltspunkt dafür zu entdecken, wie er es mit dem Fall in Verbindung bringen konnte, aber es war einfach zu merkwürdig. Das Buch schien vollkommen zusammenhanglos im Raum zu stehen und sich mit nichts in Beziehung setzen zu lassen. Er haßte solche unerklärlichen Kleinigkeiten, die er nicht einordnen konnte. Doch da der Fall im Moment ohnehin eher wie ein Bündel gekochter Spaghetti aussah, spielte ein weiterer loser Strang mehr oder weniger wohl auch keine große Rolle mehr.

Troy räusperte sich, und Barnaby fing seine wandernden Gedanken wieder ein und zog die Augenbrauen hoch. »Wenn wir mal Sex und Geld außer acht lassen, Chef, dann könnte es doch sein, daß Esslyn etwas von jemandem wußte und daß dieser Jemand, gegen den er etwas in der Hand hatte, ihn zum Schweigen bringen wollte.« Barnaby nickte. »Ich weiß, wir haben nichts Überraschendes auf seinen Konten gefunden, aber es könnte trotzdem eine Erpressung dahinterstecken. Er könnte das Geld ja auch beiseite geschafft haben, ins Ausland.«

»Hmm ... das ist eine wirklich tolle Idee. Das Problem besteht nur darin, daß es nicht zur Natur der Sache paßt.«

»Entschuldigen Sie, Sir ... da kann ich Ihnen nicht so ganz zustimmen.« Troy runzelte die Stirn; einerseits war er besorgt, man könnte ihm diesen Einwand krummnehmen, aber andererseits war er wild entschlossen, jeden Argumentationsschritt auszudiskutieren, bis zum nächsten übergegangen wurde. Er hätte nie verstanden, worauf Barnaby hinauswollte, wenn er nicht auf diesem Verfahren beharrte, und der Chefinspektor, der wußte, daß sein Sergeant sich danach sehnte, den Eindruck zu erwecken, mitzuhalten oder sogar noch einen Schritt weiter zu sein als er, respektierte diese Angewohnheit.

»Ich glaube einfach nicht, daß Carmichael der Typ dazu war. Nicht, daß er ein netter Mensch gewesen wäre – weit davon entfernt –, aber er war derart ichbezogen, so vollständig von seiner eigenen Person in Anspruch genommen. Er hat sich nicht für die Angelegenheiten anderer Menschen interessiert, und ihm hat es an dieser kriminellen Energie gefehlt, die Erpresser nun mal brauchen.«

»Dann vielleicht Eifersucht, Chef? Er war der Star. Vielleicht wollte jemand anders ihm den Rang streitig machen?« Schon als er diese Vermutung aussprach, wußte Troy, daß das vermutlich ein Schuß in den Ofen sein würde. Obwohl ihm *Amadeus* recht gut gefallen hatte, waren die Schauspieler für ihn nicht mehr als eine Horde von tuntigen Angebern. Er für seinen Teil konnte nicht glauben, daß auch nur einer von ihnen den Mumm hätte, einem Karnickel das Fell abzuziehen, geschweige denn, jemanden aus dem Weg zu schaffen, indem man ihn dazu brachte, sich selbst die Kehle durchzuschneiden. Aber er hatte sich auch früher schon mal geirrt (Troy beurteilte seine Bereitschaft, diese beinahe universale menschliche Schwäche zuzugeben, als ein echtes Zeichen der Reife), und das konnte sich jetzt wiederholen. »Vielleicht stecken sie alle dahinter, Sir? Wie in diesem Film, der in dem Zug spielt … wo jeder dem Opfer einen Messerstich mitgegeben hat. Eine Verschwörung.«

Barnaby hob den Kopf und sah interessiert aus. Interessiert, aber auch irgendwie verdrießlich. Troy erinnerte sich an eine Formulierung aus den Frühnachrichten und versuchte eine seiner Witzeleien damit.

»Ein Auf-Putsch-Job, Sir.«

»Was?«

»P-u-t-s-c-h – das sollte ein Scherz sein, Chef. Eine Art Wortspiel... Putsch – aufputschen...«

Barnaby war eine Minute still, dann sagte er bedächtig: »Mein Gott, Troy, Sie könnten recht haben.«

Ermutigt fuhr der Sergeant fort: »Es war in einer dieser Bananenrepubliken...«

»Es liegt so nah.«

»Das meine ich ja. Putsch und...«

»Nein, nein. Davon rede ich nicht. Vielleicht... lassen Sie mich nachdenken...«

Barnaby saß sehr still da. Eine vage Möglichkeit, nicht mehr als eine Ahnung, flackerte durch seinen Geist. Leuchtete kurz auf und verschwand dann wieder. Kam etwas gesetzter zurück und war ganz sanft zu spüren, ließ sich behutsam abtasten.

»Ich frage mich...«, fuhr Barnaby stockend fort, »... vielleicht... hat uns Esslyn den Grund für den Mord genannt... zumindest...«

Er tastete sich langsam den nächsten Worten entgegen. »Er hat ihn gegenüber Kitty erwähnt. Doch sie hat nicht die Geistesgegenwart besessen, die Anspielung zu erkennen, die in seinen Worten verborgen lag, aber ich hätte es sehen müssen. Dafür gibt es keine Entschuldigung.«

Troy, der daraus schloß, daß es auch mit seinem Verstand nicht weit her sein konnte und daß es für ihn ebenfalls keine Entschuldigung geben würde, betrachtete schmollend seine Stiefel. Barnaby erhob sich dagegen und lief unruhig im Büro auf und ab. Schließlich schickte er seinen Sergeanten los, um noch mehr Kaffee zu holen. Troy verschwand daraufhin im Vorzimmer und bediente den Automaten.

Als er in das innerste Heiligtum zurückkehrte, blickte der Detective Chief Inspector aus dem Fenster. Troy stellte die Becher auf den Schreibtisch und kehrte zu seinem Stuhl zurück. Als Barnaby sich umdrehte, erschrak er, wie bleich das Gesicht des Chefinspektors inzwischen geworden war. Blaß, aber lebhaft und von großer Aussagekraft. Kaum hatte er jedoch diesen Ausdruck hoffnungsvoller Erregung registriert, da wurde derselbe auch schon wieder von Ungläubigkeit überschattet, die ihrerseits schnell einer Unbeschwertheit Platz machte, die beinahe in frohgemutes Erstaunen mündete.

»Sie... demnach haben Sie etwas gefunden, Sir?« fragte Troy.

»Ich weiß nicht recht... es ist zwar alles etwas verrückt... aber so muß es gewesen sein. Ich kann förmlich sehen, wie sich der ganze Vorfall abgespielt hat.«

Dann wären wir also wieder mal soweit, sagte sich Troy im stillen. Das tat dieser Blödmann ihm jedesmal wieder an, wenn er glaubte, ein Fall stünde kurz vor der Aufklärung. Er meinte dann immer, daß sämtliche Informationen, die sie bislang zusammengetragen hatten, für Troy genauso verfügbar seien wie für ihn, weshalb der Sergeant auch zu den gleichen Schlüssen kommen müsse. Die Tatsache, daß diese Bemerkung völlig stichhaltig war, schmälerte Troys Verdruß nicht gerade, und es ärgerte ihn maßlos, daß er sich das immer wieder anhören mußte. Jetzt fiel ihm auf, daß Barnaby ihn ganz merkwürdig ansah. Dann kam der Chef zu seinem Erschrecken um den Tisch herum, beugte sich vor und brachte seine Lippen ganz dicht an das eine Ohr seines Sergeants. Verflucht und zum Teufel, dachte Troy und machte sich bereit, mit einem Satz zur Tür zu springen. Was sollte das nun wieder bedeuten? Barnaby bewegte den Mund, hauchte matt und kehrte zu seinem Stuhl zurück. Troy holte ein Taschentuch hervor und wischte sich das Gesicht ab.

»Nun, Sergeant«, erkundigte sich Barnaby auf eine segensreich maskuline und unverführerische Art. »Was habe ich gesagt?«

»Dilettant, Sir.«

»Aaahh ...« Sein Ausatmen geriet zu einem langgezogenen Laut der Befriedigung. »Fast, Troy. Gut geraten. Fast ... aber eben nicht ganz.«

Dilettant? dachte der Sergeant. Dilebant? Diletat? Delirant? Oder wie wäre es mit Dilemma? Genau, das mußte es sein. Das Ganze war ja auch eher ein Dilemma. Oder sollte es Delusion sein? Genau, das paßte, das Rasiermesser sollte ja eigentlich nur eine Illusion sein. Aber das ging vom Wort her nicht. Also vielleicht eher so etwas wie Delirant? Das klang schon besser. Aber was sollte es bedeuten? Als ihm nichts weiteres in den Sinn kam, beschloß Troy trotzdem, bei Delirant zu bleiben. Er sah zu Barnaby hinüber, der inzwischen in eine Trance versunken zu sein schien. Er starrte über Troys linke Schulter, und jeder Funke von Intelligenz war fast vollständig aus seinen Augen verschwunden.

Aber in seinem Geist arbeitete es. Wie ein Schachspieler rückte er die Figuren über das Brett. Setzte sie abwechselnd auf die schwarzen Quadrate (die Kulissen, die Bühne und die Garderoben) und auf die weißen (die Beleuchterkabine, der Vereins- und der Zuschauerraum). Er schmiedete wahrscheinliche und unwahrscheinliche Bündnisse und brütete über mögliche Konsequenzen. Er stellte sich seine Verdächtigen spiegelbildlich vor und hoffte dadurch, ein bekanntes Gesicht in einem fremden Umfeld wiederzuerkennen. Und allmählich gelangte er, indem er ungewohnte Perspektiven einnahm und unwahrscheinliche Verknüpfungen herstellte, bizarre Einblicke erhaschte und sich bestimmte Unterhaltungen auf diese Art mühsam wieder ins Gedächtnis zurückrief, zu einer äußerst brauchbaren Hypothese. Sie paßte sehr gut, war absolut einleuchtend und psychologisch fundiert. Sie erklärte (fast) alles und hatte nur einen kleinen Schönheitsfehler. So, wie die Dinge im Moment standen, konnte das, was bei seiner Hypothese herauskam (eben wer Esslyn Carmichael ermordet hatte und warum), der Wahrheit unmöglich auch nur nahekommen. Über diese Tatsache murrte er laut.

War wohl wieder mal nichts, dachte Troy, der sich immer noch über seine Unfähigkeit ärgerte, Barnabys früheren Einsichten folgen zu können. Nun rumorte der Chef wieder. Er grummelte und grummelte und brummte und brummte.

»Es *mußte* ein Publikum geben, Troy. Wir haben die Sache bislang vom falschen Blickwinkel aus betrachtet. Es war kein Berufsrisiko, es war ein existentielles. Also mußte jeder sehen, was er tat...«

»Was? Carmichael?«

»Nein, natürlich nicht. Benutzen Sie doch Ihren Verstand.« Barnaby nahm einen Stift und begann zu schreiben. »Und schauen Sie nicht so beleidigt drein«, versetzte er noch. »Denken Sie lieber nach, Mann!«

Während Troy also nachdachte, betrachtete Barnaby minutenlang die Zeiten, Namen und Positionen, die er sich notiert hatte. Wenn jeder zu dem erklärten Zeitpunkt dort gewesen wäre, wo er angegeben hatte, und wenn jeder dort auch das getan hätte, was er behauptete, dann saß er ganz schön in der Klemme. Also mußte jemand lügen. Klar. Das erwartete man ja schließlich von einem Mörder. Aber wenn du ein Theater voller Leute hast, die bereit sind, zu dem zu stehen, was sie mit ihren eigenen Augen gesehen haben, dann kommst du nun mal nicht weiter. Und schon gar nicht, wenn zwei dieser Augen deine eigenen gewesen sind.

Dennoch wußte er, daß er mit seiner Annahme recht hatte. Er wußte es mit seinem Blut und seinen Knochen. Im Lauf der Jahre war er schon zu oft bei einem Fall an genau diesen Punkt gelangt, und daher konnte er sich einfach nicht irren. Details konnten undeutlich sein, Praktiken ungeeignet, Methoden völlig daneben, aber er *wußte* einfach, wie es gewesen war. In seinem Hinterkopf prickelte es, und trotz des überhitzten Büros kroch ihm die Kälte über den Nacken. Er wußte genau, was los war, und dennoch, er konnte nichts unternehmen.

»Oh, verdammte Scheiße, Troy!« Der Sergeant sprang auf, als Barnabys Faust auf den Tisch hämmerte. »Ich habe mich verrannt. Niemand kann an zwei Orten gleichzeitig sein... oder?«

»Nein, Sir«, antwortete Troy und fühlte sich plötzlich wieder auf sicherem Boden. Es gefiel ihm ganz gut, Barnaby so verstört zu sehen. Man konnte nicht dauernd gegen soviel Überlegenheit antreten. Aber jetzt standen sie beide wieder ohne einen verdammten Anhaltspunkt da. Er beobachtete das aufgebrachte Stirnrunzeln und den verbissenen Kiefer seines Chefs. Jetzt konnte jede Minute das kleine braune Fläschchen erscheinen. Und da war es auch schon. Der Chefinspektor schüttelte zwei Tabletten gegen Magenverstimmung heraus und schluckte sie mit etwas kaltem Kaffee hinunter. Dann setzte er sich wieder hin und starrte so lange auf sein Stück Papier, bis die dichtgedrängten schwarzen Buchstaben schließlich keinen Sinn mehr ergaben.

»Das ist der Punkt«, gestand er Troy, »an dem ich um ein Wunder beten würde, wenn ich religiös wäre.«

Und so ungerecht wie der Lauf der Welt nun einmal ist, in der ein Mönch sein Leben lang auf den Knien hocken und beten kann und niemals im Leben ein Bröckchen vorgeworfen bekommt, sollte Tom Barnaby, manchmal profan, halbwegs anständig und doch jemand, der auch häufig mal am Wegesrand strauchelte, sein Wunder bekommen. Dring, Dring. Er nahm den Telefonhörer ab. Es war David Smy. Barnaby hörte ihm einen Moment lang zu, dann fragte er: »Bist du dir auch ganz sicher?« und legte schließlich den Hörer wieder auf.

»Troy«, erklärte er und präsentierte ihm einen überwältigten Gesichtsausdruck. »Wenn das alles vorbei ist, erinnern Sie mich daran, einen ordentlichen Scheck für einen wohltätigen Zweck zu stiften.«

»Wieso denn das, Chef?«

»Glückliche Zufälle wie dieser müssen bezahlt werden, Sergeant. Andernfalls wird derjenige, wer immer es auch ist, der sie einem schickt, sauer.«

»Also, was hat er denn nun gesagt? Wer auch immer es war.«

»Wie Sie sich gewiß erinnern«, sagte Barnaby mit einem so breiten Lächeln, daß es fast bis zu seinen Ohren reichte, »hatte David den Eindruck, daß irgend etwas mit dem Tablett nicht stimmte, als er es gegen Ende des Stücks vom Requisitentisch genommen hat.«

»Aber er hat es genau beschrieben, und daran war nichts Merkwürdiges.«

»Richtig. Aus seiner Aussage geht hervor, daß es etwa fünf Uhr gewesen sein muß, als er seine eigenen Requisiten noch einmal kurz überprüft hat. Nun – das Rasiermesser, das Young mitgebracht hatte und das der Ermordete benutzt hat, um sich die Kehle durchzuschneiden, hatte ein Perlenmuster aus Blumen und Blättern auf der einen Seite des Griffs und eine kleine Reihe aus silbernen Nieten auf der anderen. Als David Smy in die Kulissen gekommen ist, hatte er das Gefühl, es wäre etwas Merkwürdiges an dem Messer, weil es mit der verzierten Seite nach unten auf seinem Tablett gelegen hat und er daher die Nieten sehen konnte.«

»Aha.«

»Als er sich das Tablett gegen acht noch einmal angesehen hat, *waren die Nieten aber nicht mehr da.*«

»Dann ...« Troy ließ sich von der Begeisterung des Inspektors anstecken, »... dann gab es also zwei Rasiermesser.«

»Genau, es waren zwei.«

»Also ... dann sind alle unsere Probleme mit der Zeit ...?«

»Gelöst. Die ganze Sache ist offen. Es kann zwischen dem Zeitpunkt, zu dem Dierdre es überprüft, und dem, als David es genommen hat, jederzeit ausgetauscht worden sein.«

»Also ... wer immer die beiden Messer gegeneinander ausgetauscht hat, konnte in aller Ruhe das Klebeband von dem Original abziehen und es dann wieder hinlegen.«

»Genau. Ich habe natürlich auch an diese Möglichkeit gedacht, aber ich hatte angenommen, daß keiner das Risiko auf sich nehmen würde, das Tablett fünf Minuten ohne das Rasiermesser auf dem Requisitentisch stehen zu lassen, selbst in den dunklen Kulissen nicht. Aber wie wir nun sehen, war das ja auch gar nicht nötig.«

»Also, dann tappen Sie jetzt nicht mehr im dunkeln, Sir?« Troy mußte sich Mühe geben, nicht gereizt zu klingen. Er wollte nicht schlecht gelaunt wirken, aber die Art, in der manchen Leuten die Informationen zufielen, übertraf doch jegliche Vorstellungskraft. Dann aber fiel ihm wieder ein, daß am Ende eines erfolgreichen Falles immer auch ein paar Lorbeeren für den Taschenträger abfielen, und das munterte ihn wieder auf. »Dann haben wir also ein Full House? Jeder könnte es gewesen sein?«

»Ich denke, Avery Philips können wir ausschließen. Er ist bis nach dem Mord nicht aus der Kabine gekommen. Aber abgesehen von ihm, ja ... jeder.« Er stand auf, war plötzlich wieder hellwach und energiegeladen. Er nahm seinen Mantel. »Ich werde jetzt einen Durchsuchungsbefehl besorgen. Fahren Sie in der Zwischenzeit den Wagen vor.«

»Suchen wir nach dem Rasiermesser, Sir?«

»Ja. Ich glaube zwar, daß derjenige, der es hatte, das Ding möglicherweise schon weggeworfen hat, aber vielleicht haben wir ja Glück.«

Als Barnaby aus dem Büro des Kommissars Penrose zurückkam, hatte Troy den Burberry eng gegürtet und den Wagen schon vorgefahren.

»Wohin als erstes, Sir?«

»Wir können eigentlich genausogut oben anfangen und uns langsam nach unten vorarbeiten.«

»Also Chief Onkel Bulgaria?«

Barnaby lachte. »Meine Tochter liebte die Wombles.«

»Ich auch«, antwortete Troy, und Barnaby seufzte.

Dierdre öffnete die Eingangstür des Hauses und ging hinein. Es war erschreckend still. Sie hatte immer geglaubt, die Anwesenheit ihres Vaters wäre kaum zu hören; jetzt aber wurde ihr bewußt, wie viele der kleinen Geräusche zu ihm gehört hatten. Das Knarren des Lehnstuhls, das sanfte Reiben seiner Kleidung an den Möbeln und das trockene Rasseln seines Atems. Sie zog den Mantel aus, ließ Sunny von der Leine und hing Mantel und Leine in der schmuddeligen Halle auf. Dann ging sie in die Küche, wo sie unentschlossen herumstand und die Teller ansah, die seit Tagen mit Bratensaft und Senf beschmiert in der Spüle standen. Sie sahen aus, als gehörten sie genauso zum Inventar wie die gefleckten Chromarmaturen und die schmutzige Handtuchrolle. Das Beste wäre es, sich an die Arbeit zu machen. Der medizinische Sozialarbeiter hatte ihr das empfohlen, und Dierdre wußte, daß er recht damit hatte. Schon als sie dastand, sah sie sich wischen, polieren und schrubben. Neue fröhliche Gardinen aufhängen und eine blühende Geranie auf die Fensterbank stellen. Aber so lebendig diese Bilder auch waren, sie verblaßten neben dem enormen Überdruß an der Realität, der so groß war, daß sie schon anfing zu glauben, sie würde sich nie wieder bewegen können.

Sunny, der draußen noch wie ein Wilder herumgesprungen

und durch die Gegend gerannt war, hatte die Situation bereits mitgekriegt und hockte sich ruhig zu ihren Füßen hin. Dierdre nahm ihre Ausgabe von *Onkel Wanja*, in die Seiten mit Regieideen, Notizen und Skizzen eingelegt waren, zur Hand. Die netteste Episode, die sie während ihres Aufenthalts bei den Barnabys erlebt hatte, war am Mittwoch geschehen, als sie sich stundenlang mit Cully über das Theater unterhalten hatte – die Unterhaltung hatte zunächst etwas schüchtern begonnen, aber dann, als ihre Gesprächspartnerin mit großem Interesse reagierte, war sie immer enthusiastischer geworden. Sie hatten sich sogar noch während des (außergewöhnlich ungenießbaren) Mittagessens weiter unterhalten, bis in den Nachmittag hinein, um ganz genau zu sein, bis zu dem Zeitpunkt, als Dierdre zum Krankenhaus mußte. Sie konnte im nachhinein nicht mehr verstehen, wieso sie jemals hatte glauben können, daß Cully höhnisch und reserviert sei.

Sunny gab einen hoffnungsvollen Laut von sich und verzog dabei seine Lefzen in dieser seltsamen Hundemanier – halb gähnend, halb grinsend. Dierdre zuckte schuldbewußt zusammen. Er hatte den ganzen Tag noch nichts gefressen, sich aber bisher noch nicht darüber beklagt. In ihrer Tasche befanden sich drei Dosen mit Fleisch und eine große Tüte Winalot, und sie schüttete Futter auf einen Teller und füllte ein Steingutschüsselchen, auf dem HUND stand, mit frischem Wasser. Sie ließ den Klang eifrigen Schleckens hinter sich zurück, als sie die Stufen hochstieg.

Im Zimmer ihres Vaters fing sie automatisch an, sein Bett zu machen, doch dann hörte sie plötzlich damit auf, weil ihr auf einmal die vollkommene Sinnlosigkeit ihres Tuns bewußt wurde. Sie hielt die grüne Decke über dem Arm, sah sich um und nahm eine Flasche Medizin und kleine Folien mit Tabletten auf dem Bambustisch wahr; außerdem die Bibel, die bei dem ersten Buch der Könige aufgeschlagen war und ein

Bild von Elias zeigte, der von Raben gefüttert wird, und zwei Stücke türkischen Honig auf einem Teller.

Allmählich und mit tiefer Besorgnis erfaßte sie die volle Bedeutung von dem, was sich ereignet hatte. Ihr Vater war nicht nur arm und etwas instabil oder ab und an ein wenig anfällig. Er war senil und stellte eine Gefahr für sich selbst und andere dar; das Gleichgewicht seines Gehirns war gestört. Dierdre hatte plötzlich die Vision von einer altmodischen Waage und einer unpersönlichen Hand, die mit einer kleinen Messingschaufel runde Körner Gesundheit in eine Schale rieseln ließ. In die andere Schale ergoß sich der heiße, dunkle Fluß der Irrationalität, bis die Schale überfloß und der Strom die blassen Körner erst überschwemmte und dann in den schwarzen Strom des Wahnsinns fortspülte.

Dierdre senkte ihren Kopf. Sie schwankte und mußte einen Moment um Atem ringen. Aber sie setzte sich nicht hin. Und sie weinte auch nicht. Sie stand volle fünf Minuten in einem Aufruhr aus Elend und Kummer da und fing dann an, das Bett abzuziehen und die Tücher und Bezüge zusammenzufalten. Sie öffnete das Fenster, und als die kalte Luft hereinströmte, bemerkte sie erst, wie stickig es in dem Zimmer war. Da sie um die Gesundheit ihres Vaters besorgt gewesen war, hatte sie das Fenster ab Oktober immer geschlossen gehalten. »Das wird die Spinnweben fortblasen«, hatte er immer gesagt, wenn sie es dann im Mai wieder öffnete. Nachdem sie das Bettzeug zu einem kleinen Stapel zusammengelegt hatte, nahm sie den Papierkorb und warf all die Fläschchen, Pillen und Tablettenfolien zusammen mit der Karaffe und dem Glas hinein. Die Bibel schlug sie zu und stellte sie anschließend ins Bücherregal.

Sie arbeitete mechanisch und machte sich keine Illusionen, daß ihre Aktivität die Situation irgendwie erleichtern oder verändern würde. Aber (was das betraf, hatte der Sozialarbeiter recht) als sie damit fortfuhr, eine einfache Aufgabe nach der anderen zu erledigen, entwickelte sie ihren eigenen Schwung, und sie wurde sich darüber klar, daß dieses Vorgehen sie zumindest ein klein wenig tröstete. Und, was noch wichtiger war, es erleichterte ihr die Phase, vor der sie sich am meisten gefürchtet hatte, die erste Zeit allein in der Mortimer Street.

Sie schüttelte die beiden Bettvorleger im Garten aus und bemerkte, wie abgenutzt der dunkelrote türkische mit dem blauen Muster schon war. Sie rollte die Teppiche zusammen und stopfte sie in die Mülltonne. Dann trug sie die Bettwäsche nach unten und legte sie neben die Eingangstür. Sie würde die Laken und Bezüge waschen und dann zur Heilsarmee bringen. In der nächsten Stunde war sie ausschließlich damit beschäftigt, zu putzen und zu wischen, bis das ganze Zimmer glänzte und nach Bohnerwachs und Fensterreiniger roch. Sie packte Mr. Tibbs' Haarbürste mit dem Schildpattgriff zusammen mit dem Kamm und dem ledernen Manschettenknopfetui in eine Kommodenschublade. Dann lehnte sie sich gegen das Fensterbrett und seufzte mit einem klitzekleinen Anflug von Befriedigung.

Das Zimmer sah jetzt sauber und ordentlich aus. Einem zufälligen Besucher wäre es sehr unpersönlich vorgekommen. Dierdre beendete ihre Arbeit damit, daß sie den Staub von den Bildern wischte. Es waren zwei Corot-Reproduktionen, die von einem Text (VERTRAUE DEM HERRN) umgeben waren, und ein Bild von Stiefmütterchen und Weizenähren. Dann gab es noch *Das Licht der Welt.* Dierdre wedelte den Staub von den ersten drei Bildern *in situ* ab, dann nahm sie das Gemälde von Holman Hunt von der Wand und betrachtete es nachdenklich. Als sie noch ein Kind gewesen war, hatte diese Figur ihr Trost gespendet, wenn sie Sorgen und Kummer hatte. Wenn sie schlief, war diese Gestalt ihr liebender Wächter gewesen, aber nun kam es ihr so vor, als sei darauf bloß ein sentimentaler Träumer abgebildet, ein ohnmächtiger Erlöser, der in einer Flut aus fadem, gelbem Licht stand. Sie kämpfte gegen das Mitleid an, das sie früher immer ergriffen hatte, wenn sie die Dornenkrone sah; sie kämpfte gegen den falschen, heimtückischen Trost.

Dierdre rannte die Treppe hinunter, hielt das Bild beinahe auf Armeslänge von sich weg, eilte durch die Küche in den Garten, hob ein weiteres Mal den Deckel der Mülltonne und ließ *Das Licht der Welt* hineinstürzen. Nachdem sie den Deckel wieder auf die Tonne gelegt hatte, wandte sie sich sofort ab, so als könne der sanfte, vergebungsvolle Blick sich durch das Metall bohren und sie treffen. Sowie sie wieder nach oben ging, ließ die positive Energie, das ermutigende Gefühl, daß sie ihre Aufgabe gut machte, nach und fiel von ihr ab. Als sie dann den kahlen Raum sah, aus dem sie alle Spuren ihres Vaters beseitigt hatte, war Dierdre schrecklich zumute. Sie hatte sich verhalten, als sei ihr Vater gestorben und als würden die Erinnerungen an ihn nur Schmerz und niemals Trost bringen. Sie entschuldigte sich laut bei ihm, so als würde er sie hören können, nahm dann Haarbürste, Kamm und Manschettenetui und legte diese Gegenstände wieder auf den Bambustisch. Daraufhin lief sie erneut in den Garten und holte das Bild aus der Mülltonne.

Sie stand unschlüssig und frierend in der kalten Luft und hielt es in den Händen. Dierdre wollte es zwar nicht wieder ins Haus tragen, aber hatte auch das Gefühl, es käme überhaupt nicht in Frage, es zu vernichten. Schließlich brachte sie es in den Schuppen und legte es vorsichtig auf den Tisch mit der Emailleplatte – zwischen die Blumentöpfe aus Ton, den grünen Garnknäuel und die Saatschalen. Als sie ging, schloß sie die Tür ganz leise, denn sie wollte unter keinen Umständen, daß Mrs. Higgins auf sie aufmerksam wurde.

Seit Montagabend hatte Dierdre ihre Nachbarin nur einmal gesehen, als sie kurz hereingeschaut hatte, um die Post zu holen. Mrs. Higgins war ganz aus dem Häuschen gewesen und hatte ihren Bericht immer wieder mit »nicht zu fassen« oder »der arme Mr. Tibbs – und das aus heiterem Himmel« kommentiert. Dierdre hatte darauf kurz angebunden reagiert. »Und das aus heiterem Himmel« schien ihr eine besonders alberne Formulierung zu sein. Schreckliche Dinge kamen aus dem Grau oder aus einem tiefen, transformierenden Schwarz. Als ihr klar wurde, daß es jetzt keine kleinen Briefumschläge, keine traurigen Seufzer und keine schlechten Prognosen mehr geben würde, wenn sie vom Latimer nach Hause kam, besserte sich Dierdres Stimmung ein weiteres Mal.

Sie kehrte in die Küche zurück, wo Sunny, der sich vor dem leeren Kamin zusammengerollt hatte, sofort aufsprang und auf sie zugelaufen kam. Sie kauerte sich hin und verbarg ihr Gesicht in seinem schimmernden cremefarbenen und rötlichen Fell. Als sie auf den Kaminsims blickte, wurde ihr bewußt, daß ihr noch drei Stunden bis zum Vorsprechen blieben. Wie langsam die Uhr zu ticken schien. Aber es gab ja noch viel zu tun. Zunächst einmal alle diese Teller. Vielleicht wollte Sunny noch einmal raus. Und sie hatte ihren Koffer immer noch nicht ausgepackt. Es kam Dierdre plötzlich so vor, als hätte man besonders viel Zeit, wenn man sehr unglücklich ist. Vielleicht war es die Erkenntnis, daß jede Minute mindestens eine Stunde dauert, die man Einsamkeit nannte. Die Zeit richtete sich nach innen und blieb dann stehen. Nun gut, sie mußte sich eben daran gewöhnen und weitermachen. Als sie gerade den Warmwasserhahn aufdrehte, klingelte es an der Tür.

Sie entschloß sich, nicht zu öffnen. Es war vermutlich einer der Menschen, die sich als Freunde ihres Vaters bezeichneten, die von der Neuigkeit gehört hatten und nun, nachdem sie sich in den vergangenen achtzehn Monaten nicht mehr gemeldet hatten, kamen und wissen wollten, ob sie irgendwie helfen könnten. Oder Mrs. Higgins, vor Neugier zitternd. Es könnten aber auch die Barnabys sein. Obwohl sie mit großer Herzlichkeit versucht hatten, sie zum Dableiben zu überreden, hatte Joyce sie schließlich gehen lassen, aber nur unter der Bedingung, daß Dierdre sich melden würde, wenn sie Hilfe brauchte. Die Türglocke klingelte wieder, und Sunny fing an zu bellen. Dierdre trocknete sich die Hände ab. Wer auch immer das sein mochte, er schien nicht gehen zu wollen. Sie öffnete die Haustür. David Smy stand auf der Schwelle und hielt einen Strauß Blumen in der Hand.

»Oh!« Dierdre wich schüchtern zurück. »David ... was für eine ... komm rein ... das ist ... komm rein. Was für eine Überraschung ... ich meine ... was für eine nette Überraschung ...« Sie schwatzte nervös vor sich hin (keiner aus der Truppe hatte sie jemals zu Hause besucht), als sie ihn in die Küche führte. Auf der Schwelle erinnerte sie sich an den unordentlichen Zustand der Küche, machte kehrt und öffnete statt dessen die Tür zum Wohnzimmer.

»Bitte ... setz dich doch ... wie schön ... wie schön, dich zu sehen. Hm ... kann ich dir etwas anbieten ... Tee?«

»Nein, danke, Dierdre. Im Moment nicht.«

David setzte sich mit der gleichen Langsamkeit und Ruhe auf den viktorianischen Krankenpflegerstuhl mit den Knöpfen in der Rückenlehne, wie er alles andere sonst auch tat. Jetzt nahm er seine Kordsamtmütze ab. Er sah sehr elegant aus und trug einen wunderschönen dunkelgrünen Anzug aus weichem Tweed, den Dierdre noch nie an ihm erblickt hatte. Dann stand er wieder auf, und Dierdre flüchtete sich irgendwo zwischen das Klavier und die Doppelkommode aus Walnußholz.

Davids Blumen waren langstielige, apricotfarbene Rosen,

deren Blüten wie Kerzenflammen geformt waren. Die Floristin hatte ihm versichert, daß sie die feinsten im ganzen Geschäft seien und erst gestern von den Kanarischen Inseln eingeflogen worden wären. Abgesehen davon waren sie geruchlos und unnatürlich gleichmäßig gewachsen. David, der sich einiges vorgenommen hatte, kaufte den kompletten Inhalt des Eimers (siebzehn Blumen) für vierunddreißig Pfund. Jetzt hielt er Dierdre den Strauß hin, sie verringerte den Abstand zwischen sich und ihm und streckte zögernd die Hand danach aus.

»Danke schön... das ist aber nett... ich bin schon im Krankenhaus gewesen, aber ich werde am Sonntag wieder hingehen. Ich bin ganz sicher, daß sie meinem Vater gefallen werden. Ich werde sie in eine Vase stellen.«

»Ich glaube, du hast mich nicht ganz richtig verstanden, Dierdre.« David hielt inne, als sie sich abwandte. »Die Blumen sind nicht für deinen Vater. Sie sind für dich.«

»Für... mich? Aber... ich bin doch nicht krank...«

David mußte lächeln. Er verkürzte den Abstand zwischen ihnen noch ein wenig mehr und ließ seinen Blick mit einer derartig liebevollen Freundlichkeit auf ihr ruhen, daß sie in Tränen ausbrach. Dann streckte er die grünen, tweedgekleideten Arme aus und zog sie an sich.

»Oh...«, hauchte Dierdre. Hoffnung und Ungläubigkeit schimmerten gleichermaßen in ihren Augen. »Ich habe nicht... ich habe es nicht gewußt... ich habe es nicht verstanden...«

Sie weinte, und dann kamen kleine Seufzer der Freude. Sunny, der sich große Sorgen um sie machte, begann zu jaulen. »Ist ja schon gut.« Sie beugte sich zu ihm hinunter und streichelte ihn. »Es ist alles in Ordnung.«

»Ich wußte gar nicht, daß du einen Hund hast.«

»Das ist eine lange Geschichte. Soll ich sie dir erzählen?

Vielleicht, während wir Tee trinken…« Sie wandte sich zur Tür um, aber David zog sie zurück.

»Einen Moment noch. Ich habe schon so lange darauf gewartet. Wir können noch für den ganzen Rest unseres Lebens Tee miteinander trinken.« Und dann küßte er sie.

Sie kuschelte sich wieder an seine Schulter, und seine Arme umschlossen sie. Es waren keine weißen Arme mit langen Federn, und er war sicher auch keine dreieinhalb Meter groß, aber das Gefühl war so erhebend angenehm, daß es Dierdre einen Moment lang so schien, als sei sie von eng eingerollten Schwingen umgeben.

Rosa saß mitten in Reihe D und war enttäuscht. Sie hatte erwartet, daß bei dem Vorsprechtermin für *Wanja* eine besondere »Atmosphäre« herrschen würde. Sollte das unerwartete Ableben des Hauptdarstellers der Truppe das übliche Prozedere nicht in irgendeiner Weise verändern? Vielleicht durch gesenkte Stimmen; ein kleines Zögern, sich selbst für die so plötzlich frei gewordene Titelrolle anzubieten. Aber nein, alles war so wie immer. Die Schauspieler gingen auf die Bühne und verließen sie wieder, während Harold Hof hielt und Dierdre an ihrem Tisch saß. David Smy saß neben seinem Vater in der letzten Reihe und hatte eine merkwürdige Promenadenmischung auf den Knien, und Kitty, die sich einen Spaß daraus gemacht hatte, so zu tun, als ginge sie Rosa voller Angst aus dem Weg, hatte sich jetzt an den Proszeniumsbogen gelehnt und schmollte. Sie war nicht zum Vorlesen hergekommen, sondern um einen netten kleinen Plausch mit Nicholas zu halten, aber der war gerade in eine Unterhaltung mit Joyces prächtiger Tochter vertieft.

Joyce selbst, die hoffte, die Rolle der Marie, der älteren Krankenschwester, zu bekommen, wartete mit Donald Everard in den Kulissen. Clive hatte sich zum Erstaunen aller beherzt auf die Bühne gewagt, um sich am Teljigin zu versuchen. Boris, der gerade Astrows Monolog »Ein ideales Leben« vorgetragen hatte, trank von dem Hauswein, und Riley saß auf Averys Arm und warf dem Hund in der letzten Reihe giftige Blicke zu, um deutlich klarzustellen, daß er um sein Revier kämpfen würde.

Als Clive fertig war, trat Cully Barnaby vor, um die Jeliena Andrejewna zu sprechen, und Rosa setzte sich auf. Es gab keinen Grund, wieso das Kind es nicht versuchen sollte. Es war nicht zu leugnen, daß sie sehr viel näher an dem Alter der Figur war (sechsundzwanzig) als Rosa, und auch nicht, daß sie es als Jüngere sehr viel leichter auf der Bühne haben würde. Dennoch ... Rosa lehnte sich wieder ein wenig zurück und wartete voller Unbehagen.

»Du stehst am Fenster«, rief Harold. »Du öffnest es und redest, während du nach draußen siehst. Ab ›Mein Liebster, verstehst du denn nicht ...‹ Seite zwei, Zeile fünf.«

Dann bewegte sich Cully, aber nicht, wie Rosa es erwartet hatte, zu dem Fenster hinten an der Bühne (das immer noch von *Amadeus* dastand), sondern direkt auf die Bühnenrampe zu, wo sie sich an eine imaginäre Wand lehnte und ihrem hübschen Gesicht den Ausdruck ängstlicher Melancholie gab. Sie fing mit einer vollen, klaren Stimme zu sprechen an, die so intensiv wie ein Schmerz war und nicht diesen melodischen Tschechow-Ton hatte, den man bei der CADS für angemessen hielt. Ihre Wut floß mächtig und bitter in das Auditorium. Rosa war erschüttert. Sie fror bis ins Mark und konnte deutlich spüren, wie ihr Herz von seinem Platz sprang und gegen ihre Rippen schlug.

Aber Cully war noch nicht ganz in ihrem Monolog, als zwei Männer in der Schwingtür unter dem Ausgangsschild erschienen und verhalten den Gang hinunterkamen. Ihre Schritte waren so gleichmäßig (weder schnell noch langsam), und der jüngere Mann paßte sich dem Verhalten des älteren derart genau an, daß in ihrem plötzlichen Erscheinen etwas beinahe Komisches lag. Der Auftritt dieses Paares hätte gut in eine Musikkomödie gepaßt. Allerdings nur, bis man ihnen in die Gesichter sah.

Cully zögerte, las noch eine Zeile, hielt dann inne und sagte: »Hallo, Dad.«

»Also wirklich, Tom...« Harold stand auf. »Ausgerechnet jetzt. Wir haben einen Vorsprechtermin. Ich hoffe, es ist wichtig.«

»Sogar sehr. Wo wollen Sie hin?« Tim war von seinem Sitz aufgestanden.

»Ich will Wein holen.«

»Würden Sie sich bitte wieder setzen. Was ich zu sagen habe, wird nicht lange dauern.« Tim setzte sich. »Könnten alle, die auf der Bühne oder in den Kulissen sind, nach vorn kommen. Dann muß ich mir nicht den Hals verrenken.«

Nicholas, Dierdre, Joyce und Cully kletterten von der Bühne herunter. Donald Everard folgte ihnen und glitt auf den Stuhl neben seinem Zwillingsbruder. Der junge Polizeibeamte in dem Regenmantel setzte sich auf eine Stufe der kleinen Treppe, die zur Bühne führte, und Barnaby ging bis zum Durchgang am Ende der Reihe A, drehte sich um und sah sie alle an. Sogar Harold schwieg, wenn auch nicht für lange, und Nicholas, so unschuldig er auch sein mochte, dachte: Das war's. Das Gefühl der Angst war so ausgeprägt, daß ihm beinah übel davon wurde.

Barnaby begann: »Ich halte es nur für angemessen, Sie über den derzeitigen Stand der Ermittlungen im Falle Carmichael zu informieren.« Was für ein Hohn, dachte sich Boris. Als würde die Polizei jemals die Verdächtigen auf dem laufenden halten. Tom wurde etwas lauter. »Und falls Sie es mir gestatten, möchte ich gern einen Moment über den Charakter des

Ermordeten sprechen. Ich war immer schon der Meinung, daß die genaue Untersuchung der Persönlichkeit des Opfers in einem Fall wie diesem der erste Schritt sein muß. Abgesehen von rein zufälligen, sozusagen unpersönlichen Morden, wird ein Mann oder eine Frau gewöhnlich für etwas umgebracht, was die jeweilige Person gesagt oder getan hat oder wovon der Mörder glaubt, diese Person hätte es gesagt oder getan. Mit anderen Worten, aufgrund ihrer Persönlichkeit oder ihres Charakters.«

»Nun, ich hoffe, wir werden nicht allzuviel Zeit dafür vergeuden müssen«, unterbrach ihn Harold. »Wir wissen doch alle, was für eine Sorte Mensch Esslyn war.«

»Tatsächlich? Ich kenne bisher nur die verbreitete Auffassung, der ich selbst ja auch zugestimmt habe. Warum auch nicht? Bisher hatte ich keinen Grund, mich eingehender damit zu beschäftigen. Oh ja, wir alle haben Esslyn gekannt. Er war enorm überspannt und eitel, und er hatte einen starken Willen; er war egoistisch und ein Frauenheld. Aber als ich versucht habe, mehr über seinen Charakter in Erfahrung zu bringen, habe ich herausgefunden, daß da nichts war – kein Charakter, keine Persönlichkeit. Natürlich gab es das äußere Erscheinungsbild. Bestimmte narzißtische Gesten und die Züge eines Casanovas, aber dahinter… nichts. Nun, woran könnte das wohl liegen?«

»Er war eben oberflächlich. Manche Menschen sind einfach so«, entgegnete Avery.

»Vielleicht. Aber in jedem Menschen steckt mehr als nur das, was er uns nach außen hin zeigt. Also habe ich Fragen gestellt, mir die Antworten angehört, und ich habe meine eigenen Eindrücke genauer untersucht, wobei langsam ein ganz anderes Bild entstanden ist. Vielleicht könnten wir uns zunächst einmal der Frage seines Verhältnisses zu Frauen zuwenden. Es besteht gar kein Zweifel daran, daß er geliebt worden ist, und von einer sogar sehr.« Sein Blick fiel auf Rosa, und ihr Mund verzog sich zu einer schmalen, beherrschten Linie. »Sie hat ihn so genommen, wie er war. Oder jedenfalls hat sie ihn als das akzeptiert, wofür sie ihn gehalten hat.«

»Davon kann gar nicht die Rede sein«, rief Rosa dazwischen, und wilder Schmerz war aus ihrer Stimme herauszuhören. *»Ich habe ihn gekannt.«*

»Aber wer hat sich jemals wirklich etwas aus ihm gemacht? Als ich versucht habe, das herauszufinden, bekam ich die unterschiedlichsten Antworten zu hören. Natürlich hat sich Esslyn persönlich der Illusion hingegeben, daß er ihnen allen wichtig war. Und daß er wie Don Juan von einer Blüte zur anderen fliegen kann und dabei einen Schweif aus gebrochenen Herzen hinter sich zurückläßt. Aber ich konnte bei meinen Ermittlungen keine solchen Spuren finden. Es waren alles nur Gerüchte, ziemlich undurchsichtig. Doch ich habe auch ein oder zwei recht interessante Aussagen gehört. ›Bei Esslyn dauerte nie etwas länger‹ und ›Sie saugten sich voll und gingen dann wieder‹. *Sie,* wie Sie bemerkt haben werden, nicht *er.* Insbesondere, als er seine Ehe wegen eines hübschen jungen Mädchens zerstört hatte, das ihn einen Monat später schon wieder verlassen hat. Und seine zweite Frau hat ihn nie auch nur im entferntesten geliebt.«

Kittys Augen, die ohnehin schon vor Wut gefunkelt hatten, glühten jetzt. Barnaby vermutete, daß sie kürzlich Mr. Ounce einen Besuch abgestattet hatte.

»Und wieso war es eigentlich ein solches Kinderspiel für sie, diesen Mann, der angeblich die freie Auswahl hatte, vor den Altar zu schleppen, indem sie ihm schlichtweg vorgelogen hat, daß sie schwanger sei?«

Bei dieser Neuigkeit war deutlich zu hören, daß einige Leute den Atem anhielten. Rosa gab einen erstickten Laut von sich. Die Everards wieherten wie aufgeregte Pferde.

»Kommen wir nun zu seiner Rolle als Schauspieler. In dieser Truppe stand er einsam an der Spitze. Ein dicker Fisch in einem kleinen Teich...«

»Ich möchte hier mal kurz einwenden, Tom, dieses Theater ist...«

»Bitte.« Harold gab nur ungern nach. »Ein kleiner Teich. Sicher, er hatte Hauptrollen, aber er hat weder das Talent noch das Einfühlungsvermögen oder die Bescheidenheit, etwas aus diesen Rollen zu machen. Und er hatte auch keine Ambitionen, sich nach neuen Weidegründen umzusehen. In Slough oder Uxbridge gibt es größere Gruppen, in denen er sich möglicherweise hätte weiterentwickeln können, aber er hat niemals auch nur das leiseste Interesse daran gezeigt. Vermutlich, weil er nie wieder einen anderen Regisseur gefunden hätte, der so gefügig ist.«

»Gefügig!« schrie Harold. »Ich?«

»Ich kenne viele Leute, die seine Weigerung, Anweisungen entgegenzunehmen, als übersteigertes Selbstbewußtsein gewertet haben. Der Meinung bin ich nicht. Das wahre Selbstvertrauen eines Schauspielers zeigt sich in der Bereitschaft, sich in die Hand eines Regisseurs zu begeben, verschiedene Arten der Arbeit an Rollen auszuprobieren und Risiken einzugehen. Ich bin jedenfalls allmählich zu der Überzeugung gelangt, daß Ehrgeiz und Selbstsicherheit zwei Dinge sind, die bei Esslyn Carmichael nicht sehr stark ausgeprägt waren.«

Er registrierte eine Menge verwirrter Blicke, aber keinen einzigen, in dem sich echte Ungläubigkeit ausdrückte. Mehr als einer Person schien der Gedankengang nachvollziehbar zu sein. Rosa wirkte zwar ein wenig verblüfft, doch sie nickte ebenfalls.

»Und doch...« Barnaby verließ seinen Posten an der Durchgangstür und wanderte langsam den Gang hinauf. Die Köpfe seiner Zuhörer folgten ihm. »Es gab gewisse Anzeichen dafür, daß sich Esslyn in irgendeiner Form verändert hat, und zwar gerade erst in der allerletzten Zeit. Bei meinen Befragungen habe ich herausgefunden, daß er in den vergangenen Wochen begonnen hat, sich offen zu widersetzen, Harold anzugreifen und den Akteur scharf zu kritisieren, der als einziger eine echte Bedrohung für ihn hätte werden können.« Nicholas schien sich von dieser Bemerkung geschmeichelt zu fühlen und schenkte Cully ein Lächeln.

»Nun«, fuhr Barnaby fort, »weshalb hätte es plötzlich dazu kommen sollen?«

Die Truppe faßte diese Frage als rein rhetorisch auf. Keiner sagte etwas. Zwei Leute sahen sogar derart verwirrt aus, daß man hätte meinen können, sie brächten für den Rest ihres Lebens nie wieder ein Wort heraus. »Ich glaube, wenn wir erst einmal die Antwort auf diese Frage kennen, dann wissen wir auch, weshalb er ermordet worden ist. Und wenn uns das erst einmal klar ist, dann werden wir auch wissen, wer der Mörder ist.«

Troy stellte fest, daß sein Mund restlos ausgetrocknet war. Zunächst hatte er dem deduktiven Vorgehen seines Chefs argwöhnisch und ablehnend gegenübergestanden und sich daher mit einem Anflug von Trotz ein wenig abseits von den anderen gehalten und unbeteiligte Hochnäsigkeit an den Tag gelegt. Aber jetzt war er gegen seinen Willen von Barnabys Vortragsweise gepackt und beugte sich vor, da der Erzähler ihn in seinen Bann gezogen hatte.

»Ich möchte jetzt zur Premiere von *Amadeus* kommen und damit zu dem Drama innerhalb des Dramas. Ich bin mir sicher, Sie alle wissen inzwischen, daß Gerüchte und Fehlinformationen die Runde gemacht haben und Kitty und Nicholas im Lauf der Vorstellung beide von Esslyn tätlich angegriffen wurden.« Bei dieser Bestätigung dafür, daß seine frühere Aussage doch ernst genommen worden war, hellte sich Nicholas' Gesicht noch mehr auf. »Das hat beide natürlich ganz nach oben auf die Verdächtigenliste gebracht. Ich fürchte sogar, daß in allen Mordfällen die Witwe eines Ermordeten in diese mißliche Lage gerät. Kitty hatte ein Motiv. Esslyn hatte entdeckt, daß sie ihm untreu war, und wenn das Baby plötzlich ›verschwunden‹ wäre, hätte er sich vielleicht von ihr scheiden lassen. Und sie hatte die perfekte Gelegenheit...«

»Ich habe ihn nicht getötet«, brüllte Kitty. »Ich hätte genug Zeugen gehabt, um die Scheidung wegen physischer Grausamkeit einreichen zu können und Unterhalt zu bekommen.«

»Aber Verfahren dieser Art können sich sehr lang hinziehen, Kitty. Und es wäre vielleicht auch nicht zu Ihrem Vorteil ausgegangen.«

»Ich habe dieses verdammte Ding nie angefaßt.«

»Tatsächlich waren Ihre Fingerabdrücke nicht auf der Klinge zu finden, aber wir haben auch sonst keine gefunden, außer denen das Toten, der ja das Rasiermesser vom Tablett genommen hat. Aber die meisten Leute kennen sich heute bereits gut genug aus, um den Griff einer Tatwaffe abzuwischen. Dennoch haben sich alle meine Instinkte gegen solch eine einfache Lösung gesträubt.«

Rosa und Kitty tauschten Blicke miteinander aus. Enttäuschung und Triumph brodelten förmlich zwischen den beiden.

»Ich war außerdem sicher, daß David, Colin und Dierdre ebenfalls nicht in Frage kommen, und zwar aus etwa denselben Gründen. Ich kenne sie alle schon seit langer Zeit, und obwohl ich nicht so dumm wäre zu glauben, daß keiner von ihnen fähig dazu wäre, einen Mord zu begehen, bezweifle ich dennoch, daß sie zu diesem ganz speziellen Mord in der Lage gewesen wären. Aber natürlich hätten sie die Gelegenheit dazu gehabt. Und das genau war mein Stolperstein. Denn bis in den frühen Abend des heutigen Tages hinein hatten alle falschen Leute die Möglichkeit, und allen richtigen hat es an jeder Gelegenheit gefehlt.«

»Was ist denn heute am früheren Abend vorgefallen?« fragte Harold, der inzwischen länger geschwiegen hatte, als es sich irgendeiner der Anwesenden jemals hätte vorstellen können.

»Ich habe herausgefunden, daß es zwei Rasiermesser gegeben hat.«

Diese Bemerkung plumpste wie ein Stein in die Stille. Er versank, und immer weitere emotionale Kreise breiteten sich an der Oberfläche aus. Einige Gesichter sahen gespannt aus, andere waren erregt und ernst, und eines wurde gespenstisch blaß. Avery, der das bemerkte, dachte: O Gott – er weiß etwas. Ich hatte recht. Dann nahm er, ohne sich darum zu scheren, ob er öffentlich Schelte dafür bekommen würde oder nicht, die Hand seines Geliebten und drückte sie; einmal, um ihm Trost zu spenden, und dann noch einmal, um ihm Glück zu bringen. Tim nahm es überhaupt nicht zur Kenntnis.

»Das hat natürlich ganz andere Perspektiven eröffnet. Denn beinahe jeder hätte das Messer nehmen, das andere an seine Stelle legen, das Klebeband entfernen, wenn es sich gerade unauffällig machen ließ, und dann das Original wieder hinlegen können.«

»Sie sprachen von ›beinahe jeder‹ – wer scheidet denn als Täter aus, Tom?« fragte Nicholas.

»Avery. Es ist erst wieder in die Kulissen zurückgekehrt, als das Stück zu Ende war. Nachdem ich erst einmal wußte, *wie* es bewerkstelligt worden ist«, fuhr Barnaby fort, »mußte ich also nur noch die beiden ›Warums‹ klären. Warum sollte jemand Esslyn überhaupt ermorden wollen, und, was viel verwirrender war, warum hatte er sich dazu entschlossen, es ausgerechnet vor über hundert Leuten auszuführen? So ganz habe ich die zweite Frage noch nicht geklärt, aber ich bin mir langsam ziemlich sicher, daß ich die erste beantworten kann.«

Barnaby kam jetzt nach vorn zurück, und wieder folgten die Köpfe seiner Bewegungsrichtung, als wären sie durch ein unsichtbares Band mit ihm verknüpft. Er lehnte sich an die Bühne, steckte die Hände in die Taschen und schwieg eine Weile. Der alte Gauner, dachte Cully voller Bewunderung. Und ich dachte, ich hätte das alles nur von meiner Mutter.

»Nachdem wir die Motive, an die wir zuerst gedacht hatten – namentlich Leidenschaft und Geld – verworfen hatten, blieb uns nur noch ein drittes Motiv, das freilich genauso durchschlagend und, wie ich glaube, auch zutreffend ist. Esslyn Carmichael wurde getötet, *weil er etwas wußte.* Unsere Ermittlungen ergaben aber, dank seiner gewissenhaften Art, die finanziellen Dinge zu ordnen, daß keine größere Geldsumme auf einem seiner Konten eingegangen war, was auszuschließen schien, daß er seine Kenntnisse in finanziellen Gewinn umgemünzt hat. Aber die Forderungen eines Erpressers können natürlich auch anderer Natur sein; sie müssen nicht zwangsläufig finanzieller Art sein. Man kann Menschen genausogut sexuell erpressen, und man kann sein Wissen auch dazu benutzen, Macht an sich zu reißen. Ich habe die erste Möglichkeit für unwahrscheinlich gehalten, weil Esslyn gerade erst frisch verheiratet war und aufgrund seines mangelnden Einfühlungsvermögens und seiner damit einhergehenden Blindheit auch zufrieden zu sein schien. Und doch war die letztere Möglichkeit, nachdem ich erkannt hatte, daß sich sein Charakter durch einen Mangel an Ehrgeiz und Selbstvertrauen ausgezeichnet hat, noch viel unwahrscheinlicher. Gleichzeitig wurde ich mir immer sicherer, daß die Lösung des Falles in diesem Bereich liegen würde.

Ich bin mir sicher, daß Sie alle genauso wie ich, diesen Mord für einen theatralischen Mord gehalten haben. Obwohl an diesem schrecklichen Abend die Realität in vielen sehr unangenehmen Formen Einzug gehalten hat, wußten wir alle bis zur letzten Minute, daß wir ein Stück sehen. Esslyn trug Kostüm und Schminke, er sprach Textzeilen und führte Bewegungen aus, die er geprobt hatte. Daher mußte, wer auch immer ihn getötet hatte, ein Mitglied der Truppe sein. Es schien so klar zu sein, daß sich alles nur um das Latimer drehte, und auch ich habe kaum einen Blick in Esslyns übriges Leben geworfen – immerhin den größten Teil seiner Existenz. Es war Kitty, die mir ins Gedächtnis zurückgerufen hat, daß Esslyn Carmichael jede Woche von Montag bis Freitag, von morgens neun Uhr bis abends fünf Uhr, *Buchhalter* war.«

An dieser Stelle bedeckte Tim sein kreideweißes Gesicht mit den Händen und ließ den Kopf sinken. Avery legte ihm einen Arm um seine Schultern. Als er das tat, drängten sich ihm Bilder voll von falschem Pathos auf. Er sah sich, wie er Tim jede Woche im Gefängnis besuchen würde, auch wenn es Jahre dauern sollte. Er würde eine Feile in einen Kuchen einbacken. Oder ein Seil unter dem Mantel tragen. Als er an das Gefängnisessen dachte, fühlte er, daß ihm flau in der Magengrube wurde. Wie sollte Tim das bloß überleben?

»Wenn Sie sich erinnern, Kitty ...« Avery zwang sich, seine Aufmerksamkeit wieder dem zu widmen, was Tom ausführte, »... habe ich Sie gefragt, ob es im Alltag Ihres Ehemannes irgendwelche Veränderungen gegeben hätte, und Sie antworteten, er sei am Samstag, seinem Todestag, morgens zur Arbeit gegangen. Ich weiß nicht, Rosa, ob sie sich noch erinnern ...?«

»Niemals.« Die erste Frau Carmichael schüttelte energisch den Kopf. »In diesem Punkt war er sehr strikt. Er hat gesagt, er hätte die ganze Woche über schon genug Zahlen und Fakten um die Ohren.«

»Kitty hat mir erzählt, er sei ins Büro gefahren, um ›etwas einzutreiben‹. Das ist ein befremdlicher Satz. Er könnte jedenfalls eher von den Lippen eines Spielers als von denen eines Buchhalters kommen. Oder auch von einem Schuldeneintreiber. Denn genau das ist es, was mit dieser Formulierung gemeint war. Man treibt Schulden ein. Und ich glaube, das genau war es, was Esslyn vorhatte. Die Höhe der Schulden und der Zeitraum sind uns nicht bekannt. Aber er hatte augenscheinlich beschlossen, daß es ihm jetzt endgültig reichte.«

»Aber, Tom«, unterbrach ihn Joyce, »du hast doch gesagt, er wäre getötet worden, weil er etwas wußte.«

»Und«, fiel Nicholas ein, »es ist zwar nicht besonders schön, jemandem Geld zu schulden, aber es ist doch noch lange kein Weltuntergang. Schulden sind es doch nicht wert, jemanden zu töten. Ich meine, das Schlimmste, was passieren kann, ist, daß man vor Gericht gestellt wird.«

»Oh, es hat aber viel mehr auf dem Spiel gestanden. Um uns ein genaues Bild davon zu machen, was das war, müssen wir bis an den Punkt zurückgehen, den ich vorhin schon erwähnt habe. Wir müssen uns fragen, was vor einigen Monaten geschehen ist – um genau zu sein, vor sechs Monaten. Was hat Esslyn so viel Selbstvertrauen eingeflößt, daß er plötzlich angefangen hat, sich wichtig zu machen?«

Barnaby legte eine kleine Pause ein, und das Schweigen war von Mißtrauen geschwängert und wurde von erschreckten Blicken durchlöchert. Zunächst war es noch sehr dicht, aber dann wurde es lichter und nahm schließlich klare Formen an. Barnaby war sich nicht sicher, wer als erster auf die Everards kam. Er hatte jedenfalls ganz sicher nicht mit dem Finger auf sie gezeigt. Aber ganz so, als besäße er telepathische Kräfte, blickte erst einer und dann noch ein anderer in ihre Richtung.

Nicholas sprach es aus: »Er hat sich zwei Hofdiener zugelegt.«

»Ich sehe nichts Verwerfliches darin...«, fuhr Clive Everard auf.

»... ich auch nicht...«, fiel Donald ein.

»... sich mit einem Mann anzufreunden...«

»... ihn zutiefst zu bewundern...«

»... ja, ihn sogar zu verehren...«

»... jemanden wie Esslyn mit seinen unbestrittenen Talenten...«

»... und bemerkenswerten Fähigkeiten...«

»Ihr verdammten Heuchler.« Barnabys Stimme war so leise, daß die Blicke der Leute einen Moment lang verwirrt umherirrten, weil sie sich nicht sicher waren, aus welcher Richtung dieser ungeheure Vorwurf gekommen war. Troy wußte es, und sein Adrenalinpegel schoß in die Höhe. Barnaby blieb neben der Reihe stehen, in der die Brüder saßen, und sagte, immer noch sanft: »Ihr widerlichen, intriganten, heimtückischen, gehässigen Mistkerle.«

In ihren talgigen Gesichtern bebten die Nasenflügel vor lauter Schreck. Die Everards rückten noch enger zusammen. Kitty blickte sie mit einsetzendem Grauen an, Cully, die sich nicht bewußt war, daß sie Nicholas' Arm sehr fest umklammert hielt, zog sich halb aus ihrem Sitz empor. In Averys Miene war plötzlich ein Hoffnungsschimmer zu erkennen. Joyce hatte das Gefühl, vor Spannung zu ersticken, und Harold nickte. Sein Kopf bewegte sich vor und zurück, so als säße er lose auf den Schultern wie die Köpfe auf diesen chinesischen Buddha-Figuren, die man zuweilen in Antiquitätenläden finden kann.

»Sie haben kein Recht, so mit uns zu sprechen«, beschwerte sich einer der Everards, die sich schnell wieder erholt hatten.

»Seit wann verstößt es gegen das Gesetz, einen Schauspieler zu bewundern?«

»Bewundern?« Barnaby schleuderte ihnen das Wort geradezu ins Gesicht, und die Lautstärke seiner Stimme schien um das Zehnfache angewachsen zu sein. Er bewegte sein Gesicht ganz dicht an die Brüder. »Ihr habt ihn nicht bewundert. Ihr habt ihn verspottet. Ihr habt ihn ausgelacht. Ihr habt mit ihm gespielt. Ihr habt ihn wie einen Bären an einem Ring in seiner Nase vorgeführt. Und Esslyn, der arme Kerl, der nie in seinem Leben einen Freund gehabt hatte, glaubte zweifellos, das sei echte Freundschaft. Hofdiener? Eher das Gegenteil. Was immer das auch sein mag.«

»Graue Eminenzen?« schlug Boris vor.

»Und ihr seid direkt für seinen Tod verantwortlich.«

Bei diesen Worten schoß Donald Everard von seinem Sitz hoch. »Habt ihr das gehört!« brüllte er und breitete seine Arme vor dem Rest der Versammlung aus. »Das ist üble Verleumdung!«

»Wir werden Sie verklagen«, kreischte sein Bruder. »Sie können nicht einfach so behaupten, wir hätten Esslyn getötet, und sich einbilden, damit kämen Sie ungeschoren davon!«

»Wir haben Zeugen!«

»Alle diese Leute hier!«

»Ich habe nicht gesagt, daß ihr ihn getötet habt«, stellte Barnaby klar und wandte sich mit einem Ausdruck tiefen Abscheus von diesen Hysterikern ab. »Ich habe gesagt, ich glaube fest daran, daß ihr für seinen Tod verantwortlich seid.«

»Das ist doch dasselbe.«

»Nicht ganz. Und das wird euch auch selbst klar werden, wenn ihr jetzt vielleicht endlich aufhört, hier diesen Zirkus zu veranstalten, euch hinsetzt, wieder beruhigt und darüber nachdenkt.« Als sie dem widerwillig folgten, sich unter zahlreichen Unmutsäußerungen wieder hinsetzten und dabei immer noch ihre Tollen, die vor Gel steif waren, in den Nacken warfen, fuhr Barnaby fort: »Wir haben es also bei Esslyn auf einmal mit einer Marionette zu tun, mit einem eitlen Mann, der völlig hohl ist und bei dem jemand die Fäden zieht. Und was, oh, so subtil, so schlau, tun diese Puppenspieler? Zuerst ermutigen sie ihn zur Kompromißlosigkeit. Ich kann sie richtig hören... ›Das wirst du dir doch nicht gefallen lassen, oder? Du bist schließlich der Hauptdarsteller... merkst du denn nicht, wie mächtig du bist? Ohne dich sind die doch aufgeschmissen.‹ Aber nach ein paar Wochen beginnt dieser eher harmlose Unfug langweilig zu werden. Sie haben ihn bereits so weit getrieben, wie es nur irgend möglich war. Also sehen sie sich nach etwas Interessanterem um. Ich habe den Verdacht, etwa zu dieser Zeit hat Esslyn ihnen die Information gegeben, die sie zu ihrem großen Plan angestachelt und somit seinen Tod nach sich gezogen hat.

Tatsächlich war das, was mich endlich in die richtige Richtung gewiesen hat, etwas, was mein Sergeant heute im Büro gesagt hat.« Sein Sergeant, der plötzlich im Rampenlicht stand, versuchte, sich den Anschein zu geben, er sei intelligent, bescheiden und von unschätzbarem Wert. Er schaffte es sogar, Kitty heimlich zuzuzwinkern, und sie zwinkerte zurück. »Er hat eine ausgesprochene Vorliebe für schlechte Scherze, die gräßlich und überhaupt nicht witzig sind«, fuhr Barnaby fort (Troy wirkte augenblicklich weniger intelligent). »Sein letzter war ein Spiel mit dem Wort Putsch. Und das hat mich, wie es eben manchmal so geht, an etwas ganz Ähnliches erinnert, was ich neulich bei einer meiner Befragungen erlebt habe. Ich weiß nicht, ob Sie sich noch daran erinnern, Kitty...?«

Als sie so plötzlich angesprochen wurde, errötete Kitty, die immer noch Troy angaffte, und fragte: »Wie bitte?«

»Sie haben mir doch erzählt, daß Esslyn mit Ihnen über den dramatischen Effekt gesprochen hat, den er bei der Premiere erzielen wollte.«

»Ja, das ist richtig.«

»Und weil er sich in seinem Kostüm selbst so sehr bewundert hat, haben Sie vorausgesetzt, es hätte etwas mit seiner Verwandlung zu tun.«

»Nein, das haben Sie gesagt, Tom. Als Sie mir diesen französischen Kram erklärt haben.« Barnaby wiederholte den Ausdruck, machte daraus eine Frage, und Kitty entgegnete: »Ja, das stimmt.«

»Sind Sie sicher?«

Kitty sah sich um. Irgend etwas lief falsch. Die Leute starrten sie an. Ihr war plötzlich kalt. Was hatte sie denn getan, daß sie alle so angafften?

»Ja, Tom, ich bin mir ziemlich sicher. Wieso?«

»Weil das, was ich gerade gesagt habe, nicht ganz das war, was er gesagt hat.« Er war so nah dran gewesen, und es hatte trotzdem zwei Tage gedauert, bis er dahintergekommen war. »Was ich gesagt habe – was Esslyn gesagt hat, war *›coup d'état‹*. Eine Machtübernahme.«

»O Gott...« Dieser Fetzen eines Satzes, der Dierdre entfuhr, war kaum hörbar, aber David übergab den Hund sofort seinem Vater und nahm ihre Hand.

»Zweimal ist eine Formulierung akustisch falsch verstanden oder von ihrem Sinn her falsch gedeutet worden. Und in beiden Fällen hätte das korrekte Verständnis entscheidende Anhaltspunkte geliefert.«

»Wie lautete die andere, Tom?« hakte Boris nach, das einzige Mitglied der Truppe, das entspannt genug zu sein schien, um reden zu können.

»Esslyn hat versucht, uns mit seinem letzten Atemzug eine Mitteilung über den Plan zu geben, der ihn getötet hat. Es war nur ein Wort, und dieses Wort klang wie ›Dilettant‹. Aber ich habe heute morgen ein einfaches Experiment durchgeführt. Und jetzt bin ich mir ziemlich sicher, daß das Wort ›Debütant‹ war. Und daß, wenn er noch Zeit für weitere Worte gehabt hätte, sie ›Onkel Wanja‹ gelautet hätten. Ist das nicht richtig, Harold?« Harold nickte immer noch heftig mit dem Kopf.

»Haben Sie nicht das Rasiermesser an sich genommen, als Sie durch die Kulissen gekommen sind, das Band in der Pause entfernt, den Griff mit Ihrem seidenen gelben Taschentuch abgewischt und das Messer wieder auf das Tablett zurückgelegt? Und während Sie es in der Tasche hatten, haben Sie da nicht dieses hier als Ersatz auf das Tablett gelegt?« Er zog ein altmodisches Rasiermesser aus der Tasche und hielt es hoch.

»Ja, das stimmt, Tom«, bestätigte Harold vergnügt.

»Und mit dem kompletten Publikum als Zeugen, die beschwören konnten, daß Sie Ihren Platz nicht verlassen haben, waren Sie über jeden Verdacht erhaben.«

»So hatte ich mir das jedenfalls vorgestellt. Und es schien auch alles schrecklich gut zu laufen. Ich kann mir nicht vorstellen, wie Sie dahintergekommen sind.« Barnaby erklärte es ihm. »Da sieh mal einer an«, fuhr Harold reumütig fort, »und ich habe David immer für ein wenig begriffsstutzig gehalten.«

David schien das nichts auszumachen, aber sein Vater sah Harolds Hinterkopf finster an, und Dierdre wurde rot vor Wut.

»Ich werde Doris streng ins Gebet nehmen müssen, weil sie Ihnen erlaubt hat, in meinen privaten Sachen rumzuschnüffeln.«

»Sie hatte in diesem Fall gar keine andere Wahl. Ich hatte nämlich einen Durchsuchungsbefehl.«

»Hm. Das werden wir ja sehen. Gut, Tom, ich nehme an, da Sie jetzt wissen, wie, wollen Sie sicher auch wissen, warum?«

Barnaby gab zu verstehen, daß er das tatsächlich gern wüßte, und Harold stand von seinem Sitz auf und fing jetzt seinerseits an herumzulaufen, wobei er die Daumen in die Westentaschen gesteckt hatte, so als würde er das Schlußplädoyer des Staatsanwalts vortragen.

»Um Licht in diese ziemlich ärgerliche Angelegenheit zu bringen, müssen wir beträchtlich in die Vergangenheit zurückgehen. Genau 15 Jahre zurück in die Zeit, zu der das Latimer gebaut und meine gegenwärtige Truppe zusammengestellt worden ist. Wir hatten wenig Geld, zwar Unterstützung durch den Magistrat, was aber auch nicht annähernd ausreichte, um das ganze Projekt zu dem beabsichtigten Juwel in Caustons Krone zu machen. Und als der betrunkene alte Latimer starb, war sein Nachfolger längst nicht mehr so spendabel – ich glaube, er tendierte eher nach links – und kürzte noch unsere finanziellen Mittel. Zweifellos hätte er lieber eine Bingohalle gehabt. Wir hatten also von Anfang an Geldprobleme. Und natürlich mußte man einen gewissen Lebensstil aufrechterhalten. Ein Impresario kann nun mal nicht mit einem Ford Escort herumfahren und wie ein Ladenjunge angezogen sein.«

Harold unterbrach sich hier. Er war mittlerweile oben auf der Treppe angekommen, drehte sich theatralisch um, holte tief Luft und fuhr mit seiner Rede fort.

»Ich habe, wie ihr alle wißt, ein Import/Exportunternehmen, und ich kann mir durchaus zugute halten, daß ich in den Stunden, in denen ich gearbeitet habe, auch befriedigende Gewinne erzielt habe. Meine Haushaltskosten habe ich gleichzeitig sehr niedrig gehalten und den Profit in das gesteckt, was man sehen konnte, also in meine Person und in die

Produktionen des Latimer. Doch so groß der Gewinn auch war, ein großer Prozentsatz davon ging für die Mehrwertsteuer und den Einfuhrzoll an die Haie vom Amt für Zölle und Verbrauchssteuern drauf, und einen weiteren dicken Brocken schnappte sich das Finanzamt. Verständlicherweise hat mich das geärgert, vor allem, als das Häppchen, das ich davon in Form von öffentlichen Geldern zurückbekommen habe, gekürzt worden ist. Also beschloß ich, die Lage etwas auszugleichen. Natürlich hatte ich die Absicht, einen Teil meiner Steuern zu bezahlen und auch einen gewissen Anteil der geforderten Mehrwertsteuer, denn ich bin ja kein Krimineller. Das besonnene Jonglieren mit den Zahlen hat mir in diesem ersten Jahr einige hundert Pfund an Steuerzahlungen erspart – das meiste davon ist in unsere Eröffnungsproduktion geflossen, *Der Zauberer von Oz.* Ich weiß nicht, ob Sie sich noch daran erinnern können, Tom?«

»Eine wunderbare Vorstellung.«

»Natürlich wußte ich, daß Esslyn, der meine Steuererklärung machte, meine Fingerfertigkeiten bemerken würde, aber ich war sicher, daß er als Star der Truppe die Notwendigkeit einer solchen Vorgehensweise einsehen würde. Wie auch immer, zu meiner Verwunderung hat er nichts dazu gesagt. Er hat sie als korrekt durchgehen lassen. Natürlich habe ich dem mit gemischten Gefühlen gegenübergestanden. Auf der einen Seite will ja niemand einen derart inkompetenten Steuerberater, der nicht mal ein oder zwei notwendige Tricks erkennen kann. Aber auf der anderen Seite verhieß es für die Zukunft Gutes. Und so kam es dann auch. Ich habe jedes Jahr etwas Geld zurückbehalten – einige tausend, für die ich unter anderem den Morgan gekauft habe –, und niemals gab es eine Beanstandung. Aber wissen Sie was, Tom ...?«

Harold stand jetzt dicht vor Barnaby. Sein Kopf, den er nur selten im Einklang mit seinen Bewegungen hatte wippen lassen, begann nun, auf erschreckende Weise zu zucken und sich zu schütteln. *»Er hat von Anfang an gewußt, was ich getan habe.* Er hat es gewußt und nichts gesagt. Kann man sich etwas Hinterlistigeres vorstellen?«

Barnaby, der dem Mörder von Esslyn Carmichael gegenüberstand, dachte sich, er käme da durchaus auf ein oder zwei Dinge, doch er fragte nur: »Wann sind Sie dahintergekommen?«

»Am vergangenen Samstag nachmittag. Ich kam gerade von einem Interview aus dem Theater zurück. Er rief an und sagte, er würde vorbeikommen. Doris war zum Einkaufen, also würden wir unter uns sein. Er ist nicht lange um den heißen Brei herumgeschlichen, sondern hat mir geradewegs mitgeteilt, daß er, beginnend mit der Produktion von *Onkel Wanja*, die Leitung des Latimer übernehmen und diese Änderung nach dem Schlußvorhang am Montag bekanntgeben würde. Ich habe gesagt, das käme gar nicht in Frage, woraufhin er mir all diese Zahlen vorgelegt und gesagt hat, ich könne entweder abtreten oder ins Gefängnis wandern. Mir ist allerdings sofort eine dritte Alternative eingefallen, und ich habe keine Zeit verloren, sie auszuführen. Am Montag morgen habe ich in einem Laden in Uxbridge ein Duplikat des Rasiermessers erstanden. Ich kannte Dierdres Gewohnheiten, und daher wußte ich, daß sie alles lange vor fünf Uhr noch einmal überprüfen würde. Esslyn hat die Requisiten niemals angerührt, und daher wußte ich, wie unwahrscheinlich es war, daß er etwas von diesem Austausch spitzkriegt. Das Original habe ich einfach mitgehen lassen, als ich durch die Kulissen gegangen bin, und in der Pause habe ich dann das Klebeband entfernt...«

»Wo war das?«

»Nun, ich wollte es eigentlich in der Schauspielertoilette tun, aber Esslyn und seine Schleimer hingen dort rum. Also bin ich auf dem Weg in die Garderoben, um den Schauspielern Dampf zu machen, für eine Minute durch den Bühneneingang nach draußen gegangen. Und auf dem Rückweg habe ich dann den Austausch vorgenommen. Dazu brauchte ich nur eine Sekunde. Ich habe Doris' Blumenmesser benutzt, das ist wirklich sehr scharf. Es ging ganz einfach.«

Harold schenkte allen ein begeistertes Lächeln, blinzelte in jedes Gesicht in der Runde und freute sich über seine eigene Gerissenheit. Sein Bart hatte den klaren, nahezu skulpturhaften Umriß verloren und wirkte jetzt zerzaust, fast schon wie Kraut und Rüben.

»Natürlich wußte ich, daß Esslyn nicht von allein auf diese Erpressung gekommen ist, vor allem, als er mir das alberne Buch geschickt hat. Es sollte ein Hinweis sein, hat er gesagt. Ich wäre ja in übelriechende Geschäfte verwickelt, Sie verstehen. Und ein Kochbuch, weil ich meine Bücher ›kochen‹ würde. Also wirklich, wieso konnte er sich nicht auch etwas ähnlich Subtiles ausdenken, um sein Leben zu retten? Aber ich wußte bereits, aus welcher Ecke das kam. Und dann alle diese Stolpersteine bei den Proben, nur um mich als inkompetent entlarven und damit die Machtübernahme gerechtfertigt erscheinen zu lassen.«

Die Everards, die versucht hatten, Selbstgefälligkeit und hochmütige Distanz zum Ausdruck zu bringen, sahen nun so aus, als wünschten sie sich tausend Meilen weit weg. Der Rest der Truppe drückte überraschte Empörung aus, Aufregung, Belustigung und in zwei Fällen (Dierdre und Joyce Barnaby) Spuren von Mitleid. Troy erhob sich von den Stufen und überquerte die Bühne. Harold sprach weiter.

»Sie verstehen doch, daß ich gar keine andere Wahl hatte, oder etwa nicht? Das hier...«, er vollführte eine grandiose Geste mit weit ausgebreiteten Armen, die seine Schauspieler, das Theater und alle vergangenen Erfolge zu beinhalten schien, »...ist mein Leben.«

»Ja«, sagte Barnaby, »das verstehe ich.«

»Nun, ich muß Ihnen gratulieren, Tom.« Harold hielt ihm die Hand hin. »Und ich kann nicht einmal sagen, daß es mir leid tut, daß alles herausgekommen ist. Zweifellos wäre es ja früher oder später ohnehin ans Licht gekommen, aber es ist schön, eine neue Saison mit einer weißen Weste zu beginnen. Und ich kann Ihnen versichern, daß ich niemandem etwas nachtrage.« Seine Hand kehrte ungeschüttelt an seine Seite zurück. »Aber ich muß jetzt unbedingt weitermachen. Wir haben heute abend noch viel vor uns. Komm, Dierdre. Hopp, Hopp.«

Niemand rührte sich. Tom Barnaby stand unentschlossen da, machte den Mund auf, um etwas zu sagen, und schloß ihn dann wieder. Er hatte im Lauf der Jahre schon viele Verbrecher verhaftet, einige davon auch wegen Mordes, aber er war noch keinem begegnet, der gestanden hatte, ihm die Hand hatte drücken wollen und sich dann umdrehte, um weiterhin unbeirrt seinen Geschäften nachzugehen. Oder vielmehr einem, der so offensichtlich verrückt war.

»Harold …«

Harold wandte sich stirnrunzelnd um. »Sie sehen doch, daß ich viel zu tun habe, Barnaby. Ich war bisher recht entgegenkommend, aber ich bin sicher, Sie werden mir zustimmen …«

»Ich will, daß Sie mit uns kommen.«

»Was – jetzt?«

»Richtig, Harold.«

»Ich fürchte, das kommt nicht in Frage. Ich muß heute abend ›Wanja‹ besetzen.«

Barnaby spürte, daß Troy sich bewegte, und er legte eine Hand auf seinen Arm, um ihn zurückzuhalten. Abgesehen von Barnabys eigenem Taktgefühl, das ihm die Aufgabe, einen geistig umnachteten, vermutlich schreienden Mann aus dem Theater in den Wagen zu schleifen, nicht gerade reizvoll erscheinen ließ, war da noch zu bedenken, daß auch seine Frau und seine Tochter anwesend waren. Ganz zu schweigen von Dierdre, die sicherlich schon genug von diesen Dingen hatte. Harold stand jetzt mitten auf der Bühne und fuchtelte wild mit den Armen herum. Keiner lachte. Barnaby betete um eine Eingebung.

»Harold«, wiederholte er und ging auf den Regisseur zu. Er legte ihm behutsam eine Hand auf den Arm. »Die Presse wartet.«

»...Die *Presse*...« Harold wiederholte dieses honigsüße Wort, doch dann verfinsterte sich sein Blick. »Etwa dieser schmerbäuchige Idiot vom *Echo*...«

»Nein, nein, die richtige Presse. *The Times, The Independent, The Guardian,* Michael Billington.«

»Michael Billington.« Der Hoffnungsschimmer in Harolds Augen war überwältigend. »Oh... Tom!« Harold legte seine Hand auf den Arm des Inspektors, und Barnaby spürte das ganze Gewicht seiner Freude. »Ist das wahr?«

»Ja«, log Barnaby, und seine Stimme klang rauh.

»Endlich! Ich wußte ja, daß es passieren würde... Ich wußte, daß sie sich an mich erinnern würden...« Harold blickte wild um sich. Sein Gesicht war weiß vor Triumph, und Speichel hing wie eine Dolde kleiner kristallener Trauben von seinen Lippen herab. Er gestattete es Barnaby, ihn am Arm zu nehmen und die Stufen von der Bühne hinunterzuführen. Mitten im Gang blieb er stehen. »Werden sie auch Fotos machen, Tom?«

»Ich... ich denke schon.«

»Sehe ich denn gut aus?«

Barnaby wandte den Blick von diesem strahlenden Gesicht, das vom Wahnsinn entstellt wurde. »Sie sehen gut aus.«

»Ich sollte aber meinen Hut mitnehmen.«

Avery stand auf, schnappte sich Harolds Dämon und reichte ihn schweigend seinem Besitzer. Harold setzte den Hut in einem grotesken Winkel auf, so daß der Schwanz über einem Ohr hing, dann strebte er zufrieden dem Ausgang entgegen.

Troy, der ein paar Schritte vorauslief, öffnete die Doppeltür, hakte sie ein und hielt den schweren purpurroten Vorhang zur Seite. Harold blieb in der Tür stehen, drehte sich um und stand einen Moment lang da, um einen letzten Blick über sein Königreich schweifen zu lassen. Er hielt den Kopf ein wenig zur Seite geneigt und lauschte gebannt. Auf seinem Gesicht bewegten sich die Erinnerungen, und ein Ausdruck größter Sehnsucht trat in seine wahnsinnigen Augen. Er schien aus weiter Ferne einen Trompetenschall zu hören. Dann, immer noch durch den Zauber von Tod und Traum bewegt, ging er davon. Der schwere rote Vorhang fiel, und der Rest war Schweigen.

Eine weitere Eröffnung, eine weitere Vorstellung

Weihnachten war gekommen und wieder gegangen, und das Wetter war alles andere als mild. Die Frau, die aus dem schimmernden blauen Metro stieg, trug einen langen Wollmantel mit einer Pelzkappe (Biberlamm), die mit Seide gefüttert war. Sie lief über den nassen Bürgersteig zum Reisebüro Far Horizons und eilte dankbar in die Wärme. Als sie am Schalter stand, schob sie die Kapuze zurück, und weiche, graublaue Locken fielen herab. Dann zog sie die Handschuhe aus. Sie fragte nach ein paar Kreuzfahrtbroschüren, und bei dem Klang ihrer Stimme wandte sich die einzige andere Kundin des Reisebüros, eine schlanke Frau in Schwarz, um, und in ihrer Stimme drückte sich ein gewisses Erstaunen aus, als sie sagte: »Doris ...?«

»Kitty, hallo.« Doris Winstanleys Antwort war ein spontanes Lächeln, doch dann, als die Erinnerung an die vergangenen Umstände wiederkehrte, folgte betretenes Schweigen. Kitty war alles andere als verlegen. Sie lächelte und fragte Doris, wo um Himmels willen sie denn hinsegeln wolle.

»Ich bin mir nicht sicher. Ich habe einfach nur mein ganzes Leben lang davon geträumt, einmal eine Kreuzfahrt zu machen. Aber natürlich hätte ich nie geglaubt, daß ich jemals die Gelegenheit dazu haben würde.«

»Ich kann Sie verstehen, Doris. Bei dem Wetter. Aber Sie sollten sich wirklich in acht nehmen.«

»Entschuldigen Sie? Ich bin nicht sicher ...«

»Vor Salonlöwen. All diese Charmeure, die sich nach einer reichen Dame ohne Begleitung umsehen.«

»Oh, so reich bin ich doch gar nicht«, stellte Doris eilig richtig. »Mir ist nur ein unverhoffter Glücksfall zugestoßen. Also dachte ich, ich tu' mir mal was Gutes.«

»Super. Werden Sie denn in Causton bleiben, wenn Sie wieder zurück sind?«

»Oh, ja. Ich habe ja einige Freunde hier.« (Tatsächlich hatte es sie sehr erstaunt, wie viele Leute sie besucht hatten, ernsthaft besorgt gewesen waren und ihr über die vergangenen Wochen hinweggeholfen hatten. Leute, die sich nie hatten blicken lassen, wenn Harold zu Hause war.) »Und wenn ich zurück bin, werde ich die beiden Zimmer, die ich nicht brauche, an Studenten vermieten. Ich habe schon Kontakt zu Brunel aufgenommen. Es wäre so schön, wieder mal junge Leute um mich zu haben. Meine eigenen Kinder sind so weit weg.«

Doris redete noch einige Minuten weiter. Es machte ihr nicht das geringste aus, daß Kitty ihr all diese Fragen stellte, und auch ihr dreister Rat störte sie nicht. Doris war einfach nur dankbar, daß Esslyns Witwe in der Lage war, ihr zu begegnen und mit ihr halbwegs nett zu plaudern. Kitty sah sehr gut aus und hatte keine Konzessionen an das Wetter gemacht. Sie trug ein schwarzes Kostüm mit einem Minirock, und sie schien weder eine Bluse noch einen Pulli unter der enganliegenden Jacke zu tragen. Sie war wunderbar zurechtgemacht und hatte einen kleinen flachen Hut ohne Krempe auf dem Kopf, mit einem schwarzen Schleier, der bis zu ihrer hübschen Nasenspitze reichte, und durch den ihre perlweiße Haut schimmerte. Doris beendete ihre weitschweifenden Bemerkungen, indem sie Kitty fragte, was sie ins Far Horizons getrieben hätte.

»Ich hole mein Flugticket ab. Ich fliege am Dienstag nach Ottawa. Um meinen Schwager zu besuchen.« Sie zupfte mit

Fingern, deren Nägel rot lackiert waren, ihren Schleier zurecht. »Er ist *so* nett gewesen und scheint sehr darauf bedacht zu sein, mich zu trösten.«

»Oh«, entgegnete Doris. Es schien nicht mehr viel zu geben, was sie sonst noch hätte sagen können, außer: »Gute Reise.«

»Das wünsche ich ihnen auch. Und hüten Sie sich vor den Salonlöwen.« Kitty verstaute das Ticket in ihrer Handtasche. »Ich muß mich jetzt aber beeilen. Ein Freund kommt um sieben bei mir vorbei, und ich will noch ein Bad nehmen. Auf Wiedersehen.«

Doris dachte einen Moment lang darüber nach, wie unwahrscheinlich es war, daß sie einander jemals wieder begegnen würden, sammelte dann ihre Stapel Broschüren ein und machte sich auf den Weg ins Soft Shoe Café, wo sie Tee und Kuchen bestellte. Hier war es viel gemütlicher als bei ihr zu Hause. Dort gab es im Moment nämlich kaum noch Möbel. Der ganze abgenutzte, verdreckte und verhaßte alte Kram eines Lebens war auf den Sperrmüll gewandert, und es würde eine ganze Weile dauern, bis alles ersetzt war. Sie würde ein paar neue Sachen kaufen und in Gebrauchtwarenläden nach einigen kleinen Schätzen suchen. Sie würde viel Zeit dafür haben. Und eine Menge Geld. Sie hatte viel für den Morgan bekommen, und zu ihrem Erstaunen hatte ein sehr fähiger Anwalt, den Barnaby ihr empfohlen hatte, das Geschäft für einen Betrag verkauft, der Doris wie eine enorme Summe vorkam. Und natürlich war das Haus auf ihren Namen überschrieben worden.

Der Kuchen kam. Doris entschied sich für einen Windbeutel mit Mokkaglasur, aus dem frische Sahne quoll, und dann schlug sie die erste Broschüre auf. Da stand etwas von einer Kreuzfahrt zu den Kanaren, und Doris wußte sofort, daß das etwas für sie war. Sie spürte förmlich schon die warme Brise, die ihr die Haare zerzauste, und sie sah bereits die fliegenden Fische aus den Wellen springen, während die Seevögel über ihrem Kopf schrien. Sie würde einfach den Winter dort verbringen und erst wieder im Frühling zurückkommen, wenn die Sträucher und Rosen, die sie vergangene Woche bestellt hatte, geliefert wurden. Und sie würde sich ein Gewächshaus anschaffen. Ihr ganzes Leben lang hatte sie sich nach einem Gewächshaus gesehnt. In ihrer Phantasie entwarf Doris ein Bild, wie sie zwischen Kompost, eingetopften Pflanzen und Tomaten herumwerkelte. Sie nahm die kleine silberne Gabel in die Hand und war vor lauter Glück fast überwältigt.

Avery kochte das Essen. Sie würden in der Küche essen müssen, denn die Platte des Eßtischs im Wohnzimmer war fast vollständig unter einem großen und wunderschönen Arbeitsmodell für die Bühne von *Onkel Wanja* verschwunden. Tim hatte die letzte Stunde mit einer Taschenlampe und Gelatinescheibchen verbracht, um mit dem Licht zu experimentieren und sich Notizen zu machen. Er persönlich fand zwar, daß der Hauptraum im Bühnenaufbau so aussah, als gehöre er zu einer Villa in New Orleans und nicht zu einem russischen Landhaus der Jahrhundertwende, aber es war unbezweifelbar, daß der Raum, vor allem dann, wenn die Jalousien geschlossen waren und das Licht durch die Spalten fiel und Streifen auf die Möbel warf, ein Gefühl von Enge und Ausweglosigkeit ausstrahlte.

»Ich hoffe, du verstehst, daß es heute nur eine Kleinigkeit gibt.«

»Das hast du mir schon gesagt.« Tim wandte seine Aufmerksamkeit Averys Garten zu, der wunderbar hell und luftig war, und er stellte sich diesen Garten unter einem strahlend blauen Himmel vor. Dann ging er zur Vorratskammer, wählte eine Flasche 86er Mercurey, Clos du Roy, und setzte den Korkenzieher an. »Um was für eine Kleinigkeit handelt es sich denn?«

»Rochen.«

Tim füllte zwei Gläser mit Wein und stellte eines neben den Herd. Dann nahm er *Floyd über Fisch* in die Hand. »Ich dachte, du hättest gesagt, das Buch sei nicht gut.«

»Man darf in solchen Dingen nicht zu puristisch sein. Joyce wollte es nicht behalten – verständlich unter diesen Umständen –, also habe ich ihr den Gefallen getan und es genommen. Um ehrlich zu sein…«, er kostete den Saft in der Pfanne – »…glaube ich inzwischen, daß es sogar ganz ordentlich ist.«

Im stillen verfluchte sich Avery dafür, daß er das Buch hervorgeholt hatte (es war von ihm hinten im Schrank mit den Geschirrtüchern verstaut worden). Das letzte, was er wollte, war, Tim die Begleitumstände von Esslyns Tod ins Gedächtnis zurückzurufen. Tim hatte Avery (und Barnaby) nämlich gestanden, daß er von dem Plan, Harold abzusetzen, gewußt, allerdings keine Kenntnisse von der Erpressung gehabt hatte. Esslyn hatte ihm nur zugesichert, daß keine Einmischung seinerseits in den Bereichen Licht und Gestaltung zu erwarten war, wenn er erst einmal die Leitung übernommen hätte, und Tim hatte daher keinen Grund gesehen, wieso er sein Licht nicht schon bei der Premiere einsetzen sollte.

Jetzt, nachdem der Ausgang der Geschichte allseits bekannt war, machte er sich natürlich Vorwürfe. Hätte er es nicht für sich behalten, es wenigstens Avery gesagt – und damit auch der gesamten Truppe –, dann wäre Esslyn vermutlich noch am Leben. Noch Wochen nach Harolds Festnahme saß Tim melancholisch und mit Schuldgefühlen zu Hause herum. Er konnte kaum etwas essen und hatte auch kein Interesse an dem Laden mehr, der Avery gerade in der vorweihnachtlichen Einkaufszeit fast in den Wahnsinn getrieben hätte, obwohl Nicholas seinen Job im Supermarkt gekündigt hatte, um ihm zu helfen.

Außerdem machten Avery arg seine eigenen Gefühle zu schaffen. Da war zum Beispiel eine gewisse Enttäuschung darüber, daß Tims mutiger und großzügiger Umgang mit dem Licht im Grunde ja gar kein Risiko beinhaltet hatte, da er nun mal wußte, daß Harold abgesetzt werden sollte. Aber Avery bemühte sich großmütig, mit der Tatsache zu leben, daß eine kleine Illusion geplatzt war, und er fuhr fort, umwerfende Mahlzeiten zu kochen, wenn er nicht gerade an den Laden gebunden war oder bis Mitternacht mit Bestellungen zu tun hatte.

Mittlerweile jedoch ging es Tim wieder besser. Er war fast wieder der alte. Avery leerte sein Glas und lächelte seinen Gefährten an.

»Kipp den Wein doch nicht so runter. Es ist ein Premier Cru.«

»Wie kommst du voran?« Avery richtete den Rochen auf einem ovalen Teller an, und Riley, der sich auf dem Küchenhocker wie ein Fellkissen zusammengerollt hatte, sprang (oder besser gesagt, plumpste) auf den Boden. Seit Sunny regelmäßig das Theater besuchte, hatte Riley sich geweigert, das Gebäude zu betreten, war abgemagert und hatte naß, zitternd und heruntergekommen im Hof bei den Mülltonnen gelebt. Avery hatte das nicht lange mitansehen können, und jetzt lebte der Kater im Haus und führte, zufrieden, wieder bei Kräften und in der Behaglichkeit eines privaten Heims, endlich das Leben, von dem er in seinen tiefsten und geheimsten Träumen immer geglaubt hatte, daß es ihm zustand. Er trottete gerade zu seinem Napf hinüber und nahm mit Appetit den Fisch in Angriff. Der war zwar nicht so gut wie der *Pheasant Périgord*, den er gestern zu Abend verspeist hatte, aber er war danach bereit, ihm eine Acht auf seiner bis Zehn gehenden Bewertungsskala zu geben.

»Ich habe noch Zimteis zum Nachtisch.«

»Mein Lieblingsnachtisch.«

Avery streute etwas Petersilie über das Gemüse. »Aber ich hatte heute einfach keine Zeit mehr, einkaufen zu gehen, und daher mußte ich leider gefrorene Babykarotten nehmen.«

»Mein Gott!« Tim knallte das Messer, mit dem er das Baguette geschnitten hatte, auf den Tisch. »Und ich habe immer geglaubt, ich hätte es hier mit einem Haus zu tun, das fünf Sterne verdient.«

»Aber nicht wegen des Essens, Entchen.« Das brachte Tim zum Lachen. Das erste echte Lachen, das Avery seit Wochen von ihm gehört hatte. Sie fingen an zu essen. »Wie schmeckt es dir?«

»Köstlich.«

»Was meinst du ...«, nuschelte Avery.

»Rede doch nicht mit vollem Mund.«

Avery schluckte und trank etwas Wein. »Dieser Stoff ist das reinste Ambrosia. Was, meinst du, sollten wir Nicholas zum Abschied schenken?«

»Wir haben ihm doch schon *Das Jahr des Königs* geschenkt.«

»Aber das war ja schon vor Wochen. Jetzt bleibt er noch für *Wanja* hier. Sollten wir ihm da nicht etwas anderes schenken?«

»Ich wüßte nicht, wieso. Außerhalb der Proben sehen wir ihn doch ohnehin kaum noch. Und Cully bekommen wir auch nicht öfter zu Gesicht.«

»Die hat vielleicht Talent.«

»Es ist geradezu erschreckend. Ich dachte schon, Nico wäre gut, aber die verleiht der ganzen Bühne ungeheuren Glanz.«

»Tim ... tut es dir nicht leid ... daß Kitty fort ist?«

»Natürlich nicht ... fang jetzt bloß nicht wieder davon an.«

»Nein, ganz bestimmt nicht, ehrlich.«

Und er fing auch wirklich nicht wieder davon an. Avery, der den ersten wirklich bedrohlichen Schlag gegen die Beziehung, die der Grundpfeiler seiner Existenz war, irgendwo in den unerreichbaren Tiefen seines Herzens vergraben hatte, erlebte jetzt ganz unerwartet einen tiefen und beständigen inneren Frieden. Er verstand es selbst nicht ganz. Es war nicht etwa so, daß er nun glaubte, Tim würde nie wieder fremdgehen. Oder daß sogar er selbst, bei irgendeiner künftigen Gelegenheit, nicht auch fremdgehen würde (obwohl ihm das ziemlich unwahrscheinlich vorkam). Es schien eher so, als hätte seine Persönlichkeit irgendwie eine zusätzliche Dimension entwickelt, in der Verletzungen und unliebsame Überraschungen absorbiert oder sogar neutralisiert werden konnten. Die Dankbarkeit für diese unerwartete und erstaunliche Entwicklung der Dinge und für den Umstand, daß er damit weiterleben konnte, brach erneut über ihn herein, und er lächelte.

»Was strahlst du denn so albern?«

»Tu' ich doch gar nicht.«

»Du siehst schrecklich aus.«

»Oh ... ich habe bloß daran gedacht, wie schön es ist, daß die Guten glücklich und die Bösen unglücklich enden.«

»Ich dachte, das wäre nur im Film so.«

»Nicht immer«, entgegnete Avery und schenkte ihnen noch etwas Wein nach.

»Können Sie mich mitnehmen und mich zu Hause absetzen?«

Barnaby und Troy waren gerade dabei, das Büro zu verlassen. Troy, der seinen Trenchcoat eng gegürtet hatte und ein

Päckchen Silk Cut in der Hand hielt, sehnte sich schon nach dem ersten rauchig kühlen Lungenzug. Barnaby schlüpfte in seinen Mantel und ergänzte: »Es liegt doch auf Ihrem Heimweg.« Als der Sergeant immer noch nicht antwortete, fügte der Inspektor hinzu: »Sie dürfen auch rauchen, wenn Sie möchten.«

Mensch. In meinem eigenen Auto. In meiner Freizeit. Vielen, vielen Dank. Troy bemerkte, daß die Augenbrauen seines Chefs, die heute mehr denn je wie abgenutzte Topfreiniger aussahen, fragend hochgezogen waren.

»... Hm ... was ist denn mit Ihrem Orion, Sir?«

»Joyce ist damit zum TÜV gefahren.«

»Eigentlich wollte ich nicht direkt nach Hause ..., sondern noch beim ›Goldenen Schwan‹ vorbeischauen.« Und etwas lockerer: »Die sind nicht an eine bestimmte Brauerei gebunden«, erklärte Troy. »Es liegt draußen an der Uxbridge Road.«

»Das ist mir sehr recht. Ich könnte an einem solchen Abend gut etwas Nasses und Warmes vertragen.«

»Nun ja ...« Mit rotem Gesicht blieb Troy, den Türgriff in der Hand, stehen und erläuterte die Umstände etwas genauer. »Es ist nicht wirklich eine Kneipe ... das war nur ein Witz ... es ist eher so etwas wie ein Bad ... verstehen Sie ...«

Barnaby sah seinen Sergeant an. Und verstand. »Äh, entschuldigen Sie, Troy. Ich bin normalerweise nicht so schwer von Begriff. Es war ein langer Tag.«

»Ja, Sir.« Der jüngere Mann ging halb durch die Tür, dann drehte er sich um und baute sich in einer gleichermaßen unbeholfenen wie aufsässigen Art vor Barnaby auf. »Ich meine, der Fall *ist* doch abgeschlossen.«

»Oh, ja, ja. Was Sie nach Dienstschluß tun, ist Ihre eigene Angelegenheit.« Dann, als Troy immer noch herumdruckste: »Wenn Sie allerdings auf Beifallsbekundungen von meiner

Seite warten, dann können Sie hier stehenbleiben, bis Ihnen Gänseblümchen aus dem Hintern wachsen.«

»Gute Nacht, Sir.«

»Gute Nacht, Sergeant.« Als er die Tür schloß, rief Barnaby noch: »Und richten Sie Maureen Grüße von mir aus.«

Das erinnerte ihn an ein Lied vom Broadway, was ihn wiederum an Theater, an das Latimer und an Harold erinnerte, den er zu vergessen versuchte, was ihm meistens auch gelang, vor allem dann, wenn er viel zu tun hatte. Trotzdem sagte er sich immer wieder (und jetzt auch), daß es nur eine ganz normale Verhaftung gewesen war, nicht mehr und nicht weniger. Nur insofern etwas ungewöhnlich, weil es jemand war, den er kannte. Außergewöhnlich auch deshalb, weil sie drei Männer gebraucht hatten, um ihn festzuhalten und in die Zelle zu stecken, als er erkannt hatte, daß sich die *crème de la crème* des britischen Journalismus' nicht versammelt hatte, um ihn zu ehren. Barnaby hatte sich, soweit er sich erinnern konnte, zum ersten Mal in all seinen Berufsjahren als ein Feigling erwiesen, sich gedrückt und die Arbeit den anderen überlassen. Aber selbst in der Kantine konnte er Harolds Schreie hören.

»O Jesus!« Barnaby schlug die Bürotür zu und entschied sich, zu Fuß nach Hause zu gehen. Ein forscher Marsch durch die beißend kalte Luft würde sein Blut abkühlen. Und seine Gedanken beruhigen. Er lief die Causton High Street hinunter, und die Finsternis war sein Begleiter. Natürlich hatte er selbst als naiver Wachtmeister in den frühen fünfziger Jahren nie erwartet, daß sein Los als Polizist immer glücklich sein würde. Er war auf Abscheulichkeiten in Hülle und Fülle vorbereitet worden, und diese Vorbereitung war nicht umsonst gewesen. Aber es gab eben immer wieder Gelegenheiten, bei denen sich die Erinnerungen an alles Übel zu vereinen schienen und einen übelriechenden Schorf bildeten, der die guten und die hellen Zeiten verbarg.

Er lief weiter und wechselte die Straßenseite, ehe er zum Latimer gelangte, auch wenn das bedeutete, daß er später erneut die Straße überqueren mußte. Er wollte diesem Ort einfach nicht zu nahe kommen. Und er hatte auch nicht vor, für die nächste Produktion beim Anmalen der Kulissen zu helfen, obwohl ihm seine Tochter versichert hatte, es würde einfach »himmlisch« werden. Sie und Joyce waren jetzt bestimmt dort – er sah auf seine Uhr – und probten. Er wußte, daß er sich in ein paar Tagen vermutlich anders fühlen würde, vielleicht sogar schon morgen, aber in diesem Augenblick hatte er genug von Schauspielern. Er hatte ihre verkommenen Gefühle und ihre unsteten Herzen total satt. Und ihre Posen und der hinterhältige Klatsch, den sie austauschten, wenn sie sich in Grüppchen zusammendrängten, hingen ihm zum Hals raus.

Doch der boshafte Zufall sucht sich immer diejenigen aus, die am wenigsten mit ihm umgehen können. Gerade in dem Moment, als die Ampel grün zeigte und er über die Straße ging, hupte das Auto, das angehalten hatte, und als Barnaby genauer hinsah, erkannte er die Everards. Ihre Gesichter schimmerten im Licht der Straßenlaternen schmutziggelblich. Clive kurbelte das Fenster hinunter und rief: »Hallo.« Und Donald, der hinter dem Steuer saß, hupte noch einmal. Barnaby lief einfach weiter.

Es muß doch eine Möglichkeit geben, dachte Barnaby grimmig, als er mit energischen Schritten vorantrabte und sich immer noch in elenden Erinnerungen wälzte, diese Flut von traurigen Gedanken von mir abzuwenden. Dann blieb er stehen, zum Glück ausgerechnet vor dem Jolly Cavalier. Die Szene vom Frühstückstisch trat ihm plötzlich wieder vor Augen. Joyce hatte gefragt, ob es ihm etwas ausmachen würde, sich zum Abendessen etwas vom Inder oder vom Chinesen zu holen, da sie einen arbeitsreichen Tag hätte und schon um sieben im Theater sein müsse. Also drückte Barnaby die Tür zum Cavalier auf und trat ein.

Die Kneipe ging mit der Zeit und stellte einen Familien-/ Nichtraucherraum im hinteren Teil zur Verfügung. Außerdem kochten sie alles selbst. Barnaby entschied sich für eine Fleischpastete – Steak und Nieren in Blätterteig –, in Butter geschwenkten Brokkoli, Bratkartoffeln und hinterher einen Melasseknödel. Er fügte noch einen halben Liter Real Ale zu seiner Bestellung hinzu und trug sein Tablett nach hinten.

Im Raum, der seinem Namen gerecht wurde, saß eine kleine Familie. Eine dünne junge Frau, die ein Baby stillte, und ein stark tätowierter junger Mann, der vor einem Karton saß, in dem bereits häufig benutztes Spielzeug lag, das er seiner dreijährigen Tochter zeigte. Er sprach leise und hielt ihr zuerst ein schäbiges Tier hin, dann eine Puppe. Der Tisch war mit Chipspackungen und Bierflaschen übersät. Barnaby nickte kurz (er hätte den Raum viel lieber für sich allein gehabt) und nahm Platz.

Das heiße, schmackhafte Essen besänftigte ihn, und er begann, sich zu entspannen. Die Kleine entschied sich endlich für ein wolliges Lamm, nahm es mit an den Tisch und hielt es ihrem Bruder hin. Der nahm es und warf es auf den Boden. Sie schimpfte, hob es auf und gab es ihm wieder. Daraufhin warf er es erneut hin. Die beiden schienen zu glauben, das sei ein guter Witz.

Barnaby widmete sich seinem Nachtisch. Er wünschte sich jetzt nicht mehr, den Raum für sich allein zu haben. Diese Familie, über die er, vermutlich zum Glück, nichts wußte, schien ihm auf eine verworrene Weise, mit der er sich gar nicht erst genauer befassen wollte, ein Trost zu sein. Er leerte sein Glas und ging, um sich noch ein Bier zu holen, da er beschlossen hatte, aus dem Abend etwas zu machen.

Die Latimerkarawane zog weiter. Gerade jetzt fand eine Probe zu *Onkel Wanja* statt. Rosa, die ernsthaft mit dem Gedanken gespielt hatte, endgültig auszuscheiden, als man ihr die popelige Rolle der alten Krankenschwester angeboten hatte, war jetzt doch froh, daß sie es nicht getan hatte. Mehr als einmal war sie kurz davor gewesen, alles hinzuschmeißen, vor allem, als man ihr gesagt hatte, es gäbe keine kleinen Rollen, nur kleine Schauspieler. Sie war beleidigt hinausstolziert, aber dann, nachdem Joyce ihr einen Kaffee gemacht und sich darüber ausgelassen hatte, wie aufregend neu das alles sein würde, hatte sie sich wieder zurückgeschlichen. Und Rosa mußte zugeben, daß es wirklich spannend war. Sogar außerordentlich spannend. Aber eben auch beängstigend.

All die kleinen technischen Tricks, die sie sich über die Jahre hinweg angewöhnt hatte, mußte sie aufgeben. Auch die romantisch rauhe Stimme, die ihr Publikum so liebte. Alles, was ihr immer wieder gesagt wurde, war, daß sie ihre Vorstellungskraft einsetzen, echt wirken und dem Satzbau folgen solle. Rosa hatte sich auf einmal wie ohne Rüstung gefühlt, so als hätte sie noch nie in ihrem Leben auf der Bühne gestanden. Es kam ihr so vor, als wandele sie auf einem dünnen Draht über einen Abgrund. Und sie war *müde.* Noch nie war sie so müde gewesen. Als sie auf all die Hauptrollen zurückblickte, die sie in ihrem Leben gespielt hatte, auf die ganze Technik, ohne auch nur einmal außer Atem zu geraten, wunderte sie sich über ihre derzeitige Erschöpfung. Gott sei Dank, daß sie den lieben Ernest hatte. Er war ihr eine so große Hilfe, wärmte ihre Schuhe am Kamin, der Kakao wurde frisch gemacht, sobald sie ins Haus gewankt kam. Rosa versuchte sich zu konzentrieren. Es war gleich an der Zeit für ihren Auftritt; die Eröffnung des vierten Akts.

Nicholas und Joyce saßen mitten im Parkett. Beide dachten an Cully. Nicholas, der bis über beide Ohren verliebt war, fragte sich, ob es ihr ernst damit war, als sie gesagt hatte, daß sie sich in London treffen würden und er sie wissen lassen solle, wenn er in einer Inszenierung am Central mitspielte. Dann würde sie kommen, jubeln und schreien.

Joyce, die die traurige Pracht wahrnahm, die ihre Tochter als Jelena Andrejewna an den Tag legte, war stolz und ängstlich zugleich. Auf was hatte sich Cully da nur eingelassen? Natürlich wußte diese alles über die Unsicherheiten eines Theaterlebens, dafür hatte ihre Mutter schon gesorgt. Alles über das endlose Warten, die unbeantworteten Briefe und Vorsprechtermine, nach denen sie sich angeblich bei ihr melden würden, das aber natürlich nie taten. Aber wie alle hoffnungsvollen Jugendlichen glaubte sie nicht wirklich, daß das auch für sie gelten würde. Joyce wandte ihre Aufmerksamkeit wieder der Bühne zu, wo Boris als Teljigin die Arme ausstreckte und einen Strang Wolle hielt. Die alte Krankenschwester Marija rollte das Knäuel langsam auf und hielt es mit großer Vorsicht in ihren arthritischen Fingern. Ihr Gesicht und die buckligen Schultern waren alt, aber es lag eine robuste, ländliche Fröhlichkeit in ihrer gackernden Stimme.

»Wer hätte je gedacht«, flüsterte Nicholas, »daß Rosa eine so grandiose Darbietung liefern kann...«

Joyce lächelte. Die Aufführung war lebensecht, lebendig und wurde von Moment zu Moment von sämtlichen Darstellern in ihren Gedanken und Gefühlen neu erschaffen. Rosas Vorstellung von ihrer eigenen Rolle (Marija Woinitskaja) war ziemlich schnell abgefertigt worden. Cully war dagegen relativ ungeschoren davongekommen. Aber es störte auch niemanden, sich auf etwas Neues einzulassen und die eigenen Vorstellungen abzulegen, denn das, was da auf der Bühne geschah, entlohnte sie für all ihre Mühen.

In der Bühnenwerkstatt bezog David Smy gerade eine Chaiselongue mit olivgrünem, gemustertem Samt. Sunny lag gähnend vor dem tragbaren Gasofen. Im Moment schien ziemlich viel los zu sein, dachte er sich, und seine Spaziergänge wurden auch immer kürzer und kürzer. Aber er war nicht der Hund, der sich beschwert hätte. Vielleicht würden sich die Dinge ja wieder zum Besseren wenden, wenn das schöne Wetter zurückkam.

Colin arbeitete an einem riesigen Kleiderschrank, den er mit Walnußbeize behandelte. Phoebe Glover, die Assistentin, würde bald kommen und ihnen sagen, daß sie nun wieder sägen und hämmern und jede Menge Lärm machen durften. Colin machte sich keine allzu großen Sorgen. Die Kulissen waren fast fertig. Es hatten keine Wohnungen angestrichen und auch keine Podeste herumgeschleppt werden müssen. Es mutete alles so einfach an und schien alles so gut zu klappen. Er warf einen Blick auf Davids gesenkten Kopf. Colin war weder ein überspannter noch ein religiöser Mensch, aber in diesem Moment fragte er sich, ob Glenda wohl wußte, wie glücklich ihr Sohn im Augenblick war. Wieso eigentlich nicht? Es waren schon seltsamere Dinge geschehen. Er lächelte bei diesem Gedanken. David blickte auf.

»Was ist los, Vater?«

»Ich bin etwas ausgedörrt, das ist alles. Ich gehe kurz hoch in den Vereinsraum und hole mir etwas zu trinken. Kommst du mit?«

»Nein. Ich will das noch fertig machen.«

»Pantoffelheld.«

David grinste breit. »Wollen wir wetten?«

Oben machten sie gerade eine Pause. Die Besetzung hatte sich versammelt, und sie saßen, standen oder lagen auf der Bühne. Die Regisseurin erhob sich von ihrem Sitz in der letzten Reihe, eine große, schmale Gestalt in einem weißen Overall, und kam mit einem Schreibbrett in der Hand an die Rampe hinunter.

»Das war gar nicht so schlecht. Wir haben aber noch einen langen Weg vor uns. Rosa, sieh mich nicht so an – was du im vierten Akt gemacht hast, war wunderbar. Wirklich sehr gut.«

Ein Murmeln echter Zustimmung war zu vernehmen, und Rosa, die stolz, aber unerklärlicherweise schüchtern war, musterte den Teppich.

»Ich bin sicher, wir alle können jetzt einen Kaffee vertragen. Phoebe?«

Die Assistentin kam aus den Kulissen geeilt. »Sei doch bitte so nett, den Kessel aufzusetzen.«

»Ich bin gerade dabei, die Kerzenhalter anzumalen...«

»Laß das jetzt. Mach erst mal...«, sagte Dierdre, und dann lächelte sie. Ein Lächeln, in dem der ganze Schwung und Glanz eines kühnen jungen Samurai lagen. Dann klatschte sie in die Hände und rief: »Hopp, hopp!«

GOLDMANN

Der Krimi-Verlag

Patricia Wentworth – die Wiederentdeckung der »grande dame« des englischen Kriminalromans.

Patricia Wentworth,
Der Elfenbeindolch 5891

Patricia Wentworth,
Die Uhr schlägt zwölf 5882

Patricia Wentworth,
Die Schatulle 5917

Patricia Wentworth,
Die Hand aus dem Wasser 1102

Goldmann · Der Taschenbuch-Verlag

GOLDMANN
Doris
Gercke
Nachsaison

GOLDMANN
Haftay
Nachtarbeit

GOLDMANN
Gisbert
Haefs
Matzbachs
Nabel

GOLDMANN
Georg R.
Kristan
Fehltritt im
Siebengebirge